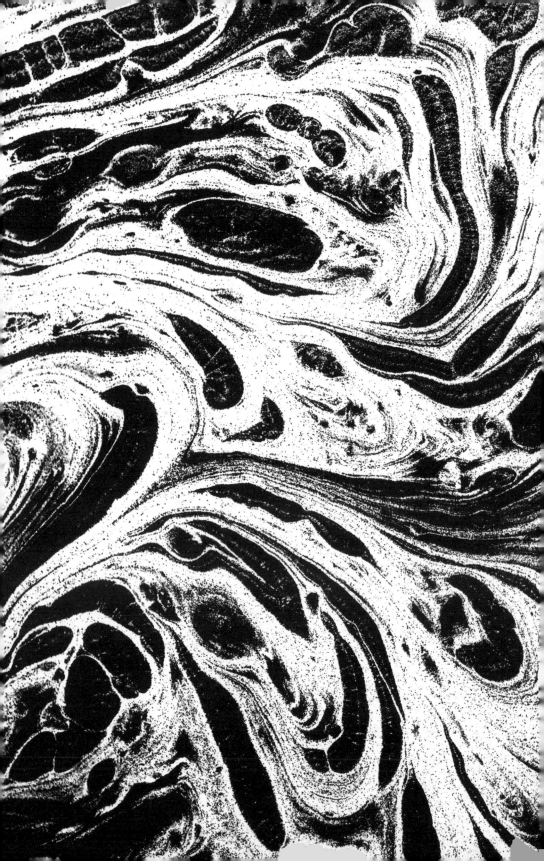

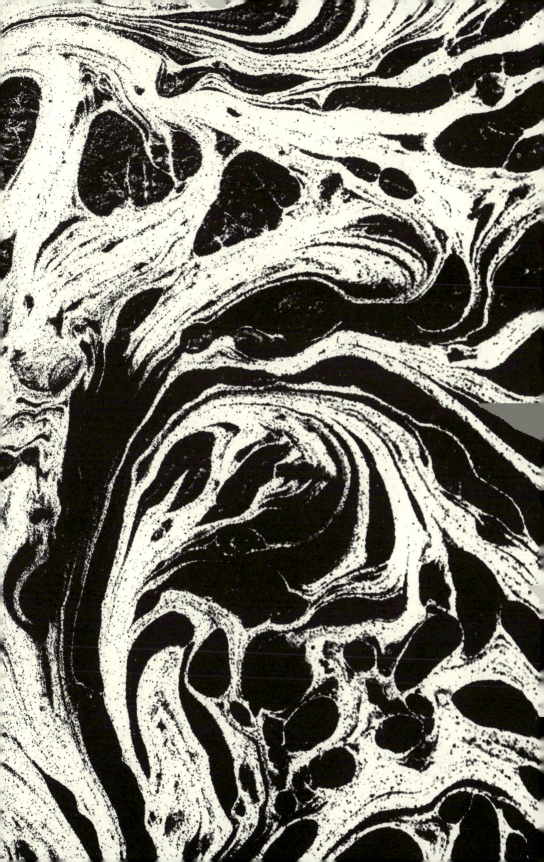

THE FISHERMAN
Copyright © 2016 by John Langan
Todos os direitos reservados.

Os direitos morais do autor foram garantidos.

Os personagens e as situações desta obra são reais apenas no universo da ficção; não se referem a pessoas e fatos concretos, e não emitem opinião sobre eles.

Tradução para a língua portuguesa
© Débora Isidoro, 2022

Diretor Editorial
Christiano Menezes

Diretor Comercial
Chico de Assis

Gerente Comercial
Giselle Leitão

Gerente de Marketing Digital
Mike Ribera

Gerentes Editoriais e Editores
Bruno Dorigatti
Marcia Heloisa

Capa e Projeto Gráfico
Retina 78

Coordenador de Arte
Arthur Moraes

Coordenador de Diagramação
Sergio Chaves

Finalização
Sandro Tagliamento

Preparação
floresta

Revisão
Denise Schittine
Retina Conteúdo

Impressão e acabamento
Gráfica Geográfica

DADOS INTERNACIONAIS DE CATALOGAÇÃO NA PUBLICAÇÃO (CIP)
Jéssica de Oliveira Molinari - CRB-8/9852

Langan, John
  O pescador / John Langan ; tradução de Débora Isidoro. — Rio de Janeiro : DarkSide Books, 2022.
  320 p.

  ISBN: 978-65-5598-189-6
  Título original: The Fisherman

  1. Ficção norte-americana 2. Horror I. Título II. Isidoro, Débora

22-2044   CDD 813

Índices para catálogo sistemático:
  1. Ficção norte-americana

[2022]
Todos os direitos desta edição reservados à
DarkSide® *Entretenimento LTDA.*
Rua General Roca, 935/504 — Tijuca
20521-071 — Rio de Janeiro — RJ — Brasil
www.darksidebooks.com

JOHN LANGAN
PESCADOR

TRADUÇÃO + DÉBORA ISIDORO

DARKSIDE

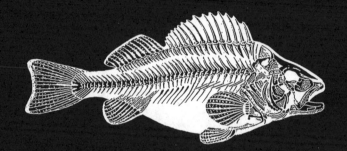

Para Fiona

Será que, por sua indefinição, ela obscurece os vácuos e as imensidões impiedosas do universo, e dessa forma nos apunhala pelas costas com a ideia da aniquilação quando contemplamos as profundezas brancas da Via Láctea? [...]
  [...] o universo paralisado quedaria leproso diante de nós; e como os viajantes obstinados na Lapônia, que se recusam a usar lentes coloridas ou corantes nos olhos, assim também o condenado infiel se vê cego diante da monumental mortalha branca que envolve toda a perspectiva à sua volta. E de todas essas coisas a baleia albina é o símbolo. Surpreende-te ainda a ferocidade da caçada?
— Herman Melville, *Moby Dick**

* Cosac Naify, 2013. Trad. Irene Hirsch e Alexandre Barbosa de Souza.

PARTE 1

ELES SEM ELAS

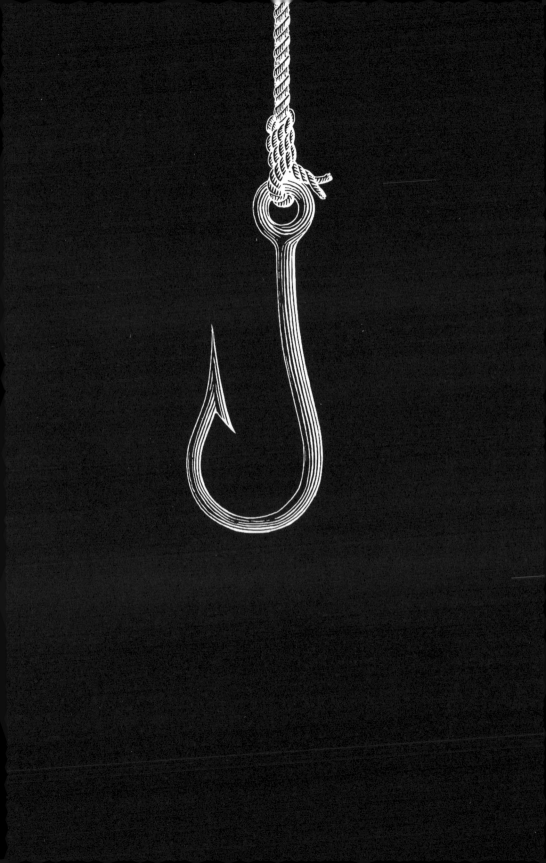

O PESCADOR
JOHN LANGAN

I
COMO PESCAR SALVOU MINHA VIDA

Não me chame de Abraham: me chame de Abe. Embora seja o nome que minha mãe me deu, nunca gostei de Abraham. É um nome que soa muito cheio de si, muito bíblico, muito... acho que patriarcal é a palavra que estou procurando. Uma coisa que não sou, nem quero ser, é um patriarca. Houve um tempo em que pensei que gostaria de ter pelo menos um filho, mas hoje em dia a imagem de uma criança me causa arrepios.

Há alguns anos, não importa quantos, comecei a pescar. Pesco há muito tempo e, como você pode imaginar, conheço uma ou duas histórias. Os pescadores são assim, certo? Contadores de histórias. Algumas eu vivi; algumas ouvi dos outros. A maioria delas é engraçada; põem um sorriso no seu rosto ou, às vezes, fazem você gargalhar, o que não é pouca coisa. Um pouco de riso pode ser a ponte que lhe permite atravessar um mau momento, acredite em mim. Algumas das minhas histórias são o que eu chamaria de estranhas. Só conheço algumas dessas, mas elas fazem você coçar a cabeça e talvez sentir um arrepio, o que pode ser um prazer.

Mas tem uma história... bom, ela é horrível, quase demais para ser contada. Aconteceu há dez anos, no primeiro sábado de junho, e quando a noite caiu, eu havia perdido um grande amigo, a maior parte da minha sanidade e quase minha vida. E havia chegado bem perto de perder mais que tudo isso. Aquilo me fez parar de pescar por quase uma década, e embora eu tenha voltado à pesca, não há força na terra, ou embaixo dela, capaz de me levar novamente às montanhas Catskill, para o Dutchman's Creek, um lugar que um homem que eu devia ter escutado chamava de "Der Platz das Fischer".

Dá para ver o riacho no mapa se você olhar com bastante atenção. Vá até a ponta leste do reservatório Ashokan, na direção de Woodstock, e volte pela margem sul. Talvez tenha que tentar duas vezes. Você vai ver uma faixa azul serpenteando a partir do reservatório em direção ao Hudson, correndo ao norte de Wiltwyck. Foi lá que tudo aconteceu, embora eu ainda não consiga entender direito. Só posso contar o que ouvi, o que vi. Sei que Dutchman's Creek é profundo, muito mais fundo do que poderia ou deveria, e não gosto de pensar no que tem dentro dele. Andei pelos bosques em torno desse rio até um lugar que você não vai achar no mapa, em nenhum mapa que comprar no posto de gasolina ou na loja de produtos esportivos. Fiquei na praia de um oceano cujas ondas eram tão negras quanto a tinta liberada pela ponta desta caneta. Vi uma mulher de pele pálida como a lua abrir a boca, e abri-la, e abri-la em uma caverna ocupada por fileiras de dentes serrilhados que ficariam muito bem nas mandíbulas de um tubarão. Segurei uma velha faca diante de mim, com a mão tremendo loucamente, enquanto três fugitivos de um pesadelo se aproximavam cada vez mais.

Mas estou indo muito depressa. Tem outras coisas que você precisa conhecer primeiro, como Dan Drescher, coitado, coitado do Dan, que foi comigo às Catskill naquela manhã. Você vai ter que ouvir a história de Howard, que faz muito mais sentido para mim agora do que fez quando ele me contou pela primeira vez no Herman's Diner. Você também precisa saber sobre pesca. Tudo vai ter que estar no seu devido lugar. Se tem uma coisa que não suporto, é uma história contada sem capricho. Uma história não precisa ser montada como uma espécie de casa pré-fabricada, não, ela tem que seguir o próprio caminho, mas precisa fluir. Mesmo um relato obscuro como este tem seu curso.

Você pode se perguntar por que estou tomando tanto cuidado. Algumas coisas são tão más que só por estarem perto de você já contaminam, deixam uma nódoa de maldade em sua alma como um caminho árido na floresta, onde nada vai crescer. Você acha que uma história pode transmitir tamanha maldade? Parece expectativa demais, não é? Talvez seja verdade para os pequenos deslizes, sabe, o tipo de frustração menor que você consegue transformar em histórias engraçadas nas festas. Para o que aconteceu em Creek, porém, duvido que exista essa possibilidade de transformação. Há apenas transmissão.

E ainda tem mais. Tem a história do Dan, que eu ouvi no Herman's Diner. Desde que Howard contou o que aconteceu com Lottie Schmidt e a família dela há uns noventa anos, nunca mais consegui esquecer. Dá para dizer que as palavras colaram em mim, o que seria o eufemismo do ano. Consigo lembrar a história palavra por palavra, como Howard a lembrava depois de tê-la ouvido de um ministro religioso. Sem dúvida, parte do motivo para a nitidez da minha lembrança é o jeito como a história de Howard parece explicar muito do que aconteceu com Dan e comigo mais tarde naquele dia. A história sobre o prédio do reservatório e quem — e o quê — foi coberto por suas águas ronda meus pensamentos. Mesmo que tivéssemos escutado o conselho de Howard e evitado o riacho naquele dia, mesmo que tivéssemos dado meia-volta e voltado para casa tão depressa quanto eu fosse capaz de dirigir, e era o que deveríamos ter feito, tenho certeza de que o que ouvimos ainda teria ficado gravado na minha memória. Uma história pode assombrar alguém? Possuir alguém? Há momentos nos quais penso que contar os eventos daquele sábado de junho é só uma desculpa para aqueles acontecimentos mais distantes abrirem caminho para o mundo mais uma vez.

Mas, de novo, estou me precipitando. Vai haver um tempo e um lugar para tudo, inclusive para a história de Lottie Schmidt, o pai dela, Rainer, e o homem que ele chamava de *Der Fischer*. Vamos voltar. Vamos começar com algumas palavras sobre a grande paixão da minha vida... bem, o que eu considerava a grande paixão da minha vida: algumas palavras sobre pesca.

Não foi algo que aprendi na infância. Meu pai me levou uma ou duas vezes, mas ele também não era muito bom nisso, então se concentrou em me ensinar as coisas que sabia, como beisebol e violão. Um dia, acho que uns vinte e cinco, trinta anos depois de meu pai e eu termos passado nossa última manhã de sábado submetendo um balde de minhocas a mergulhos demorados, acordei e pensei: *Gostaria de pescar.* Não, não foi isso. Acordei e pensei: *Preciso pescar.* Precisava disso como aquela necessidade intensa que a gente tem de um grande copo d'água com muito gelo às três horas de uma tarde escaldante de julho. Por que eu precisava pescar, entre tantas outras coisas, não sei e não posso dizer. Reconheço, eu estava passando por uma fase difícil. Minha esposa tinha acabado de morrer, estávamos casados havia menos de dois anos, e eu vivia os clichês que a gente vê nos filmes produzidos para a televisão e ouve nas canções country. Resumindo, isso significava beber muito, e como meu pai também não era muito bom com a bebida, significava beber mal, meia garrafa de uísque seguida por meia garrafa de vinho, seguidas por longos períodos abraçado ao vaso sanitário enquanto o banheiro parecia um carrossel à minha volta. Meu trabalho também tinha ido para o buraco. Eu era analista de sistemas da IBM em Poughkeepsie, e tive a sorte de ter um gerente que me afastou por licença médica, em vez de me demitir, que era o que eu merecia. Naquela época a IBM era um lugar decente para trabalhar. A empresa aprovou três meses de licença remunerada, por incrível que pareça. Passei quase todo o primeiro mês olhando para o fundo de mais garrafas do que eu podia contar. Comia quando pensava nisso, o que não era muito frequente, e minhas refeições eram, basicamente, uma sequência de sanduíches de manteiga de amendoim e geleia, interrompida de vez em quando por um hambúrguer com fritas. O segundo mês foi bem parecido com o primeiro, mas com as visitas do meu irmão e dos pais da minha falecida esposa, e nenhum deles estava bem o bastante para estabelecer um relacionamento fraternal. Todos nós estávamos sofrendo. Marie era especial, como nenhuma outra mulher. Sentíamos falta dela como você sentiria se alguém enfiasse uma pinça no fundo da sua boca e arrancasse um dos seus molares. Era uma ferida aberta que fazia doer tudo o mais. Do mesmo jeito que você não conseguiria parar de tocar aquele lugar onde antes esteve seu dente, cutucando com a língua até sentir a pontada de dor, nenhum de nós era capaz de parar de cutucar as lembranças até uma delas fazer tudo começar a doer de novo. Na metade do terceiro mês, eu estava sentado no sofá de cueca com a TV ligada, bebendo o que estava mais perto da mão. Eu tinha aprendido alguma coisa, veja só.

Tinha aquelas caixas de sapatos cheias de fotos que eu nunca coloquei em álbuns, e quando o álcool em meu sangue atingiu o nível adequado, fui buscar as caixas no quarto e me rodeei com o arquivo do meu casamento. Lá estava Marie quando a conheci, ou na primeira vez que falei com ela, eu diria, já que fomos apresentados no trabalho no começo do verão, quando ela entrou na empresa recém-saída da faculdade. Tínhamos dois projetos em comum, e por isso nos vimos de passagem durante julho e agosto, embora não fizéssemos muito mais que nos cumprimentar. Naquele setembro, teve uma festa no Dia do Trabalho na casa de alguém, acho que Tim Stoffel, e acabamos sentados lado a lado em uma das mesas arranjadas no quintal. Marie tinha ido com Jenny Barnett, mas Jenny havia desaparecido com Steve Collins, e eu era quem ela mais conhecia em meio aos presentes. Ela sempre negou, mas tenho quase certeza de que, quando me perguntou como eu estava, queria só matar o tempo até terminar de comer e ir para casa. Era de se esperar que a conversa ficasse gravada no meu cérebro, mas não lembro muito mais que o prazer de saber que ela também era fã de Hank Williams, Jr. Para dizer a verdade, eu estava ocupado demais tentando não prestar muita atenção no biquíni que ela usava com uns shorts curtos e um par de tênis. Típico de homem, eu sei. Ficamos ali sentados, conversando até Tim aparecer diante da mesa e dizer que não precisávamos ir para casa, mas que não podíamos ficar lá. Fomos para casa, quero dizer, cada um foi para sua casa, mas o tempo que passamos juntos me deixou com uma sensação: assim que nos separamos, tudo ficou um pouco menos brilhante do que era quando estávamos sentados juntos.

Mesmo assim, uma ou duas horas de conversa agradável não garante nada, e eu poderia nunca ter ficado com essa fotografia que Jenny tirou de Marie com o cabelo preso em um rabo de cavalo, os olhos e boa parte do rosto escondidos por enormes óculos de sol, as alças amarelas e brancas do biquíni acentuando seu bronzeado. Eu era uns bons quinze anos mais velho que ela, e essa diferença de idade foi suficiente para me fazer ter cuidado com o que pensava ter sentido entre nós. Gostaria de dizer que minha hesitação foi uma consequência de não querer assediar uma mulher jovem o bastante para ser minha sobrinha, senão minha filha, mas tinha mais a ver com meu medo de parecer idiota. "Não tem idiota pior que um idiota velho", meu pai costumava dizer, e embora eu não me considerasse velho, não era exatamente o que se pode chamar de um menino ali sentado ao lado de Marie.

Outra foto, e então eu pulei para a primavera seguinte. Marie e eu com água até os joelhos dentro de um riacho. Bem, até os meus joelhos. Para ela, era até as coxas. Uma das amigas dela tinha nos convidado para passar o dia nas Catskills, onde o irmão dessa amiga tinha uma casa de fins de semana, um lugar muito melhor do que eu esperava. Ficava na metade de uma colina alta, ao lado de uma estrada de cascalho por onde tínhamos de passar bem devagar com o carro, se não quiséssemos arrancar o chassi. De fora, o lugar parecia um pequeno celeiro, mais alto que comprido. Por dentro, as superfícies novas de madeira, os utensílios de aço inoxidável e uma lareira de pedra ocupavam o espaço embaixo do teto de catedral e de um mezanino. Aparentemente, a casa fora construída por um advogado de Manhattan que teve de se desfazer dela pouco depois de terminá-la. Aí entrou em cena o irmão da amiga de Marie, um funcionário dos Correios, que aproveitou a pechincha. Chegamos na hora do almoço e passamos uma das tardes mais agradáveis da minha vida andando pela estrada de cascalho com a amiga de Marie, cujo nome, tenho quase certeza, era Karen. Elas cresceram juntas. Depois de um quilômetro e meio, talvez, a estrada atravessava uma planície larga, e do outro lado uma fileira de árvores marcava o curso de um riacho. Fazia um dia quente, o ar estava pesado com o sol, e a sombra das árvores e o frio surpreendente da água eram irresistíveis. Amarramos os tênis no pescoço e entramos no rio. O leito era rochoso, por isso era preciso andar com cuidado. Karen caminhava com as duas mãos levantadas, como se esperasse cair a qualquer momento. Marie permanecia perto de mim, o suficiente para poder se segurar, se fosse necessário. Não consigo lembrar sobre o que falamos. Lembro de olhar para a superfície da água, para aqueles insetos pequeninos que deslizam em cima — inseto-jesus? Engraçado, não sei o nome deles. Havia vários escorregando pela superfície de um jeito que fazia a água parecer mais sólida do que minhas pernas me diziam que era. No lodo do fundo, trutas maiores que os limites imaginados nadavam por entre as pedras. De vez em quando, um *plop* e ondas que se espalhavam em círculos mostravam onde um inseto havia sido engolido por uma grande caverna negra. Acho que não tínhamos percorrido nem cem metros rio abaixo quando vimos um pequeno dique. O que conseguíamos ver através da água que passava por cima dele sugeria que era velho, mas não havia nada nas margens dos dois lados para explicar como ou por que havia sido posto ali. Parecia ser um momento razoável para voltar ao almoço ao ar livre que o irmão de Karen estava preparando, mas antes que isso acontecesse, Karen tirou uma foto minha e de Marie no riacho. Nessa ela estava de cabelo solto, vestida com uma enorme camiseta *tie-dye* que tinha encontrado em uma das minhas gavetas e que ficava muito engraçada nela. ("Sr. George Jones e Merle Haggard em uma *tie-dye*?", ela havia comentado, rindo quando eu disse que também ouvia Grateful Dead.) Nas mãos dela havia uma garrafa verde de Heineken que tinha nos acompanhado na nossa trilha e permaneceria com ela até irmos embora. Marie não bebia muito, mas havia aprendido que carregar uma garrafa aberta de cerveja dava a impressão de que era sociável. À nossa direita na foto, raios de sol iluminavam a água. À nossa esquerda, a escuridão se condensava nas árvores.

    Entre essa foto e a anterior havia acontecido a melhor parte do melhor ano — ou um dos melhores anos. Se vasculhasse as caixas de sapatos à minha volta, poderia ter encontrado fotos de muitos de seus pontos altos, desde o jantar de Natal que compartilhei com a família de Marie, passando pela festa de Halloween que tinha sido nosso terceiro encontro, na qual comparecemos fantasiados de Kenny Rogers e Dolly Parton, até o fim de semana no começo da primavera que passamos em Burlington. Não sei se, no fundo, todas as histórias de amor são iguais. Em alguns dias, tenho a impressão de que, quando olhamos além dos detalhes superficiais, nos vemos basicamente na mesma sequência de eventos. Em outros dias, eu penso: *Não, esses detalhes é que importam.* De qualquer maneira, ou até mesmo dos dois jeitos, isso foi o que aconteceu conosco no intervalo entre aquelas fotos. Nós nos apaixonamos, e pouco depois de aquela segunda foto ter sido tirada, eu estava de joelhos pedindo a mão dela em casamento.

Mais um ano e meio se passou entre aquela foto e a seguinte. Nesse tempo, a escuridão que havia tornado mais denso o espaço entre as árvores na segunda foto tinha se instalado à nossa volta, nos engolindo como aquelas trutas devoravam os insetos na superfície da água. Uma semana depois de voltarmos da lua de mel nas ilhas Bermudas, Marie encontrou um nódulo no seio esquerdo. As coisas foram complicadas desde o começo. O câncer estava bem avançado, já invadia os nódulos linfáticos, e resistiu à radiação e à quimioterapia como uma besta irrefreável de um filme de terror de péssima qualidade. Não sei ao certo quando percebemos que Marie não sobreviveria àquilo, ou quando aceitamos. Talvez um mês antes do fim, uma mudança aconteceu. De um jeito que tenho dificuldade para descrever, ela se acalmou. Não sei se eu diria que ficou em paz, mas ela ficou *quieta*. Era como se tivesse se mudado para o hall da casa grande e escura para a qual ela se dirigia. Ela não ficou mórbida, nem apática. Estava relaxada, ria mais do que havia rido em meses. Não vi o que estava acontecendo. Achei que a diferença nela podia ser um sinal de que a situação estava revertendo, de que ela finalmente conseguia superar a criatura que dilacerava seu organismo. Cheguei a sugerir essa ideia a ela em uma tarde de sábado. Eu a levava ao Hudson, a um pequeno parque de que ela gostava alguns quilômetros ao sul de Wiltwyck. Nós o encontramos em um dos primeiros fins de semana que passamos juntos, quando fomos passear de carro procurando mais um jeito de passar o tempo na companhia um do outro. Naquele dia, uma brisa que vinha do rio tornava o dia frio demais para sairmos do carro, por isso ficamos sentados olhando para a água, e eu sugeri que sua mudança recente talvez fosse uma indicação de que as coisas estavam melhorando. Será que eu pareci tão desesperado quanto receio ter parecido? Marie não respondeu. Em vez disso, pegou minha mão direita com sua esquerda, a levou aos lábios e beijou. Disse a mim mesmo que ela estava emocionada demais para responder, e acho que estava, mas não sentindo a emoção que eu imaginava.

A terceira foto foi tirada mais ou menos nessa época. Nela, Marie está inclinada para a frente na mesa da cozinha, olhando para cima e para a direita, onde eu estava com a câmera dizendo para ela sorrir, o que ela fazia, mas por trás daquele sorriso havia um ano e meio de luta, um cansaço profundo acumulado em dezoito meses. Ela usava um lenço na cabeça, um lenço azul-escuro com bolinhas brancas. Nunca ficava feliz com as perucas que davam para ela. A pele estava esticada sobre os ossos do rosto e dos braços. Era como se ela tivesse envelhecido em um ritmo acelerado, como se eu estivesse vendo como ela teria ficado se chegássemos a comemorar nosso trigésimo aniversário. Atrás dela, o sol da manhã entrava pelas janelas sobre a pia, contornando-a em dourado.

Duas semanas depois daquela foto, ela se foi. Em dois dias o chão sumiu debaixo dos nossos pés. Mal deu tempo de levá-la às pressas para a cama de hospital onde morreu. O que aconteceu depois: os intermináveis telefonemas para informar às pessoas de sua morte, a visita à funerária (que tínhamos adiado), o velório, o enterro, a recepção em casa depois da cerimônia, tudo isso era como uma peça estranha para a qual eu fora escalado, mas cujo roteiro ninguém tinha me dado. Acho que fiz tudo certo, seja lá como são avaliadas essas coisas. E quando tudo acabou, quando a porta se fechou depois da saída do último convidado, ficou o armário de bebidas, renovado recentemente pelos vários amigos e familiares que tinham ido se despedir de Marie. O armário com fileiras de garrafas e as caixas de sapatos repletas de mais fotos do que eu esperava.

    Assim, lá estava eu em, não me importo de dizer, uma fase difícil, com minha esposa morta e fazendo tudo que podia para me juntar a ela. Foi, podemos dizer, um fevereiro gelado em minha alma. E então, um dia eu abro os olhos de manhã e encontro aquele pensamento esperando por mim: *Preciso pescar*. Queria poder fazer você entender como foi forte. Fiquei deitado ali um tempo, esperando o pensamento ir embora. Fiquei deitado por muito tempo, e ele ainda estava lá me encarando, brilhando em minha mente como um grande néon luminoso, daí decidi ceder. Afinal, por que não? Encontrei uma camisa e uma calça que não estavam sujas, pesquei as chaves do carro no vaso sanitário (nem pergunte), e saí em busca de equipamentos de pesca.

    Como você pode imaginar, eu não tinha ideia do que estava fazendo. Saí de casa e dirigi na direção da Frenchman's Mountain, entrei na cidade e então na Huguenot Hardware, porque tinha essa ideia de que uma loja de ferramentas seria o lugar perfeito para comprar coisas de pescaria. Queria pôr a culpa na bebida, mas era só ignorância. Felizmente para mim, o vendedor foi gentil o bastante para não me deixar perder tempo e sugeriu que eu fosse ao que era então a Caldor's, na rua principal. Por menos de vinte dólares (não lembro exatamente quanto eu gastei; queria dizer que foram uns doze e cinquenta, mas não tenho certeza, sei que não foi muito), consegui comprar uma vara, carretel, linha, uma caixa de pesca e uma rede. Chapéu também. Quando falei que estava planejando um dia de pescaria, a caixa sugeriu que eu fosse à seção de roupas masculinas e comprasse um chapéu. Ela não especificou que tipo de chapéu, só disse que havia crescido com um pai pescador e um irmão mais velho pescador e, como sabia um pouco sobre pesca, podia afirmar com segurança que eu não iria gostar de ser pego desprevenido sem um chapéu. Foi um bom conselho, por isso corri até o departamento masculino e peguei um boné do Yankees que ainda uso.

A mesma caixa me avisou que eu precisava passar na prefeitura para pedir uma licença de pesca e sugeriu um lugar perto da Springvale Road, no rio Svartkil onde ela e a família haviam pescado uma vez. Agradeci o bom conselho e saí correndo para providenciar a licença. Springvale é uma estrada estreita paralela à 32, a principal via norte-sul para entrar e sair da cidade. No primeiro trecho, a estrada acompanha a margem oeste do Svartkil, que fica a apenas uns quarenta e cinco metros dali e é emoldurada por bordos e vidoeiros que se debruçam sobre a água. O lugar sugerido pela moça do caixa era uma margem íngreme com acesso a partir de uma fazenda de cavalos, do outro lado da estrada, ou a partir do campo de golfe da cidade pelo outro lado do rio. Que imagem devo ter proporcionado duas horas mais tarde, sentado à beira do rio com a calça suja, a camisa branca amassada e o boné de beisebol, segurando minha vara de pescar nova como se fosse uma ferramenta estranha que eu nem imaginava como usar. E acho que era mesmo. Abri a caixa e peguei a primeira isca que vi, uma vermelha e preta com um jogo duplo de anzóis triplos cujas pontas de arame pareciam tão apropriadas para fisgar um peixe quanto qualquer outra coisa. Joguei várias vezes aquela mesma isca, sem pegar nada. Só quando já fazia umas duas semanas que havia começado a pescar — tendo conseguido pegar apenas um ou outro *bluegill* que se contorciam quando os tirava da água mais por sorte que qualquer outra coisa —, um velho com um longo rabo de cavalo grisalho que pescava ao meu lado me passou um copo de plástico cheio de minhocas gordas e sujas de barro quando já estava indo embora, sugerindo que elas poderiam ser mais úteis.

Sim, eu voltei. Embora aquele primeiro dia tenha sido infrutífero, sem sequer uma ameaça de fisgada, com cinco horas sentado à margem do rio vendo a correnteza lenta levar minha linha, e uma meia dúzia de vezes que tive de levantar para soltar a linha que havia enroscado nos galhos baixos das árvores. Embora o único resultado do meu esforço tenha sido um pescoço dolorido, eu voltei no dia seguinte. E no outro dia. E no terceiro dia. E assim por diante. E cada dia eu chegava um pouco mais cedo naquele ponto da Springvale Road, e saía um pouco mais tarde, até meu dia inteiro ser ocupado pela pesca. Quando terminava, o que só acontecia quando o último vestígio de luz do dia desaparecia do céu, eu pegava meu equipamento e ia para a cidade, em vez de ir para casa, e parava no Pete's Corner Pub para comer um hambúrguer com fritas e tomar uma cerveja. Rapidamente, tornei-me um cliente tão fiel no Pete's que as garçonetes me conheciam e sabiam qual era o pedido, traziam minha cerveja — Heineken numa tulipa — e perguntavam se eu ia querer o de sempre, que já tinham pedido na cozinha. Depois que voltei ao trabalho, descobri que ainda conseguia encaixar duas horas de pescaria no fim do dia, se fosse organizado e levasse a vara e a carretilha no carro. Foi mais ou menos nessa época que passei da minha isca anterior para as minhocas, e de repente minha linha cantava. O Svartkil, descobri, era cheio de peixes: além do *bluegill*, tinha perca-sol, peixe-lua, bagre e até um picão-verde monstruoso que arrebentou minha linha antes de eu conseguir trazê-lo para a margem. Como não sabia nada sobre limpar e preparar peixe, eu devolvia tudo que pegava, mas isso não tinha importância.

Sei que pode parecer uma história inspiradora, "Como a pesca salvou minha vida" ou alguma coisa assim, mas não é essa minha intenção. Por muito tempo depois daquele primeiro dia no rio, especialmente quando a temporada de pesca chegou ao fim naquele outono, houve muitas noites em que surfei uma onda de uísque até a praia do sono. A casa era uma bagunça, e as refeições no Pete's, que permaneceram como um hábito diário, eram as melhores que eu comia. Sentado no sofá ou deitado na cama pensando em Marie, eu me sentia tão mal quanto antes, talvez pior, porque cada dia que passava era mais uma lembrança de como eu estava longe dela. Pescar não era nenhuma cura milagrosa.

Quando eu estava no rio, porém, se não me sentia melhor, pelo menos não piorava. Empoleirado na margem, era visitado por sentimentos que haviam se mantido distantes desde que Marie deu seu último suspiro — desde que ela encontrou o nódulo no seio, na verdade. Havia satisfação em um bom lançamento da linha, em ver o anzol descrever um arco, ouvir a carretilha desenrolar, encontrar o ponto em que a linha golpeava a água. Havia alegria, que só vinha raramente e nunca ficava por muito tempo, em puxar a vara e ver o corpo verde de um peixe-lua rasgar a pele do rio, se retorcendo ao entrar em contato com o ar. Na maioria das vezes havia uma calma — posso até chamar de paz — proveniente de ficar ali sentado vendo a água marrom passando em seu curso desde um lago nas montanhas do oeste de New Jersey rumo ao seu destino no Hudson. Aquelas horas no Svartkil eram um tempo para respirar, se é que você me entende, e não sei dizer qual teria sido meu destino sem elas. Talvez tivesse ficado tudo bem, de qualquer forma. Mas quando eu pescava, normalmente não bebia muito à noite, já que, depois da parada no Pete's, já era tarde e eu estava bem cansado quando entrava na garagem. E embora, como disse, a casa estivesse uma bagunça, descobri que se a mantivesse um pouco menos bagunçada, conseguia localizar coisas como meus sapatos com mais facilidade, o que resultava em sair mais depressa para ir pescar. O hambúrguer com cerveja à noite era o ponto alto do meu dia em termos culinários, mas depois do segundo dia de pescaria comecei a parar em lanchonetes diferentes para comprar um sanduíche, um pacote de batatas chips e um refrigerante. Os sanduíches eram do tipo de mortadela e queijo no pão branco com muita maionese, ou salame e provolone com mostarda e cebola. As batatas deixavam uma camada fina de gordura nos dedos, e o refrigerante cobria meus dentes de açúcar. Mas era uma refeição, e era uma alimentação mais regular do que aquela com a qual eu tinha me acostumado.

Então, pescar não era uma cura milagrosa, mas acho que salvou minha vida. Vou contar um segredo: durante muito tempo, pensei que havia sido, bem, *induzido* a pescar, se é que você me entende. Era a única explicação que eu conseguia encontrar para me dedicar a uma atividade tão alheia à minha rotina diária. Não pensava assim no começo. No começo, achava apenas que era sorte, acaso, alguma coisa que não lembrava de ter visto na televisão, mas que havia mobilizado meu cérebro. Porém, quanto mais o tempo passava, menos essa explicação me convencia. Tinha a sensação de que pescar era certo demais; havia um encaixe perfeito, algo que descobri no segundo ano de pesca, depois de um inverno tentando encontrar alguma coisa para preencher o espaço que a pescaria ocupava para mim. Não vou dizer que experimentei todos os esportes e hobbies conhecidos por homens e mulheres, nunca fui tão longe a ponto de tentar esgrima, mas experimentei muitos deles e nenhum acertou no alvo. Só quando voltei ao meu lugar na margem do Springvale com o boné dos Yankees na cabeça, a vara de pescar na mão e uma isca nova verde e branca para testar, senti que me alongava, como um punho que você mantém tenso por tanto tempo que os dedos esquecem como é se esticar, e de repente sua mão abre. Conversando com pessoas no trabalho, comparando históricos, aprendi que poucos homens e mulheres têm esse sentimento, essa paixão tão forte que é possível relaxar em relação a praticamente tudo. Quanto mais eu pensava nisso, mais difícil era acreditar que havia encontrado esse caminho por acaso, o mais provável era que alguma coisa, ou alguém, havia me levado até ele, alguém que me conhecia bem o bastante para saber que a pesca seria perfeita para mim.

É claro que estou falando de Marie. Nos meses seguintes à morte dela, não tive nenhuma daquelas experiências sobre as quais as pessoas falam nos programas vespertinos de entrevistas. Não senti seu toque, não ouvi sua voz, não a vi. Ela estava nos meus sonhos, em todos que eu conseguia lembrar, mas acho que isso não era mais que o esperado. Eu não a senti, digamos assim, de nenhuma forma. Porém, quando a irmã dela apareceu para uma visita certa tarde, ela me disse que tinha certeza de ter ouvido a voz de Marie cantando uma música que elas cantavam na infância do lado de fora da janela da cozinha. Quando ela saiu para olhar, o quintal estava vazio. Não me sentia especialmente mal por não ver ou ouvir Marie. Ela havia sofrido muito, demais, e eu não me ressentia por ela descansar. Não sou muito ligado a essas coisas de religião. Fui batizado na Igreja Católica, depois frequentei a comunidade cristã até minha crisma, mas meus pais nunca foram muito religiosos. Era mais alguma coisa que eles sentiam que deviam fazer até eu ter certa idade, quando poderiam parar. Eles pararam, eu parei, e foi isso. Nunca pensei muito em Deus, no Céu ou em coisas do tipo. Marie e eu nos casamos na igreja, mas porque era importante para ela. Pelo mesmo motivo, fiz questão de que ela tivesse uma missa fúnebre com seu padre favorito. Quando ela estava morrendo, quando morreu, todo tipo de gente, de familiares próximos a colegas de trabalho que eu mal conhecia, veio falar comigo sobre religião, sobre fé. Disseram que eu precisava disso, que uma crença me ajudaria. Talvez tivesse me ajudado. Mas eu simplesmente não tinha isso em mim, se é que você me entende.

Naquela noite, meu primo John, que é um padre jesuíta, apareceu com a intenção de me converter, ou sei lá como chamam quando alguém volta à igreja. Lembro que em um dado momento ele estava falando sobre morte, perguntando se eu não achava terrível pensar no fim, em simplesmente morrer e acabar. Não achava terrível que Marie tivesse morrido e tudo tivesse acabado, que ela houvesse partido e que eu nunca mais fosse vê-la de novo? Disse a John que isso não me incomodava, e era verdade. Ela passou muito tempo doente, todo o tempo do nosso casamento, e tinha lutado muito, e eu era o último que negaria a ela um pouco de paz. Para dizer a verdade, eu gostava de pensar nela em paz, descansando. Parecia muito mais bondoso, muito mais caridoso, quando a gente pensa bem nisso, do que qualquer céu barulhento onde ela ficaria flutuando aqui e ali como um beija-flor superdesenvolvido.

Durante aquele segundo ano de pesca, porém, comecei a pensar melhor. Talvez fosse verdade tudo aquilo que meu primo tinha dito. Os jesuítas são espertos, não são? E ele certamente havia se esforçado comigo. Com o passar dos anos, comecei a me perguntar se em vez de sair deste mundo, Marie podia ter entrado nele mais profundamente. Em vez de estar presa à terra, talvez ela houvesse entrado nela, no solo, na água, até se tornar parte das coisas. Talvez tivesse encontrado um jeito de me levar de volta para ela.

O tempo foi passando, e eu aperfeiçoei meu equipamento, troquei a carretilha pelo molinete (nunca me adaptei ao lançamento de isca com carretilha), aprendi a usar uma isca para atrair meus peixes. Procurei outros rios, outras correntezas para pescar. Embora fosse próximo, cerca de vinte minutos de carro, nunca gostei muito do Hudson. Um dos motivos era que, por um bom tempo, não se podia comer a maior parte do que era pescado, e essa foi uma guloseima que um colega do trabalho me apresentou e à qual relutei em ceder: nem tanto o peixe-lua, mas bagre, picão-verde e truta, principalmente. Outro motivo é que, por mais que eu ame rios, e amo, o Hudson é muito grande. Prefiro um rio menor, mais íntimo. Mas não consigo ficar longe da água corrente. Pesquei em lagos, e embora reconheça que é agradável passar algumas horas flutuando em um barco, prefiro poder ficar em pé e esticar minhas pernas quando quero. Então tentei o Esopus, depois o Rondout, e depois comecei a ir de carro para as Catskills. Não sei muito, não sei nada, na verdade, sobre minha região do Vale do Hudson. Meu pai tinha raízes em Springfield, Kentucky — a família dele era de melungos do Kentucky —, apesar de ter se mudado muito na infância. E minha mãe era da Escócia, de St. Andrew's, onde eles tinham seus campos de golfe. Ela desceu do barco quando tinha dezoito anos, conheceu e se casou com meu pai no Queens, e os dois se mudaram para Poughkeepsie, onde meu pai foi trabalhar como gerente de banco. Nenhum dos dois conhecia muito bem a área, e nenhum deles se mostrou propenso a tentar conhecê-la. Com exceção daquele dia, há muito tempo, que Marie e eu passamos na casa do irmão da amiga dela, eu nunca havia estado nas montanhas. Isso significava que, quando virei à direita na Route 28 para sair de Wiltwyck naquela primeira manhã de domingo, eu estava me aventurando em território desconhecido.

Desde o começo, adorei tudo aquilo. Não sei se você já passou algum tempo nas Catskills. De longe, do estacionamento da velha Caldor's (que se tornou uma Ames, que virou um Stop 'N' Shop) em Huguenot, por exemplo, elas sempre me fizeram pensar em um rebanho de animais gigantes, todos pastando no horizonte. De perto, quando você dirige entre elas com a luz do começo da manhã surgindo acima de seus picos arredondados, parecem incrivelmente presentes, mais que reais, imensas pilhas sólidas de pedras que usam suas árvores como echarpes de quilômetros de comprimento. Você olha para elas enquanto tenta continuar atento à estrada, que já é movimentada com todas as pessoas que passam por ali a caminho de suas viagens do fim de semana, e de alguma forma não se surpreenderia se a montanha mais próxima se livrasse de suas árvores com um titânico movimento de ombros e começasse a se afastar como uma besta gigantesca e inimaginável. Quando pega a estrada secundária que precisa percorrer, seja qual for, e vai seguindo suas voltas e curvas em direção ao interior das montanhas, e o terreno vai ficando mais inclinado, se abrindo aqui e ali em uma pradaria, ou revelando alguma casa velha, você pensa: É, lugares secretos *existem*.

Bom, foi isso que eu pensei, pelo menos. Pesquei até em Oneonta, no oeste, e em Catskill ao norte, pegando peixes da maioria das correntezas entre essas cidades e Wiltwyck. E quando eu estava na margem de um rio em uma manhã de sábado, com a luz do sol refletindo na água que descia de uma pequena cachoeira para uma lagoa ampla que eu sabia que tinha trutas, lançava a isca de anzol triplo e a via descer na água, esperando para puxá-la enquanto tentava decidir se aquela sombra embaixo da superfície era só uma sombra ou um peixe que viria buscar seu café da manhã. Em momentos como esse era como se o silêncio envolvesse tudo. Eu ainda ouvia a água correndo, as aves em sua conversa matinal, talvez um carro ao longe, mas também conseguia ouvir aquele outro som, um ruído que não era barulho, mas silêncio. Era como se outro espaço se abrisse à minha volta, e foi naquela quietude, por assim dizer, que passei a acreditar que conseguia ouvir Marie. Ela não dizia nada, não fazia nenhum barulho, mas eu conseguia ouvi-la mesmo assim. Não pude saber se ela estava feliz ou triste, porque tinha percebido que a sombra em movimento não era uma sombra, mas uma truta, e das grandes, e comecei a mover a vara depressa, fazendo a isca girar na água, meus braços já firmes, preparados para quando o peixe atacasse e a luta começasse. Talvez em outra situação, em outro cenário, eu tivesse me sentido diferente, os pelos dos meus braços e do pescoço poderiam ter ficado em pé e minha boca poderia ter secado. Mas enquanto esperava por aquela truta, cuja boca estava quase se fechando na isca, não havia mais nada que eu pudesse fazer em relação ao silêncio estranho do que reconhecê-lo. Mais tarde, depois de depositar o peixe e alguns amigos dele no chão ao meu lado e enquanto comia uma barra de chocolate, pensei sobre o que havia acontecido, sobre aquela quietude profunda, profunda.

E mesmo então, não me senti especialmente amedrontado. O mundo sempre me pareceu um lugar bem grande, cheio de mais coisas do que qualquer pessoa poderia saber, e eu seria o último a tentar fingir que entendia tudo. Depois da morte de Marie, eu não acreditava que havia algo mais, mas podia estar enganado. Ah, sim, eu queria estar enganado. Quem não ia querer? Marie me vendo pescar não parecia ameaçador e por que deveria ser, afinal? O tempo que tivemos foi bom, e talvez ela sentisse minha falta como eu sentia a dela e quisesse dar uma olhada e ver como eu estava. Eu não diria que a sentia ali comigo em todos os rios. Não posso dizer que ela estava sempre presente quando me sentava em um lugar específico, ou que tinha chegado em um dia específico. Eu a senti pela primeira vez e com mais frequência nas montanhas. Ela estava lá uma vez quando saí do Esopus para subir uma pequena corredeira cujo nome pretendia aprender mais tarde, mas nunca aprendi. Ela estava lá uma tarde quando voltei ao meu lugar em Springvale e descobri que teria que dividi-lo com duas mulheres idosas sentadas em cadeiras de praia. Não posso dizer que era assombrado, exatamente — isso soaria um pouco comum demais para o que acontecia comigo. Mas recebi uma ou duas visitas.

O
JOHN LANGAN
PESCADOR

II
DEGRAUS NA ESCADA DA PERDA

Admito que poderia continuar falando sobre isso pelo resto do dia de hoje e amanhã também. Você vai ter que me desculpar: quando penso no que pescar era para mim, quase consigo esquecer em que se transformou, por isso tendo a me demorar na recordação. É um sentimento bom poder pensar em um tempo quando eu não passava a maior parte do dia no rio especulando o que, exatamente, poderia estar nadando para pegar minha linha, e quando minha memória não era cheia de imagens para sugerir respostas. Um cardume que poderia ser formado por girinos grandes, se cada um não acabasse em um único e grande olho; um peixe cujas costas tinham uma barbatana alta como uma asa de dragão e cuja boca cartilaginosa era protegida por longas presas; um nadador pálido com mãos e pés de nadadeiras e um rosto que tremulava quando eu olhava para ele; tudo isso e mais, tudo pronto para fazer minhas mãos suarem e meu coração disparar. Importante agora é você saber que lugar a pesca ocupava em minha vida. Isso ajuda a explicar por que comecei a levar Dan Drescher comigo.

Eu conheci Dan no trabalho. A sala dele ficava a duas portas da minha, pegando o corredor na direção do bebedouro. *Sujeito alto*: essa foi a primeira coisa que pensei quando ele me foi apresentado, e acho que minha reação foi típica. Dan tinha dois metros de altura e era magro como um poste. Depois da altura, a gente notava o cabelo de Dan, que era cor de laranja e parecia nunca ter conhecido os benefícios de um pente. Ele o mantinha curto, e não consigo imaginar como deviam ser essas sessões no barbeiro. Seu rosto era definido de um jeito que fazia a gente pensar em alguma coisa esculpida em granito: testa definida; nariz grande, definido; queixo redondo, mas definido. Ele sorria muito, e seus olhos eram bondosos, o que diminuía um pouco a intensidade, mas se você refletisse sobre sua aparência, poderia pensar que aquele era um rosto feito para a ferocidade.

No começo, Dan e eu não falávamos muito um com o outro, mas o pouco que falávamos era agradável. Não havia nada de incomum nisso. Eu era umas duas décadas mais velho que ele, um viúvo de meia-idade cujos assuntos favoritos eram pesca e beisebol. Ele era um jovem recentemente saído do MIT, que gostava de ternos caros e cuja esposa e os filhos gêmeos eram admirados por todo mundo. A morte de Marie havia acontecido há tempo suficiente para eu não sentir dor ao ver as fotos de família e os retratos individuais que Dan exibia sobre sua mesa. Eu tinha saído com algumas mulheres nos últimos anos, cheguei até a ter o que se pode chamar de relacionamento com uma delas. Mas nunca consegui me casar com mais ninguém, não tinha essa intenção. Alguns meses antes de nos casarmos, na época em que estávamos planejando a recepção, Marie virou para mim e disse do nada: "Abraham Samuelson, você é o homem mais romântico que eu conheço". Não lembro o que respondi. Fiz uma piada, provavelmente. Mas ela podia estar certa, talvez houvesse em mim alguém mais romântico do que eu pensava. De qualquer maneira, eu vivia sozinho e Dan tinha a família dele, e na época isso parecia ser uma distância intransponível entre nós.

Então, um dia, acho que era terça-feira, Dan não apareceu para trabalhar. Não era nada que merecesse muita atenção, não fosse pelo fato de Dan não ter telefonado para avisar que estava doente, o que causou estranheza em todo mundo. Dan tinha a fama de ser um profissional especialmente consciente. Podia ser visto em sua mesa todas as manhãs às oito e vinte, no máximo, dez minutos antes de todos nós, não tirava mais que quinze minutos de almoço, quando não trabalhava sem intervalo, e quando todos nós íamos embora às quatro e meia, acenávamos para ele a caminho da saída sabendo que ainda ficaria mais meia hora, pelo menos. Ele era dedicado e era suficientemente talentoso para sua dedicação fazer diferença. Deduzi que a intenção dele era uma promoção rápida, o que era compreensível, com aqueles gêmeos em casa. Tudo isso para dizer que, quando Dan não apareceu e ninguém sabia o motivo, ficamos mais incomodados do que teríamos ficado em outras circunstâncias.

Como ficamos sabendo no dia seguinte, havia motivo para estarmos preocupados. Alguns leram na primeira página do *The Poughkeepsie Journal* enquanto tomavam café; outros ouviram no rádio quando dirigiam a caminho do trabalho; e outros ainda se inteiraram por Frank Block, que era bombeiro voluntário e cuja ausência no dia anterior também havia sido notada, embora não fosse relacionada à de Dan. Houve um acidente. Dan acordava cedo, como os gêmeos. Às vezes a esposa dele, Sophie, aproveitava a oportunidade para dormir um pouco mais, mas no dia anterior, por alguma razão, ela tinha se levantado com o restante da família. Era muito cedo, pouco mais de seis horas, para a sugestão de Dan, de que os quatro fossem até a cidade tomar café antes de ele ir trabalhar, parecer razoável. Eles acomodaram os bebês nas cadeirinhas do carro e saíram. Dan estava dirigindo sem o cinto de segurança, o que Sophie percebeu. Dan não se importou. Não era nada tão sério, eles não iriam longe. *Você paga a multa*, Sophie falou.

Os Drescher moravam perto da South Morris Road, que cruza a Route 299, a principal via para Huguenot, cerca de cinco quilômetros a leste da cidade. A 299 é uma via de alta velocidade, é assim desde que eu morava daquele lado do Hudson. Devia ter um semáforo onde Dan atravessou a via, em vez de duas placas de "Pare". Talvez o farol não tivesse feito nenhuma diferença. Talvez o homem que dirigia o grande caminhão branco tivesse atravessado o cruzamento a cem por hora do mesmo jeito. Dan disse que viu o caminhão se aproximando pela direita quando ele entrou à esquerda na 299, mas que não parecia estar vindo tão depressa. Ele atravessou, e aquela grande besta branca bateu como um raio em seu Subaru. Dan foi arremessado pelo para-brisa, como se descobriu mais tarde, em segurança. Amassados e enroscados, carro e caminhão derraparam pela estrada, pedaços retorcidos de metal arrancando faíscas por onde passavam. Antes de pararem, o carro explodiu em uma bola de fogo, e um segundo mais tarde aconteceu a explosão do caminhão. Quando o primeiro carro de polícia chegou ao local, era tarde demais. Era tarde demais, eu acho, desde o momento em que Dan pisou no acelerador e o carro atravessou a estrada. Talvez fosse tarde demais desde o momento em que o idiota que dirigia o caminhão olhou para o relógio, percebeu que teria de ganhar tempo para não atrasar a entrega matinal e pisou mais fundo no acelerador, mudando o ritmo em cima da hora como ele fez. O fogo tirou a vida dele, pela qual eu gostaria de poder dizer que lamentava mais, e consumiu Sophie e os gêmeos. Dois dias mais tarde, o perito disse a Dan que, muito provavelmente, sua esposa e os filhos haviam morrido com o impacto, sem nenhum sofrimento. Acho que o homem imaginava que a notícia serviria de consolo.

Dan foi educado com aquele perito, mas acho que ele ainda estava no mesmo estado atordoado em que um policial o havia encontrado, cambaleando no acostamento da estrada. Seu rosto estava coberto de sangue, como a camiseta que ele vestiu para sair. De início, o policial não entendeu quem era aquele homem. Quando levou Dan para uma das ambulâncias que haviam chegado ao local, onde não podiam fazer mais nada, o oficial imaginava que fosse alguém que passava por ali e havia sido envolvido no acidente, alguém que tinha saído cedo para correr e sido atingido pelos estilhaços. Foram necessários alguns minutos para ele entender que aquele homem era o motorista do carro em chamas. Quando a luz se acendeu sobre sua cabeça, o policial tentou interrogar Dan sobre a cadeia de eventos, mas não conseguiu tirar dele nenhuma informação coerente. Depois de um tempo, um dos socorristas disse ao homem que Dan devia estar em choque e precisava ser levado ao hospital.

O fogo durou cerca de uma hora e foram necessários três grupos de bombeiros para apagar. O tráfego nos dois sentidos de Huguenot foi desviado até o começo da tarde. Duas semanas depois do acidente, um semáforo foi instalado naquele cruzamento, e acho que é isso o que quatro vidas valem hoje em dia. Tardio demais para os Drescher, ele se tornou seu memorial.

Seis semanas se passaram antes de um de nós voltar a ver Dan. Houve um velório para Sophie e os gêmeos na Igreja Metodista de Huguenot, mas foi um velório pequeno e restrito à família. Quando cheguei ao trabalho na segunda-feira de manhã e me assustei ao ver Dan novamente em sua mesa, as perdas que ele havia sofrido tinham desaparecido da minha cabeça, me envergonho de admitir. Gostaria de dizer que foi porque andava muito ocupado naquele período, ou porque minha vida pessoal estava muito boa, ou até muito ruim, mas receio que nada disso seria verdade. Longe dos olhos, longe do coração, simples assim. É difícil se apegar por muito tempo a tragédias que não são nossas. Isso foi algo que aprendi depois que Marie morreu. Durante pouco tempo, as pessoas podem demonstrar compaixão inacreditável. Duas semanas depois, porém, dois meses, no máximo, e toda essa solidariedade desaparece.

Dan voltou ao trabalho exibindo a cicatriz daquela viagem através do para-brisa do carro. Depois da altura, a cicatriz se tornou a característica que mais chamava atenção nele. Saindo do meio do cabelo vermelho, que ele agora usava mais comprido, ela descia pelo lado direito do rosto, contornava o canto do olho, acompanhava a curva do canto da boca, descia pelo pescoço e desaparecia embaixo do colarinho. Você podia tentar não olhar, mas é claro que não conseguiria. Era como se o rosto de Dan tivesse sido costurado naquela linha branca. Lembrei das vezes que meu pai me levava para passear pelo campus de Penrose College, coisa que ele gostava de fazer quando eu era menino. Era infalível, meu pai parava e apontava uma árvore que fora atingida por um raio. Não me refiro a uma árvore com um galho arrancado; mas uma que havia funcionado como um para-raios vivo, atraindo a descarga com sua copa e transmitindo-a pelo tronco até as raízes. O trajeto do raio deixou o desenho de uma linha na casca, desde o topo até a base, e meu pai acompanhava essa linha com um dedo. "Sabe", ele dizia todas as vezes, "os gregos antigos costumavam enterrar qualquer pessoa que fosse atingida por um raio longe das outras. Sabiam que essas pessoas tinham vivido uma experiência tremenda, uma experiência sagrada, mas não tinham certeza se era boa ou ruim."

"Como uma coisa sagrada pode ser ruim?", eu perguntava, mas a única resposta que sempre recebia era um balançar de cabeça enquanto ele traçava com um dedo o canal por onde o rio de fogo branco havia corrido.

Todo mundo se esforçou para acolher Dan em seu retorno ao trabalho. Mesmo assim, uns bons meses se passaram antes de eu pensar em convidá-lo para pescar comigo. Era de se esperar que eu fosse uma das primeiras pessoas a entrar na sala do Dan para falar com ele, mas não. Na verdade, minha tendência era evitá-lo. Sei que impressão isso devia dar: desalmado ou esquisito, no mínimo. Quem estava em melhor posição para conversar com ele, entender o que estava passando e oferecer palavras de conforto? Nós dois perdemos a esposa, certo?

Bem, sim, perdemos. A maneira como perdemos, porém, fazia toda diferença. Nem toda perda é igual. Perder é… é como estar no topo de uma escada que não para de descer, passa pela perda do emprego, dos bens, da sua casa; passa pela perda dos pais, do cônjuge dos filhos; desce até a perda da própria vida — e desde então passei a acreditar que a descida continua depois disso. Nessa horrível hierarquia, o que eu vivi, a perda lenta de minha esposa em um período de quase dois anos, estava bem acima do que Dan enfrentou, o desaparecimento da esposa e dos filhos em menos tempo do que ele leva para contar, como se alguém que não tivesse perdido nada estivesse acima de mim. Marie e eu tivemos tempo, e se boa parte desse tempo havia sido ofuscada pelo que vinha em nossa direção, aproximando-se cada vez mais, pelo menos conseguimos usar bem aqueles meses, fizemos uma viagem de carro até Wyoming antes de ela ficar muito doente, tiramos alguma coisa boa do que era ruim.

Dá para imaginar como alguém na situação de Dan pode me invejar, me odiar por eu ter tido o que tive, me odiar com mais intensidade do que ele poderia odiar alguém cuja esposa estava viva e feliz. Eu podia imaginar esse ódio, então mantinha o que pretendia que fosse uma distância respeitosa.

Além do mais, não parecia haver nada de errado com o homem. Ele não desmoronara como eu desmoronei. Sim, havia dias em que a camisa era a mesma do dia anterior, ou o terno estava amassado, ou a gravata manchada, mas havia muitos homens solteiros no escritório, e era possível notar as mesmas coisas neles, sem que esses detalhes denotassem algo mais sério. Com exceção da cicatriz e do cabelo um pouco mais comprido, a única mudança que eu via em Dan estava nos olhos dele, travados em um olhar permanentemente fixo. Não era um olhar vazio. Era mais um olhar intenso, do tipo que sugere grande concentração: a testa um pouco mais baixa, os olhos espremidos, como se ele tentasse enxergar através do que estava na sua frente. Naquele olhar, parte da ferocidade que eu tinha visto adormecida em seu rosto vinha à tona, e era um pouco inquietante ser o alvo. Embora sua atitude permanecesse civilizada — ele era sempre educado, pelo menos, e geralmente agradável —, sob aquele olhar eu me sentia um pouco como um prisioneiro no momento em que o holofote o encontrava em um daqueles filmes sobre fugas de Alcatraz.

Quando finalmente convidei Dan para pescar comigo, agi por impulso, uma daquelas coisas de momento. Estava parado na porta da sala de Frank Block, contando a ele sobre minha luta para tirar uma truta da água no fim de semana anterior. A truta não era a maior das que eu já tinha pescado, mas era forte. O esforço teve que ser maior porque quando o peixe mordeu a isca eu estava longe, atrás de um arbusto, atendendo a um chamado da natureza provocado por uma xícara de café muito forte que eu havia bebido uma hora antes. Minha linha estava quieta até o momento em que senti o impulso incontrolável que me levou a visitar o arbusto, e eu achei que seria seguro deixar a vara encaixada entre a caixa de pesca e uma tora enquanto ia fazer o que precisava ser feito. Naturalmente, esse foi o momento que o peixe escolheu para puxar a isca. Quando ouvi o molinete zunindo, olhei furiosamente em volta procurando algumas folhas. Ouvi o barulho do peixe puxando a vara e quando começou a arrastá-la para o rio. Não tive tempo de fazer nada além de sair correndo do banheiro improvisado, ainda com a calça nos tornozelos, e me jogar em cima da vara, que consegui pegar. Levantei e passei os dez minutos seguintes trabalhando naquele peixe, dando um pouco de linha, puxando-o para mim, dando um pouco de linha, puxando-o para mim, nu da cintura para baixo até os tornozelos, como no dia em que o médico me arrancou de dentro da minha mãe. Quando finalmente tirei a truta da água e fiquei ali admirando o peixe, percebi que havia movimento do outro lado do rio. Duas mulheres jovens bem na minha frente, uma delas com um binóculo, a outra com uma câmera. As duas apontavam para mim e riam. Não gosto de pensar nisso.

"O que você fez?", Frank perguntou, rindo.

"O que mais poderia fazer? Cumprimentei as duas com uma mesura, virei e subi a margem."

"Você pesca?", Dan perguntou.

Ele tinha parado atrás de mim enquanto eu falava. Acho que percebi sua presença, já que não pulei nem gritei de susto. Virei e disse: "Sim. Pesco quase todos os dias, se não estiver chovendo, e em alguns quando chove".

"Eu pescava", Dan respondeu. "Meu pai costumava me levar."

"Sério?", perguntei. "Que tipo de pesca?"

"Nada tão excitante. Lagos e lagoas, principalmente."

"Nunca pegou nada?", Frank perguntou.

Ele era um desses caras que gostam mais de falar sobre pescaria do que de pescar.

"Algumas", Dan respondeu. "Peixe-lua. Muito perca-sol. Uma vez meu pai pegou um lúcio."

"Não brinca", eu disse. "Lúcio é um peixe difícil de pegar."

"Nem fala", Frank concordou.

"Demoramos a tarde inteira para tirar da água", Dan contou. "Quando o pusemos no barco, vimos que tinha quase um metro de comprimento. Era um recorde para aquele lago. Foi no Maine. Meu pai deu o peixe ao capitão Pete, o cara que cuidava da loja de iscas e equipamentos no lago. Comprávamos as iscas com ele, refrigerante também. Ele tinha uma geladeira enorme cheia de latas de refrigerante. Enfim, o homem ficou tão impressionado que empalhou o peixe, sabe, mandou para um taxidermista, e o pendurou em uma das paredes da loja. Mandou gravar na moldura o nome do meu pai e a data em que o peixe foi pescado."

"Uau", disse Frank, mas não sei se foi para a história ou para o fato de Dan tê-la contado para nós. Até onde sabíamos, o relato era o máximo de interação que ele teve com alguém no escritório desde o acidente.

"Nunca mais pescou desde então, Dan?", perguntei.

"Passei anos sem pescar", ele respondeu. "Não pesquei mais desde que os gêmeos nasceram."

Frank olhou para a mesa. Engoli o nó que se formou na minha garganta e falei: "Quer ir comigo?".

"Pescar?", Dan perguntou.

"Uhum."

"Quando?"

"Que tal no fim de semana? Sábado de manhã, talvez? Se não tiver outros planos."

Ele franziu a testa, e percebi que Dan não sabia se eu estava debochando dele. E respondeu: "Não sei".

Imediatamente, Dan ir pescar comigo tornou-se a coisa mais importante do mundo. Não sei exatamente por quê. Talvez quisesse provar minha sinceridade para ele. Talvez achasse que a pesca faria por ele o que tinha feito por mim. Apesar de, como já disse, não ter provas para acreditar que a vida de Dan havia desmoronado como a minha. Ou meu motivo era menos definido, alguma coisa simples como querer ter outra pessoa com quem trocar algumas palavras enquanto pescava. Não sei. Até aquele momento, sempre me senti bem pescando sozinho. Por algum motivo, eu disse: "Por que não vai comigo? Tenho uma vara extra, se precisar, e equipamento mais que suficiente para nós dois. Estava pensando em ir ao Svartkil. Não fica longe, se você não gostar e quiser ir embora. Eu vou bem cedo, com esse tempo, gosto de me acomodar e jogar a linha na água quando o sol nasce, mas você pode ir na hora que quiser. O que acha?".

A ruga na testa de Dan diminuiu, depois desapareceu. "Ah, por que não?", ele disse.

E foi assim que Dan Drescher e eu começamos a pescar juntos. Contei para ele onde era o local exato em Springvale, e ele estava lá me esperando quando cheguei na escuridão que precede o amanhecer. Ele havia levado uma vara e uma caixa de pesca, e pelo brilho e o cheiro das duas, deduzi que as havia comprado no dia anterior. Tudo bem. Lembrei de mim alguns anos atrás. Ele também havia levado um chapéu, uma mistura de chapéu de caubói e de palha que, mais tarde eu soube, havia comprado no Arizona quando esteve lá de férias com a esposa. Escolhemos e prendemos a isca, e quando o sol surgiu no meio das árvores diante de nós, estávamos sentados esperando para ver quem se interessaria pela refeição matinal que servíamos.

Naquela primeira manhã, primeiro dia, na verdade, já que Dan ficou comigo até o sol se mover da nossa frente para nossas costas e ir embora, não falamos muito. Também não conversamos muito no dia seguinte, quando (para minha surpresa, porque ele não tinha dito nada no dia anterior, além de agradecer quando estava indo embora) eu parei o carro no acostamento e meus faróis iluminaram Dan sentado em um toco de árvore, analisando o conteúdo de sua caixa de pesca. Ele não deu explicação nenhuma, acenou para mim com a cabeça quando me aproximei e disse: "Bom dia. A previsão do tempo diz que hoje pode chover", ele disse.

"Dá para pescar na chuva", respondi.

Ele grunhiu, e foi praticamente isso que dissemos o dia todo. No fim de semana seguinte, pescamos novamente no rio Svartkil e não foi nada mal. Na noite de domingo, quando guardávamos o equipamento, eu falei: "Estou pensando em ir ao Esopus no sábado que vem. Não é muito longe. Mais ou menos uns quarenta minutos de carro. Quer ir?".

"Quero."

"Ótimo", eu disse, e era verdade.

Fomos pescar no Esopus no fim de semana seguinte, e no Frenchman's Creek no outro fim de semana, e depois eu o levei às Catskills, ao Beaverkill, em Mount Tremper. Na noite de domingo, quando voltávamos para casa, paramos no Winchell's, uma lanchonete na 28, do outro lado de Woodstock. Foi lá que eu soube que a família de Dan era de Phoenicia, uma cidade no meio das montanhas, e que ele conhecia a área e sua história muito bem. Mas nunca havia pescado por lá. Na verdade, contou enquanto limpava o ketchup do prato com a última batata frita, não ia lá desde antes de Sophie engravidar, quando a tinha levado para conhecer o lugar onde ele nasceu.

É sempre complicado quando alguém que perdeu o que Dan havia perdido fala sobre isso, especialmente tão pouco tempo depois. A gente nunca sabe ao certo o que dizer, porque não sabe se a pessoa está só fazendo um comentário passageiro ou se quer conversar. Acho que as pessoas se sentiam assim comigo depois que Marie morreu. Dan e eu não tínhamos aquele tipo de amizade antiga ou um laço familiar profundo que faz a gente sentir que pode correr o risco de cometer um deslize porque a outra pessoa vai entender que a intenção é boa. Esse não foi o primeiro comentário que Dan fez perto de mim. Era como se ele falasse mais sobre o assunto a cada fim de semana. Acho que por isso decidi correr o risco e falei: "E o que ela achou?".

"Quem?", Dan perguntou.

"Sua esposa", respondi, já com medo de ter dado uma bola fora. "Sophie. O que ela achou de Phoenicia?"

Naquele breve instante, longo o suficiente para ser notável, vi passar pelo rosto de Dan uma mistura de partes iguais de incredulidade e dor, como se eu tivesse invadido o compartimento privado de suas lembranças. Depois, para minha surpresa, ele sorriu e respondeu: "Ela disse que depois daquilo passou a entender eu e meu jeitão caipira muito melhor".

Sorri também, e o pior ficou para trás. Durante o resto daquele verão, até o começo do outono, enquanto percorremos as Catskills pescando em rios nos quais eu havia pescado sozinho, ou experimentando lugares que eram novos para mim, descobri um pouco sobre a esposa de Dan e sobre sua família também. Ele não era de falar muito. Não acredito que algum dia tenha sido o tipo de homem que fala muito sobre si mesmo. Como você pode ter notado, essa é uma condição que nunca me afligiu, e quando vi que Dan não se incomodava, não tive dificuldade para falar sobre minha vida, que eu nem achava muito interessante, só o suficiente para eu ter visto e ouvido algumas coisas. Falei sobre Marie, mas não sobre sua morte. Minha perda e a dele eram assuntos inacessíveis. Isso complicava um pouco minha parte da conversa, porque, como já disse, ela esteve doente durante todo o tempo do nosso breve casamento. Resolvi esse problema falando sobre como eram as coisas antes de nos casarmos, durante o namoro. Falava sobre Marie e continuava sentindo suas visitas ocasionais, muitas vezes quando Dan estava sentado perto de mim. Acho que nunca me acostumei com aqueles momentos — por mais frequentes que tenham se tornado, duvido que alguém pudesse se habituar —, mas continuava tirando deles um tipo estranho de conforto.

Conscientemente ou não, Dan seguiu meus passos, atendo-se principalmente ao começo do relacionamento, a acontecimentos suficientemente distantes para nos convencermos de que a dor no peito era de nostalgia, nada mais. Ele nunca falava sobre os gêmeos, Jason e Jonas, e, para ser franco, eu me sentia grato por isso. Marie queria muito ter filhos, e uma de suas maiores decepções foi ter deixado este mundo sem ter tido um, pelo menos. Falávamos muito sobre o assunto, falamos até a manhã do dia em que ela morreu, de fato, e depois disso descobri que tinha problemas em ficar perto de crianças, quando encontrava os sobrinhos de Marie nos eventos de família para os quais continuei sendo convidado. Vê-los, ver qualquer criança pequena, me fazia lembrar do que Marie e eu não pudemos ter, do que queríamos ter tido, e isso aumentava minha dor como uma lente potencializa um raio de sol. Com o passar dos anos, esses sentimentos foram adormecendo. Ficou mais fácil, para mim, lidar com a presença de crianças. Mas acho que o sentimento não estava tão longe quanto eu havia imaginado. Bastava o vento forte da minha voz, e lá estavam eles, um pouco empoeirados, mas ainda inteiros.

De qualquer maneira, eu gostava de pensar que todo pequeno desconforto que pudesse sentir valeria a pena se a conversa servisse para ajudar Dan. Na verdade, quando a temporada de pesca acabou naquele outono, fiquei um pouco preocupado com ele. Eu ainda não sabia o que substituiria minha pescaria no inverno, nunca tinha precisado pensar nisso até então, por isso não podia simplesmente dizer ao Dan: "Bom, agora que a temporada de pesca acabou, vamos ter que praticar nosso *curling*". Depois de tanto pescar e conversar, não deveríamos precisar desse tipo de desculpa, eu sei, mas, sem uma atividade como a pesca, eu achava estranho falar com Dan para encontrarmos no fim de semana para conversar. É bobagem, sim. De qualquer forma, Dan esperava visitas naquele primeiro fim de semana sem pescaria, seu irmão e a família. O primeiro aniversário do acidente se aproximava, e a família dele e de Sophie decidiram que ele não devia ficar sozinho nas semanas anteriores e posteriores à data. Dan estava ocupado até depois do Ano-Novo.

Embora eu visse Dan todos os dias no trabalho, trocando algumas palavras com ele aqui e ali, só no fim de fevereiro do ano seguinte eu finalmente o convidei para jantar em casa. Apesar de curto, fevereiro sempre me deu a impressão de ser especialmente vazio, pelo menos naquela região. Sei que não é o mês mais escuro, e sei que não é o mais frio nem o que tem mais neve, mas fevereiro é cinza de um jeito que não consigo explicar. Em fevereiro, todos os grandes e felizes feriados já passaram, e faltam semanas e semanas, meses até, para a Páscoa e a primavera. Acho que é por isso que quem decide essas coisas enfiou o Dia de São Valentim bem no meio do mês, para ajudar a diminuir seu peso. Para ser honesto, porém, mesmo quando tinha motivo para comemorar o dia 14, eu ainda achava que fevereiro era o mês mais sem graça. Acho que isso é parte do motivo pelo qual convidei Dan para vir jantar em casa, e por que, quando abri a porta naquele domingo à noite e o vi ali parado, sem fazer a barba e claramente sem tomar banho, vestido com um moletom velho cheirando a naftalina e mofo, não fiquei tão surpreso quanto poderia ter ficado, principalmente considerando que, quando o vi na sexta-feira, ele estava asseado como sempre. Olhei para ele em pé na porta, vi seus olhos vermelhos e pensei: *Claro, é fevereiro.*

Dizem que, para muita gente, o segundo ano depois da perda de alguém é mais difícil que o primeiro. Durante aquele primeiro ano, diz a teoria, você ainda está em choque. Não acredita realmente que aquilo aconteceu; não consegue. No segundo ano, começa a entender que a pessoa que você inventou que tinha viajado para longe não vai voltar. Não foi isso que aconteceu comigo, mas acho que foi porque perdi Marie muito tempo antes de ela ir embora, e usara vários daqueles truques que as pessoas só descobrem muito mais tarde. Mas a teoria se confirmava com Dan. Ele havia enfrentado com coragem o feriado de Ação de Graças, o Natal, o Ano-Novo, havia se esforçado para ser um bom anfitrião para os diversos parentes que o visitaram, e quando o último, um primo de Ohio, foi embora depois de ficar uma semana, sem nenhuma perspectiva de visitas no futuro próximo, a constatação de que estava sozinho o atropelou como um caminhão carregado de tijolos. Até então, ele havia conseguido dormir — não muito, mas relativamente bem — e se distraía vendo filmes antigos no videocassete, uma de suas paixões. Agora não conseguia dormir, perseguido pela lembrança daquele enorme caminhão branco vindo em sua direção, a grade frontal como dentes prateados rindo para ele enquanto se preparavam para arrancar com uma mordida um pedaço de sua vida que jamais recuperaria. Quando tentava ver televisão, assistir à sua cópia de *Rio Vermelho*, por exemplo, ou a um programa de entrevistas de fim de noite, o que aparecia na tela era substituído pelo rosto de Sophie, os olhos desviando dos dele para olhar para o caminhão barulhento, a expressão passando do sono matinal ao terror que arregala os olhos, a boca se abrindo para emitir um som que Dan jamais ouviu.

Ele me contou tudo isso durante o jantar, que foi espaguete com almôndegas, pão de alho e salada, em resposta à minha pergunta: "E aí, Dan, como vai?". Não o interrompi, limitando-me a fazer ruídos solidários. Aquilo era o máximo que ele tinha falado comigo de uma vez só, o máximo que contava sobre sua perda, e depois que começou, eu sabia que não devia fazê-lo parar. Dan usou boa parte do tempo do jantar para desabafar, tempo durante o qual comeu pouco, só um pedaço de pão de alho, mas conseguiu beber quatro taças do vinho tinto da garrafa sobre a mesa. Foi o suficiente para ele começar a balançar um pouco e para deixar as pálpebras pesadas. Quando pensei que ele havia terminado de falar, disse: "Olha, não me leva a mal, mas acho que você devia conversar com alguém, talvez um profissional. Pode ser que ajude".

Dan respondeu com voz pastosa. "Não levo a mal, Abe... Abraham. Quer saber o que ajuda? Vou falar. Às quatro da manhã, mais ou menos, quando estou deitado na minha cama com os olhos bem abertos olhando para o teto, que é como uma tela de cinema flutuando sobre mim, porque é branco e porque posso ver tudo que aconteceu projetado ali, de novo e de novo... quando são quatro da manhã, e eu penso *Vou levantar em uma hora e meia mesmo, por que não agora?*, me arrasto para fora da cama, visto uma roupa qualquer, não importa qual, faço café e ponho num copo para levar, porque não posso ficar sem meu café matinal, então saio, pego o carro e vou até a esquina da Morris Road com a 299. A Morris tem um acostamento largo, posso parar e ficar no carro bebendo meu café. Agora tem um semáforo no local, sabia disso? Sabia?"

"Sim, eu sabia."

"É claro que sabia. Quem não sabe? Ele marca o local onde a família Drescher, nós, a família feliz de um tal Daniel Anthony Drescher foi *reduzida* para sempre. Fico sentado naquele lugar, naquele local histórico, com o copo de café na mão e os olhos naquele semáforo. Eu o estudo. Contemplo. Vejo seus três olhos de vidro se alternando no comando. Se está mais quente, ou se não está, abro a janela e escuto. Vamos dizer que comece pela luz verde. Tem uma vibração, quase como um despertador, seguido por um estalo surdo, e a luz muda para amarelo. Outra vibração, outro estalo, e é a vez do vermelho. É como abrir e fechar portões, como portões de uma prisão. A luz fica mais tempo vermelha, sabia disso? Eu cronometrei. Olhando para ela da Morris. Da 299, ela fica mais tempo verde. Depois do vermelho vem o verde, depois o amarelo. Bzz, clanc. Bzz, clanc. Portões abrindo e fechando, Abe. Portões abrindo e fechando.

"E vou contar um segredinho para você. Olhar para a luz não ajuda em nada. Não penso: *Bom, pelo menos alguma coisa boa derivou daquela tragédia*. A intersecção é só mais um lugar onde estar. Não posso escapar disso. Não posso escapar de nada disso. Eu sou o Inferno, sabe? Posso estar no lugar de onde saí voando, digamos assim, o lugar em que fui jogado. Lá me sinto mais calmo. Estranho, não é? Ultimamente tenho os pensamentos mais estranhos. Juro que tenho. Quando olho para as coisas, quando olho para as pessoas, eu penso que nada daquilo é real. Tudo é só uma máscara, como aquelas máscaras de papel machê que fizemos para uma peça na escola quando eu era criança. Que peça era aquela? Acho que foi *Alice no País das Maravilhas*, mas não lembro. Queria lembrar da peça. Queria mesmo. Tudo uma máscara, Abe, e a pergunta de um milhão de dólares é: *O que tem por trás da máscara?* Se eu pudesse atravessar a máscara, se eu pudesse fechar a mão e abrir um buraco nela com um soco", ele esmurra a mesa, fazendo os pratos tremer, "o que encontraria? Só carne? Ou teria algo mais? Eu encontraria aquelas coisas sobre as quais o pastor falou nos funerais? Você não estava lá, estava? Acho que não nos conhecíamos tão bem naquela época. Beleza, o pastor falou, os três estavam em um lugar de muita beleza, beleza além da nossa capacidade de compreensão. Alegria também, um lugar de alegria infinita. Se eu conseguisse abrir um buraco na máscara, eu veria beleza e alegria? É de se esperar que sim, e também o paraíso, porque é disso que estamos falando, certo? Ou é só isso, a máscara é tudo. Mas vou dizer uma coisa, quando estou sentado naquele cruzamento, vendo a luz cumprindo seus ciclos, penso em outras... outras possibilidades. Talvez quem, ou o que, comanda o espetáculo não seja tão legal. Talvez seja mau, ou louco, ou entediado, ou desinteressado. Talvez tenhamos entendido tudo completamente errado, tudo, e se pudéssemos olhar através da máscara, o que veríamos nos destruiria. Já se sentiu assim?"

"Não exatamente", respondi.

"Tudo bem", Dan falou e se reclinou na cadeira, onde adormeceu prontamente.

Lembrando as palavras de Dan agora, é difícil não sentir um calafrio, pensar: *Como ele sabia?* Dizem que estados mentais extremos podem levar o indivíduo a uma... disposição visionária, acho que é esse o nome. Pode ter sido isso que aconteceu com ele. Por outro lado, tenho de lembrar que o que aconteceu naquele dia no Dutchman's Creek, o que ouvimos, o que vimos, meu Deus, o que tocamos, que tudo aquilo não necessariamente confirma as palavras de Dan. Mas isso tudo parece uma falácia. Na verdade, parece mais uma completa e ilusória negação, um comportamento de Poliana. Mas existem algumas coisas, por mais verdadeiras que sejam, com as quais não se pode viver. É preciso recusá-las. Você desvia o olhar do que está bem ali, na frente do seu nariz, e não só finge que não está lá agora, mas que nunca viu aquilo. Faz isso porque sua alma é uma coisa frágil que não suporta o calor abrasador da revelação, e a verdade que se dane. O que mais podemos fazer?

Como ele não estava em condições de voltar para casa dirigindo, ofereci minha cama e fiquei com o sofá. Não foi divertido tentar tirá-lo daquela cadeira, manobrá-lo pela sala de estar e pelo corredor até o quarto. Ele ficava tentando parar e deitar, e não é fácil convencer um homem grande e bêbado de vinho e exaustão a não se largar no meio do corredor. Apesar de tudo que Dan havia dito, eu não tive dificuldade para dormir. Mais tarde naquela noite, ou melhor, já devia ser a manhã seguinte, tive um pesadelo, o primeiro desde que Marie morreu. Via de regra, meus sonhos sempre foram do tipo comum, da série "isso é o que eu fiz hoje". Raramente, se é que acontecia, minha mente invocava sonhos estranhos, exóticos, sonhos com jeito de sonhos. Sempre fui desse jeito. Para dizer a verdade, eu costumava invejar as pessoas que sonhavam estar em grandes aventuras, ou tendo tórridos casos de amor, ou jantando com pessoas famosas. Para mim, esses sonhos eram como estrelar o próprio filme. Esse sonho não foi uma alegre produção de Hollywood. Foi o tipo de filme que você quer interromper, mas não consegue, porque desligar a televisão implicaria levantar do sofá e atravessar a sala, e você está literalmente apavorado demais para isso. É como correr um tremendo risco. Mas isso não é tudo, não. Você também está fascinado. Então fica ali sentado, incapaz de parar de assistir ao filme, sabendo muito bem que vai se arrepender de não ter mudado de canal mais tarde, quando vai cobrir a cabeça com o cobertor e ficar rezando para que o rangido que ouviu do outro lado da porta do quarto seja só a casa se acomodando, e não um passo.

No sonho, eu estava pescando. Quero dizer que começou normalmente, mas não é verdade. Eu estava em pé ao lado de um riacho estreito, cheio de curvas e rápido. Quando digo que é rápido, quero dizer que a água espumava, como faz depois de uma tempestade torrencial. Eu não conseguia ver nada além da superfície. À minha esquerda, o rio descia de uma encosta íngreme. À minha direita, a superfície espumava por uns doze metros antes de despencar. Na minha frente, do outro lado do rio, a outra margem se erguia inclinada até uma linha densa de vegetação. Atrás de mim, o solo também subia para um aglomerado de árvores. Lá em cima, o céu era de um azul profundo, o sol ofuscava. Apesar da luz do sol, as árvores na minha frente, não só os espaços entre elas, mas as próprias árvores, eram escuras, não simplesmente sombreadas, mas escuras de verdade, como se fossem feitas da própria noite. Ali no limite daquele riacho caudaloso, com a vara de pescar na mão, a linha na água, eu não conseguia desviar os olhos daquelas árvores, daquelas árvores escuras, embora olhar para elas me causasse a mais intensa vertigem, como se ao olhá-las eu estivesse olhando para muito longe, para um vazio profundo. Pior, eu me sentia observado, sentia os olhos de coisas no limite das árvores, e de coisas muito além delas, que, de alguma forma eu sabia, eram maiores, muito maiores. Podia sentir aqueles olhos, os olhares, como uma nuvem de insetos rastejando sobre mim. Um grito se formava em minha garganta. Eu estava prestes a largar o equipamento e correr, quando alguma coisa puxou minha linha.

A vara se curvou com a força da fisgada. A linha começou a desenrolar, e desenrolava depressa, mais depressa do que eu jamais tinha visto, fazendo o barulho furioso que a gente escuta naqueles programas de pesca em alto mar, quando um marlim ou um peixe-espada morde a isca. Ela desenrolava depressa, e ia longe, como se o peixe que eu havia fisgado tivesse decidido mergulhar fundo, descer até uma profundidade muito maior do que eu pensava que um riacho daquele tamanho poderia ter. Com medo de agarrar o molinete e arrebentar a linha (e imaginando se isso seria muito ruim), segurei a vara. O peixe descia ainda mais. A linha continuava desenrolando. De repente, o que eu tinha fisgado parou. Hesitei, esperei para ver se era só uma pausa. Nada. Comecei a girar a manivela do molinete. Pelo que pareceram horas, enrolei a linha, puxando mais linha do que poderia ter ali. Mesmo nas profundezas do sonho, eu sabia disso. Com exceção de um puxão rápido, que me fez parar imediatamente e esperar até decidir que não teria que brigar, logo voltando a recolher a linha, meu pescado seguia plácido, passivo. Eu não conseguia nem imaginar que tipo de peixe havia pego. Não sou especialista, nem perto disso, mas nunca ouvi falar de um peixe que levasse sua linha, mergulhasse fundo até se cansar, aparentemente, e depois se deixasse puxar sem resistência. Aliás, eu não fazia ideia de que correnteza era aquela que deixava meu peixe mergulhar tão fundo. A paisagem parecia a das Catskills, mas eu não reconhecia em que parte das montanhas estava.

Não sei dizer como exatamente eu sabia que o peixe estava chegando mais perto, já que não conseguia enxergar nada na água revolta, mas eu sabia, e com esse conhecimento vinha a sensação de que todas aquelas coisas nas árvores à minha volta prendiam a respiração, esperavam ansiosas, antecipavam alguma coisa que eu não sabia o que era. Quando o que estava na outra ponta da minha linha rompeu a superfície da água, o tempo parou. Vi uma coisa escura se contorcendo na água, como muitas cobras. Não, cobras não, eram mais como plantas, algas marinhas. Não, algas marinhas não, era mais como cabelos, como um punhado de cabelos. Cabelo grosso e castanho, molhado, terrivelmente embaraçado. O cabelo se dividia e caía para os dois lados de uma testa alta e clara, e sobrancelhas longas e finas desenhavam arcos sobre olhos fechados. Naquele momento eu soube, antes mesmo de ver as maçãs do rosto altas, o nariz fino, quase pontudo, a boca, que era o único traço desproporcional em seu rosto — dois tamanhos menor do que deveria ser, como eu costumava provocá-la —, sua boca, o lábio superior por onde o anzol havia entrado e de onde pendia agora minha linha de pesca. Não tinha sangue. Um líquido preto e viscoso brotava da ferida. Fiquei ali olhando para minha esposa, minha pobre e morta Marie — eu sabia que ela havia partido —, fiquei parado na margem daquele riacho segurando a vara de pescar com desespero, porque não conseguia pensar em outra coisa para fazer. Metade de mim estava tão aterrorizada que eu queria jogar aquela vara longe e correr, mesmo que isso significasse descobrir o que me esperava no meio daquela vegetação. A outra metade estava tão devastada que eu queria me jogar no rio e agarrá-la, segurá-la antes que ela voltasse para a água de onde havia emergido. Era como se eu a tivesse perdido cinco minutos antes, tal a intensidade da dor. Lágrimas quentes corriam pelo meu rosto como se não houvesse amanhã.

Então ela abriu os olhos. Eu gani, não tem outra palavra para aquilo, para aquele barulho agudo que saiu da minha boca. Os olhos de Marie, seus olhos ternos e castanhos, que haviam olhado os meus com tanta paixão e bondade, tinham desaparecido, dado lugar a discos planos e dourados, aos olhos foscos e mortos de um peixe. Enquanto ela olhava para mim impassível, fui repentinamente tomado pela convicção de que, se a tirasse da correnteza, veria o restante dela igualmente transformado, seu corpo adorável entregue a fileiras de escamas, coberto de lodo e barbatanas afiadas. Meus braços e minhas pernas, e tudo entre eles, tremiam tanto que a única coisa que eu conseguia fazer era ficar onde estava.

Os lábios dela se abriram, e Marie falou. Quando falou, sua voz saiu fraca, como se ao mesmo tempo estivesse me chamando de muito longe e sussurrando em meu ouvido. "Abe", ela disse naquela voz que eu reconheci imediatamente como a dela, mas com uma diferença, como se saísse de uma garganta que não estivesse mais acostumada a falar.

Assenti para ela, a língua entorpecida dentro da boca, e ela continuou daquele mesmo jeito distante-próximo. "Ele também é um pescador." As palavras saíam enroladas por causa do anzol que perfurava seu lábio.

Assenti novamente sem saber a quem ela se referia. Dan?

"Alguns riachos são profundos", disse Marie.

Com os lábios tremendo, murmurei: "M-M-Marie?".

"Profundos e escuros", ela falou.

"Meu bem?"

"Ele espera", ela continuou.

"Quem?", perguntei. "O que quer dizer?"

Não consegui entender a resposta, uma palavra que o anzol pendurado em seu lábio não a deixava pronunciar direito. A palavra, ou o nome, era uma confusão de sílabas que, para mim, parecia alemão ou dinamarquês. "Ter ficha?". Era isso que parecia. Antes que eu pudesse pedir para ela repetir, Marie falou: "O que se perdeu está perdido, Abe".

"O quê?", perguntei, ainda tentando juntar aquelas sílabas.

"O que se perdeu está perdido", Marie disse. "O que se perdeu está perdido."

Desde o ponto em que o anzol perfurava seu lábio, um rasgo profundo se abriu até a raiz do cabelo, dividindo a pele. Diante dos meus olhos horrorizados, as beiradas se afastaram uma da outra, revelando algo brilhante e escamoso embaixo delas. Gritei, cambaleei para trás, e sem olhar para mim, Marie mergulhou na correnteza de espuma branca. A linha de pesca, travada no molinete, esticou e me puxou para a água, e minhas mãos não conseguiam soltar o cabo da vara de pescar. Meia dúzia de passos trôpegos, e eu estava na beirada do rio, que borbulhava e dançava como uma coisa viva. Eu sabia com a certeza dos sonhos que não queria me aventurar mais perto daquela correnteza, de jeito nenhum. Estava tonto de medo, de Marie, do que houvesse lá dentro com ela, da própria água, que ria da minha luta desesperada para evitá-la. Lutei furiosamente, cravando os calcanhares na areia enquanto era puxado para a frente. Por um momento, a linha afrouxou e, tolo que sou, eu também. Por isso, quando veio o puxão seguinte, mergulhei de cabeça na água branca e em bocas abertas cheias de dentes brancos, fileiras e fileiras de dentes brancos na água branca, e além deles...

Sentei de repente no sofá da sala e acordei com a boca seca e o coração disparado.

O
JOHN LANGAN
PESCADOR

III
NO HERMAN'S DINER

Agora que penso nisso, acho difícil não ver aquele sonho como um presságio. Para ser honesto, não consigo entender como pude interpretá-lo como qualquer outra coisa. Mas esse é o problema em contar histórias, não é? Depois que a poeira baixa, quando você senta para juntar as peças do que aconteceu e, talvez mais importante, como aconteceu para poder ter alguma esperança de entender por que aconteceu, há momentos, como o do sonho, que preveem eventos subsequentes com tal precisão que você se pergunta como pode ter deixado de escutar sua mensagem. O problema é que só quando aquilo que eles anteciparam acontece é que você consegue reconhecer sua importância. Na manhã seguinte à noite em que tive aquele sonho, enquanto a imagem do riacho revolto e do rosto de Marie se abrindo ainda estavam frescos em minha memória, se você me perguntasse o que o sonho significava, acho que eu teria dito que ele expressava meu medo de ter substituído minha esposa pela pesca. Sei que todo mundo já viu psicólogos populares nos programas de televisão em número suficiente para oferecer interpretações convincentes de seus sonhos. Se você tivesse me perguntado se eu achava que o sonho era um aviso, uma profecia como aquelas da Bíblia, eu provavelmente teria olhado para você como a gente olha para alguém que acreditamos estar brincando e perguntado o que andou bebendo. Afinal, mesmo que eu fosse o tipo de pessoa que acredita que os sonhos podem ter acesso ao que nos espera no futuro, o que eu tinha para temer na pesca?

Além disso, o sonho nunca se repetiu, e não é isso que os avisos sobrenaturais devem fazer, eles não se repetem para provar que são sérios? Suponho que aquele tenha ficado claro na minha memória, o suficiente para não precisar de repetição. Se pensei em tudo aquilo, porém, foi como uma curiosidade da minha psique, uma peculiaridade que minha mente havia tirado de suas profundezas. Tinha sido um pouco relapso com as visitas ao túmulo de Marie naquele inverno. Presumi que o sonho tinha mais a ver com isso do que com um lugar verdadeiro, ou uma pessoa. Na verdade, nem relacionei o sonho com Marie às visitas que ela me fazia enquanto eu pescava. Nunca nem pensei nisso.

A aparência de Dan e seu estado de espírito naquela noite de domingo foram os primeiros sinais de uma mudança que o dominou nos dois meses seguintes. Até hoje, não sei ao certo qual foi o gatilho, mas sua dor, sufocada durante tanto tempo, encontrou um túnel para passar por baixo das defesas de Dan e, enquanto ele se distraía com outras coisas, identificou o momento ideal e aproveitou para atacar, enterrando os dentes sujos bem fundo em suas entranhas e se recusando a soltar. Dan usava o mesmo terno e a mesma gravata por vários dias. Uma barba desgrenhada apareceu e se instalou em seu rosto. O cabelo, ainda mais comprido, frequentemente se projetava em configurações estranhas. O horário dele no escritório se tornou errático, para dizer o mínimo. Às vezes ele só aparecia às nove ou nove e meia. Outros dias, podia ser visto em sua mesa às quinze para as sete. Mesmo naqueles dias em que chegava bem antes de todos nós, ele passava a maior parte do tempo olhando para a tela do computador que ainda não havia ligado. Seu olhar, aquele que antes eu achava penetrante, piorou a ponto de ficar quase impossível manter qualquer tipo de conversa com ele. Dan parecia não ouvir nada do que a gente dizia, só cravava em nós aqueles olhos que se tornaram brilhantes como maçaricos. Ele nunca saía do trabalho mais tarde que o restante de nós, e não era incomum entrar em sua sala no fim do expediente e encontrá-la vazia.

Não demorou para o trabalho ser prejudicado. Ele era líder de equipe em dois projetos importantes, em um deles acabou rebaixado de função e foi excluído do outro. A empresa havia mudado. Não era mais, como a diretoria havia começado a trombetear, a IBM do papai, e acho que isso significava que não era mais a minha IBM. A ideia de uma família corporativa que cuidava dos seus, conquistando assim a lealdade de todos, estava se desfazendo, destruída por simples ganância. Em termos práticos, isso queria dizer que Dan não podia contar com a mesma compreensão e indulgência de que eu havia me beneficiado mais de uma década antes. O fato de não se importar muito em manter o emprego ou não naquele momento não queria dizer que ele não pensaria diferente no futuro, e eu fiz o que pude para chamar a atenção dele para isso. Dan não estava muito interessado no que eu tinha para dizer. A dor o levara muito longe em um território cujas fronteiras são tudo aquilo que a maioria das pessoas enxerga, e de onde ele estava, preso nos hábitos e apreensões dessa terra sombria, minha preocupação lhe parecia bem estranha, como se eu estivesse falando outro idioma.

Se depois da minha segunda tentativa de conversar com ele você me perguntasse se eu achava que Dan estaria por perto quando a temporada de pesca começasse na primavera, eu teria respondido sem nenhuma hesitação: "Não". Frank Block havia sido demitido sem a menor cerimônia no mês anterior, escoltado para fora do prédio por uma dupla de seguranças quando começou a gritar que aquilo não estava certo, que ele não merecia isso. Meu gerente, um jovem cuja principal qualificação para o cargo devia ser a untuosidade, já que essa era a única qualidade que ele tinha em abundância — meu gerente começou a fazer comentários nada sutis sobre a empresa estar oferecendo acordos muito generosos para quem fosse esperto o bastante para se demitir. Não era só um corte. Nos corredores do prédio, foram dias, semanas e meses de dispensas para reduzir os gastos e continuar funcionando. E no meio desse desastre, lá estava Dan, botando a cabeça na tábua de corte e oferecendo o machado para quem estivesse interessado. Mas errei na minha previsão. De algum jeito, Dan conseguiu continuar no emprego. Por pior que estivesse, era um cara brilhante, formado entre os primeiros da turma no MIT, e acho que sua contribuição era grande o bastante para valer mais a pena mantê-lo no barco do que jogá-lo aos tubarões.

Às vezes me pergunto se Dan e eu teríamos ido pescar naquela primavera caso não trabalhássemos juntos. Ele não voltou à minha casa desde aquela noite em fevereiro. Eu o convidei várias vezes, mas ele sempre alegava ter outro compromisso. Apesar de não terem a mesma frequência de antes, as visitas da família dele e de Sophie ainda aconteciam esporadicamente, sempre coincidindo com meus convites. Ele nunca me recebeu em casa. Eu tinha certeza de que se sentia constrangido com tudo que havia acontecido, mas não conseguia pensar em um jeito de dizer que não precisava ficar, não sem trazer de volta aquelas lembranças e reviver seu desconforto. Com exceção dos avisos sobre o risco de perder o emprego, eu fazia o possível para respeitar a distância de que ele precisava.

Com alguma surpresa, então, voltei do almoço um dia, cerca de duas semanas antes do começo da temporada de trutas, e encontrei Dan esperando na minha sala, empoleirado na beirada da minha mesa como uma grande gárgula magricela. "Oi, Abe", ele disse.

"Oi, Dan", respondi. "Precisa de alguma coisa?"

"Quanto tempo falta para começar a temporada das trutas?"

"Treze dias. Se me der um minuto, posso falar até as horas e os minutos."

"Você vai?"

"Dan", protestei, "como pode me fazer uma pergunta dessas?".

Ele não sorriu. "Quer companhia?"

"Estou contando com isso", respondi, o que não era exatamente verdade. Eu não tinha certeza de que Dan se juntaria a mim este ano. Considerando seu constrangimento com os eventos de fevereiro, associado ao distanciamento de todo mundo nos últimos tempos, presumi que era bem provável que ele quisesse pescar sozinho, e por isso não tinha tocado no assunto.

"Que bom", disse Dan. "Obrigado."

"Bobagem. O que eu faria sem meu parceiro de pesca?"

"Posso te falar uma coisa?", ele perguntou e se inclinou um pouco para frente.

"É claro."

"Tenho sonhado com pesca. Muito."

"Eu também sonho com isso, mas geralmente é no meio das reuniões."

Dan, que havia arregalado os olhos no começo da minha revelação, mudou de expressão ao perceber que era uma piada. "Sei", ele disse, e ouvi em sua voz uma nota meio aborrecida. Depois se levantou da mesa e perguntou: "Vai ao Svartkil?".

Assenti. "Começo todas as temporadas lá. É meio que uma tradição, sabe?"

"Tudo bem, é claro. E depois disso? Vai subir as Catskills?"

"Sim, vou. Tem dois riachos que ainda não conheço e quero experimentar."

"Bom. Quero sugerir um, se não se incomodar."

"Seria ótimo. Onde está pensando?"

"Dutchman's Creek", ele disse.

Se aquilo fosse um filme, acho que esse seria o momento da explosão da trilha sonora. Mas ali havia apenas o ruído de vozes das pessoas que voltavam do almoço.

Dan continuou: "Já ouviu falar?".

"Acho que não. Onde fica?"

"Perto de Woodstock. Saindo do reservatório do Hudson."

"É uma possibilidade, então. Como encontrou esse rio?"

"Em um livro."

Em geral, sou uma das piores pessoas que conheço para farejar uma mentira. Durante toda a vida, minha família e meus amigos exploraram essa ingenuidade quase sem limites para fazer todo tipo de brincadeira comigo, e algumas fariam você balançar a cabeça de pena. Ali, porém, eu soube que Dan estava mentindo. Não posso dizer como sabia, porque ele não esfregou as mãos nem olhou para os lados, mas tive certeza suficiente para dizer: "Sério?"

"Sério", ele respondeu, franzindo a testa para o meu tom.

"Que livro?", perguntei, incapaz de imaginar um motivo para ele sentir necessidade de mentir sobre isso.

"A história das Catskills na versão de Alf Evers. Conhece?"

"Não", admiti. "Não conheço."

Embora tivesse certeza de que Dan estava mentindo e tivesse a mesma certeza de que ele havia citado o livro de Alf Evers porque eu havia contado que não lia muito, e o que lia se limitava a histórias de espionagem e Louis L'Amour, e também não conseguia ver que diferença fazia a fonte de onde ele havia tirado o nome do riacho. Talvez tivesse ouvido de uma mulher que conheceu em um bar e estava com vergonha de revelar tal fonte. Desde que o rio ficasse onde ele havia dito que ficava e tivesse peixe para morder a isca, que diferença fazia? Eu disse: "Bom, então vamos ter que acrescentar Dutchman's Creek ao nosso itinerário".

Minha decisão, mesmo que aparentemente de pouca importância, agradou a Dan além das expectativas. Seu rosto se iluminou, e ele assentiu depressa enquanto dizia: "Sim, vamos, Abe, vamos". Planos feitos, era hora de voltar ao trabalho. Combinamos de nos encontrar no lugar de sempre em Springvale no sábado depois do próximo. Dan se ofereceu para levar café e rosquinhas.

Naquela noite, procurei Dutchman's Creek no meu atlas de Ulster County, o que demorou mais do que deveria, pois o rio não estava relacionado no índice. Achei isso um pouco estranho. O atlas é bem detalhado. Tive que folhear o livro, encontrar as páginas onde estavam os mapas do reservatório Ashokan e pesquisar suas fronteiras. Meu dedo passou pelo local de onde o rio partia do reservatório duas vezes, pelo menos, mas na terceira tentativa eu o encontrei. Quando encontrei, não consegui acreditar que não tinha visto o riacho imediatamente. Era difícil não ver, um fio azul partindo da margem sul do reservatório em direção ao Hudson, correndo bem ao norte de Wiltwyck, ao sul de Saugerties. Tracei o curso com o dedo indicador, coisa que eu gostava de fazer quando estudava um lugar para pescar. Dutchman's Creek se retorcia e fazia curvas, quase voltando sobre si mesmo algumas vezes. Imaginei que isso daria aos peixes vários pontos de convergência. Enquanto meu dedo seguia as perambulações do riacho, pensei em qual seria a origem de seu nome. Subindo e descendo o Hudson, de Manhattan a Albany, ele havia sido originalmente ocupado pelos holandeses, e ainda era possível ver algumas cidades e povoados dos dois lados do rio com nomes que comprovavam essa origem: Peekskill, Newburgh, Fishkill. Eu não havia estudado o assunto, é claro, mas tinha a impressão de que, embora houvesse muitos lugares nomeados pelos holandeses, não havia muitos nomeados para eles. Na verdade, com exceção desse riacho, eu não conseguia lembrar de nenhum. *Quem era Dutchman, o alemão?*, pensei ao fechar o atlas.

Tive uma resposta para essa pergunta dois meses mais tarde, quando Dan e eu estávamos sentados no Herman's Diner na Route 28, a oeste de Wiltwyck. Dan quis parar para tomar um café e comer alguma coisa a caminho do riacho, o que ele fazia de vez em quando. Eu prefiro comer antes de sair de casa ou, se sentir fome, pedir um sanduíche de queijo com ovo para viagem. Nas ocasiões em que Dan queria parar para tomar café, ele gostava de sentar e estudar o cardápio, pedir alguma coisa que não havia experimentado antes, omelete grega, panquecas de nozes. Se ele fizesse isso com frequência, acho que poderia ter se tornado um problema. Porém, eram poucas as vezes que ele pedia para sacrificarmos meia hora nessa ou naquela lanchonete, e eram ocorrências tão espaçadas que eu dizia a mim mesmo: *Qual é? Faz tempo que não como panquecas de nozes, e talvez seja legal pedir linguiça de acompanhamento*. Além do mais, eu deduzia a partir da minha história que Dan não estava se alimentando tão bem quanto deveria, por isso pensava que ele teria uma refeição decente hoje, pelo menos.

Naquela manhã, não tinha trânsito a caminho do rio. Fora uma semana de céu nublado e muita chuva, tanta que eu jurava que era preciso ter guelras para andar lá fora. A chuva havia parado tarde na noite anterior, mas as nuvens continuavam no céu, e eu sabia que qualquer correnteza em que quiséssemos pescar estaria cheia e agitada, com muita lama e detritos. Há pescadores que dizem que, depois de uma chuva forte como a que tivemos, é melhor esperar um ou dois dias para jogar a linha, mas eu sou dos que pensam que "é melhor um dia ruim de pescaria do que um dia bom fazendo outra coisa". De qualquer forma, lá estava eu, e por isso tínhamos percorrido de carro a Route 28 a oeste de Wiltwyck no costumeiro horário antes do amanhecer, com Dutchman's Creek como nosso destino. No caminho, paramos no Herman's Diner.

O Herman's ficava do lado direito da estrada, o último estabelecimento de uma sequência que incluía uma combinação de posto de gasolina e lava-rápido, um depósito de móveis e um quiosque de sorvete. A lanchonete ficava no centro de um terreno onde não tem mais nada, parecia um daqueles vagões de carga prateados que a gente associa com a década de 1950. Está vazia atualmente, fechada há vários anos, coisa que não consigo entender, porque, embora o Herman's fosse pequeno, na maioria das vezes que fui lá, estava sempre cheio. A gente nunca via o Herman. Na verdade, não sei mais se havia um Herman. Tinha a Caitlin e a Liz, que trabalhavam no balcão e serviam a única fila de mesas, e o Howard, que fazia a maior parte do trabalho na cozinha, auxiliado por uma dupla de primos mexicanos chamados Esteban e Pedro. O que eu gostava no lugar, o que me fez continuar indo lá depois que o descobri no segundo verão em que pesquei, mais até que a comida, era a decoração. O interior da lanchonete era dedicado à pesca. Tinha varas e redes penduradas nas paredes entre milhares de fotos de homens segurando peixes. Também havia alguns peixes empalhados e exibidos em lugares de destaque. Quando você entrava, era recebido por um quadro de avisos cheio de cartuns sobre pesca, alguns recortados recentemente do jornal, outros amarelados e ressecados pelo tempo.

Meu preferido tinha muitos anos, era uma tirinha de dois salmões do tamanho de homens parados ao lado de um rio, um fumando um cigarro, o outro segurando uma cerveja. Linhas saíam de ambos os peixes e iam até a água, repleta de pessoas minúsculas, dúzias delas nadando contra a corrente, os braços junto do corpo, o rosto voltado para frente. Era só isso: nenhuma legenda espirituosa, só aquela inversão simples que eu achava engraçada. Cada vez que entrava naquela lanchonete eu ria, e apesar do que aconteceu naquele dia, mais tarde, pensar no desenho hoje ainda me faz sorrir. Dan não achou o desenho particularmente engraçado.

O mais estranho na lanchonete, e vale a pena comentar nem que seja só por ser algo em que prestei atenção todas as vezes que comi lá, era uma grande pintura a óleo que ficava acima e à esquerda do guichê de pedidos, do ponto de vista de quem sentava no balcão. Era uma pintura tão velha, tão manchada pela fumaça de milhares de omeletes e hambúrgueres, que só com cuidado e estudo diligente era possível começar a ter uma ideia de seu tema. A tela era uma confusão tão grande de tons e sombras que eu até desconfiava que fosse algum tipo de teste de Rorschach gigante. O lugar onde estava o quadro não era muito bem iluminado, o que não ajudava muito. Dava para ver um borrão preto comprido e encurvado, alguma coisa pairando no meio da tela sobre uma área clara, com uma linha branca e sinuosa no canto superior direito. Você pode estar pensando que olhei para o quadro, não consegui entender nada do que vi e deixei isso para lá. Mas havia algo nele, uma qualidade para a qual não sei se tenho palavras. A pintura me fascinava. Acho que porque estava muito perto de mostrar o que era, revelar seu significado. Talvez fosse mesmo um grande teste de Rorschach. Eu via uma cena diferente cada vez que me sentava naquele balcão. Uma vez, acho que a primeira em que parei no Herman's, vi uma ave descendo do céu, um corvo, talvez. Outra vez, pensei que poderia ser um morcego. Depois, como a lanchonete inteira era decorada com temas de pesca, deduzi que a pintura podia ser uma cena de pescaria. Apesar dessas deliberações, não tive nenhuma ajuda dos funcionários da lanchonete, que diziam não ter ideia de onde a tela tinha vindo. Howard achava que ela havia sido comprada de uma pousada em algum lugar na Nova Inglaterra — na região de Mystic, ele lembrava —, mas não sabia mais que isso, exceto que ninguém conseguia dizer o que o quadro mostrava. Liz e Caitlin se recusavam a entrar nessa discussão, apesar da minha insistência.

Naquela manhã, quando Dan e eu sentamos diante do balcão e fizemos nossos pedidos, não precisei da ajuda de ninguém para ver um peixe no borrão preto no centro da tela, uma coisa comprida, sinuosa, um lúcio, acho. O peixe havia sido fisgado e se retorcia na luta contra seu destino. Quanto mais eu olhava para o quadro enquanto bebia meu café ali sentado, mais certeza eu tinha de que, finalmente e depois de muita cogitação, havia solucionado seu mistério. Nessa solução, vi um bom presságio para o dia de pescaria. Fui tomado pelo impulso momentâneo de falar com alguém sobre minha descoberta, compartilhar meu sucesso, mas Dan tinha ido ao banheiro, e não havia mais ninguém na lanchonete. No momento em que Dan voltou, o impulso havia desaparecido.

Quando olhei em volta procurando alguém que também estivesse tentando decodificar o quadro, notei que lá fora, onde a mudança da luz anunciava os primeiros traços fracos do amanhecer, o ar ficava turvo. Momentos depois, as primeiras gotas de chuva batiam na janela. Não gemi, mas senti vontade. Vou pescar na chuva, diabos, eu pescaria até na neve, mas não quer dizer que gosto disso. Não acho que uma garoa fina seja tão ruim, mas o tipo de chuva que estava caindo em cima da lanchonete, aquela chuva intensa que ensopa a gente em um minuto e continua caindo, essa não é minha ideia de diversão. Talvez fosse uma tempestade passageira. Mas quando Liz serviu meus ovos mexidos com picadinho de carne, a chuva havia se transformado em um paredão de água.

Enquanto estávamos comendo, Howard saiu da cozinha, pegou uma xícara de café e foi conversar conosco. Ele fazia isso de vez em quando: tenho certeza de que era o dono da lanchonete, e acho que aquela era sua versão de relacionamento com os clientes. Tivemos uma conversa rápida dois ou três anos antes, mas não sabia se ele lembrava disso. Trocamos cumprimentos, falamos sobre o tempo, que estava quente e ensolarado, e como os peixes estavam mordendo a isca, o que era verdade. Depois disso, ele acenava com a cabeça quando me via, mas notei que acenava basicamente para todo mundo que entrava na lanchonete. Howard era um homem alto, com braços compridos que acabavam em mãos enormes. Seu rosto era o que minha mãe teria chamado de pouco atraente. Não que ele fosse feio, exatamente, acho que era comum. Ele tinha um queixo projetado que dava a impressão de que estava sempre escondendo alguma coisa na boca, uma comida quente demais para engolir. A pele era pálida e tinha aquela aparência gasta que se vê em alguém que passou a maior parte da vida fumando. A voz era baixa e rouca, e pelas conversas que ouvi entre ele e outras pessoas, sabia que era razoavelmente inteligente, o suficiente para eu me perguntar por que cozinhava em uma lanchonete. Nunca soube a resposta para isso.

Enfim, Howard estava ali, com a caneca branca e lascada em uma das mãos enormes, o chapéu branco de chef sujo, o seu preferido, inclinado para trás na cabeça, e nos desejou um bom dia. Quando respondemos ao cumprimento, ele continuou: "Que tempo, né?".

Dan grunhiu com a xícara na boca.

"Nem fala! Os rios devem estar cheios", eu disse.

"Muitas inundações", Howard falou. "Em alguns lugares está bem ruim. Estão planejando pescar?"

"Estamos", respondi.

Howard fez uma careta. "Não dá para dizer que seja um bom dia. Aonde vão?"

"Dutchman's Creek", respondi. Num impulso, acrescentei: "Já ouviu falar?".

Provavelmente, eu podia contar nos dedos de uma das mãos as vezes que alguma coisa que eu disse fez uma pessoa empalidecer. A maioria desses casos aconteceu na infância, quando eu dava alguma notícia preocupante a um dos meus pais, ou aos dois. Que eu havia pisado em um prego no porão, esse tipo de coisa. Bem, acrescente à lista aquela manhã de sábado no começo de junho. A pele clara de Howard ficou ainda mais pálida, como se alguém tivesse jogado um copo de leite em uma tigela de aveia. Seus olhos se arregalaram, e a boca se abriu como se o que ele mantinha lá dentro também não conseguisse acreditar em seus ouvidos. Ele levou a caneca de café aos lábios, bebeu tudo e foi pegar mais. Olhei para Dan, que olhava para frente enquanto mastigava uma porção de waffle belga, o rosto tomado por uma expressão que eu não conseguia interpretar.

Howard acrescentou uma porção generosa de açúcar à caneca e, sem misturar o conteúdo, se virou para nós. Com voz calma e o rosto ainda pálido, ele disse: "Dutchman's Creek, é?".

"Isso mesmo", confirmei.

"Não tem mais muita gente que conhece esse riacho. Como o descobriram?"

"Meu amigo aqui leu sobre ele."

"Sério?", Howard perguntou a Dan.

"Sim", Dan respondeu mastigando o waffle.

"Onde?"

"Em um livro de Alf Evers sobre as Catskills." Ele não olhava para Howard.

"Esse livro é bom", disse Howard, e percebi que as costas de Dan ficaram tensas. "A história é boa. Não lembro de ter visto nada sobre o riacho nele."

"No capítulo sobre o reservatório", disse Dan.

"Ah... é lá que deve estar, não é? Devo ter esquecido", Howard falou, mas o tom de voz dizia que ele jamais teria esquecido. "Vou ter que ler o livro de novo. Tem umas histórias boas nele. Como minha memória obviamente não é mais isso tudo, talvez você possa me contar o que mais Alf fala sobre o riacho. Ele conta de onde veio o nome?"

"Não", Dan respondeu e terminou de comer o waffle. "Nem menciona."

"E as pessoas que morreram lá? Ele menciona?"

Dan levanta a cabeça de repente. "Não."

"Hmmm", Howard massageia o queixo com a mão livre. "Acho que Alf Evers não era tão detalhista quanto eu pensei."

"Morreram?", eu perguntei.

"Sim", disse Howard. "Algumas pessoas encontraram o Criador no riacho. As margens são mais inclinadas do que parecem, e o solo é bem solto. Além disso, o riacho é fundo e rápido. Tudo isso significa que cair na água e nunca mais sair de lá é mais fácil do que parece."

"Quantos se afogaram?", perguntei.

"Meia dúzia, sete ou oito, fácil", respondeu Howard, "e só falo do tempo que estou aqui", ele apontou a lanchonete com a caneca, "os últimos vinte anos, vamos dizer. Não sei qual é o total exato além de pessoas, mas alguns moradores mais antigos comentam que o riacho já levou homens suficientes para causar vergonha a rios maiores. Gente de fora da cidade, na maioria das vezes, pessoas que vêm da cidade passar o fim de semana. Os residentes sabem que não devem testar o rio, mas de vez em quando um garoto decide provar sua coragem para os amigos ou alguma garota acaba desafiando as águas. Quando isso acontece, bem, o rio não discrimina ninguém. Aceita o que for servido, se entende o que quero dizer. Os veteranos dizem que o rio é faminto, e o que eu ouvi me faz concordar com eles."

"De onde veio esse nome?", Dan perguntou.

"Como?", Howard estranhou.

"Você perguntou se sabíamos de onde veio o nome Dutchman's Creek. Imagino que você saiba. Certo?"

"Sim", confirmou Howard. "É uma longa história. Alguns dizem que é uma lenda local, mas é mais que isso. É longa... mais longa do que podem estar pensando."

"Estou curioso", Dan admitiu. "E tenho certeza de que Abe também está. Não está?"

Eu estava. O aviso de Howard me fez querer saber o motivo de tanta comoção. Também estava curioso sobre a energia que senti fluindo entre ele e Dan. Nenhuma hostilidade declarada. Era mais como se Dan tivesse medo de Howard revelar alguma coisa que ele preferia manter escondida, e Howard estivesse aborrecido com Dan por causa desse segredo. Ao mesmo tempo, a gente tinha ido até ali para pescar. Olhei para trás, porém, e vi que continuava chovendo. Suspirei. "Acho que sim", falei. "Gosto de ouvir uma boa história, mesmo que seja lenda. Mas não queremos tomar seu tempo."

"Acho que Esteban e Pedro podem dar conta de tudo por mais alguns minutos. Além do mais, não temos tanto movimento."

Ele olhou para a lanchonete, onde ainda éramos os únicos clientes. Caitlin e Liz estavam sentadas em uma das mesas, Caitlin fumando, Liz lendo o jornal. "Estranho para um sábado. Mesmo com a chuva, costuma ter sempre algumas pessoas tomando café." E deu de ombros. "É quase como se tudo conspirasse para eu contar a história, não é?" Seu tom de voz era casual, mas de repente tive consciência da tremenda e pesada urgência por trás dele, como se a história prometida se arrastasse em nossa direção. Por um momento, senti uma vontade quase irresistível de fugir dele e de seu relato, jogar todo o dinheiro do meu bolso em cima do balcão e sair correndo naquele temporal. Então ele disse: "Entendam que não posso confirmar nada disso", e eu fui fisgado.

O que Howard nos contou a seguir ocupou quase uma hora, tempo durante o qual a lanchonete esteve tão silenciosa quanto uma igreja, isolada do mundo lá fora por uma parede de água que descia do céu. A história dele era longa, certamente a mais longa que ouvi de um homem de uma só vez. Enquanto ele a contava, eu me surpreendia com sua memória, com a quantidade de detalhes no discurso e nos gestos, de pensamentos e de intenções, e uma vozinha na minha cabeça continuava cochichando: "Isso é impossível. Ninguém tem uma memória tão precisa. Ele está inventando. Só pode estar". E embora eu tivesse vivido algumas experiências estranhas, os fatos relatados por Howard fizeram até as mais estranhas delas parecerem comuns, como uma xícara de café e uma fatia de torta de maçã.

O engraçado é que, enquanto ele contava essa história, eu acreditava muito mais nela do que teria imaginado provável. Mas quando ele parou de falar, me convenci de que havia escutado a maior quantidade de merda que alguém já tinha falado. Porém, mesmo depois de Dan e eu pagarmos a conta e sairmos de lá para seguir viagem rumo ao riacho, era como se eu ainda estivesse ouvindo a voz de Howard, como se estivesse dentro da história dele, olhando para tudo, como se a história se desenvolvesse à minha volta.

Se eu disser que tinha mais verdade na história de Howard do que acreditei no início, não acho que vai ser uma grande surpresa. O que considero quase tão impressionante é me lembrar de tudo o que Howard disse, literalmente. Levando em conta o que aconteceu com Dan e comigo, talvez isso não seja tão surpreendente. Mas também consigo lembrar tudo que Howard não disse:

Alguns meses depois de tudo isso, quando o verão ficou quente e seco, eu estava sentado à mesa da cozinha com a caneta na mão e um bloco de papel na minha frente. A história de Howard me atormentava havia semanas, e eu tinha decidido escrever o que me lembrava dela. Esperava que a tarefa ocupasse uma tarde, talvez um pouco mais. Quanto tempo pode levar para escrever uma história contada em uma hora, não é? Nunca fui muito de escrever e passei tanto tempo organizando as coisas quanto demorei para anotá-las, mas queria registrar tudo que conseguia lembrar do que Howard havia dito, anotar tudo com exatamente como ouvi. Quando aquela primeira noite passou, minha mão ainda estava movendo a caneta pelo papel. Nos quatro dias seguintes, eu escrevi. Escrevi, escrevi e escrevi, e entendi que a história havia acontecido comigo, de algum jeito. Howard a guardara dentro de mim.

Nesse processo, a história trouxe detalhes que Howard não tinha incluído, o suficiente para estender o que ele nos disse pelo resto da manhã e da tarde até a noite. Todos os tipos de informações adicionais das personagens cujas histórias ele contou — Lottie Schmidt e o pai dela, Rainer, além de histórias sobre homens e mulheres que ele não havia mencionado, como Otto Schalken e Miller Jeffries —, cobriam as páginas. No entanto, ao mesmo tempo, cada detalhe que eu escrevia parecia familiar. Eu tinha a sensação enlouquecedora de que, embora Howard não tivesse nos contado a história completa, ela havia saído comigo da lanchonete mesmo assim, e eu a conhecia — ou talvez fosse conhecido por ela, envolvido em seu abraço.

Ofereço aqui esta versão mais longa da história, quando e como fomos apresentados aos seus principais atores. Isso significa me afastar por muito mais tempo do que gostaria da minha própria história. Assim, não posso deixar de recorrer à história de Howard, embora tudo o que aconteceu comigo e com Dan, toda a maldade que nos encontrou e nos perseguiu, faça muito menos sentido do que faria com a história dele incluída. Talvez isso não diga muito. Você pode imaginar Dan e eu sentados em algum lugar na periferia do drama que está para começar, enquanto Howard nos aponta quem é quem e o que é o quê. Ou talvez você nos imagine caminhando nas margens, vendo a história se desenrolar pela página.

Isto foi o que recebi de Howard, cujo sobrenome eu nunca soube:

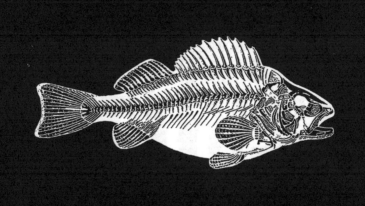

PARTE 2

DER FISCHER: UMA HISTÓRIA DE TERROR

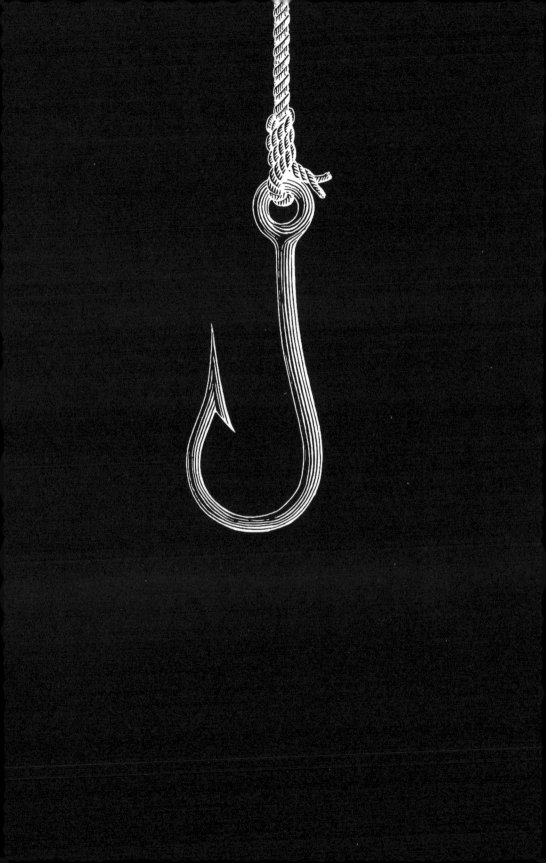

O PESCADOR
JOHN LANGAN

I

Ouvi a maior parte disso [Howard disse] do reverendo Mapple. Ele era pastor na Igreja Luterana em Woodstock, e o que se pode chamar de aficionado pela história local. Depois que ouvi o que vou contar para vocês, fiz uma pesquisa em diferentes livros, histórias, esse tipo de coisa, por isso acho que o reverendo sabia de alguma coisa. Ele costumava vir aqui cedo no domingo de manhã, antes do culto, para tomar café. Homem grande, peito largo, parecia mais um homem forte do circo do que um homem ligado à religião. Tinha aquela barba longa e crespa que a gente vê nas fotos daqueles caras da Guerra Civil, sabe?

Enfim, o reverendo ficou curioso sobre o riacho. Não sei exatamente como. Alguma coisa que ele ouviu um dos membros mais velhos de sua congregação comentar, acho, e que despertou seu interesse. Ele me perguntou a respeito em uma manhã de domingo, mas eu era novo por aqui, tinha acabado de chegar de Providence, onde havia começado a escrever um livro que ninguém queria publicar. Disse ao reverendo que não podia ajudar, mas falei que ele estava certo, que os moradores eram meio estranhos em relação àquele rio. Gosto de pescar, caso não tenham percebido, e a única vez que mencionei a ideia de ir àquele rio, que eu tinha visto por acaso em um mapa, dois clientes não mediram esforços para me convencer de que era impossível tirar alguma coisa comestível dele. Foram enfáticos, e nem eram tão velhos. A gente espera conselhos esquisitos de pessoas mais velhas, não é? Na verdade, eram mais jovens que eu, deviam ter acabado de sair do colégio. Eles aguçaram minha curiosidade, sim, mas também me assustaram. Tentei descobrir tudo que pudesse, fiz algumas perguntas aos clientes, aos mais velhos, mas ninguém falava nada.

O reverendo Mapple teve uma ideia. Parte de seus deveres de pastor era visitar os doentes da congregação. Alguns estavam no hospital, outros, trancados em casa. Como eu, ele percebia que, se alguém conhecesse essa história por trás do rio, deviam ser os mais velhos. Ele não conseguia fazê-los falar quando os encontrava na igreja ou na cidade, por mais que tentasse. Mas acreditava que, se pudesse conversar com um deles a sós, teria mais chances. Como eu disse, ele era um homem grande, e sua presença podia ser bem imponente. Caramba, ele quase me fez ir à igreja dele, e eu fui criado no catolicismo. Acho que o plano o faz parecer meio calculista, não? Suponho que, na verdade, era.

Porém, mesmo falando em particular com as pessoas, na privacidade da casa de cada uma, ele teve uma dificuldade dos diabos para descobrir alguma coisa. O máximo que alguém se dispunha a falar eram algumas palavras, e eram poucos que se dispunham a isso. Ele soube que o rio foi chamado originalmente de "Deutschman's Creek" ou Riacho do Alemão, e não "Dutchman's Creek", Riacho do Holandês; é como o holandês da Pensilvânia, sabe? Dizem "holandês", mas é alemão na verdade. É a mesma coisa. Uma senhora disse que o pai dela se referia ao riacho como *Der Platz das Fischer*, mas ela não sabia o que as palavras significavam. Quando perguntou ao pai, ela levou a única surra de toda sua vida.

O reverendo foi procurar as palavras. Como vocês já devem ter imaginado, também eram do alemão e significavam alguma coisa como "a praça do pescador".

[Ao ouvir a palavra "fischer", tive uma rápida sensação de déjà-vu, como se já tivesse escutado a palavra antes, como se houvesse sonhado com ela, e ouvir Howard pronunciá-la me fazia sentir como se os sonhos e a vida real se sobrepusessem momentaneamente. Balancei a cabeça.]

Para resumir uma longa história — bem, para resumir essa parte de uma longa história —, o reverendo passou um ano fazendo perguntas antes de conseguir algumas respostas. E elas vieram de uma mulher idosa. Seu nome era Lottie, Lottie Schmidt. Ele foi visitá-la em Fishkill. A família a havia colocado em uma casa de repouso na região. Acho que para mantê-la por perto. Sim, o filho era um guarda da Downstate Correctional. O reverendo Mapple ia visitá-la a cada duas semanas, porque ela havia pedido e porque ele era esse tipo de homem. E ele perguntou sobre o riacho, é claro, e como todo mundo, ela não tinha nada para dizer.

Até aquele sábado. Lottie estava perdendo a lucidez rapidamente desde que fora internada na casa de repouso. Esse tipo de coisa acontece com muita gente idosa, não é? Não sei ser era Alzheimer, senilidade ou se ela simplesmente estava desistindo, mas em pouco tempo o reverendo não conseguia fazer muito mais do que rezar com ela nessas visitas. Às vezes, quando terminavam de rezar, ele falava com ela, mas pela expressão vazia em seu rosto, talvez fosse mais o caso de falar para ela. Ainda assim, uma vez ele me disse: "Pode ter alguém lá, Howard, bem lá no fundo, e é importante que eles saibam que não foram esquecidos". Então, ele falava sobre sua vida, contava o que tinha feito desde a última visita.

Começou a falar das pesquisas sobre o riacho, perguntando se Lottie lembrava que ele havia feito perguntas e que ela não tinha falado nada. Bem, pois ele finalmente descobriu alguma coisa: não muito, mas era um começo. Ele descobriu sobre o *Deutschman's* Creek, disse, e sobre *Der Platz das Fischer.*

O reverendo havia desviado o olhar de Lottie enquanto falava. Tinha ido encher um copo com água na torneira da pia no canto do quarto. Quando virou de novo com o copo na boca, o que viu o fez pular de susto e derrubar água em si mesmo. Lá estava Lottie em pé a meio metro dele, seus olhos abertos e lúcidos, cravados nele. O reverendo Mapple ficou sem fala. Não tinha escutado a mulher levantar da cama, caminhar para perto dele, nada. Antes que pudesse falar alguma coisa, Lottie disse: "Aquele é um mau lugar, reverendo.

Um mau lugar, e você não devia perguntar sobre ele". A voz dela... bom, só tornava tudo aquilo mais estranho. Os pais de Lottie eram alemães, e a própria Lottie nasceu na Alemanha. A família havia se mudado quando ela era menina. Apesar de ter um bom inglês, ela nunca perdeu o sotaque completamente. Dava para ouvir lembretes dele de vez em quando. Quando rezava o "Pai-Nosso" com o reverendo, o sotaque se fazia mais presente em algumas vogais e consoantes, esse tipo de coisa. Agora Lottie falava como se ainda estivesse aprendendo o inglês, como se ainda tivesse a boca cheia de alemão. Não era só isso. Lottie tinha o que poderíamos considerar uma típica voz de velhinha, meio aguda e trêmula, como a da sua avó. Essa característica havia desaparecido, substituída por uma nota forte, clara, a voz de alguém seis décadas mais jovem.

Mesmo abalado como estava com tudo isso, o reverendo conseguiu perguntar a Lottie por que *Deutschman's* Creek era um lugar tão ruim. A curiosidade era forte a esse ponto. De início, Lottie não disse nada, só balançou a cabeça e se recusou a olhar para ele. Finalmente, o reverendo falou: "Lottie, não pode me dizer que o riacho é um lugar ruim e não falar mais nada. Isso não é justo. Na verdade, esse tipo de conversa me faz pensar que tenho de ir até lá para descobrir o motivo de tanta comoção". Sem ter a intenção, ele passou a falar com Lottie como se ela fosse novamente uma criança.

Quando ele ameaçou visitar o riacho, Lottie quase perdeu a razão. Agarrou as mãos do reverendo Mapple e disse que ele não devia, não podia, que era muito horrível, era terrível, e uma enxurrada de alemão transbordou dela, cada palavra, tenho certeza, reforçando o que já tinha sido dito. Ela ficou muito agitada, disse o reverendo, que teve de se esforçar para impedir que a mulher caísse em prantos. Ela pedia, implorava para ele prometer que não iria ao riacho. Por pura piedade, ele quase prometeu. Mas a agitação de Lottie... bem, era a prova de que devia ter uma tremenda história relacionada ao Dutchman's Creek. De repente, o reverendo estava prestes a encontrar a resposta para a pergunta pela qual estava obcecado há quase um ano, e dá para entender como ele se sentia. Ele disse a Lottie que só poderia saber se devia evitar o riacho se alguém contasse a verdade sobre o lugar, toda a história, sem esconder nada. Então, se ele considerasse a razão boa o bastante, ficaria bem longe do Dutchman's Creek.

Lottie ainda relutou. O pai dela, disse, fizera ela jurar segredo. Nesse ponto o reverendo perdeu a paciência e falou: "Não sou um ministro do Senhor? Todas as coisas não são reveladas ao Deus Todo-Poderoso? Tem alguma coisa que se possa esconder d'Ele? E se o Senhor Deus sabe tudo, Seu pastor não deve ter um segredo confiado a ele?". Quando me falou sobre isso mais tarde, o reverendo Mapple parecia um pouco acanhado. Acho que os pastores têm suas tentações.

Errada ou não, essa explosão convenceu Lottie. Ela ia contar, disse, mas ele tinha que prometer que não julgaria os homens da história com muita severidade. O pai dela era um deles, e qualquer que fosse a opinião do reverendo sobre aquilo de que ele havia participado, Lottie o amava e não queria que ele fosse julgado negativamente por causa da história que ia contar. Sim, sim, o reverendo prometeu, é claro.

O PESCADOR
JOHN LANGAN

II

A história que Lottie contou começou antes de sua família ter deixado o antigo país. Ela não sabia o que havia acontecido quando ainda era criança na Alemanha, antes do nascimento dela ou dos pais. O reverendo Mapple juntou todas essas peças depois de ouvir a história de Lottie, visitando bibliotecas e museus locais, vasculhando arquivos, lendo antigos jornais e cartas. O local onde ocorreu a maior parte dos acontecimentos agora fica noventa metros embaixo d'água, sob o reservatório. Tenho certeza de que vocês sabem que o reservatório data da Primeira Guerra Mundial. Antes disso, era o vale do rio Esopus, com onze povoados e meio naquela área. De oeste a leste, havia Boiceville, West Shokan, Shokan, Broadhead's Bridge, Olive City, Olive Bridge, Brown's Station, Olive, Olive Branch, Glenford e West Hurley. Entre o oeste e o noroeste de West Hurley, havia meia dúzia de casas que algumas pessoas chamavam de Hurley Station, outras de Station. Muita gente não chamava de nada, ou porque não sabiam que existia ou porque presumiam que fosse parte de West Hurley. Mas não era. Até o reverendo podia deduzir, Station estava lá havia mais tempo, construída algumas décadas antes para os colonizadores que chegaram à área no começo do século XVIII. Quando a cidade foi construída, as montanhas Catskills ainda eram território indígena, o que não é um exagero. As tribos desceram das montanhas e queimaram Wiltwyck duas vezes. As famílias que fundaram Station eram holandesas. Não sei o que as levou àquele lugar, exceto que os holandeses de maneira geral continuaram se movendo mais para o norte pelo Hudson para evitar os colonos mais novos. Por que essas famílias chamavam seu assentamento de Station é um mistério, já que a ferrovia ainda levaria dois séculos para ser construída ali onde eles limparam a área para levantar suas casas de pedra. O nome podia ter a ver com a nascente em torno da qual construíram a cidade. O reverendo Mapple deduziu que comerciantes e caçadores podiam usar o lugar como uma parada de descanso em suas jornadas desde Wiltwyck.

De qualquer maneira, até onde mostram os registros, os índios não atacaram Station. E durante muito tempo, até 1840, nada de muito interessante aconteceu por lá. As outras cidades no vale do Esopus cresceram ao redor. Os curtumes de cicuta se estabeleceram e se tornaram um negócio próspero. Eram a principal atividade comercial do lugar, os curtumes. Então, num dia de verão, um homem chega do oeste cavalgando pela estrada. Não tem nada de especial. Mesmo para a época, é um sujeito pequeno, com cabelo preto e grudento, meio engordurado, e uma barba preta e sebosa que desce do queixo como um disfarce barato. Os traços são delicados, infantis, até, pelo menos o que se pode ver embaixo da aba do chapéu. Veste um terno preto, embranquecido por muitos dias de poeira da estrada. Esse homem se aproxima em uma carroça puxada por um cavalo, e também não tem nada de especial no cavalo, um animal marrom coberto pela mesma camada de poeira que cobre a roupa do homem e a carroça. Ah, exceto as rodas da carroça: aparentemente, os aros são duas vezes mais grossos do que precisam ser, cobertos de imagens. Na verdade, isso é um pouco confuso. Algumas pessoas que observaram o homem fazendo sua lenta jornada pela estrada dizem que as rodas são cobertas por símbolos, como hieróglifos, sabe? Outras declaram que são decoradas com imagens que parecem inscrições, mas não são. Uma linguagem que tem a aparência de imagens, ou imagens que parecem uma linguagem: seja o que for, todo mundo que analisa a carroça por algum tempo concorda que o que cobre aqueles aros largos, seja o que for, parece se mover de um jeito não exatamente sincronizado com suas voltas. Quando cumprimentado, o estranho não fala nada, não diz seu nome, certamente. Para quem diz olá, ele toca a aba do chapéu. Para quem pergunta de onde vem, ele responde: "Das montanhas do oeste", e é isso, não diz se está falando de Oneonta ou Syracuse, ou de outro lugar. Seu inglês não é muito claro, o discurso é marcado por um sotaque pesado que as pessoas acham que parece alemão, embora haja discussão sobre o assunto. Ele percorre a estrada por vários dias, andando em um ritmo de lesma. Algumas crianças das diversas cidades no caminho, fugindo de suas tarefas, tentam espiar a carroça do alto das árvores na beira da estrada, mas não dão sorte. Tudo está acomodado em caixas e bolsas embaixo de lonas, e nada é marcado, exceto pelo caixote grande coberto pelas mesmas inscrições estranhas das rodas da carroça. Um garoto mais atrevido tenta acertar uma maçã no chapéu do desconhecido, mas o galho em cima do qual ele está quebra no momento do arremesso e o tiro se perde. O menino quebra o braço. O desconhecido, que se move devagar o bastante para ouvir os gritos do menino por um bom tempo, os ignora.

Finalmente, o homem faz a curva para sair da estrada em direção a Hurley Station. Àquela altura, a maioria dos moradores das cidades acima e abaixo do Esopus ouviram falar desse homem de terno preto. Boa parte deles poderia descrevê-lo melhor que eu, tendo-o visto pessoalmente ou não. Alguma coisa no homem provoca o interesse das pessoas. Quando o desconhecido para o cavalo na porta da frente de Cornelius Dort, a especulação, que já era grande, ganha força. Os Dort são uma das seis famílias fundadoras de Station. Na época em que as bases foram cavadas e as primeiras pedras, assentadas, eles eram os mais ricos, uma condição que só melhorou com o tempo. A propriedade dos Dort, acho que se pode chamar assim, é considerável, bem como seus bens e interesses na região. Cornelius está no controle de tudo. Havia um irmão mais novo, Henrick, mas ele foi embora ainda jovem e não voltou, dizem que se perdeu em um baleeiro. Tem um retrato de Cornelius, uma pintura, na prefeitura de Wiltwyck até hoje. Parece que na juventude ele foi muito amigo de um dos prefeitos, tanto que presenteou o homem com um anexo para casa a dele. O que Cornelius recebeu em troca por isso eu não sei. Além da foto na prefeitura, quero dizer. Talvez tenha sido só isso, embora eu duvide. O retrato não é muito bom. Faz Cornelius parecer um pouco mais louco do que ele deve ter desejado. Os olhos são abertos demais, e as sobrancelhas sobem na metade da testa, o que não é pouca coisa. Acho que o artista, cujo nome não lembro no momento, queria dar à boca de Cornelius uma aparência severa, mas ela cai em um canto, dando a impressão de que ele está prestes a rir ou chorar. Honestamente, quanto mais a gente olha para a coisa, mais se pergunta como Cornelius não mandou chicotear o homem que a pintou. Graves, era esse o nome do artista. Já falei do cabelo? Aquela onda grande de cabelo vermelho que parecia estar preparando o bote. Acho que o sr. Graves teve sorte por Cornelius Dort não ser exatamente um crítico de arte.

Porque ele é esse tipo de homem. Capaz de chicotear a si mesmo se achar que foi enganado, e sua definição do que é enganar alguém é bem ampla. Ninguém gosta muito dele. Ninguém nunca gostou. Ele é severo e antipático, um homem de negócios astuto que aumentou a fortuna da família por meio de uma série de transações que expulsou várias famílias de suas terras. Quando o desconhecido desce da carroça e se dirige à porta de Cornelius, movendo-se a pé com a mesma lentidão com que conduzia a carroça, todo mundo que o observa, principalmente crianças escondidas nas árvores, espera que ele seja dolorosa e rapidamente apresentado à ponta da bota de Cornelius.

Quando isso não acontece, quando a porta é aberta e deixa entrar o homem, que não sai de lá correndo dois minutos depois, seguido por Cornelius gritando para ele ir vender suas tralhas em outro lugar, bom, as pessoas começam a ficar intrigadas. Então, alguém estala os dedos e diz "Beatrice", uma sugestão imediatamente acatada por todo mundo. Quase dá para ouvir o estalar de muitos outros dedos na sequência, como uma fila de peças de dominó caindo, e as bocas dizendo o nome "Beatrice" como se significasse "É claro". Beatrice é a jovem esposa de Cornelius, uma moça bonita uns vinte anos mais nova que ele e que aceitou seu pedido, diz a lenda popular, para impedir que ele se apoderasse do hotel do pai dela em Woodstock. É clichê dizer que ela é a menina dos olhos dele, mas é isso. Na última primavera ela estava grávida do primeiro filho do casal, um acontecimento que pareceu suavizar um pouco a dureza de Cornelius. Era possível vê-la em todas as partes da propriedade, uma jovem alta, com pele leitosa e cabelo preto. Ela gostava de cavalgar. Diz a história que foi assim que chamou a atenção de Cornelius, cavalgando pela estrada até a porta dele para rogar em nome do Pai. Quando ficou grávida, ela não parou de cavalgar, apesar de os médicos aconselharem o contrário, e foi assim que aconteceu o desastre. Quando ia visitar a irmã em Hurley, seu cavalo, que ela havia criado desde o nascimento, se assustou e a jogou contra uma árvore. Ela perdeu o bebê e adoeceu, uma enfermidade prolongada que não conseguiu superar. Depois de fazer picadinho do cavalo de Bea com um dos machados de cortar lenha — o rosto calmo, contou um empregado do estábulo, friamente calmo —, Cornelius procurou cada um dos médicos da região, entre os quais vários já tinham sentido a ponta de sua bota, antes de chamar especialistas de Albany. Quando eles também não puderam fazer nada, Cornelius trouxe homens de Nova York, Boston, Filadélfia. Uma procissão constante de médicos jovens e velhos percorreu o caminho até a porta da casa de Cornelius, voltando pelo mesmo caminho que vieram. Ninguém podia fazer nada. Qualquer que fosse o problema com a pequena Bea, como as pessoas a chamavam, estava além do alcance da medicina daquele tempo. Beatrice piorou, e Cornelius ficou mais desesperado.

O recém-chegado se muda para a casa dos Dort no mesmo dia de sua chegada. A casa deles é grande, e Cornelius praticamente cede o segundo andar todo para o homem, conta a criada. Ela não sabe dizer o que o recém-chegado promete a Cornelius em troca, porque a porta da biblioteca, onde eles conversaram, ficou fechada, mas muitos presumem que tenha sido a recuperação da pequena Bea.

Essa hipótese estava errada. Dois dias depois da chegada do desconhecido, a luta de Beatrice chega ao fim. Ela é enterrada no cemitério da Igreja Reformada Holandesa, em West Hurley; mas leva duas semanas para chegar lá, o que era considerado um bom tempo na primeira metade do século xix. Acho que ainda é, mas não havia embalsamamento como temos agora, sabe? Especialmente no calor do verão — e fazia um verão escaldante —, ninguém quer deixar o morto insepulto por muito tempo. Depois de uma semana da morte de Bea sem nenhuma notícia sobre o funeral, as pessoas começaram a falar entre elas, é claro, pois, mesmo sofrendo, Cornelius continua inspirando respeito e medo. Surgem comentários de que o pai de Beatrice planeja falar com Cornelius para exigir que a filha fosse devolvida a ele para ser sepultada com a família, mas depois de um dia fica claro que eram apenas boatos. No pós-vida, aparentemente, como nesta vida, a família da pequena Bea a abandonou nas mãos de Cornelius. Finalmente, quando a segunda semana está quase terminando, o ministro da Igreja Reformada de West Hurley — reverendo Pied é o nome do sujeito — toma coragem e cavalga até Station para dizer a Cornelius como as coisas funcionam. Ninguém nunca ouviu dizer que Cornelius tenha alguma vez ofendido um homem da igreja, mas é isso que espera todo mundo que vê o ministro, um homem alto que veio de Amsterdã, cavalgando em direção à casa de Dort. Para a surpresa de todos, Cornelius concorda imediatamente com o pedido do ministro, dizendo que Bea pode ser enterrada no dia seguinte se o reverendo Pied estiver pronto. O ministro decide que é melhor tirar proveito da boa sorte e concorda, sem nenhuma dúvida, e o assunto é encerrado. O desconhecido não é visto em lugar nenhum.

Aqueles que comparecem ao funeral da pequena Bea, um número surpreendente, considerando que foi tudo repentino, relatam que Cornelius parecia entediado com a coisa toda. Ele nunca foi o mais devoto dos homens, a menos que o dinheiro fosse o deus em questão, mas sempre soube o valor de manter as aparências. Você pode chutar as pessoas de um lado para o outro na frente da sua casa; pode acabar com os negócios delas, tirar suas terras e suas casas; mas se aparecer na igreja e contribuir generosamente com o prato de doações, isso ajuda a suavizar um pouco a opinião pública. Mesmo hoje, se vocês procurarem nessa mesma igreja, que foi transferida com tudo que tinha dentro durante a construção do reservatório, vão encontrar várias plaquinhas de bronze em coisas que variam de bancos ao púlpito com as palavras "Doação de Cornelius Dort".

Na manhã do funeral da esposa, porém, Cornelius está sentado no primeiro banco com pernas e braços cruzados, balançando um pé como um menino impaciente por voltar para casa. Durante o sermão do pastor, ele faz um barulho que para uns parece um soluço e para outros, uma risada. Quando a cerimônia termina, Cornelius sai da igreja na frente de todo mundo, monta em seu cavalo e vai para casa. Essa é a última vez que será visto dentro de uma igreja. Ele não espera para acompanhar Beatrice ao seu local de descanso no túmulo da família Dort. Ao vê-lo se afastar galopando, alguns sugerem que ele saiu em busca de vingança contra o desconhecido que não salvou sua esposa. Outros discordam. Se não se vingou até agora, dizem, não vai se vingar mais.

O segundo grupo está certo. O Hóspede de Cornelius, como o homem passa a ser chamado — depois de um tempo, o Hóspede, para abreviar —, continua lá, sem que Cornelius demonstre a menor inclinação para desalojá-lo do segundo andar de sua casa. Ninguém o vê muito, só de vez em quando aqui e ali. A propriedade Dort é contemporânea daquela primavera que mencionei, aquela em que Station foi construída, e de vez em quando dava para ver o Hóspede andando por ela com um pedaço de corda enrolado em uma das mãos. As pessoas brincam, comentando que ele estaria pescando, ganhando a vida. De vez em quando ele é visto andando com Cornelius, passeando por um dos pomares de maçãs dos Dort. O Hóspede parece estar falando, gesticula com as mãos de vez em quando, faz gestos amplos como se conduzisse uma sinfonia. Cornelius anda com as mãos unidas às costas, de cabeça baixa, a testa franzida, obviamente ouvindo cada palavra do Hóspede. Ninguém pode negar que o homem impressionou Cornelius. Sobre o que eles falam, ninguém pode imaginar.

O que não quer dizer que as pessoas não tentam. Uma criança aventureira ouviu o Hóspede mencionar o Leviatã durante uma dessas caminhadas com Cornelius pelo pomar, e isso, aliado ao fato de o homem continuar se vestindo inteiramente de preto, dá às pessoas a ideia de que ele é um pregador. De que denominação é um mistério, mas faz algum sentido pensar que a morte de Bea aproximou Cornelius de Deus. Isto é, se não lembrarmos do comportamento dele no funeral da esposa. Então, chegam notícias de um curtume sobre alguns couros que Cornelius mandou curtir. Eu já falei que esse era um grande negócio naquela região, curtume de cicuta? Bem, aparentemente, os couros que Cornelius queria tratar não eram como os que as pessoas daquele curtume em particular conheciam. Não sei o que os tornava tão estranhos, mas os curtidores afirmam que são mais parecidos com a pele dos diabos do inferno do que com a de qualquer animal que já tenham visto. Junto com esses couros, Cornelius manda instruções bem específicas de como deveriam ser manipulados e paga três vezes a tarifa normal para garantir que suas instruções sejam seguidas ao pé da letra. No começo, ninguém entende como Cornelius pode ter conseguido aqueles couros, sem mencionar como se tornou especialista em curtume. Mas não demora muito para a suspeita recair sobre o Hóspede e sua carroça cheia de caixas e bolsas.

III

O incidente no curtume — eles fizeram o trabalho, aliás — marca uma mudança na atitude das pessoas em relação ao desconhecido. É verdade que alguns desconfiaram dele desde o momento em que apareceu na estrada, mas a maioria era mais curiosa que qualquer outra coisa. Agora essa curiosidade se misturava ao desconforto. Eu não chegaria a ponto de dizer que as pessoas têm medo do Hóspede de Cornelius, mas diria que podem vir a ter, sabe? De repente, todo mundo nota a estranha movimentação do desconhecido na Casa Dort. Há muito mais tempestades do que costumava haver, ou é o que dizem os mais antigos, muito mais tempestades com raios e trovões, e elas não se demoram sobre Station? As janelas da casa dos Dort não foram vistas iluminadas por uma estranha luz azul tarde da noite? Uma das crianças do lugar não relatou ter visto alguma coisa na fonte local, algo que ela, por estar chorando, não conseguiu identificar? Há histórias sobre Cornelius ter sido visto durante uma forte tempestade de verão, quando os raios caíam quase com a mesma velocidade da chuva, andando por um de seus pomares acompanhado por alguém vestido de preto — não seu Hóspede, não, mas uma figura claramente feminina com um vestido longo e um véu comprido e preto. Ninguém consegue ver seus traços, mas tem alguma coisa estranha na maneira como ela anda, como se não estivesse acostumada a usar as pernas daquele jeito, ou tivesse esquecido de como fazer isso. Certamente, ela assombraria os sonhos de um homem que a vê passeando com Cornelius, um pintor desconhecido chamado Otto Schalken, que veio do Brooklyn para visitar o irmão Paul, professor da escola em West Hurley. Otto é surpreendido pela tempestade depois de ignorar o aviso de Paul para adiar sua saída diária. Nem é preciso dizer que a experiência de ser pego por uma verdadeira tempestade em Catskill foi um pouco traumática. Porém, no fim de tudo, o temporal não foi tão ruim quanto a visão de Cornelius e a mulher de preto. Como eu disse, ela anda nos sonhos do pintor. Otto, cuja ambição anterior de fama era ilustrar uma edição dos poemas de Coleridge, alcança a única celebridade que vai conhecer com meia dúzia de telas retratando aquela mulher com o longo véu preto. Ele não inclui Cornelius nas pinturas, que mostram a mulher andando não pelo pomar de maçãs em Catskill, mas à beira-mar. Vi algumas delas em livros de arte, e tem alguma coisa no mar, que é negro e revolto, e na maneira como ele pintou o vestido e o véu da mulher, como se ela estivesse vestindo aquele mar bravio. Ninguém sabe ao certo o que Otto pretendia. Alguns críticos fizeram suposições, mas ele mesmo não deixou explicações, exceto um maço de cartas cifradas que escreveu para o irmão quando voltou ao apartamento em que morava no Brooklyn. Ele foi perseguido, Otto escreveu, "por sua própria Geraldine, para quem minha alma não é mais que água para beber". O irmão escreveu de volta indagando o que ele queria dizer, mas nunca recebeu resposta. Depois de completar a última tela da série, Otto sentou-se no quarto, pegou a navalha de barbear e cortou a garganta de orelha a orelha.

    Nada como um pouco de melodrama, não é? Deixando de lado a história de Otto Schalken, se vocês examinarem a maioria dos relatos sobre Cornelius e seu Hóspede, vão perceber que remetem a uma pessoa não é exatamente confiável: uma criança encrencada por ter ficado fora até tarde brincando e que atribui seu atraso ao que viu na Casa Dort, o que é passado adiante por seus pais ingênuos.

Há uma ou duas coisas sobre as quais várias pessoas concordam. Durante o verão de 1849 ou 1850, uma tempestade especialmente forte se abate sobre o vale do Esopus, onde permanece por um dia e meio. Tem chuva, sim, mas as pessoas se lembrariam desse temporal pelos raios e trovões. O trovão sacode as casas como um terremoto — sendo culpado, na verdade, pela rachadura na parede do fundo de uma das casas em Station. Quanto aos raios, são tantos que a noite praticamente vira dia. Várias pessoas que moram ou estão hospedadas em Station juram que a Casa Dort é atingida diretamente por mais de uma dúzia de relâmpagos. A casa tem um para-raios, é claro, e quem vê o relâmpago tocando o metal jura que o raio parece pairar no ar por um instante, como um longo fio retorcido puxado do céu. Outra coisa sobre a qual as pessoas concordam é que, depois da noite daquela tempestade, a água da fonte de Station mudou de gosto. Muitos dizem que se tornou sulfurosa, mas alguns afirmam que não é isso, que a água tem gosto de queimado, de alguma maneira.

Se as coisas têm se tornado estranhas na Casa Dort, nunca ficaram estranhas o bastante para as pessoas sentirem que têm algo a ver com elas. Depois da noite daquela lendária tempestade, o Hóspede passa a aparecer cada vez menos, e de qualquer forma ele nunca tinha se mostrado muito. Outras coisas chamam a atenção das pessoas. Os curtumes começam a fechar. Quando a Guerra Civil explode, esses estabelecimentos viram coisa do passado. A indústria da pesca de baleias também está quase morta. Aposto que vocês não sabiam que as cidades no Hudson costumavam despachar grandes frotas de baleeiros. E como foi isso? Houve um tempo em que Hudson — a cidade, quero dizer — tinha mais navios que Manhattan. Eram grande parte da economia local, até que fracassaram. E no cenário disso tudo havia os debates sobre escravidão e direitos de propriedade abrindo caminho para a Batalha de Bull Run. Com o passar do tempo, Cornelius Dort e seu Hóspede se tornaram mais uma espécie de bicho-papão que as pessoas usam para manter as crianças na linha, e menos uma preocupação real.

Anos passam. Décadas. O Hóspede raramente mostra o rosto, a ponto de indivíduos mais jovens, aqueles que foram a audiência das histórias contadas sobre o homem de preto, duvidarem de sua existência. Mas não há dúvidas sobre Cornelius. Enquanto o passar do tempo extingue o vermelho de seus cabelos e desenha rugas em seu rosto, ele continua cheio de vida e vigor — sem mencionar o azedume — como sempre. As pessoas dizem que é porque a própria Morte tem medo do homem. É como aquele ditado, sabe? "O Céu não me quer, e o Inferno teme que eu assuma o comando." Isso se aplica perfeitamente a Cornelius. Ele passa a investir em munições, ganha toneladas de dinheiro com a Guerra Civil e se torna um dos homens mais ricos do país. Não volta a se casar — ele não tem nenhuma companhia na verdade. Quando chega aos oitenta anos, sofre um derrame, que só o faz andar mais devagar por um tempo, até aprender a usar uma bengala. Quando completa um século, há artigos sobre ele nos jornais locais, e até uma matéria no *New York Times*. O repórter do *Times* chega da cidade para tentar entrevistar Cornelius. A recompensa pelo esforço é uma bengalada e a porta da frente batida em sua cara. Ainda assim, ele escreve uma matéria decente sobre o velho. Como todo mundo, o *Times* não quer provocar a ira de Cornelius. Nenhum repórter local tenta se aproximar dele.

IV

Os projetos para o reservatório começam a ser traçados mais ou menos na época em que Cornelius passa a contar a idade com três dígitos. A cidade de Nova York está vivendo além de suas capacidades, e alguém tem que compensar essa diferença. Palavras típicas de uma pessoa daquela região, certo? Presumo que você conheça a história. Depois de alguma discussão, as autoridades da cidade e do estado decidem represar o Esopus e transformar o vale atrás dele em um lago. Isso não agrada as pessoas cujas casas, terras e negócios iriam parar no fundo do dito lago, e elas fazem o que podem para impedir o plano. Cornelius está na linha de frente dessa luta, gastando boa parte de sua fortuna com advogados e com a compra de políticos em um esforço para convencer a cidade de que a água da Adirondacks tem um gosto muito melhor. Inicialmente, há alguns poucos sinais de esperança, mas isso logo muda. Na sede de toda aquela gente, Cornelius finalmente encontrou uma força que não pode superar. A construção do reservatório no vale do Esopus é aprovada.

É uma empreitada enorme. Onze povoados e meio precisam ser transferidos para um terreno mais elevado. Em alguns casos, isso significa que prédios inteiros, casas e igrejas serão mudados de lugar. O que não for transferido tem que ser destruído, queimado se possível, demolido e descartado se não. Cada planta, árvore, arbusto, tudo deve ser arrancado. Até os cemitérios têm que ser esvaziados. Se você leu o livro de Alf, deve saber do que estou falando. Pode entender por que os mais antigos, as pessoas cujas famílias viviam ali antes do reservatório, até hoje têm sentimentos menos que ternos pela cidade.

Como podem imaginar, a construção do reservatório atrai muitos trabalhadores para a região, e é assim que Lottie e a família dela entram na história. Ela, sua mãe, Clara, e as duas irmãs mais novas, Gretchen e Christina, chegam do Bronx com o pai. Rainer Schmidt é um sujeito interessante. No antigo país, era um homem educado, professor de filologia — que é o estudo das línguas, caso não saibam. Aparentemente, o homem falava meia dúzia de idiomas e lia mais três ou quatro. Lecionava na Universidade de Heidelberg e era a jovem estrela em ascensão. No sistema universitário em vigor na Alemanha, leva muito tempo para alguém se tornar professor. Antes disso, o indivíduo é só um faz-tudo metido a besta. Rainer foi nomeado professor aos vinte e nove anos, o que acho que foi uma verdadeira façanha. Os artigos que ele escrevia eram lidos e discutidos em toda Europa; o livro em que trabalhava era esperado ansiosamente.

Ele era um homem de beleza impressionante. Não era muito alto, mas tinha um porte altivo, resquício da infância em escolas militares. O rosto era longo, ocupado em sua maior parte por um nariz que unia os olhos profundos ao bigode cheio. Juntos, ele e Clara formavam um belo casal. Ela era quase tão alta quanto o marido e mantinha a cabeça de cabelos castanhos sempre erguida. Seu rosto era mais largo que o dele, os traços eram mais proporcionais. As três meninas pareciam com a mãe. Os olhos de Lottie, porém, tinham alguma profundidade herdada dos olhos do pai. Uma bela e jovem família respeitável, podemos dizer.

Então, algo aconteceu. Lottie não foi muito clara sobre o quê, mas tinha a ver com um livro que Rainer estudava. O que quer que ele tenha feito, ocasionou sua demissão da universidade e o impediu de encontrar emprego em outras. Deve ter sido algo muito sério, porque Lottie contou ao reverendo Mapple que lembrava das pessoas atravessando a rua quando ela e o pai surgiam na calçada. A família consumiu todas as economias que tinha, não havia nenhum sinal de um novo emprego para Rainer, e eles decidiram que teriam de se mudar, ir para um lugar onde houvesse novos horizontes, onde ninguém soubesse o que Rainer tinha feito. A mãe de Lottie, Clara, tinha uma irmã que migrara para o Bronx anos antes e agora era proprietária de uma padaria e restaurante. Ela escreveu para a irmã, que mandou o dinheiro para as passagens.

Assim que chegaram em Nova York, todos eles foram trabalhar no estabelecimento da irmã. Como ela havia arcado com as despesas da viagem, acho que foi justo. Rainer, que inclui o inglês entre os idiomas que fala, ensina a língua para o restante da família todas as noites. As coisas caminham desse jeito por uns bons dois anos, e depois Rainer, que havia progredido trabalhando no balcão da padaria, ouve de um cliente que um imenso projeto de construção civil ia acontecer no norte de estado e que estão procurando trabalhadores. Um operário habilidoso, diz o cliente, um pedreiro ou maquinista, pode conseguir o bastante para si mesmo e para sua família. Rainer descobre com quem precisa conversar e vai procurar o homem na manhã seguinte. De alguma forma, ele convence o entrevistador de que é um pedreiro altamente capacitado, um dos melhores da Alemanha, e que já trabalhou em alguns dos prédios mais importantes de Heidelberg. Acho que ser professor ajuda a forjar todo tipo de situação. Afinal, quando foi a última vez que você ouviu um deles dizer que não sabia alguma coisa? O homem pergunta a Rainer se ele e a família podem se apresentar no canteiro de obras em duas semanas. Sim, sim, Rainer responde, sem nenhum problema. Ele sai daquele escritório com um novo trabalho que nem imagina como fazer e duas semanas para aprender, em um lugar que nem sabe direito onde fica e para onde vai ter que convencer a família a partir em menos de duas semanas.

Com uma combinação de habilidade e sorte, Rainer se dá bem nas duas tarefas. Como, é algo que nem imagino. Só posso dizer que, com esse poder de persuasão, não sei como ele pôde ter perdido o emprego. Três semanas depois do dia da entrevista, a família Schmidt estava feliz morando em uma das casas de quatro dormitórios que a companhia fornece aos trabalhadores casados. O que achavam que podiam levar, eles levaram. Mas superestimaram o tamanho da nova casa, o que significa que as coisas ficaram um pouco apertadas. É preciso andar com cuidado para não derrubar uma pilha de livros ou quebrar uma outra caixa de pratos. A tia de Lottie não ficou feliz com a mudança tão rápida, mas concordou em guardar o que eles não podiam levar até que mandassem buscar. Clara não está muito feliz, nem Lottie, Gretchen e Christina, com as nóvas acomodações. Quando descreveu o lugar para onde se mudariam, Rainer prometeu pouco menos que uma mansão. O que eles encontraram foi pouco mais que um barraco mal construído sem água encanada ou banheiro. Comparado ao do marido e das filhas, o inglês de Clara não é muito bom, pois ela passou a maior parte do tempo ajudando na cozinha da padaria, e ali passou a ser vizinha de outras mulheres cujo inglês não era tão bom. Havia algumas alemãs, algumas austríacas, mas a maioria era de italianas, russas e suecas. Uma de suas vizinhas é da Hungria. Durante boa parte do primeiro mês no lugar, Lottie passa a noite acordada ouvindo as discussões dos pais.

O PESCADOR
JOHN LANGAN

V

É mais ou menos nessa época, no outono de 1907, quando começou a construção do reservatório, que Cornelius Dort finalmente perde a briga para a morte. Ele ainda não havia desistido da ideia de impedir a construção do reservatório e para isso convocou uma equipe de advogados para discutir estratégias. Quando vai recebê-los na frente da casa, Cornelius para onde está, estremece e olha para o chão sob seus pés. Seu rosto se contorce — os advogados que lá estavam descrevem a expressão como "a de um homem que atravessa um rio congelado e percebe com horror repentino que o gelo é fino demais para sustentar seu peso". Cornelius estremece de novo, cai, e quando os advogados correm para socorrê-lo, ele já está morto. Diz a história que sua expressão final, os olhos saltando das órbitas, os lábios retraídos, permanece em seu rosto até o túmulo.

A morte de Cornelius acaba com qualquer esperança que as pessoas do vale possam ter de que o reservatório, e não elas, vá para outro lugar. Para dizer a verdade, considerando tudo que li, desde que as pessoas da cidade decidiram obter sua água das Catskills, era só uma questão de tempo até o vale ficar embaixo d'água. No fim de sua vida, porém, pela primeira e única vez, Cornelius Dort se tornou uma espécie de herói para aquela gente. Crueldade, astúcia, implacabilidade, todas essas qualidades que provocavam o inimigo do povo, eram, quando direcionadas a um inimigo comum, transformadas em virtudes, em características quase heroicas. Muita gente comparece ao funeral que, curiosamente, é realizado em Woodstock. O sepultamento acontece uns dois anos antes de o cemitério do vale começar a ser cavado para a transferência de seus ocupantes para terrenos mais secos. Parece que, apesar dos esforços que fazia, Cornelius havia interpretado os sinais. Acontece que ele já havia providenciado a exumação e transferência do corpo da pequena Bea para o cemitério de Woodstock quase um ano antes. Ninguém lembrava que tinha acontecido, mas com toda a comoção em torno do reservatório, quem ia guardar na memória esse tipo de coisa? Algumas pessoas comentam que, na morte, Cornelius admitia a derrota como nunca havia admitido em vida, mas o que mais se pode dizer?

Sem Cornelius, todos presumem que a propriedade Dort será herdada pelo parente mais próximo, um primo que mora em Phoenicia. Dá para imaginar a surpresa desse jovem, de todo mundo, na verdade, quando reaparece ninguém menos que o antigo Hóspede de Cornelius reclamando a propriedade. Ele deve ter seus oitenta anos, talvez mais, mas o tempo foi gentil com ele. Gentil? Ele foi positivamente generoso. Alguns dizem que é como se o homem não tivesse envelhecido nada. É óbvio que isso não é possível. Mas ele deve tingir o cabelo e a barba, porque são tão pretos quanto no dia em que ele surgiu pela primeira vez vindo do oeste, e o rosto não tem as rugas que se espera ver desenhadas por décadas. O Hóspede diz ter uma cópia do testamento de Cornelius para confirmar sua alegação, o que fica provado quando o inevitável bando de advogados se apresenta para cuidar do caso. Existe um testamento, que é legítimo. O primo fica ultrajado. Embora não houvesse nenhum grande amor entre ele e Cornelius, ele também nunca teve razão para suspeitar de que o velho tramava esse tapa em sua cara. Uma história conta que, quando os advogados vão embora e o Hóspede se instala em sua nova propriedade, o primo entra sem ser visto e leva tudo que consegue carregar, mas se isso é verdade, nunca houve nenhuma queixa formal.

Faz vinte anos que o Hóspede de Cornelius foi visto ali pela última vez. Para as pessoas mais jovens, é como se o personagem de um livro saísse da página. Para os mais velhos, é como se alguém que você não vê há anos saltasse desse último encontro para o presente, pulando todos os anos intermediários. Com esse retorno acontece uma mudança no comportamento do desconhecido. Agora o homem não é mais furtivo, começa a aparecer em todos os lugares, como se herdar a fortuna de Cornelius desse a ele a substância que faltava antes. Ele passa a maior parte do tempo na fonte, conduzindo experimentos que consistem, até onde alguém pode dizer, em baixar diferentes metragens de corda e corrente para dentro da água. Os que observam essa atividade presumem que o Hóspede está medindo a profundidade da fonte. Mas por que ele deveria se preocupar com isso, se a fonte vai ficar no fundo do reservatório, é algo que ninguém sabe. As pessoas acham que ele é um cientista, ou um inventor maluco, talvez. Ele faz a mesma coisa em vários pontos acima e abaixo do Esopus, jogando a ponta de uma corda ou corrente na água, esperando alguns minutos e puxando de volta. Há marcas nas cordas e correntes, as quais ninguém se aproxima o suficiente para ler, mas que parecem ser unidades de medida. Algumas pessoas dizem que o homem murmura algo enquanto faz tudo aquilo. Contando o tempo, pode ser. Se nota que alguém o está observando, ele toca o chapéu em um cumprimento e volta ao trabalho. Esse gesto, tocar no chapéu, incomoda quem o recebe. É uma atitude debochada, não o suficiente para ser ofensiva, mas mais que o suficiente para ser constrangedora. Também tem um tipo de aviso no gesto, como se o homem dissesse: "Tudo bem, já me viu: agora some". Poucos que viram o gesto não saíram correndo direto para casa.

Em pouco tempo, o Hóspede volta a ser o centro dos boatos. Com todos os acontecimentos, as pessoas no vale estão estressadas, e qualquer comportamento como o do desconhecido atiça a imaginação, sem mencionar o falatório. Várias pessoas dizem ter visto o Hóspede andando perto da fonte bem tarde numa noite de luar, acompanhado por um homem alto e de cabelo branco que juram ser Cornelius

Dort. O irmão do velho Otto Schalken, Paul, sai para caminhar em uma tarde e vê o Hóspede andando pelo pomar dos Dort, e ele está acompanhado por uma mulher de vestido negro com um longo véu preto. A imagem da mulher provoca em Paul um medo tão grande que ele corre para casa, corre até sua porta como se o próprio diabo o perseguisse. Até onde todo mundo sabe, o desconhecido é o único habitante da Casa Dort desde que os últimos criados foram dispensados, depois que os advogados confirmaram que a propriedade era dele. Há noites, porém, quando todas as janelas da casa, em todos os andares e de todos os lados, são iluminadas por uma claridade que emoldura silhuetas de homens e mulheres lá dentro. Vozes pairam no ar. Ninguém consegue entender o que dizem, mas algumas pessoas afirmam reconhecer o tom de Cornelius entre elas. Provavelmente, o homem estava só dando uma festa, mas ninguém vê os convidados entrando ou saindo.

VI

Enquanto isso, finalmente, a família de Lottie Schmidt começou a se adaptar à vida no canteiro de obras. Rainer vai bem como pedreiro. Os outros são italianos, na maioria, alguns trazidos da Itália especialmente para esse trabalho, e Rainer fala italiano com fluência suficiente para causar uma boa impressão nos colegas, e também na supervisão, que aprecia sua capacidade de traduzir. Clara decide que o que não tem remédio, remediado está e arruma um emprego na padaria do canteiro de obras. Lottie vai com ela. Suas irmãs, Gretchen e Christina, frequentam a escola do canteiro. Rainer está ganhando um bom dinheiro. Um pedreiro consegue receber cerca de três dólares por dia. Não sei qual é o equivalente moderno desse valor, mas aparentemente, para um homem que tem esposa e três filhas para sustentar, é um bom salário. Os Schmidt conseguem devolver o dinheiro da irmã de Clara e depois começam a guardar um pouco para a casa que desejam comprar. Clara sonha em voltar a Nova York para ficar perto da irmã, enquanto Rainer acredita que pode ser bom se instalar em Wiltwyck. Duvido que fosse a vida que eles esperavam ter quando se casaram, mas estão indo bem com o que têm.

Trabalhar no reservatório tem seus riscos. Basicamente, os operários estão construindo duas paredes enormes: a barragem para conter o Esopus e a represa que vai dividir o reservatório nas bacias leste e oeste. Quando estiver tudo pronto e o vale for inundado, eles terão construído um lago de aproximadamente dezoito quilômetros de comprimento e cinco quilômetros de largura. Tem muitos homens despreparados na obra. Muito maquinário. Vamos reconhecer, até operários bem preparados cometem erros. Acidentes acontecem. Homens são feridos e mortos. A medicina da época não é como a medicina de agora. Digamos que seu braço é esmagado por um bloco de pedra: a amputação seria o procedimento preferencial. Esse é o remédio para diversos problemas. Se você conseguir evitar os ferimentos por acidente, ainda vai ter que se preocupar com doenças. A gripe é uma *causa mortis* significativa. Não acredito que reconheçamos de verdade a diferença que fez uma droga como a penicilina. Tem um hospital no acampamento, mas com instalações limitadas. Se o ferimento for grave, ou se a doença for séria, vai ser preciso levar o paciente para Wiltwyck, e ele vai ter que sobreviver à viagem até lá. E, é claro, isso tudo também vale para a família dos operários. Podemos dizer que, de maneira geral, essas pessoas vivem muito mais perto da morte que nós.

Quando Lottie e a família dela completaram aproximadamente um ano e meio no acampamento, a mulher que morava na casa vizinha morreu pisoteada. Tem um curral de mulas no acampamento, e as mulas são os animais usados para puxar as carroças que transportam quase tudo. São três mulas atreladas a uma carroça, e essa é uma imagem bem comum. Todos os dias, às cinco horas, quando toca o apito anunciando o fim do expediente, os condutores das carroças fazem uma corrida improvisada pela estrada que conduz ao curral das mulas. Todas as crianças do acampamento se reúnem nas laterais da estrada para ver as carroças passarem às pressas, os condutores em pé, uma das mãos segurando as rédeas, a outra estalando os longos chicotes, as mulas correndo. No dia dessa tremenda tragédia, Lottie não está presente, está trabalhando na padaria com Clara, mas Gretchen e Christina estão. Mais tarde, elas vão contar ao resto da família como, quando os animais chegavam com estrondo ao último trecho da estrada antes dos celeiros, essa mulher, vizinha deles, a húngara que nunca falava com ninguém, passou na frente de uma das carroças. Seu cabelo estava solto. Ela vestia uma blusa simples com as mangas enroladas e uma saia longa. Era como se tivesse acabado de sair de sua cozinha. Não havia nada que os condutores pudessem fazer. As carroças a derrubaram e atropelaram. Um dos condutores conseguiu controlar os animais e voltar ao local onde a mulher estava quebrada e ensanguentada. Ele pulou de seu assento, carregou a mulher até a parte de trás da carroça e seguiu para o hospital do acampamento como o próprio Mercúrio. O condutor das mulas é negro, e a mulher que elas derrubaram é branca. Dá para imaginar o que passa pela cabeça dele.

De maneira incrível, a mulher sobrevive por metade de um dia, tempo suficiente para o marido aparecer a seu lado e desabar em soluços. Acho que nem preciso dizer que não tem nada que o médico do acampamento, ou qualquer outro médico, na verdade, possa fazer por ela. Interrogada sobre o motivo de sua atitude, a mulher se recusa a falar, mas houve boatos circulando sobre seu marido e outra mulher, uma das colegas de Lottie e Clara na padaria, uma garota sueca. O marido não é o que se pode chamar de um homem bonito, tem cabelo ralo, rosto quadrado, corpo magro, mas são estranhos os caminhos do desejo. O que todo mundo sabe é que a mulher não fala uma palavra, só fica ali rangendo os dentes enquanto cumpre até o fim a amarga tarefa que começou. O marido chora muito e com frequência e, uma vez que o último suspiro passa pelos lábios machucados de sua esposa, e a enfermeira corre para fechar os olhos dela, ele se joga sobre o corpo sem vida, gritando sua dor. Dois dias depois ela é sepultada. A mulher é uma suicida, não esqueçam, e na época esse ainda é um pecado no entendimento popular. Finalmente, a Igreja Católica em Woodstock aceita recebê-la, embora insista em acomodá-la do lado de fora do cemitério propriamente dito. A pedido de Clara, Lottie comparece ao funeral. Embora seja uma cerimônia católica, e os Schmidt sempre tenham sido bons luteranos que se mantêm distantes dos erros do papismo, Clara é surpreendentemente insistente. "Essas coisas não têm importância por aqui", ela diz, para espanto da filha piedosa. No funeral, o marido está pior que no dia anterior. Não há como ajudá-lo, em parte porque ninguém fala húngaro e o inglês dele não é bom. Por ironia, é no funeral da mulher que Lottie descobre o nome dela, Helen, e que o marido se chama George.

Depois do sepultamento de Helen, George se retira para sua casa e não sai de lá por uma semana. Se precisa de alguma coisa, manda um dos filhos ir buscar. A mais velha, uma menina chamada Maria, conta a Lottie que o pai passa o tempo todo sentado no quarto dele, no escuro. De vez em quando ele ri, ou grita alguma coisa. Maria não diz que o pai bebe muito o tempo todo. Não é necessário. Ela está fazendo o que pode para manter alimentados o pai e as irmãs, mas não é fácil sem a mãe. Está preocupada e tem motivos para estar. Todo dia o pai volta para casa do trabalho um dia mais perto de ser demitido. Os sindicatos ainda não existem, nem a licença por luto, nada disso. Um homem que perdeu a esposa recentemente pode esperar um pouco de solidariedade, algum tempo de complacência, mas a memória das pessoas é breve para qualquer dor que não a delas, e o trabalho dele tem de ser feito. Durante aqueles sete dias, várias pessoas, inclusive Rainer, tentaram conversar com o homem sem sucesso. Onde quer que esteja naquele quarto escuro, ele é inacessível.

VII

Como eu disse, uma semana se passa, com todo mundo cada vez mais incomodado em compasso de espera. Então, uma noite, Maria aparece na porta da casa dos Schmidt com as irmãs. Ela está muito agitada, e quando Clara pergunta "Qual é o problema?", ela responde: "Meu pai saiu de casa hoje de manhã, não disse para onde ia nem quando volta. Não o vimos mais. Não sei o que fazer". Clara os acolhe e diz: "Ele deve ter saído para caminhar e esqueceu da hora. Tenho certeza de que logo estará de volta. Podem dormir aqui hoje à noite com minhas meninas". E o tempo todo ela pensa que há treze bares só entre o acampamento e Stone Ridge, sem mencionar os incontáveis prostíbulos, oportunidades mais que suficientes para um homem transtornado pelo luto alimentar a agonia.

Mas Clara está enganada; George volta de madrugada e, procurando as filhas, vai ele mesmo bater na porta dos Schmidt. Rainer o atende. Mais tarde, Lottie ouve o pai dizer que quase morreu de susto ao ver a expressão no rosto do homem. Ele sorria, conta Rainer, mas não era um sorriso contente. Era o sorriso de um homem que sabe que cometeu um ato terrível, mas está tentando com todas as forças se convencer de que não é bem assim. Ele imagina que, se continuar sorrindo, vai conseguir convencer todo mundo de que está tudo bem, e depois talvez consiga se convencer também.

George diz que foi buscar as filhas. "É bem tarde", responde Rainer, "elas estão dormindo." O homem não se importa. "Acorde elas", retruca. Depois acrescenta: "Tenho algo maravilhoso para elas verem. Aconteceu um milagre".

Dizer que Rainer estava nervoso é muito pouco. É óbvio que George está sob forte pressão, bem perto de sucumbir. Rainer não consegue decidir se as crianças vão ajudá-lo a carregar esse fardo, ou se elas serão o que falta para derrubá-lo. George continua repetindo que tem algo maravilhoso para as filhas, e Rainer não gosta disso. No fim, porém, Rainer cede à insistência do homem e vai acordar as crianças. Como diz a Clara, ele tem certeza de que as meninas vão ficar mais felizes sabendo que o pai está de volta, e acha melhor fazer o que o homem está pedindo do que se negar a atendê-lo. Se houver algum problema — não que ele consiga antecipar qual poderia ser, mas a ideia passa por sua cabeça —, Rainer pensa que estará na casa ao lado. Ele está certo sobre as crianças. Elas ficam felizes e aliviadas por verem o pai de volta e correm para abraçá-lo. De sua parte, George não parece nada melhor. O sorriso não muda muito. Mas as crianças agarradas à sua calça e camisa não parecem empurrá-lo para mais perto do limite. Depois de agradecer ao vizinho efusivamente, ele vai embora levando as meninas.

Cinco, talvez dez minutos depois da partida de George, tempo suficiente apenas para Rainer ter voltado para a cama, fechado os olhos e começado a sentir o sono esperando por ele, a gritaria começa. Gritos altos e agudos, muitos gritos. Rainer senta na cama. Clara também. Os gritos continuam histéricos e aterrorizados. "São as crianças", diz Clara, referindo-se às filhas do vizinho, mas Rainer já saiu da cama e está a caminho da porta, censurando a própria tolice. Ele nem para no caminho para calçar as botas, apenas abre a porta e corre para a casa vizinha. E durante todo o tempo, a gritaria continua. "Idiota, idiota, idiota", Rainer resmunga para si mesmo. Outras pessoas também saíram de casa quando Rainer abaixa os ombros e se joga contra a porta do vizinho. Seu sangue ferve. Ele está pronto para brigar. Mas o que vê dentro da casa o faz parar.

Bem na frente dele, as filhas estão reunidas em um emaranhado de gritos em torno de Maria, todas com o rosto tomado pelo horror e pelas lágrimas. Do outro lado delas está o pai, ligeiramente inclinado, as mãos posicionadas ao lado do corpo como se pedisse desculpas por alguma coisa. Ele faz o que pode para sustentar o sorriso, mas o rosto treme com o esforço. À direita dele, sentada em uma poltrona, está sua falecida esposa.

Quando vê a mulher lá, a primeira coisa que Rainer pensa é que George foi até a sepultura, dela, cavou e levou o corpo para casa. Mas ela levanta a cabeça, olha para ele, e o coração de Rainer para. Ele dá um passo adiante. Por mais estranho que pareça, se aproxima dela. George está balbuciando sobre milagre isso e milagre aquilo, mas Rainer não está prestando atenção. Ele estuda os olhos da mulher, Helen, que são diferentes, de algum jeito. É difícil dizer à luz do único lampião aceso, mas Rainer tem certeza de que os olhos de Helen são dourados, totalmente dourados, com pequenas pupilas negras no centro. Ele não lembra como eram os olhos da mulher antes, mas tem certeza de que não eram assim.

Enquanto isso, mais gente aparece na porta. Quando veem o que tem dentro da casa, algumas pessoas dão as costas e voltam para casa. Outras gritam como as crianças. Outras começam a rezar no idioma que usam para falar com Deus. Um homem, um italiano, Italo, que é pedreiro e trabalha com Rainer, corre para dentro da casa e leva as crianças para fora. Depois de deixá-las em segurança em sua casa, algumas ruas longe dali, ele volta rapidamente à casa onde Rainer ainda está analisando os olhos dourados de Helen. "Rainer", ele fala, "que diabo é isso?".

O som da voz dele traz Rainer de volta do local para onde os olhos da mulher o haviam levado. Ele balança a cabeça e olha para Italo. Com a voz rouca, diz: "Isso não é boa coisa".

Juntos, os dois olham para George, que havia enfiado as mãos nos bolsos como um menino pego em uma travessura. "Como isso aconteceu?", Rainer pergunta. George não responde, só volta a falar sobre como aquilo é um milagre, como tinham sorte por estar ali para ver, sim, como eram sortudos por testemunharem um milagre. Italo se aproxima dele e dá um tapa em seu rosto. O colega de Rainer é um homem pequeno, e a cabeça meio calva o faz parecer mais velho do que é, mas a cabeça de George balança com a força da bofetada. O sorriso se mantém. Antes que ele possa voltar a balbuciar, Italo o esbofeteia de novo, e mais uma vez. O tempo todo, todo mundo faz o possível para não olhar para aquilo na cadeira à direita de George. Helen havia sido muito machucada pelas carroças e mulas, a maior parte dos ossos de seu corpo foram quebrados, e ela ainda está, bem, deformada.

Finalmente, e com nariz e lábios sangrando depois da sequência de tapas, George para de falar em milagres e diz alguma coisa sobre um homem. "Que homem?", Rainer pergunta. "O homem na casa", responde George, "o homem na casa grande." Rainer e Italo não fazem a menor ideia sobre o que George está falando, mas ele continua. "Ele entende", diz, e o sorriso ensanguentado dá a ele a aparência de um palhaço de pesadelo. "O homem entende o que é *perder*, o que é perder. Ele ouve. Ele entende. Ele não vê motivo para um homem sofrer por algo que não tinha a intenção de fazer. As coisas aconteceram, só isso. Ele não pede o que a gente não tem. Força, juntar sua força à dele. Ele divide a caneca com você. Não é compaixão, não, ele não é assim. É interessado, sim, interessado. Ajuda quem o ajuda. As coisas aconteceram. Por que não? Sua força. Tudo que ele pede é que você beba de sua caneca. A conversa dele está acabando. Por que não? Ele ajuda quem o ajuda." George repete essas palavras mais meia dúzia de vezes, até Italo dar mais uma bofetada nele. "Ele é um pescador", diz George, e alguma coisa nessa afirmação o faz começar a rir, rir mais, depois gargalhar, depois uivar de tanto gargalhar. Não importa quantos tapas Italo acerta em seu rosto, ele não para de rir. Quando olha para a esposa, que continua sentada calmamente na cadeira, os olhos dele expressam o sobressalto, e ele continua rindo ainda mais. Rainer e Italo se olham, saem da casa e fecham a porta. Ainda é possível ouvir o homem rindo. Todo o acampamento ouve. "Isso não é boa coisa", repete Rainer, e Italo concorda, não mesmo.

Tem um grupo reunido do lado de fora da casa, composto, talvez, por um terço dos homens e muitas mulheres do acampamento. Cada uma das pessoas tem uma dúzia de perguntas cochichadas para

Rainer e Italo. Sim, todos sussurram. Os homens não conseguem responder a maioria das perguntas. E aparentemente ninguém tem resposta para a única questão de Rainer: quem é o homem na casa grande, o pescador?

A essa altura, o sol está surgindo e por mais difícil que seja acreditar nisso depois de uma noite como aquela, logo será hora de ir trabalhar. Aconteça o que acontecer, o trabalho está sempre esperando, certo? O grupo se dispersa. Dois homens pedem para Rainer e Italo avisarem quando souberem de alguma coisa. Dentro da casa, a risada de George se esgotou, virou um gemido baixo. Pensando que precisa dar uma última olhada em George, Rainer dá um passo em direção à porta. Italo o segura pelo braço. "Não até sabermos", ele diz, "não até sabermos o que está sentado naquela cadeira."

"Mas o homem...", Rainer responde.

"Ele fez uma escolha. É dele, não nossa", diz Italo.

Rainer não está satisfeito, mas também não tenta entrar. Consegue convencer Italo de que precisam descobrir quem é o homem na casa grande, o pescador, embora eu tenha a impressão de que Italo preferia ter se afastado daquela casa e nunca mais pensar nela. O que vão ter que fazer quando descobrirem quem está por trás dos acontecimentos da noite é algo que Rainer não diz, nem para Italo, nem para Clara quando ela pergunta um tempo mais tarde, após ele terminar de contar os eventos da noite. Lottie e as irmãs ouvem a história do pai com um misto de fascínio e terror enquanto se preparam para as obrigações do dia. Quando ele termina o relato, Gretchen para de arrumar a bolsa da escola e pergunta ao pai se tudo aquilo aconteceu como nas Escrituras, quando Jesus ergueu Lázaro dos mortos. Ao ouvir a pergunta, Clara fica furiosa, segura Gretchen com uma das mãos e bate na cabeça dela com a outra enquanto grita: "Como se atreve? Como ousa ouvir uma conversa entre mim e seu pai?". Lottie e Christina estão chocadas. Nunca viram a mãe naquele estado antes. Rainer se adianta e segura a mão de Clara, e o jeito como ela o encara sugere que, se fosse mais forte, faria a mesma coisa com ele. "Vamos, meninas", diz Rainer, e as irmãs saem da casa uma depois da outra.

VIII

Rainer leva dois dias para descobrir a identidade do homem na casa grande. Na verdade, é Clara quem descobre. No fim da segunda tarde depois da volta de Helen do túmulo, Clara ouve três mulheres na padaria falando sobre a propriedade Dort e o estranho personagem que mora lá. Imediatamente, ela sabe que encontrou o que procurava. Aproximando-se das mulheres, pergunta se elas estão falando sobre uma das casas nas montanhas. "Não, não", responde uma delas, "a propriedade dos Dort fica bem aqui." Em cerca de dez minutos, elas resumem para Clara o que levei mais tempo para contar a vocês. Quando Rainer entra em casa naquela noite, é recebido por Clara, que diz: "Sei quem é o homem que está procurando".

 E já não era sem tempo. Naqueles mesmos dois dias, as coisas na casa vizinha estavam indo de mal a pior. A esposa de Italo, você deve lembrar, está cuidando das filhas de Helen e George. Mais ou menos ao meio-dia daquele primeiro dia, Helen — ou o que um dia foi Helen — decide que quer aquelas crianças de volta. Como ela sabe para onde Italo as levou é algo que não sei dizer, mas ela sabe. Levanta-se da cadeira, deixa o marido no chão, onde ele continua gemendo, e se dirige à casa de Italo. Os que a veem indo para lá dizem que ela não anda direito. Movimenta-se como é esperado de alguém que tem as duas pernas quebradas e uma coluna fraturada. E se isso não é suficientemente estranho, as pegadas que ela deixa são molhadas, como se houvesse acabado de sair do banho e não tivesse se enxugado. Ela vai capengando para a casa de Italo, com as pessoas parando quando a veem e correndo em sentido contrário. Ela as ignora. Quando chega ao destino, para diante da casa, balança de um lado para o outro, depois cambaleia para frente e bate na porta.

É preciso reconhecer que Regina, a esposa de Italo, é uma mulher de muita coragem, porque, mesmo tendo visto Helen se arrastando pela rua em direção à sua casa, ela abre a porta e fica ali parada com as mãos na cintura, encarando a mulher de olhos dourados. Regina é um pouco mais alta que o marido e tem uns dez ou quinze quilos mais que ele. Não é burra. Ela já mandou as crianças, as dela e as de Helen, para o quarto dos fundos e disse que elas não devem abrir a porta por nada, nem por amor ou dinheiro. (Naquele dia ela não mandou nenhum deles para a escola. As filhas de Helen não foram por conta do choque da noite anterior, e as dela porque ficaram fazendo companhia às hóspedes. Pode-se dizer que sua visão de educação era bem flexível.) Regina não diz nada a Helen. Mais tarde, ela conta para Italo e Rainer que estava apavorada demais para falar. Não sabia nem por que tinha aberto a porta, mas acho que eu sei. Alguma vez você já sentiu tanto medo de alguma coisa que se aproximou dela, tentou tocá-la, esse tipo de coisa? É estranho, não é? Não sei que nome tem essa reação, mas tenho certeza de que foi isso que levou Regina a enfrentar a mulher que batia em sua porta. Helen, a morta, a mulher que tinha morrido e voltou, está ali sobre as pernas destruídas, olhando para Regina, depois para dentro da casa. Ela diz: "As crianças".

O som de sua voz é algo horrível. É dura, áspera, como se não fosse usada há muito tempo, o que é verdade, acho. Também é meio líquida, como se Helen estivesse falando embaixo d'água. Tem mais alguma coisa, uma qualidade na voz da mulher que Regina vai ter dificuldade para identificar quando relatar a visita ao marido e ao amigo dele. Ela tem um sotaque, Regina dirá finalmente, mas quem não tem sotaque por ali? Não é o acento que a mulher tinha em vida, não, não é parecido com o de nenhum deles, com nenhuma mudança de um idioma para outro. É o acento que a gente imagina que teria um animal que aprendeu a falar, algo que não tem a ver com dominar um idioma específico, mas a ideia da linguagem propriamente dita. Também não é como você pode pensar que um gato ou um cachorro falaria. É a voz que você daria a um lagarto, ou a uma enguia. Ela foi a primeira a ouvir Helen falar, depois de George, presumivelmente, mas não foi a última, e o consenso é de que sua descrição é perfeita. Quando ouve Helen falar, Regina fica com os cabelos da nuca arrepiados, fazendo todo o esforço possível para ficar onde está e balançar a cabeça em uma resposta negativa.

De acordo com Regina, Helen não olha para ela, mas através dela. Porém, parece que vê quando ela balança a cabeça, porque repete a solicitação com as mesmas palavras: "As crianças". Regina repete a resposta, balançando a cabeça com tanto vigor que teme que ela saia voando.

Só quando Helen repete a solicitação pela terceira vez, aproximando-se da porta enquanto fala, Regina finalmente encontra a própria voz. "Não são mais suas", diz. "Vá embora."

A mulher não vai. Em vez disso, dá mais um passo trôpego. Regina recua e segura a porta com uma das mãos. "Vá embora", fala de novo. "Volta para o seu lugar. Volta para a terra."

Quando Helen ameaça passar pela soleira, Regina bate a porta. Mas não é suficientemente rápida: antes de a porta fechar, Helen passa o braço pela fresta e agarra Regina, que, em pânico, joga o corpo contra a porta, empurrando-a com toda força contra a mulher do outro lado. A mão toca seu cabelo, uma orelha, e Regina a afasta aos tapas. A pele de Helen é fria como pedra, Regina vai contar, e úmida. Ela empurra, e Helen empurra de volta, e a força da mulher é terrível. Não fosse por seu corpo estar cheio de ossos quebrados, Helen teria aberto a porta e pegado as crianças em pouco tempo. Regina ouve o barulho dos ossos da mulher rangendo uns contra os outros enquanto ela empurra a porta com o corpo. Apesar do esforço de Regina — o que não devia ser pouco, considerando que ela é uma mulher forte —, Helen vai ganhando terreno lentamente, abrindo a porta aos poucos. Com a testa coberta de suor, Regina invoca Deus e os santos para ajudá-la e, quando nenhum deles parece propenso a responder, xinga a mulher com todos os palavrões que conhece em inglês e italiano. Nada disso faz diferença. Se ela esperava exorcizar Helen chamando o Todo-Poderoso, parece que a mulher não tem medo dele; se queria chocá-la com os palavrões, Helen dá sinais de já ter ouvido coisa pior. Ela continua empurrando a porta, e Regina sabe que não vai demorar muito para os músculos de seus braços e pernas, que já tremem com o esforço, cederem. Ela grita sua frustração batendo na mão fria que tenta agarrá-la, e parece que esse grito surte efeito, pois atrai as crianças, as dela e as de Helen, que entram no cômodo como uma onda. Sem parar para pensar no que está acontecendo, elas correm para a porta e a empurram. Não têm muita força, mas é o suficiente. Agora Regina está ganhando a briga, empurrando a porta para fechá-la. Helen sacode o braço, e as crianças, gritando, o arranham e unham, e uma delas rasga a pele fria. Sangue preto, sangue literalmente preto, pinga no chão. O braço recua. A porta se fecha. O filho mais velho de Regina passa a tranca.

É a vez de Helen gritar, e ela grita. Se a voz dela é ruim, o grito é mil vezes pior. Como um demônio queimando no Inferno, é assim que Regina vai descrevê-lo. Anos mais tarde, pelo que sei, as crianças ainda vão acordar com os pesadelos daquele dia. Regina se apoia à porta, pronta para enfrentar outra tentativa de Helen. Ela não volta. O eco dos gritos ainda reverbera nos ouvidos de todos quando ela se aproxima da porta e cochicha para Regina através dela. O que diz tem mais de duas palavras, mas as crianças não escutam ou não entendem. Elas veem o rosto de Regina empalidecer. Veem quando ela fecha os olhos com força e inspira por um segundo, como se sentisse dor. Mas não sabem por quê. Helen espera mais um momento depois de dar seu recado, como se estivesse ouvindo o efeito causado em Regina. As crianças a escutam do outro lado da porta, a respiração pesada pelo esforço. Maria, a filha mais velha de Helen, vai contar a irmã de Lottie, Gretchen, que a respiração parecia a do avô dela nos meses que antecederam sua morte, rouca e áspera, e com alguma coisa molhada, como quando você respira e está com o nariz entupido. Lentamente, Helen se afasta da porta e volta se arrastando para a casa que pertencia a ela e ao marido.

Regina não conta a ninguém além de Italo sobre a mensagem de Helen. Quando ele volta do trabalho mais tarde naquele dia, manda as crianças irem brincar lá fora — após tê-las mantido dentro de casa e perto dela desde a aparição de Helen, e ainda que diga para as crianças saírem, ela insiste que não devem ir muito longe — e então tem uma longa conversa com o marido sobre o que aconteceu naquele dia. Uma das crianças, o filho de Italo e Regina, Giovanni, fica perto da casa para tentar ouvir a conversa do pai e da mãe. É natural, imagino, considerando que Regina não deu nenhuma explicação sobre o que aconteceu mais cedo, só o abraçou com força, como fez com seus irmãos e irmã e com as outras crianças, e disse a todos para irem rezar o terço. No dia seguinte, Giovanni vai contar a Christina, a filha caçula dos Schmidt, sobre o que ouviu. No começo, ele diz, seu pai ficou furioso, queria ir à casa da mulher morta e colocá-la de volta no túmulo. Ele já se preparava para ir cumprir a ameaça, quando a mãe contou que a mulher tinha cochichado alguma coisa para ela. Sua voz ficou mais baixa nesse trecho da conversa, e Giovanni não conseguiu ouvir o que era. Mas as palavras fizeram o pai dele parar onde estava. "O quê?", ele diz, e Regina responde: "É isso que você ouviu". "Impossível", ele fala. "Não", ela retruca. Eles continuam falando. O menino diz que Italo perguntou várias vezes se Regina tinha certeza e como aquela mulher sabia de uma coisa dessas. A voz dele ficava mais insegura e trêmula a cada repetição. Por outro lado, a voz de Regina ganhava força cada vez que ela repetia que não sabia como a mulher podia saber, mas os desgraçados e demônios do Inferno supostamente conhecem todos os segredos, não? Mas, sim, até onde ela podia afirmar, a mulher estava correta. De fato, isso explicava muitas coisas. No fim da conversa, Italo estava em lágrimas, soluçando. "O que vamos fazer?", ele repetiu muitas vezes. Regina dizia que não sabia, mas que eles ainda tinham algum tempo. O jovem Giovanni ficou perturbado, o que é compreensível, depois de ouvir tudo isso. Quando se posicionou para escutar a conversa, ele não contava com a possibilidade de escutar o pai soluçando. Finalmente, incapaz de suportar mais, ele entrou para se juntar aos pais e também chorou. Em troca de tamanha consideração, ele recebeu de Regina um peteleco na cabeça por estar ouvindo conversas e um abraço choroso de Italo. O menino viu Regina dizer a Italo que ele deveria ir consultar seu amigo alemão sobre o assunto. Era um homem educado, o alemão, e Regina achava que ele era dotado de uma boa dose de sabedoria, e sabedoria era sempre um bem precioso, especialmente em um tempo como aquele. Ela achava que o alemão era o que mais tinha chances de saber o que fazer com aquela mulher que devia estar sepultada, mas estava em pé e andando. Porque era preciso fazer alguma coisa com ela. Isso era indiscutível. Ainda enxugando as lágrimas dos olhos, Italo concordou. Falaria com o amigo.

E assim, mais tarde, naquela mesma noite, Italo aparece na porta da casa dos Schmidt procurando Rainer. Quando Rainer o cumprimenta e convida a entrar, Italo não perde tempo e diz o que tem a dizer: "Aquela mulher, sua vizinha, a que saiu do túmulo, alguma coisa tem que ser feita com ela". "Como assim?", Rainer pergunta. "Temos que matá-la", diz Italo, "temos que devolvê-la ao lugar dela." Enquanto Rainer pergunta ao homem o que aconteceu, Clara manda Lottie, que ainda estava acordada e lendo, para a cama. Ela ameaça reclamar, mas o olhar da mãe informa que a ordem deve ser cumprida. Uma vez fechada a porta do quarto da menina, Rainer repete a pergunta: "O que aconteceu?". Italo resume os acontecimentos daquela tarde, omitindo apenas a mensagem de Helen para Regina. "Não é algo que se diga em voz alta", ele declara. Mas confirma que o que a mulher sussurrou é verdade, uma verdade que ela não podia saber. "A mulher", diz, "não é mais humana. Você viu os olhos dela. O que aconteceu hoje não deixa dúvidas." "O que ela é, então?", pergunta Clara. "Não sei", responde Italo. "Um demônio? Outra coisa? Eu trabalho com pedra. Essa não é minha profissão. Não sei dizer o que ela é, só o que não é. Ela não é humana."

Italo está agitado. Ele entrou e aceitou o copo de chá gelado que Clara põe em cima da mesa da cozinha para ele, mas permanece sentado na beirada da cadeira como se quisesse se manter pronto para pular e fugir da casa a qualquer momento, talvez ir procurar os vizinhos. Ele passa as mãos no cabelo com insistência e as esfrega uma contra a outra no resto do tempo. Lottie, que abriu um pouco a porta do quarto nessa última parte da conversa de Italo com os pais dela, acha que ele parece estar sendo devorado vivo pelo segredo que guarda, corroído de dentro para fora pela informação que tenta manter escondida. Para surpresa de Lottie, seu pai parece concordar com Italo. Embora a citação favorita de Rainer seja aquela de Shakespeare, sabe, sobre haver mais coisas entre o céu e a terra, ele é, via de regra, o cético da família, defensor do que chama de "pensamento claro". Agora lá está ele, assentindo para as mais loucas especulações de Italo, concordando com as afirmações do homem sobre ser necessário lidar com a mulher, sobre ela não ser mais uma criatura desta terra. Não é tanto por Lottie discordar da análise de Italo — ela acredita que há mais verdade que mentira no que ele está dizendo —, mas por desacreditar que o pai não esteja argumentando com o amigo, oferecendo alternativas racionais para as loucas especulações dele. Os dois ficam ali sentados até bem depois da meia-noite, muito depois de Clara ir para a cama, Italo balançando de um lado para o outro, dominado pela fadiga, Rainer com as mãos unidas, os olhos fixos no chão. Quando Italo não tem mais nada a dizer, Rainer o manda para casa com a promessa de que eles vão resolver o que precisa ser resolvido. Rainer fica na porta vendo o amigo subir a rua, e Lottie, que ficou acordada em seu posto na porta do quarto, vai para a cozinha. Sem se virar, Rainer diz: "Quanto você ouviu, Lottie?". Quando a menina protesta dizendo que só foi buscar um copo d'água, Rainer a interrompe. "Você quer saber quanto do que o sr. Oliveri disse é verdade", ele diz, o que se aproxima muito da questão que atormenta Lottie — "Em quanto disso você acredita, papai?" —, o suficiente para ela concordar. Rainer a encara, e Lottie fica chocada ao ver a expressão em seu rosto: medo, um medo tão intenso que ele está quase chorando, com os lábios tremendo. "O que é isso, pai?", Lottie pergunta, "o que está acontecendo?". Mas Rainer apenas balança a cabeça e diz: "É hora de ir para a cama." Lottie fica tão abalada com aquela expressão que esquece de pedir ao pai a resposta que ele prometeu e corre para se juntar às irmãs na cama.

IX

Como eu disse, só na noite seguinte Clara revela para Rainer a identidade do homem na casa grande, e assim põe em movimento a última sequência de eventos deste drama. Enquanto isso, as coisas na casa vizinha continuam piorando. O marido de Helen, George, permanece mais ou menos quieto por todo aquele primeiro dia. As pessoas escutam seus gemidos de vez em quando, mas é só isso. Ao amanhecer da manhã seguinte à visita de Italo, George começa a gritar e berrar loucamente. De novo, Rainer corre para ir ver qual é o problema. Ele encontra a porta da casa aberta, George se retorcendo no chão como se sofresse algum ataque, e Helen não está lá. Rainer corre e tenta segurar o homem, impedir que ele continue se debatendo, mas George o arremessa do outro lado do cômodo como se fosse uma boneca de pano. Rainer perde o ar nos pulmões. Enquanto ele está sentado esfregando a parte de trás da cabeça, que bateu na parede, outros vizinhos chegam, todos com a mesma ideia de Rainer, e nenhum com mais sucesso nas tentativas de conter George. É como se o homem estivesse dominado por uma grande força: "como se um rio de luz corresse através dele", é assim que Rainer explica para Clara. Quando fica em pé, Rainer percebe que os gritos do homem não são só barulho. São palavras. Por mais difícil que seja acreditar, o homem que está se retorcendo no chão, revirando os olhos, com a boca ensanguentada de tanto morder a língua, está falando. Rainer não consegue entender todas as palavras, mas está razoavelmente certo em relação a algumas delas, as quais tornam a cena diante dele ainda mais estranha. O homem que se contorce diante dele fala uma mistura de idiomas: inglês e o que Rainer acredita ser húngaro, alemão, francês, italiano e espanhol, e mais alguns sobre os quais ele não tem certeza, mas pensa ser russo e grego, e ainda algumas línguas que ele nunca ouviu antes, latidos guturais e rosnados que não parecem pertencer a nenhum idioma que conheça. E George vai passando de idioma a idioma. Mas todo o discurso parece girar em torno das mesmas duas ou três sentenças.

Quando Lottie, que ouve essa história ao lado da mãe, pergunta ao pai o que o homem estava falando, Rainer a ignora e tenta continuar com o relato, até Clara repetir a pergunta da filha e insistir. "Era alguma coisa sobre água", diz Rainer, "alguma coisa a ver com água preta." A resposta satisfaz Clara, mas não Lottie, que percebe que o pai olha para o teto enquanto fala e deduz que ele não está dizendo toda a verdade. São observadoras, as filhas dele. O homem disse mais do que o pai está revelando, e por motivos que Lottie ainda desconhece, além daquele arrepio nervoso nas costas, seu pai não quer contar à família tudo que ouviu.

E Lottie não vai poder perguntar a George o que ele disse, porque, cerca de cinco minutos depois da chegada de Rainer, no meio daquela confusão de idiomas, George arqueia as costas tremendo e vomita uma torrente de água preta, uma fonte que continua, continua e continua jorrando, lavando seu rosto, as roupas, o chão, os homens que estão perto dele pulam para trás praguejando. Tem mais água saindo daquele homem do que um corpo pode conter, Rainer tem certeza de que vê o líquido correndo do nariz de George, das orelhas, até dos cantos dos olhos.

Também tem mais alguma coisa, algo que Rainer se recusa a contar, apesar das ameaças e imprecações da esposa e da filha. Lottie terá que esperar até mais tarde naquele mesmo dia, quando ouvirá a história de uma das garotas do trabalho, cujo irmão mais velho estava entre os outros homens que foram à casa de George. Respingado pela água que o homem vomitou, o irmão contou que naquela água havia muitos girinos. Mas eram girinos como nenhum deles jamais tinha visto antes, tiras negras de carne com três a cinco centímetros de comprimento, todas com um olho bulboso e azul em uma extremidade, o que dava a impressão de que o homem que vomitava aquelas coisas havia engolido um balde cheio de olhos. Elas se contorciam no chão, as coisas, como se tentassem enxergar melhor os homens horrorizados em torno delas. Por um momento, os homens ficaram paralisados enquanto as coisas se retorciam no chão, depois uma delas pulou sobre o pé descalço de um deles. Ele gritou, e todos os homens reagiram furiosos, pisoteando e esmagando aquelas coisas como se não houvesse amanhã, espalhando a água suja por todo o cômodo. Muito tempo depois de terem esmagado as coisas que pareciam girino até deixá-las irreconhecíveis, os homens continuavam pisoteando, como se tentassem esmagar também a lembrança do que tinham visto. Quando se controlaram, pararam ofegantes e pensaram em olhar para George, ele estava morto.

Parece meio exagerado, não é? Não que a história toda não pareça cada vez mais fantástica, com essa história de mulher morta que anda e tudo mais. Mas esses girinos, eles... bom, eles fazem o relato se parecer muito mais com uma fantasia descarada, não é? (Presumindo, é claro, que vocês já não estejam pensando que tudo não passa de fantasia.) Eu tendo a acreditar que George foi matar a sede em um dos lagos da região depois de uma bebedeira e engoliu um cardume de girinos, girinos comuns, simples. Quando ele vomitou, pôs para fora os girinos que, certamente, ofereceram uma visão perturbadora. Os girinos-monstros eu colocaria na conta da imaginação superaquecida da menina que contou a história para Lottie. O problema é que não tenho tanta certeza quanto gostaria de ter. Acontece que naquela mesma noite em que Lottie ouve a história, depois de Clara ter revelado o que sabia sobre o homem na casa grande, Rainer está ruminando a informação sentado à mesa da cozinha, coçando o queixo como faz quando está pensando, e Lottie pergunta diretamente ao pai se a história que ouviu é verdade. Ela é esse tipo de garota.

Rainer pula na cadeira como se tivesse levado uma ferroada. Primeiro parece surpreso, como se não entendesse de que modo a filha havia escutado tal história. Depois vem a raiva, uma raiva como Lottie não via no rosto dele há muito tempo, como talvez nunca tenha visto. Dá para ver seu braço direito tremendo, e ela tem certeza de que vai ser agredida, embora não saiba se pela verdade ou mentira de sua pergunta. Lottie se prepara para a bofetada, e é então que Clara, que estava de lado observando, se coloca na frente dela. Lottie não consegue ver o rosto da mãe, mas o que tem nele apaga a raiva da expressão de Rainer. Seu braço relaxa, a cabeça cai para a frente, e Lottie compreende que por trás da raiva ela tem sido alvo de seu medo, um terror profundo. Ela pensa na outra noite, no que viu nos olhos do pai depois que Italo foi embora. De repente, tem um daqueles momentos que passamos na infância, quando vimos nossos pais como pessoas, como versões mais velhas da gente e de nossos amigos. De chefe da casa, Rainer se torna um homem cujo rosto marcado por rugas fundas e o cabelo ralo são os emblemas de muita preocupação e aflição. Lottie entende que o medo que viu nele não é uma coisa nova, mas faz parte do pai há algum tempo. Se não é parte de sua estrutura fundamental, foi infiltrado nele como cupins que devoram a moldura de uma casa, deixando apenas o exterior de tijolos. E de mãe, Clara se torna uma mulher cujas mãos gastas marcam o esforço que ela faz para manter reunida não só a família que criou com Rainer, mas o próprio Rainer. Lottie percebe que Clara sabe tudo sobre o medo de Rainer, que se a mãe não conseguiu exterminar o que se instalou em seu marido, ao menos faz o possível para apoiá-lo como pode. Uma onda de compaixão, de piedade misturada com amor, se apodera de Lottie, e ela quer abraçar os pais e confortá-los. Mas não faz nada, porque também quer protegê-los da revelação.

"Isso não é nada bom", Rainer diz finalmente.

Não é exatamente a revelação do ano. Antes que Lottie possa perguntar a Rainer o que não é nada bom, Clara se manifesta: "Chega de enigmas", ela diz. "Sabemos que coisas ruins estão acontecendo. O que você sabe sobre elas? Quem é o homem na casa grande?"

"Não sei", diz Rainer. "Não sei quem ele é."

Lottie vê a mãe endireitar os ombros, sinal claro de que se prepara para gritar, por isso interfere: "O que ele é, papai?".

O rosto de Rainer desmorona. Ele não esperava por isso. É como se decidisse que não vai mentir para a família. Simplesmente não vai contar nenhuma verdade desnecessária. "Não sei o que ele é", diz.

Mas Lottie começou a entender as regras daquele jogo. "O que acha que ele é?", pergunta.

Quando era uma criança na Alemanha, ela fazia uma brincadeira como essa com Rainer, um jogo cujo objetivo era descobrir não só a pergunta correta, mas o jeito certo de formulá-la. Lottie era boa nesse jogo, no qual pensa agora. Talvez Rainer também se lembre dele, porque, quando ela reformula e dá à pergunta uma forma que não permite evasões, um sorriso fraco passa por seus lábios. "Certo", ele diz, "certo. Vou dizer o que eu acho. Acho... estou com medo de que o homem na casa grande seja *ein Schwarzkunstler*."

Ele usa o alemão, embora estejam todos falando em inglês, uma regra da casa em que o próprio Rainer insistiu. Lottie conhece a palavra, cuja tradução literal é "artista da escuridão" e significa alguma coisa como "praticante de magia negra" ou "feiticeiro". É uma palavra que Lottie associa com histórias da infância de seu antigo país, não com a vida real em um canteiro de obras no norte de Nova York. Por um momento, ela pensa que Rainer está brincando com ela e Clara. Depois vê que ele cruza os braços, algo que só faz quando pressente uma verdade incômoda. Ele cruzou os braços quando disse à família que achava que o único recurso que lhes restava era deixar a casa onde moravam e ir para longe, talvez para a América, e de novo ao descrever o bom emprego que tinha conseguido na bela região ao norte da Nova York. Seu pai, um cético, está dizendo que um mago do mal está por trás dos estranhos acontecimentos na casa vizinha e espera que ela e a mãe acreditem nisso. "*Ein Schwarzkunstler?!*", exclama Lottie. "Como nos livros de histórias?" O tom de voz expressa sua opinião sobre a teoria do pai.

"Não exatamente", diz Rainer. "É mais como um", ele balança a mão, "acadêmico, um cirurgião ou... ou um homem forte do circo."

"Um cirurgião?", Lottie pergunta. "Um homem forte?"

"Alguém que corta a superfície das coisas e a remove para descobrir o que tem embaixo", diz Rainer. "Alguém que enfrenta forças poderosas." Isso não ajuda Lottie em nada, e Rainer percebe. Ele diz: "O resultado seria o mesmo que nos livros".

Enquanto isso, Clara balança a cabeça lentamente. Quando Rainer termina de falar, ela diz: "Isso explica tudo, não? Deus nos ajude". E para Rainer: "O que vai fazer sobre isso?".

"Eu?", Rainer reage.

"Você", ela insiste.

"Por que eu deveria fazer alguma coisa?"

"Quem mais sabe sobre essas coisas?"

"Não sou nenhum especialista."

"Você é o que temos", diz Clara. "Além do mais, se saiu muito bem no passado."

"Não acho que Wilhelm concordaria com você", Rainer retruca. E lá está, de repente: aquele nome. Lottie nunca o tinha escutado em voz alta antes, só nos cochichos que ouvia entre Rainer e Clara.

Mas se Rainer acha que mencionar esse nome vai pôr fim à conversa, está enganado. Clara continua: "Wilhelm sabia o que estava fazendo".

"Acho que não", diz Rainer. "Acho que nenhum de nós sabia."

"Isso é passado", Clara diz. "Que os mortos enterrem os mortos. Você tem que se preocupar com os vivos. Está me dizendo que, desde que aquela mulher apareceu, você ainda não fez nada?".

Rainer parece um menino surpreendido com a mão no pote de biscoitos. "Tenho olhado os livros", ele diz. "Depois que todo mundo vai para a cama."

"Eu sabia", diz Clara.

"Não é tão simples. Não é como procurar *Schwarzkunstler* no dicionário. Os livros são difíceis de ler. É difícil entender os significados, é como se fossem escritos em código. As palavras parecem mudar. Não querem contar seus segredos. É como uma ostra com uma pérola."

"Você pode pegar a ostra de uma pérola", diz Clara. "Só precisa de persistência e uma faca bem afiada."

Lottie não consegue acreditar no que está ouvindo. Não que ela seja especialmente racional. De toda a família, ela é a mais religiosa e não tem problemas com os milagres encontrados no Velho e no Novo Testamento. Também não tem dificuldades de aceitar as profecias do Livro do Apocalipse. Maná no deserto, Jesus erguendo Lázaro dos mortos, a chegada dessa e daquela besta maléfica, tudo isso ela pode aceitar. Se você perguntar, ela vai dizer que acredita na mão de Deus dando forma aos eventos no mundo e nos esforços do Diabo para frustrar esse projeto. Só não tem certeza sobre anjos da guarda e demônios pessoais. Isso pode se aproximar demais do papismo; mas depende de seu humor. A Bíblia, porém, é o passado, exceto pelo Apocalipse, que é o futuro. Quanto ao presente, você precisa olhar com cuidado para ver o sobrenatural nele. É uma questão de estudo e interpretação. Deus e o Diabo, bom e mau, tudo é ativo, mas suas ações são sutis. Tudo isso — mulher quebrada voltando do túmulo e ameaçando os filhos, homem vomitando monstros, feiticeiros — é muito grosseiro, muito vulgar.

E não é só isso. Tem os pais dela. Acho que podemos dizer que, com relação a Rainer e Clara, essa noite é uma surpresa para Lottie. Primeiro foi o insight da humanidade dos dois, que já é bem desconcertante. Depois essa conversa de magia. Rainer e Clara frequentavam os cultos na igreja com as filhas, mas nenhum dos dois jamais pareceu muito devoto. Rainer, obviamente, é o cético. Clara se orgulha de seu bom senso. Na verdade, uma das coisas que Clara mais gosta de fazer é provocar o marido com esse ou aquele exemplo de falta de bom senso. Agora, em questão de minutos, os pais de Lottie abandonaram a rejeição ao misticismo, e nem é um misticismo que soa particularmente cristão. É como se, até aquela noite, Rainer e Clara estivessem atuando, desempenhando papéis que agora abandonam com satisfação. Por um segundo, os pais de Lottie parecem mais estranhos para ela do que qualquer mulher com olhos dourados e voz esquisita.

Rainer percebe. Ele vê a filha fechando os olhos com força contra a vertigem da situação e atravessa a sala para se aproximar dela. Ele segura Lottie pelos ombros e diz: "Eu sei. Sei que está pensando: 'Quem são essas pessoas malucas e o que elas fizeram com minha mãe e meu pai?'. É difícil ouvir nós dois falando desse jeito, não é? Nós, seus pais, que gritamos com você por ter muitos devaneios, dizendo que pode ser *ein Schwarzkunstler* que está fazendo os mortos se levantarem e andarem. E o que vem depois? Uma bruxa em uma casa de doces? Um lindo príncipe transformado em fera? Uma sereia que quer ser uma menina? É como um livro de contos de fada. É como se você tivesse caído em uma daquelas histórias que líamos para você quando era criança. Você não entende tudo, mas entende o suficiente, e esse conhecimento distorce as coisas, não é? Talvez esteja com medo dessa loucura?". Lottie assente. Ele acertou na mosca. Rainer continua: "Pensei a mesma coisa na primeira vez que eu... pensei a mesma coisa uma vez. Achei que podia sentir minha sanidade indo embora, como a água escorre quando você tenta segurá-la com as mãos. Mas eu não estava louco. Não estava, e você não está. Isso não faz de todo o resto uma mentira. Complica tudo, sim, mas não é uma mentira. Entende?".

Lottie não entende, não como acha que quer entender, mas assente mesmo assim, porque não tem certeza de que pode continuar ouvindo esse homem que parece tanto com seu amado pai, mas fala como alguém inteiramente diferente. Ela quer fugir dali, sair correndo até a cama e se esconder no sono, e depois que Rainer a abraça com força, quando ele a solta, ela vai imediatamente para o quarto. Mas não dá dois passos antes que Clara a segure pelo braço. "Você queria saber", diz Clara. Tem algo na voz da mãe dela, uma espécie de tremor, que faz Lottie perceber que um dia Clara também passou pelo que ela está passando agora. Lottie pensa naquelas conversas tarde da noite — discussões, na verdade — entre os pais, na época em que explodiu o escândalo que o envolveu na universidade. Ela se lembra da mãe andando pela casa atordoada durante o dia. Era isso, Lottie entende. Seu pai tinha sido obrigado a falar com a esposa sobre isso.

A mãe exigiu, e ele contou tudo de um jeito que a deixou sem alternativa, senão aceitar. "Você queria saber", Clara repete, arrancando Lottie de seus pensamentos. "Então. Agora sabe. Vai viver com isso. Entende? Vai viver com isso." Clara podia estar falando para si mesma. Ela continua: "O que está acontecendo vai ser resolvido. Seu pai vai descobrir o que precisa ser feito e vai tomar as providências. Ele tem razão. Isso é boa coisa. Precisa ser resolvido. Já soube sobre o que aconteceu hoje?".

"Sim", Lottie responde.

"Isso é o que podemos esperar", diz Clara, "isso e coisa pior. O que aquele homem tolo começou vai ficar pior." Sem dizer mais nada, sem um abraço de conforto, Clara a solta, e Lottie se retira para a segurança de seu quarto. Como você pode imaginar, o sono, quando chega, não é o santuário aconchegante que ela esperava encontrar. Lottie nunca contou que sonhos teve, mas imagino que alguns deles, pelo menos, tenham a ver com o que aconteceu naquela tarde, com o que Clara perguntou se Lottie já sabia, e Lottie respondeu que sim. Aparentemente, a maior parte do acampamento ficou sabendo cerca de cinco minutos depois do acontecido. Helen ressurgiu, sim, mas isso é só parte da história, e não é a parte que deu origem a todo o falatório.

X

Acho que temos que voltar a Rainer e seus colegas reunidos em torno do cadáver de George. Quando os homens determinaram que George realmente havia morrido, muitos saíram do local. Sem dúvida, alguns ficaram aterrorizados com o que tinham testemunhado, mas é provável que a maioria só quisesse sair dali antes que alguma autoridade, a polícia especificamente, aparecesse. O acampamento tem sua própria força policial, e embora eu não saiba se é pior que qualquer outra força policial da época, também não ouvi dizer que era melhor. Esses homens são todos imigrantes, além disso, e a última coisa que querem é se associar a uma morte estranha. Aquele emprego é o melhor que muitos deles tiveram desde que chegaram ao país, e eles não vão fazer nada que possa pô-lo em risco.

Sendo assim, cabe a Rainer ir à delegacia e informar a morte de seu vizinho. Como pedreiro, um dos operários capacitados, ele está em melhor posição para transmitir essa informação, e o fato de seu inglês ser melhor que o da maioria também ajuda. Ele decide dizer que, até onde sabe, George morreu de um ataque, algo que se aproxima suficientemente da realidade para que ele possa sustentar. E ele sustenta essa versão, embora o policial o encare por um longo e incômodo momento depois do fim de seu relato, como se achasse que podia arrancar uma confissão de Rainer com a força de seu olhar. Quando o oficial se levanta de sua cadeira e acompanha Rainer até a casa de George, para sua grande surpresa, ele declara que sua avaliação parece ser correta. O policial diz que vai ter que mandar buscar o agente funerário em Woodstock, e que Rainer está dispensado. Ele agradece e se retira.

Ninguém testemunha o que acontece a seguir. Lottie deduz a maior parte disso juntando fragmentos de fofoca de várias pessoas naquele dia e no dia seguinte. O resumo é simples. O assistente do agente funerário, um jovem chamado Miller Jeffries, enviado pelo chefe para recolher o corpo de George, baleia o chefe quando volta para Woodstock, depois volta ao acampamento para atirar na namorada e em si mesmo. O consenso entre a população do acampamento é que Jeffries enlouqueceu, e é isso que os residentes do acampamento contam aos repórteres que aparecem para fazer a cobertura do crime. Eu sei: não é a mais surpreendente das explicações. Ninguém diz nada sobre o motivo da insanidade de Jeffries, embora boa parte das pessoas ali a relacione à viagem que ele fez para ir buscar aquele corpo. Um número menor de pessoas sabe que ele encontrou Helen, a falecida esposa do homem, que o esperava quando ele chegou na casa. Cerca de uma hora antes de Jeffries aparecer, as pessoas a viram andando pela rua em direção à sua casa. Em um momento, a rua estava vazia. No momento seguinte, ela está lá, como se tivesse surgido do nada, do ar. Caminha para a casa deixando suas pegadas lamacentas e senta ao lado do cadáver do marido. Talvez esteja esperando o próprio agente funerário. Mas ele está ocupado, e é Jeffries quem conduz a carroça com o cavalo preto desde Woodstock. Miller tem uma aparência um pouco estranha. Os jornais o descrevem como um homem baixo, de pernas arqueadas e braços compridos. Comenta-se, também, que ele não era nenhum gênio. Lottie, que o encontrou algumas vezes de passagem, disse que seu rosto dava a impressão de que ele estava tentando resolver um difícil problema de matemática além de sua capacidade. Ele desce da carroça, entra na casa e encontra quem o está esperando.

Um vizinho que passa pela casa minutos mais tarde olha para dentro e vê Jeffries de cabeça baixa, e Helen sentada diante dele. O vizinho não escuta se Helen está dizendo alguma coisa a Jeffries, mas ele está com pressa para ir a algum lugar e não presta muita atenção. O que Jeffries fica sabendo nos dez minutos que passa dentro daquela casa o faz sair de lá caminhando com mais determinação do que alguém jamais tinha visto nele antes. Ele deixa para trás o cadáver que era o motivo de sua viagem. Volta a Woodstock, à funerária, onde tem um quartinho nos fundos, bem como uma arma, sobre a qual ninguém sabia, escondida embaixo do colchão de sua cama. Ele encontra o chefe debruçado sobre um corpo que quase terminou de preparar para o sepultamento. Mais tarde, até onde todo mundo sabe dizer, não há nenhum confronto dramático, nenhuma cena melodramática. Jeffries simplesmente levanta a arma e abre um buraco nas costas do agente funerário. O impacto joga o homem em cima do caixão sobre o qual ele estava debruçado. Jeffries se aproxima e descarrega a última bala do revólver entre suas pernas. Recarrega a arma e atira mais duas vezes no homem, outra vez entre as pernas e uma no rosto. Quando termina, ele pega o cavalo e a carroça e volta ao acampamento, vai ao hospital, onde a namorada é enfermeira. Ele a encontra falando com um paciente, um homem que se recupera da gripe, levanta a arma e atira em seu coração. Ela cai na cama do paciente, e esse homem vai contar aos repórteres que teve certeza de que seria o próximo, mas Jeffrey só olhou para ele com uma expressão vazia e disse: "Ela me contou tudo". Então apontou a arma para si mesmo.

É um episódio sensacional. As montanhas Catskills foram palco de muitos assassinatos ao longo dos anos, provavelmente mais do que muita gente tem conhecimento, mas esse causa comoção em lugares bem distantes dali. Até uma canção é composta sobre a história: "Ela contou tudo". A música faz sucesso por algum tempo naquele ano. Pete Seeger costumava cantá-la de vez em quando. Acho que ele também a gravou. A canção conta a história do ponto de vista da namorada de Jeffries, retratando-a entre dois homens, Jeffries, que é uma espécie de namoradinho do colégio, e o agente funerário, apresentado como o verdadeiro amor daquela garota. Ela quer ser correta com Jeffries, mas não pode negar o que sente. Finalmente, conta tudo a ele, como diz o título, e é isso. Tragédia.

Obviamente, havia alguma coisa entre a namorada de Jeffries e o chefe dele. Bem, ele acreditava que havia, pelo menos. O que a canção não menciona é a fonte da informação que Jeffries recebeu. A partir das últimas palavras dele, o compositor da canção, acompanhando as notícias dos jornais, presume que Jeffries soube da traição da namorada por ela mesma, que ela confessou tudo. Ninguém contou ao compositor sobre o encontro de Jeffries com Helen. Se ele soubesse disso, poderia ter criado uma música diferente.

Lottie sabe sobre aquele encontro, como Clara e Rainer. Para os pais de Lottie, não há dúvida sobre o que aconteceu. Helen contou a Miller Jeffries o segredo de sua namorada e assim assinou a sentença de morte para a jovem e seus dois amantes. Se eles precisavam de qualquer prova da urgência da situação, aí estava.

E acontece que haverá ainda mais evidências, queiram as pessoas ou não. Enquanto Rainer se debruça sobre os livros até tarde da noite, dormindo uma hora, a mulher morta continua com seus malfeitos. Ela não está por perto quando o segundo agente funerário chega de Wiltwyck para coletar o corpo de seu finado marido. Deve ter cumprido sua cota de coveiros. Os restos mortais de George são levados para Wiltwyck. Não sei o que é feito dele. Enterrado em uma cova rasa, provavelmente. Acho que ele bebeu as poucas economias da família. As filhas, porém — as quais acho que podemos chamar de órfãs, embora a mãe estivesse bem desperta e andando para cima e para baixo —, receberam outra visita de Helen. As crianças haviam ficado na casa de Italo e Regina, e é lá que sua falecida mãe as encontra naquele mesmo dia em que Miller Jeffries parte para sua eterna recompensa. A noite se aproxima, Italo está voltando do trabalho quando vê Helen lá na frente, cambaleando em direção à casa dele. Imediatamente, ele sabe o que a mulher está procurando e, como conta a Rainer na manhã seguinte, fica furioso e com medo ao mesmo tempo. Furioso, porque lá vai a mulher, a coisa, que ameaçou sua esposa e filhos, sem mencionar as órfãs, as quais ele já considerava como suas filhas também. Com medo, por causa das palavras que ela cochichou para Regina através da porta. Ele aperta o passo, passa correndo por Helen a caminho de casa. Uma vez lá dentro, não perde tempo. Tranca a porta e começa a colocar objetos atrás dela, a mesa da cozinha, um baú, duas cadeiras. Manda as crianças para o quarto dos fundos. Regina se recusa a acompanhá-las. Acho que ela quer outro confronto com Helen.

Eles esperam atrás da barricada improvisada por Italo, ele segurando um martelo e um formão, Regina com uma panela de ferro. O coração dele bate tão forte que a vertigem é inevitável, Italo contaria depois, e Regina sem dúvida sente a mesma coisa. Eles esperam lá, e quando minutos se passam lentamente, os dois se olham confusos. Sim, Helen se move devagar, mas já devia estar batendo na porta, fazendo sua solicitação. A menos que Italo tenha se enganado quanto ao destino da mulher, o que parece impossível. É como aquela fala nos filmes: "Está tudo quieto. Quieto demais". É assim que eles se sentem. Eles esperam, os nervos gritando com a tensão. Quando ouvem o estalo nos fundos da casa e as crianças gritando, é quase um alívio.

Helen deu a volta na casa e foi até os fundos, para o quarto onde as crianças estão encolhidas. Tateando a parede, ela encontra uma tábua solta e frágil. Enquanto Italo e Regina esperavam preparados na porta da frente, Helen enfiava os dedos no vão daquela tábua solta e conseguiu segurá-la com firmeza. Ela era silenciosa. Nenhuma das crianças percebeu os dedos se esgueirando pela fresta na madeira. Nenhuma delas ouviu quando ela puxou a tábua. Só quando ela a arranca completamente e enfia o braço na abertura, agarrando uma das crianças, Giovanni, pelos cabelos, eles tomam conhecimento do perigo. Helen puxa o braço para trás, batendo a cabeça de Giovanni na parede. Ela o solta, e o menino cai no chão imóvel. Ela tenta pegar uma das filhas, que escapa, e depois começa a puxar a tábua à direita daquela que havia removido. Helen vai entrar.

Antes que ela consiga tirar aquela segunda tábua, porém, Italo e Regina estão no quarto. Ver o filho caído e inconsciente os faz gritar, e os dois correm para o local onde Helen continua forçando passagem, derrubando as crianças no caminho. Helen tenta tirar o braço, mas não é rápida o bastante, e martelo e panela o atacam com violência. Mais ossos quebrados, um deles rasga a pele branca e derrama sangue escuro. Italo interrompe o ataque para segurar Giovanni pela camisa e tirá-lo da área de perigo, mas Regina continua batendo no braço de Helen. Quando Italo relata esses eventos a Rainer na manhã seguinte, Rainer pensa que ver a esposa furiosa perturbou o amigo. Regina interrompe o ataque por tempo suficiente para Helen retirar o braço da fresta, e não há mais um braço ali, mas uma nadadeira. Regina bate na parede uma, duas vezes, gritando: "O que tem para me dizer agora?". Helen não responde. Regina bate na parede pela terceira vez e joga a panela no chão com um estrondo. Ela se vira para cuidar de Giovanni, que está inconsciente, mas vivo, enquanto Italo vai dar uma olhada lá fora. Ele consegue pensar em poucas coisas que gostaria menos de fazer, mas não conhece outra alternativa. Helen foi embora. Italo segue os rastros de seu sangue estranho e das pegadas lamacentas até a rua, onde desaparecem, como se a mulher tivesse saído do chão.

Italo está exausto demais para ir procurar Rainer. Além disso, não quer deixar a família sozinha, desprotegida. Não consegue entender por que a morta está tão interessada naquelas crianças, mas é a segunda vez que ela tenta pegá-las, o que sugere a possibilidade de uma terceira. Ele passa a noite esperando em uma cadeira que coloca do lado de fora do quarto das crianças, com o martelo na mão. Na manhã seguinte, só vai trabalhar depois que as crianças vão para a escola. Está exausto e com medo, e essa é uma combinação perigosa para um pedreiro. Quase se machuca duas vezes. Ele vê Rainer, mas só na hora do almoço consegue desabafar com o amigo. Rainer deduz que alguma coisa aconteceu ao ver a expressão no rosto de Italo. Enquanto comem o almoço que levaram, ele ouve com atenção o relato de Italo sobre os eventos da noite anterior. Quando a história termina, Rainer diz: "Foi muita coragem".

Italo dá de ombros. "A mulher está por aí. Ela vai voltar." Rainer desvia o olhar, e Italo pergunta: "Por que as crianças? O que uma criatura como aquela quer com crianças?".

"Não sei", diz Rainer. "Talvez queira recuperar a vida que jogou fora."

"Você acredita nisso?", pergunta Italo.

"Não", Rainer admite. "Não tenho certeza. Não sei o que pensar, mas acho que você deve continuar protegendo aquelas crianças."

"É claro", Italo concorda.

"Sabe, tenho livros que podem nos ajudar. Na noite passada, li uma coisa que pode ser útil. Vamos ver."

Italo começa a perguntar sobre o que ele leu, mas é hora de voltar ao trabalho. Se ele acha que vai perguntar de novo a Rainer no caminho de volta para casa, está enganado, pois, quando o apito soa, a filha de Rainer, Gretchen, está esperando por ele. Italo ouve quando ela diz alguma coisa ao pai sobre Lottie, e Rainer sai apressado, corre para casa. Italo segura o braço de Gretchen antes que ela possa segui-lo. "O que aconteceu?", ele pergunta.

"Não sei", responde a menina. "Aconteceu alguma coisa com minha irmã. Minha mãe diz que ela encontrou a mulher morta. Agora está dormindo e não acorda."

XI

De fato, Lottie havia encontrado Helen. O encontro aconteceu quando ela estava trabalhando na padaria do acampamento. Lottie enfrentava dificuldades no trabalho ultimamente, resultado direto de toda a estranheza que a cercava. Normalmente, gostava de trabalhar na padaria. Não era exatamente uma atividade estimulante para o intelecto, mas era parte do atrativo da função. Em vez de passar o dia todo sentada atrás de uma mesa, debruçada sobre livros velhos em busca de respostas para questões obscuras, como o pai dela adorava fazer, Lottie estava envolvida em uma empreitada mais imediata. Misturava os ingredientes necessários, levava a mistura ao forno, e em uma ou duas horas o resultado aparecia, sendo apreciado por homens e mulheres que voltavam para casa depois do trabalho. Essas coisas promovem uma satisfação particular. É como o que você sente ao preparar o jantar. Nos dias bons, pelo menos.

Para Lottie, esse trabalho fornece mais que prazer. É o prazer de trabalhar, de ter um emprego. Essa era uma época, lembre-se, em que as garotas, especialmente as filhas de famílias mais abastadas, deviam ficar em casa e aprender a tocar piano. Se os Schmidt tivessem ficado na Alemanha, provavelmente essa teria sido a vida de Lottie, que teria ficado em casa enfeitando a sala de estar dos pais até estar pronta para enfeitar o braço de algum rapaz. Se insistisse em trabalhar,

Rainer teria encontrado alguma coisa apropriada para a filha de um professor. Ele a teria feito sua assistente, dando a ela dinheiro suficiente para criar a ilusão de que o estava ajudando.

É desnecessário dizer que a mudança para a América alterou tudo. Lottie trabalhava na padaria da tia no Bronx porque a irmã de sua mãe exigiu, e Rainer e Clara precisavam muito do dinheiro extra que ela podia ganhar para lutar contra essa exigência. Depois que adquiriu experiência, e como a família ainda não tinha recuperado a antiga posição social, Lottie teve facilidade para convencer Rainer e Clara de que seria muito mais proveitoso trabalhar na padaria do acampamento do que passar seus dias nos bancos da escola. Rainer não ficou feliz, mas também não tinha argumentos contra a economia da situação. Clara não opinou, mas Lottie achava que a mãe estava tão satisfeita que fez o melhor que pôde para guardar segredo disso. Elas trabalhavam juntas na padaria do acampamento, Lottie e Clara, e Lottie gostava da experiência como nunca havia gostado de trabalhar com a mãe na padaria da tia. Lá, sob o olhar vigilante da irmã mais velha, Clara estava sempre tensa, esperando a reprovação que a irmã salpicava com tanta generosidade como polvilhava o açúcar sobre as rosquinhas. Se pudesse corrigir Lottie antes da irmã, Clara agarrava a oportunidade com uma intensidade que fazia Lottie se encolher.

Desde que se mudaram para o acampamento, porém, o comportamento de Clara havia mudado. Longe da influência da irmã, ela é calma, compreensiva e até divertida. Com surpresa e constrangimento, Lottie descobriu que a mãe tem grande talento e memória para piadas sujas, que ela sempre conta quando estão preparando pães e outros produtos de confeitaria. Isso a tornou popular entre a maioria dos colegas de trabalho, homens e mulheres, com quem Lottie vê, chocada, a mãe dividir um ou outro cigarro. "Não conta para o seu pai", Clara disse quando ela a viu fumando pela primeira vez. A ideia nem passou pela cabeça de Lottie, porque tinha certeza de que Rainer jamais acreditaria nela. Nunca pensaria em imitar o comportamento da mãe. Ela tem certeza de que o liberalismo recém-descoberto de Clara não se estende a sua filha mais velha. Mas quando a surpresa inicial diminuiu um pouco, Lottie descobriu que gosta mais dessa Clara do que daquela que fez de seu tempo na padaria da tia um exercício de infelicidade. Ela ainda sente falta da antiga mãe, a que tinha na Alemanha, que cantava trechos de óperas de Mozart com uma voz aguda e ressonante enquanto se movia pela casa, mas ela era cada vez mais distante para Lottie, um fantasma agradável.

Como eu disse, Lottie gosta de trabalhar na padaria. Os últimos dias, porém, não foram os melhores. Ela fez as mesmas coisas que fazia quando começou a trabalhar para a tia, cometeu todos os erros estúpidos novamente. Errou ao preparar a massa. Derrubou massa no chão. Deixou coisas no forno por tempo demais. Tirou coisas do forno antes da hora. Quebrou mais vasilhas do que pensava ser possível. Os colegas a encobriam quando dava — não gostavam tanto dela quanto de sua mãe, mas gostavam o suficiente. Mesmo assim, ela passou de uma das funcionárias favoritas a alguém cujo emprego era cada vez mais incerto. Clara tem visto isso acontecer, e tenho certeza de que ela sabe qual é o motivo. Ela sabe que Lottie deixou de pensar no mundo como uma coisa plana para considerá-lo redondo, digamos assim, e de um jeito muito repentino. Nos últimos dias, sua mãe fez o que pôde para manter Lottie longe da vista, mandando-a cumprir tantas tarefas quantas podia.

É numa dessas tarefas que o encontro acontece. Clara tinha mandando Lottie ir buscar lascas de amêndoas para os pães doces em uma das despensas. Essa despensa fica nos fundos da padaria, ao lado de uma das portas, e é usada para armazenar tudo que não cabe nos armários principais. Estreita e rasa, é ainda mais apertada com o acúmulo de produtos. A despensa não tem luz ou janelas, e Lottie deixa a porta aberta enquanto procura as lascas de amêndoas. Mais tarde, ela vai contar que ouviu a porta dos fundos da padaria abrir com um rangido, mas não se preocupou com isso, porque estava ocupada tentando erguer um saco de farinha pesado para ver o que havia embaixo dele. Tinha certeza de que eram as amêndoas. Lottie levanta o saco de farinha enquanto ouve os passos arrastados no chão atrás dela.

Uma espécie de alarme começa a ecoar em sua cabeça, mas naquele momento ela não sabe por quê. Eu sei, eu sei: com tudo que descobriu nos últimos dias, como era possível não saber o que estava se aproximando? Mas vocês sabem como é, uma coisa é ouvir algo em uma história, e outra é ver esse algo na vida real. Lottie está ocupada tentando impedir que o saco de farinha caia, enquanto usa a outra mão para pegar o pacote de amêndoas. Com sua missão cumprida, ela se vira para sair e se depara com Helen parada na porta.

Lottie não grita. Também não deixa as amêndoas caírem. É engraçado, mais tarde ela diria que a primeira coisa que passou por sua cabeça foi: *Não deixe as amêndoas caírem*. Ela segura o saco contra o peito. Helen se aproxima, fecha a porta atrás de si e mergulha no espaço apertado em total escuridão. Lottie respira fundo e recua um passo. *As amêndoas*, ela pensa, *as amêndoas*. Helen fica onde está. Lottie consegue ouvir sua respiração, uma inspiração lenta, forçada e molhada, a expiração borbulhante, o que se pode esperar ouvir de um peixe morrendo na praia, se afogando no ar. Lottie fica parada no escuro, com tanto medo que não consegue respirar. *Morta*, ela pensa, *devo estar morta*. Antes de Helen ter fechado a porta, Lottie olhou para ela, para aqueles olhos amarelos, os olhos vazios e sem fundo, que sem dúvida a enxergam nitidamente. Ela sente o cheiro da mulher, o cheiro da morte, um aroma de flores podres e carne estragada que rapidamente domina o interior da despensa. Lottie sente ânsia de vômito, sente o café da manhã subindo até a garganta. Quando ouve o barulho do engasgo, Helen ri, um chiado líquido que arrepia a pele de Lottie. Ela engole com dificuldade, força as pernas a darem dois passos trêmulos para trás, até seu corpo encostar a parede do fundo da despensa. A mão esquerda segura o saco de amêndoas contra o peito como se fosse um saco de diamantes, a direita se projeta na escuridão, procura alguma coisa com que ela possa se defender. Lottie tenta lembrar o que viu naquela parte da despensa e não consegue. Tudo que sente são as extremidades dos sacos de sal, empilhados e imóveis como tijolos. Ela enfia os dedos em um dos sacos, esperando a morte avançar.

Helen ri de novo, aquele chiado líquido. A risada continua, ocupa a despensa como seu cheiro horrível. Ela ri e ri. E de repente Lottie entende que a mulher não está rindo. Está falando. O que Lottie pensou serem risadinhas contínuas eram, na verdade, frases. Não era um idioma que ela já tivesse ouvido, e vivendo com Rainer e no acampamento, ela já tinha conhecido alguns, vivos e mortos. As palavras pareciam mais uma tosse carregada, grunhidos e estalos da língua. Por um breve momento, Lottie pensa se aquela é a língua nativa de Helen, a que ela falava antes de ir para a América, mas rejeita a ideia imediatamente. Ela sabe, de um jeito que a gente simplesmente sabe das coisas, que Helen trouxe esse discurso do túmulo. É a língua da morte, aquela que você aprende quando deixa esta vida e parte para terras desconhecidas, e Lottie percebe que entende o que Helen está dizendo.

Não que ela consiga traduzir as palavras. É mais como se ela visse o que a mulher está dizendo. Mais que ver: por um momento, ela está lá. Em um segundo está em um armário fechado com cheiro de morte. No outro, está olhando para um vasto oceano negro. Grandes ondas espumantes se formam e desmancham até onde os olhos conseguem alcançar, enquanto no alto nuvens em movimento se acendem com os raios. Quando Lottie e a família atravessaram o Atlântico, eles passaram por uma tempestade, e ela se lembra bem de ter olhado para as ondas que quebravam contra e sobre a proa e o convés do navio. A bordo daquela embarcação, Lottie pensou que aquela era a coisa mais enorme que já tinha visto. Mas quando o navio começou a subir e descer levado pelo oceano como um brinquedo em uma banheira, o casco ecoando os baques sucessivos da interminável surra das ondas, ela compreendeu que estava errada, que ali estava a verdadeira enormidade. Agora, diante do oceano negro, ela confronta uma vastidão que faz o Atlântico parecer pouco mais que um lago. Diante de seus olhos, costas imensas deslizam pela superfície e voltam a submergir. Lottie sabe que não são baleias, pois nenhuma baleia que conhece tem uma fileira de espinhas ao longo da coluna. Ela tem a sensação de que há mais bestas, e maiores, esperando sob a superfície da água, formas tão imensas quanto um pesadelo. O oceano está em todos os lugares. Não só se estende para o horizonte em todas as direções, como também está embaixo de tudo. Não me refiro ao subterrâneo, quero dizer que... ele é fundamental, digamos assim. Se o que nos cerca é uma imagem, o oceano é o fundo sobre o qual essa imagem foi desenhada. O reverendo Mapple tinha uma palavra para isso, o *subjétil*. Lottie disse que era como se, caso fosse possível abrir um buraco no ar, sairia água preta dele.

Helen continua falando. Lottie a escuta alguns passos distante, mas também de muito longe, como se não estivesse só vendo o oceano negro, mas estivesse lá. De onde está Lottie, meio que flutuando sobre o cenário, um pouco além do alcance das ondas mais altas, como se estivesse em um balão de ar quente, dá para ver que a superfície da água é cheia de objetos flutuantes. Há milhares, dezenas de milhares, centenas de milhares. Ela não consegue dizer quantos são. Eles cobrem o oceano em todas as direções. Quando olha com mais atenção, ela percebe que são cabeças, cabeças de pessoas submersas até o pescoço. É como se houvesse acontecido o maior naufrágio da história, e ali estivessem os sobreviventes. Mas eles não se debatem nem gritam, como se espera de pessoas que temem pela própria vida. Lottie pensa que talvez já estejam todos mortos, que aquilo pode ser um mar de cadáveres. Ela se concentra em um em especial, uma menina, e é como se a visse por um telescópio. De repente, dá para ver o rosto da menina de perto. Está congelado, os olhos abertos sem piscar, uma folha oleosa de alga enroscada em seu cabelo. A pele é branca como mármore, os lábios são azuis, mas a boca está se mexendo. Ela está falando num tom monótono. Se prestar muita atenção, Lottie consegue entender as palavras que a menina diz.

Não é nada muito bonito. É um monólogo sobre um homem, um amigo do pai da menina. Usando o tipo de vocabulário que renderia a Lottie um peteleco na cabeça dado por Clara e uma noite trancada no quarto sem jantar, ela descreve a mais pornográfica das fantasias com esse homem. Lottie não repetiu o que ouviu, e não vejo necessidade de improvisar, mas as invenções da garota a deixaram com o rosto quente. E isso não foi o pior. Da luxúria, a garota passou à raiva. Quando termina de descrever o que faria com o homem mais velho, ela começa a falar das irmãs. São mais novas, e a garota algum dia deixou de odiá-las? Desde o primeiro instante, quando a mãe anunciou a gravidez, ela teve menos dela e do pai. O nascimento da primeira irmã tornou insuportável uma situação que já era ruim. O aparecimento da segunda irmã no ano seguinte jogou sal em uma ferida aberta. Ela, que nada teve a ver com a criação daqueles bebês, nenhuma participação na decisão de trazê-los ao mundo, devia agir como uma espécie de terceiro pai, entregar a juventude às irmãs. Nunca superou a sensação que havia conhecido ao segurá-las quando eram bebês, a consciência enlouquecedora de sua delicadeza, sua fragilidade. O crânio fino como papel, a área macia pulsando suavemente, tudo era uma tentação quase insuportável, muito próxima do que ela sentia quando segurava a porcelana fina da mãe, aquele impulso de arremessar as xícaras de chá contra a parede, jogar os pires no chão, ver tudo explodir em cacos finos e pó. Era a mesma sensação, mas muito mais forte, multiplicada por dez. Segurando as irmãs nos braços, ela se sentia parada na beira de um precipício, a um passo de um mergulho que nunca acabaria. Essa sensação, a consciência da violência tremendo na ponta de seus dedos, era deliciosa. Era como passar as unhas lentamente sobre uma área da pele que coça e sentir a reação no fundo da boca. A mesma mistura de prazer e agonia. As irmãs foram crescendo, e cresceram também as possibilidades de fazer mal. Quantas vezes havia deixado as mãos descansarem no pescoço delas, deslizando-as pela pele macia e fresca, imaginando como seria envolvê-lo com os dedos e apertar? Quantas vezes, quando estava enxugando os pratos, havia testado a lâmina de uma faca afiada e imaginado como seria apertar a ponta contra a garganta delas, ver a pele ceder, empurrar até enterrá-la completamente? Com que frequência, ao brincar com elas, havia dado um empurrão mais forte, beliscado com mais força, disfarçado de acidente o que era intencional? Quantas vezes havia ficado na beira daquele precipício, com um pé no ar, se equilibrando, sentindo o vazio diante dela chamando, chamando com a intimidade de um amante? Tudo que seria necessário para fazê-la despencar era uma brisa repentina, e como havia rezado por esse sopro.

Chocada, Lottie percebe que a menina que estava ouvindo era ela mesma. Era sua boca dizendo aquelas coisas horríveis. Era a vida de Gretchen e de Christina que ela ameaçava. Italo fazia o papel principal daquela fantasia. Olhando em volta, vê que ela — a outra ela, quero dizer — está cercada pela família, Clara, Rainer e as irmãs formando um círculo próximo em torno dela, tias, tios, primos e avós em volta deles. Todos com o rosto igualmente paralisado, o olhar vazio, todos recitando o próprio monólogo. Nenhum é melhor do que aquele que Lottie ouviu de sua outra eu. Vários são piores. Lá está Clara lamentando não ter levado para o seu quarto o latoeiro que ia em casa a cada duas semanas. Ele era alto, com mãos e pés grandes, sem mencionar o nariz. Talvez tivesse podido satisfazê-la. Lá está Rainer se queixando dos idiotas que o cercavam, os patetas com quem se forçava a passar os dias e que não entenderiam seus pensamentos, que entendiam apenas a satisfação de seus impulsos animais. Porém, para ser franco, ninguém nessa porcaria de família é mais inteligente que o mais estúpido de seus colegas de trabalho, o que se espera de uma casa cheia de mulheres? Lá está Gretchen querendo ter força para segurar o travesseiro em cima do rosto de Christina até voltar a ser a caçula. E Christina pensando em como seria atear fogo àquele cachorro que late e a assusta cada vez que ela passa. Na verdade, por que não aproveitar e pôr fogo também na velha, que é dona do cachorro e sempre ri quando ela se assusta? E assim por diante, todos vão resmungando suas mais secretas depravações.

Lottie sente a pele arrepiar, como se as palavras que ouvia fossem formigas andando por ela. A cabeça gira. Ela cobre as orelhas com as mãos, mas é tarde demais. As formigas já encontraram o caminho para dentro de sua cabeça e correm loucamente por seu cérebro. Ela se afasta da cena, abaixa o telescópio, podemos dizer, até se erguer de novo sobre as ondas. O rugido do oceano, ela entende, são as vozes acumuladas daquela multidão, e quem sabe quantos outros monólogos de fúria, dor e frustração. Ela flutua em paz, ainda ouvindo Helen falar na escuridão, e o mar começa a se agitar lá embaixo. Quando os Schmidt atravessaram o Atlântico, Lottie havia ficado na balaustrada do convés frontal, vendo o mar ondular quando o navio passava deixando um rastro de espuma. Agora a água lá embaixo borbulha e espuma do mesmo jeito, como se estivesse em uma panela gigantesca levada ao fogo alto. As pessoas que ali flutuam são jogadas em todas as direções. Mesmo assim, até onde Lottie pode ver, elas continuam falando. Alguma coisa se aproxima. Lottie sente a presença atrás dela, abrindo o oceano enquanto se ergue de profundezas inimagináveis. Alguma coisa se aproxima. Lottie ouve a voz de Helen se elevando, sente o pacote de amêndoas apertado contra o peito. Alguma coisa se aproxima. Lottie vê o contorno se formando na água, uma forma arredondada maior que qualquer objeto que ela já viu, maior que o navio que a levou para a América, maior que a ponte do Brooklyn, maior que a represa que seu pai está ajudando a construir. Está se aproximando, ficando maior a medida que se aproxima, até rasgar a superfície do oceano e Lottie ver que é uma boca, uma boca titânica cheia de dentes serrilhados do tamanho de casas. Ela continua subindo, e há paredões de água descendo dos dois lados, ondas quebrando contra a coisa, centenas de pessoas descendo pela garganta cavernosa. É como a boca de uma serpente de enormidade inconcebível, um desses monstros sobre os quais se lê nos mitos antigos, tão grande que é capaz de cercar a terra e segurar a cauda com a boca. Lottie vê que a coisa está se fechando, as extremidades indo ao encontro uma da outra, e quando se encontrarem, ela vai estar entre elas, vai ser arrastada para o que quer que aquilo chame de lar. Lottie tenta se afastar mais, alcançar uma distância segura, mas é inútil. Ela subiu tudo o que podia. Helen está gritando, as presas enormes se elevam a cada tosse e grunhido gutural. Lottie se sente dominada. O tamanho daquela coisa — é como se apenas sua enormidade fosse suficiente para ameaçá-la e extingui-la, tirá-la do caminho com um sopro, como um vento mais forte faria com uma vela. Diante daquela boca, da garganta que conduz a profundezas sem fim, ela se sente tremular. Tensa, aperta o pacote de amêndoas contra o peito com tanta força que chega a sentir dor, e é essa dor momentânea que a salva. Sem pensar no que está fazendo, ela agarra o pacote, gira o braço e joga as amêndoas com toda força que tem na direção da voz de Helen. As mandíbulas alcançam o céu em ambos os lados dela, cada uma mais alta que um prédio, quando o saco de lâminas de amêndoa atinge em cheio o rosto de Helen.

Com um grasnado, ela interrompe o discurso. Imediatamente, as mandíbulas enormes, o oceano negro, a multidão, tudo desaparece, e Lottie está novamente na despensa escura. Toda a força desapareceu de suas pernas, e ela cai contra a parede. É como se voltasse a respirar. Ela enche os pulmões de ar, sem se incomodar com o cheiro de Helen, enquanto o coração bate tão forte que a deixa nauseada. A despensa gira em torno dela, e fechar os olhos só melhora um pouco a sensação. Ela ouve Helen se arrastando em sua direção e faz o que deveria ter feito desde o início: grita, um grito tão alto e demorado quanto é possível. Quando Helen tenta tocar sua boca com a mão fria e úmida, Lottie ataca aos socos e chutes. A morta responde da mesma maneira, bate na cabeça de Lottie com a outra mão. Luzes explodem atrás dos olhos de Lottie, e ela mergulha na inconsciência e na escuridão. Tem alguém empurrando a porta da despensa, gritando para quem está lá dentro abri-la. A voz se torna rapidamente um coro. Helen sibila, e não é uma palavra em sua língua dos mortos, mas apenas um ruído de frustração. Ela levanta Lottie no ar e gira. Desesperada, Lottie puxa os dedos de Helen, tentando se soltar. Ela consegue identificar a voz da mãe entre todas as outras atrás da porta. Chuta furiosamente e consegue acertar as pernas da mulher morta. Helen se desequilibra, mas não a solta. "Ele espera, menina", ela diz. "Ele vai estar sempre esperando por você."

E Lottie é jogada longe. Em um instante está suspensa no espaço. No outro está se chocando contra a porta fechada. Ela cai no chão, e a porta se abre e deixa entrar o grupo que estava lá fora. Os colegas de Lottie entram na despensa tão depressa que não a veem caída no chão diante deles, e tropeçam e caem em cima dela. De repente ela está embaixo de uma pilha de homens e mulheres se xingando furiosamente enquanto tentam levantar. A voz de Lottie, que havia sumido com o impacto contra a porta, volta, e ela grita por socorro, grita pedindo ajuda à mãe. Clara a escuta no meio da confusão e começa a afastar as pessoas tentando encontrá-la, gritando para que eles se levantem, porque é a filha dela que estão esmagando com aquelas bundas gordas. Duas mãos agarram Lottie pelos braços, e ela consegue se levantar e mergulhar no abraço de Clara. Lottie se agarra à mãe, a abraça com aquele abandono que tinha na infância "O quê?", diz Clara. "Tudo isso por causa de um saco de amêndoas?".

E é isso. A piada da mãe faz Lottie explodir em lágrimas, chorar e soluçar como se estivesse com o coração partido. Ela continua chorando quando Clara a tira da despensa e leva para fora da padaria. Chora no caminho para casa, e depois de Clara a despir e colocar na cama. Chora até dormir, um sono agitado, e mais tarde Clara vai contar para ela que, mesmo dormindo, ela continuou chorando.

Quanto a Helen, ela sumiu, desapareceu da despensa como se tivesse aberto uma porta na escuridão e passado por ela. Os rastros persistem. O cheiro, que enjoa meia dúzia de pessoas a ponto de provocar vômitos, paira no ar, e as pegadas lamacentas sujam o chão. Ao ver as pegadas, Clara sabe o que aconteceu, e é por isso que leva Lottie para a segurança da casa da família. Por que Helen ameaçou sua filha é algo que Clara não sabe, mas imagina que tem alguma relação com o que manteve Rainer debruçado sobre os livros até tarde na noite anterior.

XII

Rainer corre para a porta. Quando se aproxima de casa, ele está mais convencido de que o que aconteceu com Lottie é resultado direto de seus experimentos na noite anterior, do que insinuou para Italo. A expressão no rosto de Clara quando ele para ofegante na cozinha é a confirmação de que sua atividade recente foi notada. Ao saber que Helen foi visitar sua filha, Rainer fica perturbado. Apesar de Clara dizer que a menina já teve agitação demais por um dia e precisa descansar, Rainer insiste em vê-la. Jura que vai ficar quieto, mas quando a vê deitada na cama, ainda soluçando baixinho, um ruído estrangulado brota de sua garganta. Clara pede para ele sair dali, mas Rainer se aproxima da cama que Lottie normalmente divide com as irmãs e senta na beirada do colchão. Sua filha não acorda. Rainer toca a testa de Lottie e tira a mão rapidamente, como se a tivesse queimado. Ele olha para o chão, os ombros caídos, e resmunga alguma coisa que Clara não consegue ouvir da porta, onde está parada. Lottie inspira intensamente, funga, soluça uma, duas vezes, e fica quieta. Rainer levanta e sai do quarto rapidamente.

"O que é isso?", Clara pergunta depois de fechar a porta. "O que ela tem?"

"Está doente", Rainer responde. "Aquela mulher... aquela coisa fez algo com ela."

"O quê?"

"Não sei", diz Rainer, "mas ela foi envenenada."

"Envenenada?", Clara repete.

"Sim. A alma dela está doente, muito doente."

Clara o encara tentando controlar a frustração.

"A alma dela", diz. "Ela está realmente doente, ou você está falando por metáforas?"

"As duas coisas", diz Rainer. "Aquela mulher cometeu uma violência com uma parte de Lottie que não podemos ver ou tocar. Mas é uma parte crucial para ela mesmo assim, e a ferida aberta nessa parte adoeceu a Lottie que podemos ver e tocar."

"Ela pode ser curada?"

"Eu a abençoei", diz Rainer, "o que vai ajudar um pouco."

"Devemos mandar buscar o reverendo Gross?"

"O pastor?", Rainer bufa a palavra. "O que um pastor sabe sobre esse tipo de coisa? Eles passam os dias preocupados com quem pode estar alimentando pensamentos impuros, com quem pode estar pensando em qualquer coisa. Seria o mesmo que pedir ajuda a Gretchen ou Christina."

"Quem, então?", pergunta Clara. "Quem vai ajudar nossa filha?" Antes que Rainer possa responder, ela acrescenta: "Os livros mencionam esse tipo de coisa, certo? Tudo está relacionado, não está? Esse pretenso *Schwarzkunstler*, a mulher morta, a doença de Lottie, todos os eventos são como elos da mesma corrente. Se entender um, você entende os outros."

"Não é tão simples."

"Por que não?", Clara quer saber.

"Porque não são como elos de uma corrente", diz Rainer. "As relações entre essas coisas são mais sutis, mais complexas. É como a relação do Sol com os planetas, dos planetas com suas luas... como a relação dessas luas com o Sol."

"Está dizendo que está fora do seu alcance", Clara deduz.

Rainer fica tenso. "Eu não disse isso. Estou entre os poucos homens vivos que podem entender mesmo uma fração disso."

"Mas não o suficiente", Clara se irrita. "Não o bastante para devolver aquela mulher ao lugar dela, e não o bastante para ajudar nossa filha."

"É complexo", Rainer justifica. "Metade do que dizem os livros não faz sentido, e a outra metade se aproxima da loucura."

"Loucura como uma mulher que devia estar morta envenenando sua filha?"

"Pior", responde Rainer, "bem pior."

"Não me importa", Clara anuncia. "Se os livros podem ajudar Lottie, você vai descobrir como e fazer o que tem de ser feito. Sem desculpas. Não quero que perca tempo pensando se uma palavra significa 'um' ou 'uma'. Já devia ter feito tudo, e nada disso teria acontecido. Chega de esperar. Você vai agir agora."

Dez anos vão passar antes de Clara contar essa conversa a Lottie, mas ela ainda vai lembrar a fúria que viu iluminar os olhos do marido. Não tem muito mais de que Rainer se orgulhe. Ao vir para a América, ele teve que engolir um banquete inteiro de humildade e aprendeu que é mais fácil engolir tudo com um sorriso. Aceitou a reprovação dissimulada da cunhada na padaria. Aceitou as críticas dos colegas ao seu trabalho de pedreiro. Aceitou até os filhos corrigindo seu inglês. E durante todo esse tempo, ele guardou sua vida acadêmica como o único lugar que ninguém se atrevia invadir, o reinado no qual ele ainda reina. Antes do começo de toda essa loucura, ele conseguia ter alguns minutos todas as noites com um ou outro livro. Clara fingia não ver seus lábios se movendo silenciosos, o dedo passando de palavra a palavra enquanto ele dava uma aula imaginária. Embora nunca tenha falado com ela sobre essa esperança, Clara sabe que ele sonha em segredo com um cargo em uma universidade americana para restabelecer a carreira que foi forçado a abandonar. O ataque de Clara a essa esfera de sua vida, último bastião de seu orgulho e respeito por si mesmo, é o tipo de traição de que só alguém que se ama muito é capaz. É gelo fino sobre o qual patinar, e Clara tem consciência do perigo que corre. Enquanto Rainer se esforça para pensar em uma resposta, ela diz: "Mandei Gretchen e Christina para a casa dos Oliveri. Vou lá ajudá-los. A pobre mulher já está mais do que ocupada com os próprios filhos e aquelas outras meninas. Ajude sua filha", ela diz e sai em seguida.

XIII

Como Clara não está lá para ver o que Rainer faz, e Lottie está inconsciente, só posso especular sobre o que aconteceu em seguida. Sem dúvida, Rainer pensou na resposta perfeita para as acusações de Clara no instante em que ela saiu e fechou a porta. Sabem como é. Talvez ele tenha andado pela cozinha tentando controlar a raiva. Depois de um tempo, porém, pegou os livros onde os escondia e os espalhou sobre a mesa. Anos atrás, quando eles moravam na Alemanha, pouco antes da tempestade se abater sobre Rainer, Lottie viu um dos livros. Na época, ela não sabia o que era aquilo. Só em uma conversa com o reverendo Mapple foi que tropeçou na lembrança e finalmente entendeu seu significado. Estava espionando o pai, olhando pelo buraco da fechadura do escritório por nenhum outro motivo além da severa proibição por ele decretada para ela e as irmãs, de que não podiam perturbá-lo quando ele estivesse lá dentro com a porta fechada. Lottie o viu destrancar a porta de vidro de uma das estantes com uma chave pendurada na corrente de seu relógio. Da prateleira mais alta da estante, ele pegou um volume estreito e alto. As capas cinzas e simples eram mantidas fechadas por uma fechadura, que Rainer abriu com outra chave pendurada na corrente do relógio. Ele se sentou à mesa e abriu o livro. Lottie jurou que a sala tinha escurecido, como se o ar no escritório do pai fosse invadido por partículas de escuridão instantânea, e ela quase não conseguia mais distinguir Rainer. Por causa disso, não conseguia afirmar com certeza se o que viu a seguir era real, mas as páginas do livro pareciam projetar uma luz negra, apagando o rosto de seu pai. Lottie saiu dali correndo, fugiu do que parecia estar vendo, sem se importar com o risco de o pai ouvi-la. Durante boa parte da semana seguinte, ela ficou tão longe dele quanto era razoavelmente possível. Quando não havia alternativa, quando tinha de abraçá-lo, era quase impossível não estremecer diante dos pequenos flocos de escuridão que via grudados em sua face, como os restos de espuma de barbear que às vezes ele deixava passar. Anos depois disso, ela ainda acordava ofegante de pesadelos nos quais o pai levanta os olhos da mesa para encará-la sem rosto, apenas um vazio negro.

Por isso imagino Rainer banhando os olhos na luz negra que transborda das páginas daqueles livros e coagula o ar. Algumas ruas longe dali, Clara conversa com Italo e Regina sobre amenidades, os três se empenhando ao máximo para evitar mencionar a estranheza que se acocora entre eles como um enorme sapo. Lottie tenta escapar do oceano negro, para onde os sonhos a levaram novamente. Não tem boca gigante se erguendo para devorá-la. Há apenas o rosto de seu outro eu e aquele monólogo incessante. Às vezes o discurso retorna a território familiar — fantasias com o amigo do pai dela, ódio das irmãs — outras vezes desbrava território novo, fantasias com o próprio pai, ódio pela mãe. Lottie nunca ouviu nada parecido com isso, mas não é o choque provocado pelo vocabulário que seu outro eu utiliza que a perturba tanto. Não é nem a total estranheza de se deparar com outra ela. O que é realmente mau, de um jeito que dá um novo significado a essa palavra esvaziada, devolvendo ao termo toda a força que tinha quando os pais o empregavam com ela quando era criança, o que é realmente mau é que cada capítulo vil na fantasia degradante da outra Lottie provoca uma resposta nela mesma que vai além de simples repulsa. Cada terrível afirmação faz uma parte de Lottie se sobressaltar com o reconhecimento. Ela não é mentirosa, aquela cara sem expressão. Está dizendo a verdade, dando voz a impulsos que Lottie não queria reconhecer que tinha. Tentou fazer de sua alma um jardim, podemos dizer, mas as palavras da outra cavavam o solo e o revolviam, expondo o que estava lá, úmido e se retorcendo, à luz do dia.

Talvez tudo isso pareça meio ingênuo para nós, meio ultrapassado. Estamos muito mais acostumados à ideia de que somos cheios de todo tipo de impulsos desagradáveis, não é? O que Lottie está vivendo, porém, é muito mais que uma menina piedosa e protegida percebendo os próprios pensamentos impuros. Ela está passando por um reconhecimento, um reconhecimento tão intenso que, para todos os fins práticos, é equivalente a ter cometido todos aqueles atos. O chão se abriu sob seus pés. Ela percebe que as palavras que sua outra eu diz também saem de sua boca. A mente se torna enrijecida, congela como um lago, os pensamentos ficam mais lentos, tentam se mover em um meio cada vez mais gelado. Apenas o horror que a domina parece ser capaz de sobreviver ao frio, movendo-se livremente dentro dela. Ele caminha como um animalzinho polar, incansável, persistente, imune à temperatura cada vez mais baixa. Quando o processo se completar e sua mente estiver congelada, só o monstro terá sobrevivido, só o horror.

Clara fica longe de casa a noite toda, recusando a oferta de Italo e Regina, que a convidaram para dormir na cama deles, para ficar sentada na cozinha depois que todos se recolhem, fumando para passar o tempo. Pelo pouco que ouvi falar dela, acho que é uma mulher sem nenhuma propensão ao arrependimento ou à preocupação, mas nessa noite desconfio de que ela deve experimentar um pouco de cada. Deve pensar na casa de que era dona em seu antigo país, nos dias antes de tudo ter dado errado para o marido. Deve pensar em sua antiga vida, e em quanto esta nova é distante daquela. Ela se lembra da primeira vez que Lottie adoeceu, ficou realmente doente, e em como cuidou dela? Como pode não lembrar?

O
JOHN LANGAN
PESCADOR

XIV

Na manhã seguinte, ao voltar para casa com Gretchen e Christina, Clara é recebida na porta por Rainer. A exaustão está estampada no rosto dele, mas os olhos têm uma luz que a esposa nunca viu antes. Essa luz não parece vir de dentro dele, mas refletir-se em seus olhos, como se Rainer olhasse para uma fonte de iluminação invisível para todas as outras pessoas. Clara não gosta daquela luz. Não é o brilho quente do sol; é a cintilação fria da iluminação. Desde que se casaram, Clara teve medo de Rainer uma ou duas vezes, ocasiões em que ele havia perdido o controle sobre seu temperamento a ponto de ela ter certeza de que seria vítima de violência. E, durante todo esse tempo, nunca teve medo por ele, nem uma vez sequer, nem quando o marido contou sobre os estudos secretos e o preço terrível de ter se dedicado a eles, nem quando saiu de casa para começar a trabalhar como pedreiro, função para a qual não tinha treinamento nenhum, até onde ela sabia, nem inclinação verdadeira. Clara confia no marido, em sua habilidade fundamental, apesar da distração persistente, para cuidar de si mesmo. É uma das qualidades de Rainer que ela mais aprecia, o jeito como ele incentiva as pessoas a confiarem nele. Agora, ao ver aquela luz morta dançando em seus olhos, ela o imagina saindo no meio de uma tempestade, carregando uma grande haste de metal que mantém erguida, enquanto raios destroem as árvores à sua volta. Os cabelos de sua nuca se eriçam e Clara treme diante do que pode ter provocado. Talvez ela perca não só a filha, mas o marido também. Porém, o que mais pode ser feito? Assumindo uma expressão corajosa, ela apressa as meninas a entrarem em casa, passando pelo pai delas, e diz para se adiantarem, porque estão quase atrasadas para a escola. Quando elas estão lá dentro, Clara olha nos olhos estranhos de Rainer e diz: "E então? Conseguiu?".

"Vamos ver", ele responde. E passa por ela a caminho da casa de George e Helen. Na mão direita ele leva uma das facas de mesa boas, daquelas de prata, que Clara guarda em um baú aos pés da cama deles. As meninas, que reapareceram com as coisas da escola, olham para ela. Normalmente o pai vem cheio de abraços e beijos. Quem é aquele homem?, elas perguntam com o olhar. Clara as manda para a escola. Ela vê as meninas olharem para trás enquanto se afastam, observando a mãe enquanto ela observa Rainer.

Ele se dirige à porta da casa vizinha. Levanta a mão direita e começa a riscar a porta com a faca, movendo o braço em longos arcos e golpes amplos. Clara ouve o metal rasgando a madeira, mas como as casas ficam lado a lado, não consegue ver as marcas que ele está fazendo. Depois de observá-lo por um momento, ela deduz que Rainer está escrevendo alguma coisa. O braço dele cai junto do corpo. Ele diz alguma coisa que Clara não consegue ouvir. Depois se move para a esquerda e segue para a lateral da casa, que Clara não pode ver. Ela nota que o marido leva a faca junto do peito, apontada para baixo. Lamentando ter fumado seu último cigarro na casa de Italo e Regina, ela olha para os fundos da casa vizinha, onde imagina que Rainer vai aparecer quando terminar o que está fazendo na parede do outro lado. E realmente, um ou dois minutos depois, lá está Rainer com a faca junto do peito e apontada para baixo. Ele marca a parede de trás da casa, fala mais alguma coisa que Clara não consegue ouvir, mas que, pelo movimento dos lábios, acredita ser diferente do que ele disse na porta da frente, depois se dirige à parede restante. De costas para a esposa, Rainer movimenta a faca pela parede com os gestos largos de um apresentador de circo. A suposição de Clara está correta. Ele está escrevendo, são letras ou palavras, talvez, em um alfabeto que ela não reconhece, arabescos rebuscados que giram e dão voltas até retornarem ao ponto de partida, de forma que não se pode dizer onde começam e onde terminam. Ela olha para os sinais, que se movem, se contorcem sobre a madeira em um movimento que ela sente nos olhos. Com um grito, Clara joga a cabeça para trás e esfrega os olhos furiosamente, sentindo ainda aquelas formas dançando por trás das pálpebras. Imediatamente, a sensação para, e quando ela tira as mãos de cima dos olhos, Rainer está novamente na frente da casa vizinha, erguendo a mão que segura a faca. A visão que Clara teve dele segurando a haste de metal na tempestade passa por sua cabeça. Rainer abaixa o braço e arremessa a faca no chão a seus pés, onde ela fica cravada e vibrando, com uma luz subindo e descendo pelas laterais.

E é isso. Rainer deixa a faca cravada na terra e volta para perto de Clara, que está parada na porta de casa. Para a esposa, tudo que ele acabou de fazer é muito parecido com feitiçaria, mas há em seu jeito de andar um entusiasmo que ela não via há anos e que nunca tinha visto neste país. Ele andava desse jeito quando voltava para casa da universidade, às vezes. Clara o via de uma das janelas do salão e sabia que ele havia realizado algo importante naquele dia, solucionado um problema particularmente difícil, saído vitorioso de uma discussão especialmente desafiadora. Tem um tipo de animação naquele caminhar que mistura alegria e confiança em partes iguais, com uma pitada de arrogância. Vê-lo aqui e agora desperta em Clara uma repentina nostalgia, nostalgia temperada com desconforto. Na medida em que Rainer se aproxima, o desconforto de Clara aumenta. A luz sobrenatural se espalhou, o brilho agora recobre as faces e a testa. Quanto mais ela a vê, menos gosta dela.

Quando Rainer passa por ela para entrar em casa, Clara pergunta: "O que você fez?".

"Fiz uma caixa", Rainer responde quase sorrindo.

"Não me venha com charadas", Clara se irrita. "O que você fez?"

Aquele meio sorriso persiste em seus lábios. "Eu a prendi", ele diz.

"A mulher? Helen?"

Rainer assente. "Ela não é uma mulher, não mais."

"Eu sei disso", responde Clara. "Não me interessa o que ela é, desde que isso ajude Lottie. Vai ajudar?"

"Vai impedir que ela piore. Lottie foi encantada..."

"Você disse que ela foi envenenada", Clara diz.

"Outra maneira de dizer a mesma coisa", responde Rainer. "Agora tenho uma compreensão melhor do que a aflige. Ela está olhando para um espelho do qual não pode desviar os olhos. O que eu fiz é como cobrir o espelho com um pano. Mas ela ainda sente os efeitos do espelho. Ainda está sob seu encantamento. É como a história da Branca de Neve que líamos quando ela era pequena. Mesmo depois que a maçã envenenada cai da mão da Branca de Neve, ainda sobra um pedaço preso na garganta dela. O príncipe tem que tirá-lo."

"Infelizmente", continua Rainer com um sorriso, "não temos um belo príncipe à disposição para vir a cavalo salvar nossa filha. Só temos o pai dela e seus livros. Esses livros me dizem que quebrar o encantamento que foi posto em Lottie é perigoso. Devo agir com cuidado, ou Lottie vai cair dentro do espelho e se perder. Temos que seguir em frente bem devagar. Prender aquela mulher é o primeiro passo."

"E o segundo?", Clara pergunta.

"Nós a deixamos lá", diz Rainer. Ao ver a expressão de pânico no rosto de Clara, ele acrescenta: "Não por muito tempo. Algumas horas devem ser suficientes. Ela deve ser enfraquecida".

"Para que você possa destruí-la."

"Em algum momento, sim, eu a destruirei. Mas, antes, preciso arrancar dela algumas respostas."

"Respostas?"

"Sim. Por pior que seja, a mulher não é a verdadeira fonte do que se abateu sobre Lottie. A origem é..."

"O homem na casa grande", diz Clara.

"Exatamente", Rainer confirma. "Ele pode não ser a verdadeira fonte, mas acho que não preciso ir mais longe. Acho que consigo deter tudo isso se puder lidar com o homem. O problema é que não sei nada sobre ele. Por isso tenho que interrogar a mulher. Assim que descobrir tudo que puder, estarei mais preparado para enfrentar quem a criou."

"E ele?", Clara pergunta.

"E ele?", Rainer responde. "Já falei, não sei nada..."

"Eu ouvi e estou pensando: se não sabe nada sobre ele, como tem tanta certeza de que vai poder destruí-lo? Aliás, como sabe que vai poder destruir a mulher?"

"Ah, ela é uma coisa-água. E o mestre..." Rainer franze a testa. "Não sei se posso derrotá-lo, não tenho certeza. Se o homem é um amador, alguém que gosta de brincar com brinquedos complicados, alguém como eu, posso acertar as contas com ele, e vai ser rápido. Se ele é mais competente, se é um verdadeiro *Schwarzkunstler*, então... vamos dizer que há uma margem de dúvida. Acho que aprendi um jeito de... comprometê-lo, digamos assim, tanto, que ele vai deixar de ser um motivo de preocupação para nós. Mas posso estar enganado, é claro."

"Quem quer que seja esse homem", responde Clara, "certamente deve ser o que você chama de amador. O que um verdadeiro *Schwarzkunstler* poderia querer neste lugar?"

Rainer dá de ombros. "Quem sabe? Nos livros, os motivos desses homens são sempre nebulosos, misteriosos. Eles aparecem em lugares estranhos, em pequenos vilarejos longe de tudo, ou no meio de florestas, ou no topo de montanhas. Nos contos de fadas, todos os magos e bruxas moram na floresta. Talvez queiram privacidade para trabalhar. Talvez tenha algo nos lugares que escolhem para morar. O mundo pode ser mais rarefeito por lá. Talvez eles ouçam mais claramente os sons que buscam ouvir."

"Você acha que aqui é um desses lugares?" Clara gesticula mostrando o acampamento, desprezando-o com o mesmo gesto.

"Existem histórias sobre esta região do país", diz Rainer. "Tem Irving e seu *Sketch Book*, com o velho Rip van Winkle encontrando os estranhos homenzinhos nas montanhas."

"Aquela bobagem? O homem roubou aquelas histórias de fontes alemãs. Elas não têm nada a ver com este lugar."

"As mesmas histórias podem conter verdades para lugares diferentes, ou tempos diferentes", diz Rainer. "Não importa. O que importa é que a coisa-água foi contida e não vai mais poder cometer outras maldades. Lottie foi protegida do perigo imediato. Quando eu voltar do trabalho, vamos acabar de vez com essa coisa ruim."

Clara acredita no marido, mas não fica muito feliz por ter que esperar até o fim da tarde para que ele resolva a situação. É claro que hoje ela não vai à padaria. Mesmo que se dispusesse a deixar Lottie sozinha no estado em que estava, com a mulher morta na casa vizinha — presa, Rainer disse, mas quem pode ter certeza? —, ela acha que seu lugar é ali. Então, depois que o marido sai ainda com o rosto iluminado pela luz estranha, ela leva uma cadeira para perto da cama de Lottie e se acomoda para esperar.

Seria mentir dizer que o tempo passa depressa. Nunca passa quando queremos. Lottie não acorda, mas seu sono parece ser mais tranquilo. E é. Para Lottie, é como se uma cortina tivesse se fechado sobre sua visão do oceano negro, a outra ela. Agora está em um lugar turvo, cercada por uma névoa pesada. Do outro lado, ela pode sentir o oceano negro ondulando, mas a névoa a isola de seus piores efeitos. Embora não esteja feliz, está calma.

XV

Quando Rainer anda pela rua a caminho de casa naquele dia, vai acompanhado por um pequeno grupo de homens. Italo, naturalmente, e dois irmãos, Angelo e Andrea, também italianos, é óbvio, e um sujeito chamado Jacob Schmidt. Isso mesmo, como a família de Lottie. Mas sem nenhum parentesco. Jacob é austríaco, um homem alto com cabelo castanho e grosso e um grande queixo redondo. Os olhos são muito próximos do nariz curto e quebrado em algum momento no passado, posicionado sobre um bigode que cai sobre os dois lados da boca. Por causa de uma severa gagueira, o homem quase não fala. Ele gosta de Lottie, sempre quer ser atendido por ela na padaria. Clara percebeu seu interesse, já brincou com a filha sobre isso. Em resposta, Lottie ficou vermelha e disse para a mãe ficar quieta. Quando soube o que estava acontecendo, Rainer declarou que não havia saído de sua casa e atravessado o oceano para ver a filha casada com um maldito austríaco. Não sei o que Rainer tinha contra austríacos. O que quer que fosse, não o impediu de aceitar a oferta de Jacob para juntar-se ao pequeno grupo.

Será por Jacob Schmidt que Lottie saberá dos eventos daquele fim de tarde e noite. Mas ela só vai ouvir a história toda quase duas décadas mais tarde. Nem o pai, nem a mãe, nem Italo dirão qualquer coisa sobre o que aconteceu primeiro na casa vizinha, depois na casa dos Dort. Dizer que Lottie vai aceitar o pedido de casamento depois de alguns anos para poder finalmente descobrir o que aconteceu enquanto ela era mantida naquele espaço nebuloso não seria justo com o homem. Ele é um trabalhador esforçado, um homem bom que vai fazer tudo que puder para garantir que ela e os filhos que porventura tiverem não sintam falta de nada. É justo dizer, porém, que a conduta de Jacob naquela tarde e noite vai ajudar a garantir que, quando for falar com Rainer e pedir a mão da filha dele em casamento, o homem deixe de lado a antipatia por austríacos e dê seu consentimento.

Quando o marido de Lottie diz as últimas palavras de seu relato com os lábios trêmulos, o pai dela está morto há cinco anos, levado pelo que na época era chamado de senilidade. Provavelmente, era um tipo particularmente agressivo de Alzheimer, um quadro que distorceu grandes porções da personalidade de Rainer em poucos meses, até não sobrar nada além de uma concha vazia que a doença também destruiria pouco depois. Clara se mudaria para Beacon, no sul, onde iria morar com a filha caçula, Christina, e a família dela. Quando finalmente souber dessa história inteira, Lottie terá mais ou menos a idade que os pais dela tinham quando as coisas estavam acontecendo, e eu não ficaria surpreso se ela sofresse as consequências disso tudo. O que aconteceu naqueles poucos dias vai pairar sobre o resto de sua vida como uma montanha em cuja sombra ela está destinada a habitar. E como é estranho pensar que as pessoas envolvidas nisso, o homem e a mulher cujas decisões a colocaram ao lado da montanha, possam ser ela mesma, Jacob e seus vizinhos em Woodstock.

O
JOHN LANGAN
PESCADOR

XVI

No fim do expediente, Rainer e seu grupo não perdem tempo. Sobem a rua da casa antes ocupada por George, Helen e suas filhas, agora coberta por marcas que fazem doer os olhos de quem olha para elas. Eles levam machados que pegaram emprestados no local de trabalho, uma atitude que, como você pode imaginar, a companhia não aprova, nem permite, na verdade, mas a qual o funcionário a quem Rainer pediu autorização não se opôs, como outros homens que lá estavam não se opuseram. Todo mundo sabe o que está acontecendo, e sobre o crescente envolvimento de Rainer em tudo isso, e se ele e o quarteto que o acompanha vão fazer alguma coisa em relação a esses acontecimentos, ninguém vai notar se alguns machados ficarem fora do lugar por uma noite. Rainer detém o grupo diante da porta da casa da mulher morta, onde a faca de prata que ele arremessou na terra continua vibrando levemente durante todo o dia. Os homens sentem o que faz a faca tremer, uma inadequação no ar que enche a boca com o gosto de metal, revira o estômago como leite azedo. Eles fazem caretas, cospem. Rainer pede o canivete de Italo, que o tira do bolso da calça, abre e entrega ao colega. Segurando o machado na metade do cabo, Rainer usa o canivete para cortar três marcas na madeira logo abaixo da lâmina. Sem que ninguém peça, Italo oferece seu machado para o mesmo tratamento, e os outros o imitam. O símbolo que Rainer entalha em cada cabo parece uma cruz, ou um X, duas linhas que se cruzam — exceto pela terceira linha, que envolve as outras duas num arabesco que parece elaborado demais para o movimento casual que Rainer faz com o pulso para produzi-lo. É difícil dizer onde a linha começa e onde acaba. Quanto mais Jacob a estuda, mais tem estudá-la. Ele ouve Rainer falando, dando a ele algum tipo de ordem, mas não consegue juntar as palavras em nada que faça sentido. A terceira linha parece passar por trás das outras duas. É como se houvesse ali uma tremenda profundidade escondida, e Jacob se sente flutuando sobre essa profundidade, alto, bem alto sobre ela...

Italo o cutuca e diz: "Presta atenção. Ele disse para não olhar para aquilo".

Jacob balança a cabeça, que está girando.

"Tudo bem?", Italo pergunta.

Vermelho, Jacob assente.

Depois de marcar o último machado, Rainer fecha o canivete e o devolve a Italo, que o segura entre o polegar e o indicador, como se o objeto tivesse sido mergulhado em alguma substância tóxica. Prevenido, Jacob está se esforçando para não olhar para a porta da casa, na qual o desenho feito por Rainer naquela manhã está se retorcendo, rastejando sobre si mesmo como um emaranhado de cobras. Ele mantém o olhar fixo no chão, onde a faca que Rainer deixou lá está brilhando na parte externa, como manteiga que começa a derreter em uma frigideira quente. Ele vê Rainer se abaixar para puxar a faca da terra, e vê como ela estica quando ele a puxa. Por um instante, quase perde completamente a forma, depois volta a ser uma faca de mesa que Rainer guarda no bolso da frente da calça. Jacob já se sente um pouco atordoado, e o que Rainer diz a seguir não diminui seu nervosismo. Dirigindo-se aos mais novos membros do grupo, Rainer diz: "Já ouviram falar nessa mulher, essa Helen, não? Ela estava morta e agora não está. Agora ela anda por aí dizendo às pessoas coisas que não deveria saber e atacando nossas famílias. Chega. Estamos aqui para acabar com isso. Eu a prendi neste lugar. E o modifiquei para que drene os poderes que a sustentam e enfraquecê-la. Mas, mesmo que tenha menos força, ela ainda é perigosa. Pode dizer todo tipo de coisas a vocês, dizer coisas terríveis sobre vocês ou sobre as pessoas mais próximas. É a última arma que resta, e ela vai usá-la como puder. Vocês devem ignorá-la. Não é fácil, mas é o único jeito". Antes que algum deles possa responder, muito menos decidir que isso é mais do que pretendiam enfrentar e fugir, Rainer se aproxima da porta e a empurra. Jacob tem a impressão de que o símbolo na porta paira no ar, envolvendo Rainer quando ele passa. Então Jacob respira fundo e o segue.

    Lá dentro, o ar tem cheiro de terra úmida e mofo, uma combinação de forças que invade o nariz de Jacob, a boca, desce pela garganta. É como tentar respirar terra. Seu corpo responde com um ataque de tosse e espirros. Os olhos lacrimejam, o nariz escorre. O peito entra em convulsão. Ele ouve ao longe os outros homens ameaçando vomitar, respirando com dificuldade. Depois do que parecem horas, seus pulmões conseguem expelir o suficiente do que os tinha invadido para Jacob voltar a respirar. Não é fácil, mas é um alívio. Ele limpa os olhos, e a causa da densidade do ar é revelada. As paredes, o teto, o chão, a sala inteira está revestida por mofo preto e denso. É impossível saber onde estão as janelas. O cômodo tem uma luz acinzentada, difusa. O mofo envolve o que devia ser um baú de viagem. Junta três cadeiras enfileiradas contra a parede do outro lado. Transforma uma mesinha em um enorme cogumelo. A única coisa livre de mofo é a mulher no centro da sala, no meio de uma grande poça de água escura.

    Jacob sabe que não deve olhar para a mulher, para Helen. Mas ela está na boca de todos no acampamento há vários dias, primeiro por sua morte, depois por seu retorno e por fim pelas variadas atividades depois disso. Mais gente afirma tê-la visto do que é possível. Os relatos criaram um monstro na imaginação de Jacob, uma corcunda cujo braço direito é o tentáculo de um polvo, cujas saias se mexem de jeitos esquisitos, cuja sombra não fica parada, mas se move em torno dela como um cachorro na coleira. Seria impressionante se ele não olhasse para ela.

    O que Jacob vê pode ser considerada uma aula sobre a diferença entre boato e realidade. O braço direito de Helen pende junto do corpo, não é o membro de nenhuma besta marinha, e as estranhas saliências e depressões na pele pálida são lembranças da surra dada pelo martelo de Italo e a frigideira de Regina. O vestido é como uma cortina jogada sobre uma pilha de pedras, mas isso é por causa dos ferimentos que tiraram sua vida. Quanto à sombra, embora seja difícil ver na penumbra, Jacob tem quase certeza de que não se move. O que chama sua atenção é o fato de que a mulher está ensopada da cabeça aos pés, como se tivesse sido molhada com um barril de água um segundo antes de Rainer passar pela porta da frente. Cabelo e vestido estão encharcados. A pele brilha. É quase como se a água estivesse fluindo de Helen, mas deve ser um truque da luz. Os boatos são verdadeiros com relação a um detalhe: os olhos da mulher, que são dourados e opacos, com buracos negros no lugar das pupilas. Se esses olhos se voltarem em sua direção, Jacob está preparado para abaixar a cabeça, mas Helen está concentrada no homem mais próximo dela, Rainer.

Tem algo na postura dele, uma certa formalidade, que traz à mente o professor diante da sala de aula, o advogado na frente de uma testemunha, o sacerdote no altar. As roupas de trabalho de Rainer, camisa e calça de tecido grosso, cobertas de poeira depois de um dia de trabalho, parecem impróprias de um jeito quase cômico. Ele deveria estar vestindo um terno, ou as vestes de um acadêmico ou clérigo. A mulher morta abre a boca, e o que sai dela parece, para Jacob, uma risada baixa e rouca. Jacob alterna o peso do corpo de um pé para o outro. A risada continua, brota da mulher morta como o fio que se movimenta em um tear. É quase tangível. Jacob quase consegue senti-la girando em torno dele. Tem algo dentro dela, uma mensagem para ele, só para ele. A mensagem é extremamente importante. Diz respeito a Lottie, Lottie e ele. Se conseguir se concentrar e deixar a risada estreitar a espiral à sua volta, vai conseguir ouvir o que ela tenta dizer.

"Silêncio", ordena Rainer.

A risada para. Helen franze a testa. Jacob balança a cabeça, como os outros homens.

"Quem é seu mestre?", Rainer pergunta.

Helen responde com uma voz que lembra pedras rompendo a superfície de um rio. Jacob sente as entranhas tremerem. Os outros recuam. Ela diz: "O nome dele não é para você".

"Quem é seu mestre?", Rainer repete.

"Pergunte a Wilhelm Vanderwort", diz Helen.

O nome sobressalta Rainer. Ele começa a falar, para, depois repete pela terceira vez: "Quem é seu mestre?".

"O Pescador", Helen responde.

Rainer assente. "Por que ele veio para cá?"

"Para pescar", Helen fala, e sua boca se contorce num sorriso ardiloso.

"Por que ele está pescando aqui?"

"A água é profunda."

"O que ele quer pegar quando joga a linha?"

"Nada."

Depois de uma breve pausa, Rainer diz: "Alguém, certamente?".

"Certamente", Helen confirma.

"Quem?"

"Você não está preparado para ouvir o nome", ela diz.

"Quem?"

"Você não suportaria o som do nome."

"Quem?", Rainer repete. Jacob sente que a interação entre Rainer e Helen é um ritual. Ela não tem obrigação de responder às perguntas feitas pela primeira vez, ou na segunda, mas se Rainer persiste, ela é obrigada, Jacob não sabe como, a fornecer a informação que ele exige. Rainer está quase fazendo a pergunta pela quarta vez, quando Helen murmura uma palavra que Jacob nunca ouviu antes. Pode ser "Apep", mas ela fala rápido demais, não dá para ter certeza.

Rainer parece reconhecer o nome. Ele diz: "Bobagem. Ele não ousaria".

"Você perguntou", diz Helen, "e eu respondi. Prefere outro nome? Tiamat? Jormungand? Leviatã?".

"A verdade!", Rainer grita. "Os Compactos..."

"Eu cumpro os Compactos", Helen declara. "Não me culpe por aquilo que não consegue aceitar."

"Ele não tem esse poder."

Helen dá de ombros. "Isso é problema dele."

"A consequência..."

"Não me interessa."

"Quanto trabalho ele ainda tem a fazer?"
"Não muito."
"Ele teceu as cordas?"
"Com os cabelos de dez mil homens mortos."
"Forjou os anzóis?"
"Com as espadas de uma centena de reis mortos."
"Preparou as linhas?"
"Por que continua com essas perguntas?"
"Ele preparou as linhas?"
"Se correr para casa, ainda vai conseguir dar um beijo de despedida em sua esposa."
"Ele preparou as linhas?"
"As mais próximas", diz Helen.

Rainer olha para os outros, e há em seu rosto alguma coisa que parece alívio. Ele diz: "Temos que ir agora".

"E ela?", Italo pergunta.

Sem olhar para Helen, Rainer faz um gesto com a mão esquerda, um gesto que poderia ser um arremesso, mas os dedos se dobram, sobem e descem como se ele tocasse uma melodia complicada em um trompete. A forma de Helen se apaga, depois se dissolve em uma porção de água que cai no chão com um barulho típico, o que faz os homens gritarem e pularem para trás. Por um instante, Jacob vê a sombra da mulher ainda no mesmo lugar, retorcendo-se como uma coisa em agonia. Ele ouve um grito em algum lugar, e é como se esse som o conduzisse pela porta da casa. Lá fora, ele fica um pouco surpreso ao descobrir que o grito não era dele, mas de Andrea. O homem está com as mãos abaixadas, os olhos arregalados, a boca formando um O do qual sai um grito agudo que se eleva no ar da noite. Jacob acha que deve se aproximar de Andrea, tentar acalmá-lo, mas está ocupado demais levando grandes porções de ar aos pulmões. É como se uma pedra fosse tirada de cima de seu peito. Ele balança, meio tonto com o oxigênio que percorre seu organismo. Jacob nunca imaginou que respirar pudesse provocar tanto prazer, tanta satisfação. Fica a cargo de Rainer segurar Andrea pelos ombros e falar alguma coisa que acalma seus gritos.

Uma pequena multidão se juntou perto da casa. Vários homens carregam pedaços de pau, bastões improvisados, enquanto mulheres empunham utensílios de cozinha, como panelas e facas, dispostas a usá-los como armas. Rainer se aproxima do grupo. As pessoas se juntam, erguem as armas improvisadas. Ele para a uma distância segura e se dirige a um dos homens, um sueco alto chamado Gunnar. E diz: "Ela se foi".

Gunnar assente. "De vez?"

"De vez."

O grupo solta um suspiro de alívio. As pessoas baixam as armas. Rainer inclina a cabeça para Jacob e os outros e diz: "Esses homens e eu vamos ao encontro do responsável por tudo isso. Seria bom reunirem suas famílias e ficarem dentro de casa esta noite. Não abram a porta, independentemente de quem pareça estar batendo".

"E este lugar?", Gunnar pergunta, apontando para a casa de Helen e George.

"Não serve para mais ninguém", responde Rainer. "Se for queimado, vai ser ótimo. Pela manhã, talvez", ele acrescenta. "Esta noite, a casa fica como está."

Na manhã seguinte, pouco depois do amanhecer, a antiga casa de Helen e George explode em chamas. O acampamento tem a própria brigada de incêndio, que costuma ser um exemplo de eficiência, mas naquela manhã eles demoram a chegar, e quando finalmente aparecem, estão sem o equipamento necessário. Na verdade, tudo que levam são marretas para derrubar o que ainda está em pé, baldes de areia para as brasas e pás para espalhar a areia. Durante o tempo que o fogo leva para consumir a casa, os bombeiros permanecem com as pessoas que foram ver a conflagração. A fumaça que se desprende do incêndio é pesada, quase viscosa. Vários observadores ficam enjoados com o cheiro, e um menino que se mantém mais próximo da nuvem de fumaça vai estar mortalmente doente ao entardecer, com a pele cheia de saliências que parecem ser cogumelos querendo sair dela. Ele é a última fatalidade de toda esta história estranha.

XVII

Não é certo que alguém do grupo que saiu da casa na noite anterior tenha tomado conhecimento da morte do menino, ou do incêndio que a causou, senão em mais um ou dois dias. Enquanto as chamas envolviam a casa completamente, Rainer, Italo, Jacob e Andrea já entravam cada um em sua casa, tranquilizando a esposa ou companheira com palavras murmuradas e caindo na cama, de onde não sairiam antes de vinte e quatro ou quarenta e oito horas. Suas botas e roupas estão encharcadas, manchadas de um lodo avermelhado cuja cor e consistência ninguém reconhece, como ninguém consegue identificar as folhas verdes e escuras cujas extremidades serrilhadas enroscaram nas roupas dos homens. Todos choraram e gemeram durante o sono, mas nenhum pôde ser acordado pela esposa ou companheira. Essas mulheres justificaram a ausência dos homens para seus superiores, mas, ainda assim, Andrea perde o emprego. Quando acordam, os homens pouco se explicam, respondendo à maioria das perguntas com um aceno de cabeça no máximo. Rainer e Italo tranquilizam as esposas afirmando que o pior já passou, e Clara e Regina tratam de espalhar a notícia. Livre para deixar o acampamento quando quiser, Andrea não perde tempo: pega suas coisas e vai embora imediatamente. Se tem um destino em mente, não o divulga para ninguém.

Quanto a Angelo, a história que circula é que ele fugiu, pegou um punhado de machados e partiu para um local desconhecido. É uma explicação tão evidentemente falsa que até as pessoas que não sabem quase nada sobre o que aconteceu desconfiam dela. Mas nem por isso alguém a desmente, ou se esforça para descobrir o verdadeiro destino do homem. Agora que o acampamento voltou à normalidade, ninguém quer perturbar esse equilíbrio.

O que aquelas pessoas diriam se soubessem o que realmente aconteceu com Angelo, eu não sei. Provavelmente, não acreditariam. Elas se recusariam a acreditar. Talvez tratassem a história como uma brincadeira elaborada, a mais longa das anedotas. Talvez ficassem bravas, como as pessoas ficam, às vezes, quando se veem diante do fabuloso, do fantástico, como se ficassem aborrecidas com o universo por jogar tudo isso em cima delas.

XVIII

Com exceção de Rainer, não imagino que um daqueles homens antecipava o que os esperava quando saíram do acampamento. Talvez Italo tivesse alguma ideia do que vinha pela frente, mas nada na experiência de Jacob o preparava para os eventos iminentes daquela noite, e imagino que Angelo e Andrea também não estivessem preparados. Na primeira parte da jornada, nada de extraordinário aconteceu. Era uma noite quente, e o ar em torno deles começava a se encher de mosquitos em busca de uma refeição, enquanto acima deles morcegos faziam a mesma coisa. A lua é minguante, mas fornece luz suficiente para eles seguirem pela estrada para Station, para a casa dos Dort. Dos dois lados, o vale do Esopus é um estudo de destruição sistemática. Enquanto os cinco trabalhavam na represa, outras partes do projeto também progrediam. Cada trecho do terreno a ser inundado tinha que ser limpo de qualquer coisa que pudesse contaminar a água. Isso significava que casas, celeiros, lojas, escolas, igrejas, tudo tinha que desaparecer, ser demolido ou transferido — se alguém pudesse pagar por isso —, ou queimado, e as cinzas eram levadas para longe. A mesma coisa valia para a vegetação, da árvore mais alta à menor erva, tudo tinha que ser arrancado e, no caso das árvores, as raízes tinham que ser extraídas também. Cada túmulo tinha que ser aberto, e seu ocupante era removido, recolocado em um novo caixão de pinheiro e enterrado novamente em outro lugar. A única coisa que podia ficar eram pedras, as fundações de algumas casas. Não sei se você viu fotos da Primeira Guerra Mundial, aqueles campos de batalha na França e na Bélgica, mas o cenário me lembra dessas imagens, aquele mesmo terreno quase lunar. Se existe uma diferença, é que a devastação nas fotos da guerra é mais caótica: no meio de um campo esburacado, há uma macieira solitária com os galhos carregados de frutas. O que acontece no vale é metódico, implacável.

Os homens conseguem calcular o quanto se afastaram do acampamento pelo estado do cenário, o estágio da limpeza. Pelos cálculos de Jacob, eles estão na metade do caminho quando Italo diz: "Então".

Não há como não saber com quem ele está falando. "O quê?", pergunta Rainer.

"Quando a mulher morta disse que seu mestre era o Pescador, você não fez mais perguntas sobre ele."

Rainer não responde.

"Isso significa que você conhece o homem?", Italo prossegue.

"Não", responde Rainer.

"Mas já ouviu falar dele."

"Sim. Não muito, mas já."

Italo não faz a pergunta óbvia. Rainer continua: "Já ouviu falar de Hamburgo, não? No norte da Alemanha. É uma cidade portuária para onde vão todos os tipos de gente. Existe há mil anos. Nos últimos anos do século XVI, um homem chamado Heinrich Khunrath morou lá. É um estudioso...".

"Ele é o Pescador, esse professor?", Italo pergunta.

"Não", diz Rainer. "Khunrath se interessa por alquimia, magia. Ele quer descobrir se um homem pode praticar magia e ser um bom cristão. Está procurando aqueles lugares onde magia e fé se encontram. E nessa busca ele cria uma biblioteca impressionante. Ela é cheia de livros raros, muitos de terras distantes, uma das vantagens de morar em um porto marítimo ativo. Não acredito que os títulos desses livros tenham muito significado para vocês, mas tem um, *As palavras secretas de Osíris*, que é a joia da coleção. É muito antigo.

"Um dia, um homem se apresenta à porta de Khunrath. Ele tem aparência jovial, exceto pelos olhos, que são velhos, mais velhos que de qualquer pessoa que Khunrath tenha conhecido. Esse jovem de olhos velhos diz que está ali para estudar com Khunrath. Khunrath diz que não está interessado em aceitar mais alunos. Está ocupado demais com os que tem. O jovem insiste. Ouviu falar da investigação de Khunrath sobre magia e tem muito a compartilhar com ele. Khunrath acaba aceitando o novo aluno. Talvez o rapaz mostrasse a ele uma magia que nunca tinha visto antes. Ou Khunrath temia que o rapaz contasse aos vizinhos qual era o objeto de seu estudo. Hamburgo se orgulha de sua sofisticação, mas há limites para sua tolerância. Sempre há limites, fronteiras que um aprendiz não deve ultrapassar. Se as ultrapassa, as consequências podem ser... severas."

"Sim, sim", diz Italo. "Esse jovem de olhos estranhos, ele é o Pescador. Ele tem nome?"

"Não", diz Rainer. "Khunrath não anotou. Em suas cartas, ele se refere ao aluno como seu jovem amigo. Uma vez Khunrath o chama de seu jovem húngaro."

"Húngaro?"

Rainer assente. "Ele nasceu em Buda, que então estava sob o domínio dos turcos. Morava lá com a esposa e os filhos. No fim do século XVI, os húngaros travaram uma guerra com os turcos para expulsá-los do país. Esse jovem e a família se viram no meio da guerra. A esposa dele era turca, filha de um mercador que seguiu o exército turco até Buda. O jovem pensou que, se não chamassem atenção, ele e a família não seriam incomodados. Estava enganado. Khunrath não conhecia as exatas circunstâncias, só que a esposa e os filhos do jovem foram vítimas da espada de soldados húngaros. Os mesmos soldados também feriram o jovem, mas ele sobreviveu. Depois de enterrar a família, ele fugiu para o ocidente, para Viena. De Viena seguiu para o norte, primeiro para Praga, depois para o rio Elba, que ele navegou saindo de Dresden, Magdeburgo, Wittenberg, até Hamburgo. Em cada cidade de sua rota, e em alguns vilarejos entre elas, ele procurava homens como Khunrath."

"Magos", deduz Italo.

"Estudiosos", Rainer o corrige, "com interesses parecidos."

"Por que ele é chamado de Pescador?", pergunta Jacob.

"É, por quê?", Angelo e Andrea também querem saber.

Rainer franze a testa. Ele não gosta quando apressam suas histórias. E diz: "Porque o homem quer pegar um dos Grandes Poderes".

"Que Grande Poder?", Italo indaga. "Está falando de um demônio?"

"Não", diz Rainer. "É outra coisa. Os antigos egípcios falavam de uma grande serpente com cabeça de pedra, uma coisa da escuridão e do caos." Ao ver a expressão dos outros homens, Rainer suspira e diz: "É o que a Escritura chama de Leviatã".

"Pensei que isso fosse um demônio", diz Andrea.

"Não é um demônio", Rainer responde. "Lembra como Deus fez a terra? Tem água sobre tudo, e Deus cria a terra a partir dela, sim? Leviatã nada naquela água."

"O que é essa coisa?", Andrea pergunta. "Outro deus?"

Angelo se benze.

"É mais próximo de um deus que de um demônio", Rainer responde. "É como aquele primeiro oceano, mas não é o oceano."

"Isso é blasfêmia", Angelo decide.

"Uma mulher morta andando por aí", Rainer retruca, "aquilo é blasfêmia. Estou falando de conhecimento, conhecimento muito antigo."

"Como o que tinha no livro do estudioso", deduz Italo. "Como disse que era o nome? *As palavras secretas...*"

"*De Osíris*", diz Rainer. "Sim, aquele livro fala sobre o Leviatã; embora o chame de um nome diferente."

"É por isso que o jovem procurou o acadêmico", diz Andrea.

"Khunrath", Rainer diz. "Sim, é isso mesmo. Ele tirou proveito da hospitalidade de Khunrath por quase um ano, e quando foi embora levou o livro *As palavras secretas de Osíris*."

"Ele roubou o livro", diz Italo.

"Ele ganhou o livro", Rainer corrige. "Ninguém sabe como. Na noite anterior à sua partida de Hamburgo, o céu sobre a cidade está cheio de luzes estranhas, e tem um barulho como o de muitos homens gritando."

"Então, o jovem pesca procurando Leviatã", Andrea conclui, "e esse livro ensina como. Por quê? O que ele espera, se conseguir pegá-lo?"

Quase ao mesmo tempo, Italo diz: "Onde ele vai achar essa besta? Que oceano é profundo o suficiente?".

"Poder", Rainer responde para Andrea. "Se conseguisse enfiar o anzol na boca de Leviatã, ele poderia dominar sua força e usá-la para seu propósito. Poderia ter a esposa e os filhos de volta. Quem sabe o que mais ele quer? O que cada um de nós pediria?" Antes que um deles possa responder, Rainer se dirige a Italo: "O oceano que abriga Leviatã está *embaixo*, abaixo de tudo".

"Embaixo da terra?", pergunta Andrea.

"No inferno", diz Angelo.

"Embaixo é embaixo", Rainer repete. "É como se a terra fosse plana tal qual um dia os homens acreditaram que fosse e flutuasse no oceano escuro. Em alguns lugares a terra é mais fina, a distância entre ela e o oceano não é tão grande."

"Aqui é um desses lugares?", Italo pergunta, e o tom de voz sugere sua opinião sobre essa possibilidade.

"Se o Pescador está aqui", responde Rainer, "deve ser."

"Como vamos derrotar esse homem?", quer saber Angelo.

"Pergunte à mulher morta", diz Italo.

"O Pescador não é desprovido de poderes", diz Rainer, "mas ele não é um *Schwarzkunstler*."

"Um o quê?", Italo estranha.

"*Uno strégone*", responde Rainer.

"Ah", diz Italo.

"Devíamos levar um sacerdote", Angelo comenta.

"Não há tempo", diz Rainer. "Sua devoção vai ter que ser suficiente."

XIX

Depois disso, mais cedo do que Jacob esperava, os homens chegaram à fronteira de Station. Ali a limpeza em grande escala ainda não tinha começado. Havia árvores ao lado da estrada. As casas que formavam o vilarejo ainda estão em pé, vazias, mas inteiras. Olhando para elas, não dava para imaginar que em um ano tudo aquilo iria desaparecer, sumir. A noite havia caído sobre eles. Sombras se debruçavam sobre as casas, seus quintais, preenchiam os espaços entre as árvores. Quando eles passam por Station e continuam rumo à entrada da Casa Dort, Jacob percebe movimento com o canto do olho. Entre as árvores à sua direita, talvez um veado, mas é muito veloz, e ele não se afasta saltando, é como se piscasse e sumisse, com uma fluidez que não é própria de nenhuma criatura da floresta que Jacob conheça. Pensando que não deve ser nada, uma ave incomodada pela presença deles, algo que ele estranhou por estar ansioso com o confronto que se aproximava, Jacob balança a cabeça e ignora o assunto.

Quando nota movimento de novo, dessa vez nas árvores à sua esquerda, é mais difícil ignorar, e no terceiro incidente, também à esquerda, Jacob para e olha para o bosque. Eles não andaram mais que cem metros, mas as árvores parecem mais fechadas. A escuridão entre elas é mais densa, quase palpável. Jacob aguça a visão e tenta distinguir o que faz aquele movimento estranho, líquido. Você sabe como é tentar ver alguma coisa à noite. Os olhos captam todo tipo de formas e sombras, até quando você tem certeza de que não há nada. Jacob olha para a escuridão, incapaz de decidir se as formas pálidas que parecem dançar em algum lugar no fundo das árvores estão realmente lá. Ele pensa em chamar os outros, que não notaram sua ausência e já se afastam, mas, temendo parecer bobo, hesita.

Com um movimento repentino, uma das formas brancas aparece no limite do bosque, e Jacob se assusta tanto que tropeça, cambaleia para trás e cai sentado com força. O machado cai de sua mão e se choca com um som melódico contra o terreno de pedra. De olhos arregalados, com o coração batendo na garganta, Jacob olha para a coisa diante dele. Não é uma ave, e a criatura o observa com olhos dourados que brilham ao luar. Cabelos escuros flutuam em torno de sua cabeça, enrolando e desenrolando como se tivessem vida própria. Os braços se estendem para os dois lados, balançam lentamente para cima e para baixo, a luz se movendo sobre eles, indo e voltando. São cobertos de escamas, Jacob nota, têm aquele niquelado fosco de moedas antigas, toda sua pele é assim. Não só os braços, mas o corpo todo se move, sobe e desce muito suavemente, como se estivesse suspenso na água. Quando vê os pés pairando meio metro acima do chão, Jacob compreende que a coisa está flutuando, que, de maneira impossível, o espaço entre as árvores está cheio de água. Jacob é tomado pela sensação de estar olhando não para frente, mas para *baixo*, de não estar sentado no chão firme, mas empoleirado precariamente na beirada de um precipício. As mãos tentam agarrar alguma coisa entre as pedras e a terra sob seu corpo, mas não encontram nada para combater o sentimento de que está prestes a mergulhar de cabeça na água que não deveria estar ali, não pode estar ali.

Os dedos da mão direita encontram alguma coisa lisa, polida... o cabo do machado. Jacob o agarra, puxa a ferramenta para perto. Com um tranco pavoroso, o chão é o chão de novo; mas a água entre as árvores continua lá. Enquanto tenta ficar em pé, ele sente mãos sob os braços, nas costas, ouve vozes perguntando se está bem. São Rainer e Angelo, que voltam correndo para ver o que tinha acontecido com ele. Temendo que a náusea que não diminuiu encontre o caminho até sua boca caso tente falar, Jacob aponta para as árvores.

Quando Rainer vê a coisa flutuando entre elas, ele grunhe. Angelo se benze várias vezes e começa a recitar o que Jacob presume serem preces em latim. É surpreendente o alívio que sente por saber que os outros também veem aquela coisa. Com o símbolo que entalhou na ferramenta voltado para fora, Rainer levanta o machado. A criatura arregala os olhos e foge, busca refúgio na água. Rainer continua empunhando o machado com o braço estendido. Jacob espera a água desaparecer. Pela atitude de Rainer, Jacob tem a impressão de que ele espera o mesmo resultado. Mas nada acontece. Rainer sustenta a posição por um minuto, mais ou menos, antes de abaixar o machado com um suspiro e uma expressão de que Jacob não gosta nem um pouco, uma mistura de confusão e desconforto.

Angelo também a nota. "Que foi?", ele pergunta. "Qual é o problema?"

"Nada", responde Rainer. Os três sabem que é mentira, mas Jacob e Angelo não discutem.

Enquanto eles percorrem o resto do caminho para a Casa Dort, a água que se movimenta entre as árvores próximas flui na direção deles — Jacob acha que está subindo, mas essa é a palavra errada, a direção errada. É mais como se os cinco andassem entre paredes de água que se aproximam deles constantemente. Quando avistam a Casa Dort, a linha das árvores é quase invisível embaixo de três metros de água estranhamente escura. Os homens olham para os dois lados com nervosismo. Até Rainer dá uma olhada para a água que se aproxima. Perto demais para que eles se sintam confortáveis, várias daquelas coisas brancas que Jacob viu os acompanham. Não tem um deles que não queira falar alguma coisa, mas é Italo quem finalmente se manifesta: "Rainer. Que diabo é isso?".

"O oceano escuro. Aqui ele vaza."

"E que diabo isso significa?"

"Significa que nossos amigos estão mais adiantados do que eu esperava."

Jacob está desesperado para perguntar sobre as coisas brancas que os seguem. É o rosto daquela que ele enfrentou que mais o incomoda, não sua qualidade sobrenatural, seus olhos, as escamas, mas a sugestão enlouquecedora do humano, a proximidade com qualquer um, com todos eles. Se pudesse transformar esse desconforto em uma pergunta, ele a forçaria a passar por seus lábios trêmulos.

Diante deles, a Casa Dort está escura. É o tipo de construção encontrada naquela parte do estado, com o andar mais baixo feito de pedras redondas e de tamanhos variados cimentadas, o andar de cima e o sótão de madeira. A casa não é especialmente alta, mas é larga, tem pelo menos o dobro da largura das outras casas de Station. As duas extremidades da casa são difíceis de ver claramente, porque as paredes de água dos dois lados dos homens se estendem até lá, onde se cruzam perfeitamente, deixando seca apenas a porção central. Jacob pensa em um túnel, e a semelhança só piora o nervosismo que aumenta a sensibilidade de cada centímetro de pele, que responde ao estímulo sutil demais para que ele o note de outra forma. Como sempre, Rainer segue na frente, mas Jacob se sente gratificado, e tem certeza de que os outros também, por notar uma leve hesitação antes de ele dar um passo à frente.

"Como Moisés no Mar Vermelho", diz Angelo. A alusão não havia ocorrido a Jacob, mas é justa. Não há mais árvores visíveis no fundo d'água, só as criaturas brancas, que permanecem distantes. Por estranho que possa parecer, a ausência de árvores faz as paredes de água parecerem ainda mais ameaçadoras. Enquanto havia árvores na superfície da água ou perto dela, Jacob podia se convencer de que os troncos e galhos ajudavam a conter a água escura. Sem elas, os grandes blocos de água parecem muito mais trêmulos. Não tem nada que Jacob apreciaria mais agora do que atravessar a distância restante até a porta da frente da casa tão depressa quanto as pernas pudessem levá-lo, mas ele tem certeza, segundo uma lógica típica dos sonhos, de que, no segundo em que começar a correr, a água vai desabar sobre ele. Então, ele se controla e faz o possível para não olhar para as coisas brancas, que se movimentam entre elas com o que parece ser uma excitação crescente. E quando uma coisa muito maior que o grupo de todas elas escurece o espaço atrás das criaturas, nadando com a preguiça de uma tartaruga que aproveita a correnteza, Jacob diz a si mesmo que não viu nada. A porta da casa não pode estar a mais de três metros dele. É simples, feita de tábuas pesadas de madeira escura unidas por faixas de um metal opaco pela negligência. No centro da porta, um grande aro pende da boca de uma criatura que Jacob não consegue identificar. Pode ser uma cobra, mas a boca está fechada num sorriso bem humano em volta da argola. Rainer está andando mais depressa, percorrendo aqueles últimos metros. Ele segura o machado com as duas mãos, cobrindo todo o cabo com elas. Sem diminuir a velocidade, ele levanta o machado sobre um ombro e bate com ele bem no meio daquela cobra sorridente. Quando o machado toca a argola, Rainer grita uma palavra que Jacob não entende.

Surge um raio de luz, mas, ele vai contar a Lottie, era uma luz negra, momentaneamente escura, e não momentaneamente brilhante. O efeito nos olhos é o mesmo. Eles não conseguem ver nada e piscam, esfregam os olhos até os pontos negros diante deles desaparecerem o suficiente para conseguirem ver a porta, rachada e curvada como se tivesse sido forçada por uma pequena explosão. Jacob não ficaria surpreso se sentisse cheiro de pólvora. Mas o ar cheira a metal queimado. Não sei o que a argola na porta representava, mas agora tudo se desfez em fragmentos fumegantes.

Encorajado pela demonstração de força, Italo começa a se aproximar dos destroços da porta para entrar, e os outros o seguem. Rainer levanta a mão esquerda, e todos param. A luminosidade sinistra que Clara tinha visto no rosto do marido, como se alguém direcionasse uma luz branca para ele, e que todos os companheiros comentaram, estava mais forte. Não é uma luz que ilumina. Apenas domina os traços de Rainer, tornando-os mais difíceis de distinguir. Sem falar, Rainer passa pelos destroços da porta. A mão direita segura o machado e mantém o símbolo que ele entalhou no cabo voltado para frente. A mão esquerda forma uma figura, o polegar tocando o dedo do meio, os outros dedos encolhidos junto da palma, desenhando um ovalado rústico que ele posiciona alinhado ao coração. É como se segurasse uma lanterna. Assim que passa pela soleira, ele diz: "Venham. Fiquem próximos".

O PESCADOR
JOHN LANGAN

XX

Jacob está preparado para o interior escuro da casa. O que ele não esperava eram as árvores, plantas, a sensação dos galhos. É como se ele e os outros tivessem entrado em um bosque. O forte odor de pinheiro paira no ar. As folhas arranham seu rosto e o pescoço. Galhos fazem ruídos quando Jacob passa por eles seguindo os outros. *Quem planta uma floresta dentro de casa?*, ele pensa, e a pergunta é tão ridícula que ele ri alto, um ganido agudo que ecoa nos troncos das árvores. Não é uma risada feliz. É o som de alguém que viu uma mulher que devia estar morta há dias desmoronar em uma poça de água suja, de alguém que encarou uma criatura branca cujos olhos dourados têm muito conhecimento, de alguém que passou lentamente entre paredes ondulantes de água. "Quieto", diz Rainer, e ele para de rir, mas a risada ainda está ali na base de sua garganta, pronta para emergir.

Uma luz pálida cuja fonte Jacob não consegue localizar torna as árvores visíveis. A vegetação se estende para o fundo da casa. Embora não possa ver qual a profundidade da casa, Jacob tem certeza de que ele e os outros já estão bem longe da entrada. Lá em cima, as árvores são tão altas e densas que ele não consegue ver o telhado. O chão também não é visível, embora tenha a sensação de estar pisando em terra, não em madeira ou pedra. Jacob acha que faz sentido. Se você quisesse colocar uma floresta dentro de casa, ia precisar de terra para plantá-la. *Meu Deus*, ele pensa, *estou raciocinando como um maluco*.

O terreno se inclina, desce gradualmente no início, depois mais intensamente. As árvores parecem diminuir, agora são afastadas o bastante para Jacob ver Andrea na frente dele, e Angelo ainda mais adiante. À sua esquerda, Jacob ouve um rugido abafado, como uma tempestade caindo em um bosque. As árvores em volta dele estão quietas. O chão parece responder ao barulho, estremece ligeiramente. Quando as árvores afastadas formam uma pequena clareira, Jacob identifica a origem do estrondo. É um pequeno riacho correndo por uma garganta paralela ao curso que ele e os outros quatro estão seguindo. Branca, a água galopa pela ravina como uma enxurrada. Rainer espera do outro lado da clareira, observando os companheiros.

Quase imediatamente, o primeiro pensamento de Jacob — *Esse homem também tem um riacho dentro de casa?* — é substituído por outro — *Não estamos mais na casa* — e então um terceiro — *Nunca estivemos*. Quando olha para trás, ele só vê vegetação subindo a encosta. Lá em cima, o céu brilha com a mesma luz pálida que mostrou o caminho para eles. Além de onde Rainer estava parado, o chão desce mais dramaticamente, ainda transitável, Jacob avalia, mas com a ajuda das árvores que continuam ocupando o espaço. Além desse ponto, a visão não alcança.

Ele está nervoso, mas não tanto quanto estava há pouco, quando percorreu aqueles últimos metros entre os paredões de água. Para ser franco, preferia que Rainer não o tivesse levado ao lugar onde estava, mas presume que, se Rainer os levou até ali, ele vai saber como tirá-los de lá. (Ele entende que não necessariamente, mas prefere não pensar nisso.) Italo e Angelo também não demonstram muita alegria, mas parecem controlar as emoções. Andrea nem tanto. Ele passa o machado da mão direita para a esquerda e repete o movimento. A mão que fica livre toca o rosto, massageia o queixo como se ele tentasse solucionar um problema importante. Jacob imagina que o problema existe. A expressão do homem sugere que ele não consegue ir adiante em suas reflexões, se é que houve algum progresso.

Rainer também notou Andrea e está se aproximando dele. Seus lábios se movem, mas ele fala muito baixo, e Jacob não consegue ouvir nada com o estrondo do riacho. Sem dúvida, está tentando acalmar Andrea. Os traços de Andrea relaxam. A mão se afasta do queixo. Jacob não sabe o que Rainer está dizendo, mas espera que ele repita as mesmas palavras para todos ali. Rainer continua ao lado de Andrea. Ele põe a mão esquerda sobre o ombro do jovem, e é então que Andrea perde o controle. Ele derruba Rainer e sai correndo encosta abaixo.

Por um momento, Jacob, Italo e Angelo se entreolham boquiabertos. Em seguida se aproximam de Rainer e o ajudam a levantar. "O que disse a ele?", pergunta Italo.

"Não tem importância", responde Rainer. "Temos que..." Ele aponta na direção de Andrea.

Angelo vai atrás dele, e antes que consiga pensar melhor, Jacob o segue. Além da clareira, o solo é tão inclinado que ele se descobre mais em uma queda controlada do que em uma corrida ladeira abaixo. Tenta cravar os calcanhares no chão, ir mais devagar, mas isso quase o faz cair de cara, e ele é forçado a se deixar levar pela gravidade. Os braços desequilibrados, as pernas chutando o ar atrás dele, quase enroscando em uma raiz exposta e derrubando-o. À sua esquerda, o riacho é praticamente uma cachoeira. À direita e adiante, as árvores se espalharam ainda mais. Ele está muito ocupado se mantendo ereto para dar muita atenção a isso, mas está razoavelmente convicto de que não são mais as mesmas árvores. Jacob não é nenhum especialista, não sabe dizer de que tipo são aquelas. São árvores altas, finas, com galhos e folhas aglomerados na copa. É outro detalhe para deixar de lado, como o terreno, que perdeu o tapete de folhas de pinheiro e agora é vermelho, um tom escuro com notas de marrom. Os músculos das pernas de Jacob já estão protestando, e ainda falta pelo menos metade da encosta. Lá embaixo e à direita, Angelo torce o corpo tentando evitar um tronco em seu caminho. Ele quase consegue, mas no último segundo o ombro esquerdo se choca contra a árvore, virando-o e derrubando-o no chão, e ele cai dando uma cambalhota. Jacob teria parado para ajudá-lo, se soubesse como parar sem cair também. Além do mais, tinha visto Andrea quase no fim da descida. Ele passa por Angelo, que conseguiu se jogar de costas no chão e está escorregando com os pés estendidos, deixando para trás uma coluna de poeira vermelha. Além de Andrea, Jacob consegue ver alguma coisa, ele não sabe o quê, e para descobrir teria que ficar de cabeça erguida por mais tempo do que está disposto a arriscar correndo naquela velocidade. Árvores passam por ele. À esquerda, o riacho salta e espuma. À direita, a uma distância mediana, o solo avermelhado sobe até um patamar cheio de árvores. As pernas se movem quase depressa demais para ele. Andrea chega ao fim da descida onde, Jacob constata aliviado, parou. Através das copas de árvores na frente e abaixo dele, Jacob vislumbra algo vasto, alguma coisa em movimento. Andrea também vê. A imagem parece tê-lo colado ao chão. Jacob sente os pulmões queimando no peito, a pulsação batucando nos ouvidos. Os pés erguem porções de terra enquanto o levam ladeira abaixo. O machado quase voa de sua mão. Andrea não saiu do lugar. Jacob está quase em cima dele.

De repente o solo fica plano, e ele está correndo na direção de Andrea. Tenta parar, mas é como se houvesse um peso pendurado em seu pescoço, puxando-o para frente. Sobre pernas já no limite, pernas que começam a amolecer, ele passa tropeçando por Andrea, um, dois, três passos, quando o peso em seu pescoço o derruba de joelhos. Com a mão ainda segurando o machado, Jacob se inclina para frente. Andrea, ele precisa ver Andrea. Queria que o coração não batesse tão depressa. É como se consumisse toda sua energia. Com os músculos tremendo, tenta ficar em pé, não consegue. Tem um barulho na frente dele, um som que o cérebro informa que ele deveria reconhecer. Ele levanta a cabeça e o que vê afugenta da mente todos os pensamentos sobre seu desconforto — todos os pensamentos.

XXI

A uns cinquenta metros, talvez, um oceano empurra suas ondas contra uma praia de pedras. Jacob já tinha visto o oceano antes, teve que atravessar um para chegar à América, mas nada do que viu o preparou para o que via agora. Era um oceano de água escura, como se Jacob o visse à noite, como se ele fosse feito da noite. É um oceano em tempestade. Embora o céu acima seja claro, a água escura se eleva em ondas espumantes grandes como casas. Algumas quebram nas rochas que formam a praia, espirrando água bem alto. Outras quebram umas contra as outras, ondas grandes varrendo outras menores, consumindo-as, fileiras de ondas menores se dirigindo a outras maiores, se perdendo nelas. É como se aquele fosse um lugar de conversão de correntes opostas. A algumas centenas de metros da praia de pedras — é difícil estimar distâncias com alguma precisão nesse tumulto, mas perto demais para permitir algum conforto, muito menos sanidade —, uma coisa enorme se ergue no meio das ondas. Por um momento, a cabeça de Jacob insiste em acreditar que o que se ergue da água é uma ilha, porque não existe criatura tão grande em toda a criação. Então a coisa se move, primeiro se eleva ainda mais, forma um arco mais fechado, depois se distende, levantando das ondas suas duas extremidades e relaxando o meio do corpo numa curva gradual, mostrando toda superfície fosca coberta por ondulações que deviam ser os grandes músculos enrijecendo e afrouxando, e não há dúvida de que aquilo está vivo. Antes, se você tivesse perguntado a Jacob o nome da maior coisa que ele já viu, ele poderia ter respondido que foi a catedral de St. Stephen em Viena. Mas a besta cujo flanco escamoso é lavado pela água preta faz do templo algo minúsculo. É tão grande que sua presença pressiona Jacob, como se estar perto fosse o suficiente para apagá-lo, como uma vela em meio a um furacão.

Por causa da criatura, Jacob não percebe o que está mais perto dele até Angelo se aproximar bufando. Seu "Nossa Senhora!" arranca Jacob da névoa que o envolvia. É preciso sacudi-lo com vigor para tirar Andrea do transe, mas quando Italo e Rainer se juntam aos três, Jacob está em pé e observa o terreno entre a praia e ele. Jacob vê o sangue primeiro. A terra que faz fronteira com a praia está ensopada. O sangue forma poças vermelhas e brilhantes, segue seu caminho sinuoso até a praia de pedras. A origem do sangue são três carcaças, duas do lado direito, uma do lado esquerdo. São carcaças de gado, touros, Jacob pensa, mas de uma raça que poderia pertencer a um conto de fadas infantil. Cada animal tem o tamanho de um elefante, com a pele dourada como o pôr do sol. Não fosse pela besta no oceano, Jacob estaria espantado com o tamanho dos animais; na verdade, ainda assim eles o impressionavam. O touro à esquerda e um dos que estavam do lado direito haviam sido decapitados, e as cabeças pesadas estavam entre eles, ao lado do que parecia ser uma âncora; uma âncora que poderia ter mantido no lugar o navio em que ele atravessou o Atlântico. Em vez de se dividir em dois braços, a haste grossa se divide em três pedaços de metal curvados para cima, todos terminando em uma ponta de seta maior que a altura de Jacob. É um anzol, ele entende, e as cabeças de touro são as iscas que serão espetadas nas pontas. Não há linha presa ao anzol, embora haja muitas para escolher por ali. O chão no qual está o gado abatido é coberto de cordas, rolos, pilhas e montes.

Tem uma corda grossa como o braço de um homem forte. Corda lisa, fina como um cadarço de sapato. Corda suja com o que pode ser piche. E corda branca como leite.

Algumas cordas já foram usadas. Entre elas, Jacob e os colegas, há o que parecem ser mesas redondas de madeira, meia dúzia, e suas dimensões sugerem que devem pertencer aos pastores que criam o gado gigante. São tocos, Jacob percebe, tocos de árvores que deviam ter sido altas como arranha-céus. Agora nenhum deles ultrapassa a altura de seu peito. Buracos foram abertos nos tocos a distâncias variadas do chão. Por eles foi passada uma corda que também contorna os restos de árvores, amarrada em intervalos regulares em nós elaborados, presas à madeira em outros pontos por grandes grampos de metal. Da corda enrolada em torno de cada tronco cortado, sai uma extensão que segue para a esquerda dos touros mortos, para o oceano. A maioria das cordas segue bem esticada para dentro e embaixo das ondas. Jacob consegue vê-las vibrando como cordas de violão esticadas até quase se romperem. A essas cordas se juntam outras dez ou doze vindo da esquerda, do outro lado do riacho que Jacob viu descer a encosta e que mergulha no oceano. Essas cordas também estão presas a um grupo de enormes tocos de árvores. Além deles, os restos decapitados de outros touros são sobrevoados por uma nuvem agitada de moscas esverdeadas.

"O quê?", uma voz soa. "O que vocês querem?" As palavras são pronunciadas em alemão, mas é uma versão muito antiga da língua. O homem que fez a pergunta está em pé atrás de um dos touros cuja cabeça não foi removida. O corpo do animal deve tê-lo escondido. Ele usa um avental rústico que parece ter sido feito com retalhos de vários tecidos, respingado e manchado de sangue e entranhas, como a enorme faca em sua mão direita. Embaixo do avental de retalhos ele veste camisa branca e calça preta cujos melhores dias ficaram em um passado distante. O cabelo é oleoso, o queixo tem uma barba rala, o rosto é jovem, quase juvenil. Deve ser o Pescador de Rainer, mas se você dissesse a Jacob que era um aprendiz de açougueiro, ele teria acreditado.

"As cordas", diz Rainer. "Vai."

Italo avança para o toco de árvore mais próximo, dá a volta nele até chegar na parte onde a corda se estende para o oceano e a golpeia com o machado. A corda não é especialmente grossa, mas o machado ricocheteia com um estalo e uma chuva de faíscas. Italo dá um passo para trás como se tivesse sido empurrado pelo coice do machado. O corte na corda é pequeno. Italo franze a testa e repete o golpe.

"Depressa!", Rainer grita para os outros, que ainda estão em pé observando os esforços de Italo. Angelo corre para o toco de árvore mais próximo e começa a cortar a corda presa a ele. Com o rosto queimando, Jacob os imita. Rainer empurra Andrea para frente, e ele cambaleia até o toco mais próximo.

A corda diante de Jacob é robusta, com uma superfície áspera que reflete o brilho dos anzóis simples que foram trançados nela. A maioria deles tem o tamanho daqueles que usamos para pescar uma truta ou um peixe-lua, mas alguns são apropriados para peixes maiores, e tem um que é do tamanho da mão de Jacob e balança de um lado para o outro quando ele bate na corda. Considerando sua largura, Jacob não espera cortar a corda com facilidade. O que ele também não espera é a sensação que sobe pelo machado quando a lâmina bate nas fibras. O cabo se torce em suas mãos, como se o machado entrasse em contato com uma fonte de tremendo poder. Jacob tem uma visão dele mesmo tentando cortar um raio. Depois de um estalo, o machado é jogado para trás com tanta força que quase é arrancado de sua mão. O cheiro de cabelo queimado invade seu nariz. Ele conseguiu cortar a corda, mas só um pouco.

Em torno dele, o ar vibra com os estalos dos machados de seus companheiros em contato com essas cordas estranhas. Uma explosão rápida em italiano, provavelmente uma oração, escapa dos lábios de Angelo quando o machado sobe, impulsionado pela corda que atingiu. Ao entrar em contato com a corda, o machado voa da mão de Andrea, passa por cima de sua cabeça e cai no chão atrás dele. Só Italo consegue manter um ritmo meio regular, embora o suor que já encharca as costas de sua camisa revele o esforço que isso exige dele. Jacob segura o machado com firmeza e o levanta.

Durante todo esse tempo, não mais que um ou dois minutos, o Pescador permaneceu em seu lugar, observando os cinco. Quando Jacob dá a terceira machadada na corda, o Pescador sai de seu lugar ao lado da grande carcaça de touro e se dirige ao córrego. Ele ainda segura aquela faca, mas de um jeito quase casual. Jacob não gosta do jeito como ele se aproxima da água agitada, não gosta da deliberação com que o homem se ajoelha ao lado da correnteza e mergulha nela a faca ensanguentada, mas Rainer não disse que deveriam parar de trabalhar com o machado, e ele acerta a corda pela quarta e quinta vez. Está progredindo. As fibras grossas que compõem a corda estão se separando, embora com relutância. A cada fibra que se rompe, ele percebe alguma coisa escapando dele, uma força que paira no ar à sua volta, eriça os pelos dos braços, os cabelos da nuca.

O Pescador continua debruçado sobre o riacho, com a faca e a mão que a segura mergulhados na água por muito tempo, o suficiente para Jacob cortar quase metade da corda e Italo, três quartos da dele. Jacob esperava que Rainer se aproximasse do homem, que o confrontasse, mas só quando ele se levanta na beira do rio e se vira para eles, é que Rainer passa por Jacob. Jacob está encharcado de suor por causa do esforço. O suor cola o cabelo à sua cabeça, desce pela testa, entra nos olhos, turva a visão. Por isso ele não tem certeza se, ao ver a água no braço do Pescador, do cotovelo à ponta da faca como se fosse uma luva, seus olhos o estão enganando. O Pescador move o braço como se estalasse um chicote, e a água escorre para a faca, formando um globo em torno dela. Rainer começa a correr, e é isso que convence Jacob de que seus olhos não o enganam. Um movimento do pulso, e a bola de água que cerca a faca do Pescador se alonga, projetando-se na direção de Italo, que segura o machado sobre a cabeça, pronto para o próximo corte. Antes que a lança de água possa alcançá-lo, Rainer está ao lado dele, a mão direita segurando o machado com a marca entalhada voltada para a frente, a mão esquerda fazendo um movimento de varredura para fora. Como uma cobra rastejando em torno de uma pedra, a água faz uma curva e desvia de Italo e Rainer. Em vez disso, atinge Angelo.

Jacob está perto o bastante para ver o local exato em que a água o atinge, no vão que fica na base da garganta, e ouvir o som que faz quando rasga a pele e entra na ferida, o barulho de água descendo por um ralo. Angelo fica parado, de boca aberta e olhos arregalados, enquanto a água o invade. Andrea grita: "Angelo!". Jacob sabe que devia fazer alguma coisa, mas é como se braços e pernas estivessem travados. Antes de recuperar os movimentos dos membros, ele vê a cauda da lança de água deixar a faca do Pescador e desaparecer na ferida aberta da garganta de Angelo.

XXII

Segurando a ponta do cabo do machado com as duas mãos, Rainer avança para o Pescador, que se abaixa como se pensasse em mergulhar a mão no riacho novamente. Italo volta a cortar sua corda. Angelo olha para Jacob. Seus movimentos são rígidos, como se a água que entrou pelo buraco em sua garganta tivesse inchado suas articulações. Uma camada do que parece ser suor brilha no rosto de Angelo, nas mãos dele. É a água do Pescador, Jacob percebe, saindo pelos poros. Como se ele chorasse incontrolavelmente, os olhos de Angelo cintilam. Por trás da água, eles são dourados. Jacob geme e, como se respondesse ao seu desprazer, Angelo tosse. É um barulho rouco, molhado, o som de um homem tentando livrar os pulmões da água que os afoga. Pequenos jatos de água brotam da ferida em sua garganta e a tosse continua, fazendo Angelo se dobrar com sua força.

A cada tosse líquida, Jacob ouve algo mais, o que pode ser uma palavra, ou palavras. Uma linguagem força caminho para fora de Angelo, uma mistura ríspida de tosse carregada, grunhidos e estalos da língua que Jacob entende mesmo assim. Não que ele consiga traduzir cada palavra, mas pode visualizar seu significado. Mais que ver, por um instante, é como se ele estivesse dentro do que está sendo descrito. Em um momento está pairando no ar na altura de um avião, tão alto que a linha do litoral lá embaixo parece ter o tamanho daqueles mapas ampliados que às vezes você encontra no chão dos museus. Ele não reconhece os contornos da costa, mas já conhece o oceano negro, como sabe que as corcovas que se elevam dele, paralelas à praia, não são ilhas, mas a grande besta que ele viu arquear as costas na sua frente, o Leviatã de Rainer. E bem pode ser o personagem bíblico porque ele se estende ao longo da praia nas duas direções, até onde os olhos de Jacob podem alcançar. De pontos acima e abaixo na costa, uma renda de linhas finas se estende para a água, algumas delas terminando nas enormes corcovas, outras mergulhando nas ondas. O Pescador fez isso, Jacob compreende. Trabalhando por um tempo que Jacob não quer nem considerar, o homem de cabelo engordurado e barba desgrenhada lançou suas linhas e prendeu seus anzóis nas costas daquela imensidão com uma paciência louca e heroica em medidas iguais. Ele tem esse monstro, esse deus-besta, muito perto da completa captura, e embora sua reação deva ser um desrespeito a alguma ordem fundamental, Jacob não pode deixar de sentir admiração pelo homem.

Com velocidade enervante, a cena lá embaixo começa a se aproximar. Embora sinta os pés firmes no chão, Jacob tem a sensação de cair de uma grande altura, como uma ave que não pode usar as asas. O vento o pressiona quando o solo ganha definição. Com os olhos quase fechados, ele vê que as cordas diretamente embaixo dele também estão amarradas aos tocos de árvores gigantes. Seus ouvidos se enchem com o rugido, o som do ar em que ele mergulha. É absurdo, seus pés estão firmes no solo vermelho. Ele ouve Angelo recitando a linguagem irregular que deve deixar sua garganta dolorida. Está em pé ouvindo Angelo, e está caindo sobre um toco de árvore que tem a largura de um campo, e quando bater naquela madeira clara, Jacob sabe que vai cair morto. Ele fecha os olhos, mas não faz diferença. O toco de árvore preenche sua visão, um plano de madeira. Ele vê que a corda amarrada em volta dele foi pintada com símbolos, marcas angulares cujas formas se encontram entre imagens e letras. Parecem flutuar sobre as fibras. Que detalhe peculiar, ele pensa, para acompanhá-lo quando deixar esta vida.

Em algum lugar na frente dele, uma explosão de som ecoa, como trens colidindo um contra o outro, barulhos que se chocam contra o discurso estranho de Angelo, que começa a tossir aleatoriamente. O toco de árvore que Jacob está a cinquenta metros de encontrar explode como se tivesse sido projetado em uma gigantesca bolha de sabão. Com ele desaparece a sensação de queda, e a mudança é tão brusca que Jacob cambaleia alguns passos para frente. Isso o leva ao local onde Andrea e Angelo lutam no chão de terra vermelha, derrubados pela força do ataque de Andrea. Angelo está de costas, Andrea está em cima dele. O antebraço esquerdo de Andrea pressiona a garganta de Angelo, seu braço direito ergue o machado. A mão direita de Angelo está embaixo do queixo de Andrea, empurrando a cabeça dele para trás, a mão esquerda agarrando seu cotovelo, mantendo o machado afastado. Os olhos de Andrea se voltam rapidamente para a direção de Jacob. Por entre os dentes cerrados, ele sibila: "Vai!".

Por um segundo, Jacob não entende o que Andrea está dizendo. Em seguida o peso do machado em sua mão esclarece tudo. Ele corre para o lado direito de Andrea, onde uma área maior do corpo de Angelo está exposta. Os olhos dourados de Angelo encontram Jacob ali em pé, segurando o machado com as duas mãos, e seus lábios se retraem mostrando os dentes. A água que recobre seu rosto se retorce. As pernas dele chutam, o quadril se eleva, ele tenta jogar Andrea longe. "Vai!", Andrea grita.

Jacob quer gritar em resposta que está tentando, mas Angelo está se mexendo demais, colocando Andrea em seu caminho. Com o machado sobre a cabeça, Jacob se vira para a direita, para a esquerda, para a direita de novo. "Pelo amor de Deus!", Jacob berra, levantando o pé e empurrando Andrea. O movimento pega Angelo de surpresa. Ele está se esforçando tanto para tirar Andrea de cima dele que o esforço o coloca quase sentado. *Agora*, Jacob pensa.

E entra em ação — não é como se o tempo ficasse mais lento, mas como se ele tivesse consciência de tudo que acontece à sua volta. Rainer e o Pescador estão no meio de uma luta, uma espécie de duelo. Cada um segura sua arma com a mão direita, e faca e machado se chocam provocando uma chuva de fagulhas. As armas são seguidas pela mão esquerda dos dois, cada uma dentro de uma esfera que Jacob não consegue ver exatamente o que é, exceto que a do Pescador brilha como mercúrio, enquanto a de Rainer é escura como obsidiana. Quando as esferas se chocam, o ar em torno dos homens fica mais rarefeito, e Jacob sente os dentes doerem.

Enquanto isso, Italo chegou ao último golpe. A lâmina de seu machado perdeu o corte, está esburacada como se tivesse feito o trabalho de um ano nos últimos cinco minutos. Como a corda de Jacob, a de Italo também tem anzóis pendurados nela, e o metal tilinta quando a corda gira no sentido horário e anti-horário, contra as forças que a esticam. A exaustão de Italo é evidente. Sua camisa está transparente de suor. Ele oscila de um lado para o outro como se estivesse bêbado. Mesmo assim, encontra forças para descer o machado pela última vez. Ele corta o que resta da corda. Um trovão desequilibra Italo, radiando em ondas. A corda ricocheteia como uma serpente ferida, sua retidão rígida libertada em voltas e curvas. Com os anzóis brilhando, um pedaço da corda se estende na direção de Rainer. Ele já começou a virar a cabeça, provavelmente em resposta ao machado de Italo cortando as últimas fibras, por isso vê os anzóis brilhando, a corda se curvando, e com uma velocidade que Jacob não teria imaginado que era capaz, Rainer se joga no chão. Um dos anzóis enrosca na parte de trás de sua camisa e se solta rapidamente, seguindo os outros na viagem da corda por cima de Rainer e na direção do Pescador. Talvez ele estivesse concentrado demais na luta com Rainer, talvez aquele globo negro cercando a mão esquerda de Rainer houvesse prejudicado sua visão, mas de alguma forma, ele não reage a tempo. A corda estala para cima e baixo, enterrando nele vários anzóis menores e maiores.

Esse é o momento de Jacob. Girando o quadril para imprimir força máxima ao golpe, ele abaixa o machado. No quarto de segundo que a lâmina leva para atravessar o arco ascendente, descer e encontrar a base do pescoço de Angelo na junção com o ombro, Jacob vê os olhos dele escurecerem, passando do dourado ao castanho, a água escorrendo de seu rosto. *PARA!*, o cérebro grita, mas é tarde demais. A lâmina já tocou a pele de Angelo. Ela corta fundo, passa por músculos e clavícula, desce até o limite do esterno. O sangue transborda de artérias cortadas. Com um grito, Jacob solta o machado e cambaleia para trás. O cabo do machado é saliente como um novo e estranho membro, o sangue borbulhando tinge sua camisa, e Angelo tenta se levantar. Tudo que consegue é estender o braço direito, mudar a posição das pernas sob o corpo. Depois ele cai para a frente, se apoia sobre o braço direito. O sangue pinga no solo, e Angelo avança meio rastejando. Jacob não consegue imaginar para onde ele vai. É provável que nem Angelo tenha ideia disso. Ele consegue posicionar a mão muito trêmula diante do corpo antes de o braço ceder, fazendo-o cair com o rosto na terra que já está úmida de sangue. A boca abre e fecha, abre e fecha, abre e fica aberta. Embora amaldiçoe sua covardia, Jacob não suporta a ideia de se aproximar dele. Fica a cargo de Andrea ajoelhar-se ao lado do companheiro e tocar seu pescoço procurando o pulso que os dois homens sabem que não está mais lá. Italo se aproxima cambaleando, mas não há muito que ele possa fazer.

Um grito desvia a atenção dos homens da piscina vermelha que se espalha sob Angelo. É o Pescador. Ele se debate contra a corda que se prendeu a ele, atravessando-o do lado direito do quadril até o ombro esquerdo como uma faixa. Atrás dele, a corda esticava e o puxava para a praia rochosa, para as ondas escuras além dela. O sangue escorria por seu avental de dúzias de pontos onde os anzóis o haviam perfurado, mas o Pescador briga poderosamente para ficar onde está. Ele agarra a corda em um ponto alto no peito, inspira mais intensamente quando o anzol fura sua mão, depois levanta a faca para cortar a ponta entre sua pele e a corda. A corda o puxa um passo para trás. Ele passa a língua nos lábios, a testa franzida enquanto se concentra em deslizar a faca sob a corda.

E é então que Rainer se aproxima dele levantando o machado, que estala ao encontrar a lâmina da faca, arrancando-a da mão do Pescador. Rainer inverte o movimento e tira os pés do Pescador do chão. O homem cai sentado. Atrás dele, a corda afrouxa, depois estica, derruba o Pescador de costas no chão e o arrasta em direção à praia. Com uma das mãos ainda presa à corda, o Pescador bate no chão com a outra procurando alguma coisa a que se agarrar. Os dedos se enterram no solo, cavam trincheiras na terra por onde ele é puxado. O sangue escorre de seu avental. Sua respiração é alta, rouca, um som um pouco mais alto do que se espera ouvir de um homem tão pequeno. Mantendo-se alguns passos para trás, Rainer o segue enquanto ele é rebocado da terra para a praia de pedras. As pedras se chocam e fazem barulho quando ele é arrastado por elas. Desesperado, ele tenta encaixar os pés entre as rochas, que são espalhadas pela força que o transporta.

Na metade do caminho para a praia, talvez, o Pescador consegue enfiar o pé esquerdo em uma fissura estreita de uma longa laje rochosa. Ele uiva quando a corda continua a puxá-lo, e o uivo fica mais alto quando consegue firmar o pé para se levantar, tornando-se um grito de vitória que é interrompido pelo golpe da face cega do machado de Rainer no joelho esquerdo do Pescador. Ossos se partem. Com o rosto esvaziado por essa nova dor, o Pescador se afasta dela e, assim, se inclina exatamente na direção que havia acabado de conseguir evitar. Quando a corda o puxa para baixo, seu pé fica preso na pedra que se transformou de escora em prisão. Com o estalo de um galho seco, seu tornozelo se quebra. Por tempo demais, o pé fica preso na pedra enquanto o resto do corpo é arrastado para a água. Mais ossos e ligamentos se quebram, rompem. Um lamento agudo brota da boca do Pescador, que está fechada. Com a mão livre, ele empurra a perna presa. Com a perna livre, ele chuta a outra. Finalmente, o calcanhar se solta e ele é arrastado pela longa rocha.

É isso. Não há nada de tamanho algum que possa impedir o Pescador de ser levado para o oceano negro. Ele parece saber disso, o que não quer dizer que se conforma. Em seu alemão antigo, fala uma série de palavrões para Rainer. "Vai foder sua mãe", Rainer responde. A sequência seguinte de palavrões é mais abrangente e inclui Jacob, seus companheiros e as famílias. "Vai foder seu pai", diz Rainer. Mais uma saraivada de impropérios em um idioma que Jacob presume ser húngaro. "Vai se foder", Rainer retruca.

O que o Pescador pretendia dizer a seguir é interrompido pela onda que cobre seu peito e o rosto. Tossindo, ele grita em alemão: "Eu retiro meu corpo do sol! Eu retiro minha mente do sol! Eu retiro meu espírito do sol!". Outra onda passa por cima dele. Rainer para pouco antes da linha d'água. Quando a onda recua, o Pescador levanta a cabeça e olha para Rainer. "Do coração do Inferno", ele grita, "eu te apunhalo! Em nome do ódio, eu cuspo meu último suspiro em ti!" Rainer não responde. A onda seguinte que cobre o Pescador é maior. Ela o ergue do chão por um momento, entregando-o à onda seguinte, que o passa para a próxima onda. Jacob pensa que o oceano escuro parece gostar dele agora, mas a água recua, depositando o Pescador na areia cravejada de pedras. Ele está muito pálido, branco, como se a água tivesse lavado todo o sangue que restava em seu corpo. Inclinando a cabeça para o mar, para a vasta espiral que o espera, ele grita: "Para ti me entrego, todo-destruidor! Até o fim me apego a ti! Que eu seja rebocado aos pedaços, amarrado a ti!".

Uma parede de água desaba sobre ele. Jacob o perde de vista no meio da espuma e só volta a vê-lo quando o Pescador reaparece a uns doze metros da praia. Em meio às ondas revoltas, é difícil distinguir muita coisa com nitidez, mas Jacob poderia jurar que vê o Pescador ser agarrado por muitos braços prateados. É impossível dizer se o seguram acima da superfície ou se o puxam para baixo. Então ele desaparece, levado pela água.

XXIII

Rainer não perde tempo observando sua morte. Enquanto Jacob e os outros ainda olham para o oceano, Rainer vira e começa a se afastar da praia. No caminho, ele para e recolhe a faca do Pescador. Quando ele se aproxima, Jacob nota seu rosto. A luz branca que inunda seus traços se intensificou a ponto de ser quase impossível distingui-los. Ele para ao lado do cadáver de Angelo e se ajoelha ao lado dele. Jacob... não que ele tenha esquecido Angelo ali caído em uma poça formada pelo próprio sangue, mas sua atenção foi dominada pelo espetáculo do fim do Pescador. Agora que ele encontrou o destino que o esperava no oceano, seu poder sobre Jacob cessou, deixando-o livre para encarar o homem que matou.

Não assassinou, mas matou, embora duvide de que Angelo possa apreciar essas sutilezas. Imediatamente, o conteúdo do estômago de Jacob borbulha a caminho da garganta. Ele se dobra e o deixa sair pelo nariz. *Angelo*, pensa, *eu matei Angelo*. As palavras não têm o peso que se espera de uma declaração tão forte. Parecem impossíveis, mais fantásticas que aquele lugar onde estão, que a besta se erguendo das ondas. Mesmo assim, quando ele se levanta, nenhum dos companheiros sobreviventes está por perto. Italo e Andrea se afastaram para deixar Rainer avaliar a cena e dar o veredicto que julgar apropriado. Jacob está fraco, febril como a pessoa fica depois de vomitar. Embora algum senso de decoro sugira que ele deveria manter o olhar voltado para a frente, ele não consegue se controlar. Olha para Rainer, que está olhando para Angelo. A expressão em seu rosto brilhante é impossível de distinguir, muito menos ler. A faca do Pescador pende da mão esquerda de Rainer. De perto, ela é enorme, mais uma espada curta do que uma faca. A lâmina é larga, curva, tão afiada que Jacob duvida que não seja possível senti-la cortando seu pescoço. Ele sabe que deveria estar destroçado de culpa por Angelo, deveria estar de joelhos chorando por misericórdia, mas a única emoção que consegue se permitir é aquele medo do tipo que paralisa. Quando Rainer suspira e olha para ele, Jacob só consegue pensar que não é capaz de acreditar que vai morrer por um ato que nem acredita que cometeu. Vai ficar ali caído ao lado de Angelo, e ninguém jamais vai saber o que foi feito deles. Rainer balança a cabeça e mergulha primeiro a faca, depois o machado no sangue de Angelo. Ele acena para o machado de Jacob, que continua cravado em Angelo. "Pega", diz.

Jacob não o questiona. Ele se curva, segura o cabo do machado coberto pelo sangue de Angelo e o puxa. O corpo de Angelo começa a se levantar com o impulso, até que, com um barulho molhado, o machado se solta. O cadáver cai com o rosto voltado para a poça de sangue.

Brandindo a faca ensanguentada, Rainer chama Italo e Andrea. Ele aponta para o sangue de Angelo. "Mergulhem o machado no sangue", diz. Os homens se entreolham, mas acatam a ordem de Rainer.

Então serão os três, Jacob pensa. E decide que faz sentido. Se os três homens o atacarem, vai ser menos provável que um deles revele seu destino.

Rainer empunha a faca. Ele abre a boca para falar, e Jacob está tão preparado para ouvi-lo pronunciar seu fim que é isso que ouve: "Jacob Schmidt, pela morte desse homem, sua vida é requisitada". Jacob fecha os olhos esperando que, quando os companheiros atacarem, sejam rápidos e precisos. Ele espera que Rainer não conte a Lottie a verdade sobre o que aconteceu com ele; queria ter pedido isso ao homem. Por uma dúzia de batidas rápidas do coração, Jacob espera em sua escuridão autoimposta. Quando não suporta mais aquela situação, ele se força a abrir os olhos, certo de que verá a lâmina de um machado se aproximando de seu rosto. Em vez disso, Rainer o encara intrigado, enquanto Italo e Andrea olham para Rainer. "O sangue do inocente", diz Rainer, "tem poder. Vai nos ajudar a terminar nosso trabalho." Ele está falando sobre as cordas, Jacob percebe. Foi isso que Rainer disse a eles: "Temos que cortar o restante das cordas".

Jacob sabe que a confusão está estampada em seu rosto. "M-m-m--mas o Angelo", consegue falar.

"Está querendo me dizer que isso não foi um acidente?", Rainer indaga.

Jacob balança a cabeça de um lado para o outro furiosamente.

"Então." Rainer acena com a cabeça para as cordas na frente deles. "Seria melhor se não estivéssemos mais aqui. Mas sejam cuidadosos. Vocês viram o que aconteceu com o Pescador." Os homens assentem e começam a trabalhar.

XXIV

O Pescador se foi, mas as cordas ainda vibram com a energia. Os dedos de Jacob seguram o cabo do machado. O ar sobre o talho que ele fez na corda se estica e cede; os anzóis dos dois lados puxam no sentido horizontal, como se pressionados por correntezas invisíveis jorrando da corda. Tentando não lembrar a expressão que dominou o rosto de Angelo um instante antes de sua morte, Jacob ergue o machado.

Com um golpe, a corda se rompe. Um grande estalo, o som de uma montanha se abrindo, a corda jogada para cima e Jacob empurrado uns seis passos para trás. Desprendido pelo impacto, um punhado de anzóis voa em todas as direções; um dos menores fere a face direita de Jacob logo abaixo do olho. Ele grita e, tarde demais, levanta as mãos para se defender.

Em volta dele, uma série de estrondos e explosões sacode o ar. As cordas do Pescador se levantam como coisas vivas. Rainer e os outros cambaleiam e tropeçam com as forças liberadas. Como se fosse puxada, uma das cordas se movimenta em direção às ondas. Outra cai sobre um dos grandes tocos de árvore e crava um punhado de seus anzóis na madeira. A terceira corda se retorce de um lado ao outro como se sentisse dor. Italo quase não consegue se desviar do golpe. A quarta corda, a de Jacob, fica caída no chão, dirigindo-se lentamente para a praia. Resta uma última corda à esquerda, ao lado do riacho. Rainer solta o machado ao se aproximar dela e, segurando a faca do Pescador com as duas mãos, a corta. Jacob se encolhe com o estrondo resultante. Cortada, a corda se enrola e dá voltas em meio aos jatos da correnteza.

Com os ouvidos apitando, Jacob se junta a Italo e Andrea para esperar Rainer. Nenhum dos homens olha para ele. Quando Rainer se aproxima deles, Italo aponta com o machado para o outro lado do riacho, onde as outras cordas prendem a besta titânica à terra. "E aquelas ali?", ele diz, falando alto demais como você faz quando sua audição fica entorpecida.

"Tanto faz", Rainer fala com alguma coisa que parece bom humor. "Se você quer nadar até lá e cuidar daquelas cordas, nenhum de nós vai impedir."

Italo franze a testa. É evidente que ele não tem a menor vontade de conhecer a correnteza e o que pode morar nela, mas se cortar as cordas do lado de cá do riacho foi importante o bastante para pôr em risco e sacrificar vidas, é claro que as cordas do outro lado não devem ser menos significativas.

Rainer voltou para perto de Angelo e o segurou pelos ombros para levantá-lo e deitá-lo com o rosto voltado para cima. Os olhos de Angelo estão abertos, marcados pela distância de sua morte. Rainer os fecha, endireita os braços de Angelo junto do corpo e puxa suas pernas, falando enquanto trabalha. "Você tem razão, seria melhor cuidar daquelas cordas também. E se pudéssemos andar pela praia até o próximo conjunto de cordas, e o outro depois desse, seria melhor ainda. Ah, sim, nosso amigo esteve ocupado. Passou muitos anos nessa missão, muitos, muitos anos. Desfazer tudo que ele fez também levaria muito tempo. Não tanto quanto o Pescador demorou, porque é sempre mais rápido destruir do que construir, mas tempo suficiente para nossos filhos serem homens e mulheres idosos quando terminarmos." Ele balança a cabeça. "Não vou falar por vocês, mas isso é demais para mim."

"Mas...", Andrea aponta para a grande curva cinza que brota do oceano escuro.

"O que fizemos é suficiente", diz Rainer. Ele olha para a faca do Pescador. "Manter aquela coisa presa", ele acena com a cabeça na direção da enorme besta, "requer uma distribuição precisa de forças. Perto disso, planejar a represa que estamos construindo é brincadeira de criança. Se aquelas forças forem perturbadas, tudo vai se desfazer." Rainer se inclina para frente, levanta a faca e a enterra no chão acima da cabeça de Angelo, improvisando uma cruz. "Tenho certeza de que nosso companheiro apreciaria algumas orações." Ele se levanta, abaixa a cabeça, une as mãos e espera.

É Andrea quem responde à sugestão de Rainer, benzendo-se e falando rapidamente em latim. Italo o acompanha, e juntos eles recitam o que parece ser o equivalente às preces de uma missa de domingo. Jacob mantém a cabeça abaixada durante todo o tempo. É desnecessário dizer que ele evita olhar para o rosto de Angelo e para o ferimento em seu pescoço. Concentra-se nas botas de Angelo, que são iguais às de todos eles e igualmente gastas. Estão cobertas de terra vermelha e poeira do lugar para onde Rainer os levou. O pé esquerdo aponta para cima; o direito se apoia nele. Quando Angelo calçou aquelas botas de manhã, apertou e amarrou os cadarços, não tinha ideia de que seriam seu traje fúnebre. Jacob acha isso muito triste.

Quando Andrea e Italo dizem "amém" e se benzem novamente, Rainer abaixa as mãos e se vira para a colina que eles haviam descido a caminho dali. Italo diz: "Espera".

"O que é?", pergunta Rainer.

"Não terminamos o sepultamento."

"Fiz uma marca. Já rezamos."

"Não podemos deixar o corpo aqui", Andrea diz. "Ele precisa de uma sepultura."

"Como vamos cavar uma?", Rainer quer saber.

"Usamos as pedras, então", sugere Andrea, apontando para a praia. "Podemos empilhar pedras sobre ele."

Rainer balança a cabeça. "Sinto muito, mas não temos tempo."

"Por que não?", Andrea pergunta. "Não vai demorar muito."

"Acho que, enquanto estamos aqui, o Pescador está recuperando as forças. Isso significa que não temos muito tempo antes que a passagem por onde chegamos até aqui desmorone."

"Pensei que esse Pescador estivesse morto", diz Italo, e a ruga em sua testa incomoda Jacob.

Rainer a ignora. "Quem disse isso?", ele pergunta.

"Meus olhos", responde Italo. "Eu vi o homem ser arrastado para a água por uma das cordas."

"E acha que isso é suficiente para matar quem construiu tudo aquilo?". Rainer estende o braço para mostrar os tocos de árvore, as pilhas de corda, o gado decapitado, o monstro no oceano. Jacob lembra de sua visão aérea, e o nervosismo que havia sentido diante da expressão de Italo se transforma em um medo profundo. O que os levou a acreditar que a criatura que capturou e estava prestes a dominar todo aquele poder diante deles poderia ser eliminada da mesma forma que homens como eles; um professor arruinado e um grupo de pedreiros? O medo de Jacob transforma-se rapidamente em pânico, e talvez Rainer perceba a reação ou lê a mesma emoção no rosto de Italo e Andrea. Ele diz: "Não entendam mal, nossa vitória foi grande. Aniquilamos a ameaça contra nossas famílias. Atrapalhamos os planos do Pescador. E prendemos o Pescador em uma armadilha que criamos com as ferramentas dele. Se tivermos sorte, a grande besta que ele capturou vai se libertar e nadar para oceano, levando-o junto com ela. Se não tivermos sorte, ele vai se soltar antes. Mesmo que isso aconteça, porém, ele vai levar décadas para escapar da prisão em que o pusemos".

Qualquer outra coisa que Rainer tenha a dizer é interrompida por uma sucessão de estrondos. "O oceano", diz Italo, mas os outros já se voltaram para lá. Pela segunda vez desde que ali chegou, Jacob vê o vasto arco de carne na água se mover. Mas não é o movimento anterior, de tensão e relaxamento. Agora a criatura se acomoda em uma posição mais confortável, diferente. A besta — Jacob não consegue continuar pensando nela como uma ilha — parece rebolar, o lado direito se aproximando deles enquanto o esquerdo se afasta, depois o lado esquerdo se aproxima e o direito se afasta. O movimento provoca ondas, e é esse o estrondo que chama a atenção dos homens. Ainda rebolando, a criatura se levanta, o imenso volume coberto de escamas passando de grande colina a pequena montanha, de pequena montanha a montanha maior. Jacob abre a boca, incapaz de se conter, quando uma porção ainda maior da criatura emerge do oceano, a montanha maior se tornando um pico alpino, a água escorrendo dela em grandes rios, Danúbios e Hudsons caindo pelas laterais. O oceano escuro se agita em torno dela, se debate.

Mais que aterrorizado, mais que impressionado, Jacob está perplexo, com a mente esvaziada pela enormidade que encobre o céu diante dele. Quando duas mãos agarram seus ombros, o fazem virar e empurram na direção da encosta oposta à praia, seus pés se movem impelidos por simples memória muscular. Só quando vê Andrea correndo na frente dele e Italo correndo para alcançá-lo, Jacob começa realmente a mover as pernas. Rainer está ao lado dele, e apesar da luz pálida que banha o rosto do homem, Jacob sente a preocupação em seus traços. O reconhecimento da emoção de Rainer o faz correr mais, reduzindo a distância entre ele, Andrea e Italo. Quando chega ao pé da encosta, Jacob está correndo de verdade, os braços se movendo, as pernas alternando como pistões. Ele sobe a encosta, os músculos das coxas e das panturrilhas protestando quase imediatamente. Uma rápida olhada para trás comprova que Rainer o segue, e o volume da grande besta continua se erguendo ao longe. Ignorando as pernas que queimam, os pulmões que ardem, Jacob mantém o ritmo. Em volta dele, as estranhas árvores peculiares àquele lugar se tornam mais grossas na colina. Sua respiração lateja nos ouvidos. A escuridão domina a periferia de seu campo de visão, até que ele enxerga Andrea e Italo subindo a colina por um longo túnel escuro. Alguma coisa pressiona sua nuca. A mão de Rainer o empurra para a frente. Em pouco tempo, parece que as pernas de Jacob se tornaram blocos de concreto, que ficam mais pesados a cada passo que ele dá. Ainda carrega o machado, não o soltou em nenhum momento. É como carregar um carvalho. Ele o soltaria com alegria, mas os dedos não sabem mais como fazer isso.

Quando chega ao topo da colina, Jacob ainda dá meia dúzia de passos antes de perceber o que fez. Ele não para, só reduz a velocidade, as pernas momentaneamente incapazes de cessar o movimento. Como um corredor que completou a prova de sua vida — o que, de certa forma, é verdade —, Jacob anda descrevendo um círculo, as mãos no quadril, a cabeça inclinada para trás, os olhos fechados, a boca sorvendo grandes porções de ar. Em algum lugar próximo, ele ouve a respiração forçada de Rainer. Devia abrir os olhos, mas Jacob não consegue pensar em nada a que esteja menos propenso. Estava passando diretamente da exaustão à náusea, rumo ao colapso. Pesos caem sobre seus ombros. Ele abre os olhos e vê Rainer segurando-o, fazendo-o parar. Jacob já está balançando a cabeça, recusando a insistência de Rainer para que continuem se movendo. Não restavam forças. Jacob gesticula para indicar que Rainer deve ir, aponta a trilha que tomaram a caminho dali, aquela que Andrea e Italo localizaram e já estão percorrendo.

Se Jacob estava esperando que Rainer discutisse, ele se desaponta. Tendo dito o que tinha para dizer, o homem mais velho passa por Jacob, seguindo Italo e Andrea. Ao passar por ele, porém, ele diz: "E Lottie?".

Jacob levanta a cabeça como se levasse uma bofetada. O nome é, talvez, a única palavra capaz de penetrar o torpor que o dominava. Perguntas se aglomeram em sua boca: por que Rainer mencionou Lottie? Isso significa que ele não se opõe mais à atenção que Jacob dedica à jovem? Como é possível, considerando que Jacob ainda é austríaco e tem agora as mãos sujas do sangue de outro homem? Sem saber o que vai sair, ele abre a boca, mas Rainer já segue Andrea e Italo num ritmo acelerado. Talvez Jacob passe um momento debatendo se pode reunir forças para alcançar a porta da Casa Dort, mas o debate é *pro forma*, a conclusão já é clara. Pela promessa que, ele tem uma razoável certeza, está implícita na pergunta de Rainer, Jacob vai encontrar o caminho para fora daquele lugar.

XXV

Nos anos seguintes, quando Jacob relata a Lottie as experiências dele e dos companheiros naquela estranha noite, aquele detalhe vai ser sua parte favorita. Não é surpreendente no início, acho, mas mesmo depois que o romance perdeu o ímpeto inicial e a relação se acomodou em seus padrões previsíveis, a imagem de Jacob andando pela floresta, daquelas árvores estranhas misturadas à vegetação variada, depois substituídas por essa vegetação, dos outros adiante, com apenas o rosto dela radiante em sua cabeça mantendo-o em movimento, provocaria uma comoção profunda nela.

Durante sua jornada até a porta, Jacob olha para trás uma vez. Naquele momento, as árvores em volta dele eram grossas e altas — na verdade, ele não está longe de sair daquele lugar —, obscurecendo completamente sua visão. Apesar disso, através das copas ele consegue distinguir uma forma enorme e arredondada — a grande besta, a pesca do Pescador, erguendo-se a uma altura que Jacob não quer nem calcular. Diante de seus olhos, a coisa começa a se mover, se inclina com a gravidade lenta das coisas muito grandes em direção ao oceano escuro. Em um instante o monstro desaparece, e Jacob consegue imaginar seu enorme comprimento se chocando contra as ondas, levantando uma parede de água preta até o céu. Ele não espera pelo impacto titânico e sai correndo para onde consegue ver os companheiros.

Estão esperando por ele. Ou Rainer os está obrigando a esperar. Rainer mantém aberta uma pesada porta de madeira que parece se localizar no meio de um denso bosque de árvores. Não deveria ser surpresa para Jacob que a porta que Rainer está segurando é a mesma que foi destruída pela força de seu ataque, mas ainda assim ele se surpreende. Rainer está se esforçando para impedir que a porta feche. Quando Jacob se aproxima correndo, Rainer gesticula, e primeiro Italo, depois Andrea passam pela passagem. "Corre!", Rainer grita para Jacob, que quer responder que está correndo tanto quanto pode, mas não tem mais fôlego. Em algum lugar distante atrás dele, o barulho aumenta, é como o rugido de uma montanha desabando. A luz estranha no rosto de Rainer se apagou o suficiente para ver o suor escorrendo por sua testa. Jacob toca em Rainer quando passa correndo por ele e atravessa a soleira.

XXVI

Jacob sai e encontra a noite e o ar frio. Rainer o segue de perto, bate a porta ao sair e joga as costas contra ela. A argola de metal que serve de aldrava faz barulho ao encontrar a madeira. Por um tempo que parece muito longo, Jacob fica onde está, como Italo e Andrea, os três olhando para a porta da Casa Dort. Eles estão esperando, ninguém sabe exatamente o quê. Um sinal, talvez, de que a aventura acabou. Tudo que escutam, porém, é o canto de vários pássaros antecipando o amanhecer; tudo que veem é o céu lá em cima clareando do negro ao azul-escuro. É Rainer quem, ao se afastar da porta, acena para os dois lados e diz: "Olhem".

Os homens olham em volta. Jacob percebe imediatamente: as paredes de água que limitavam o último trecho da jornada para a casa desapareceram. A grama sobre a qual eles estão não parece umedecida com nada que não seja o orvalho. Quando Italo e Andrea entendem o que não os envolve mais, Italo diz: "Conseguimos". A expressão de seu rosto revela que é para ser uma afirmação, mas seu tom de voz é interrogativo.

"Parece que sim", diz Rainer.

"Que diabo isso significa?", quer saber Italo.

"Que, aparentemente, tivemos sucesso."

"Por que 'aparentemente'?", Italo quer saber.

"Porque é cedo demais para ter certeza", diz Rainer.

"Quanto tempo isso vai levar?", pergunta Italo.

"Quando cada um de nós morrer na própria cama", diz Rainer, "por qualquer motivo que tenha sido ordenado para encerrar nossos dias na terra, então poderemos dizer que o trabalho desta noite foi um sucesso. Se, durante esse tempo, nossas famílias não sofrerem mais que as típicas calamidades, então poderemos dar nosso último suspiro com tranquilidade. Se nunca mais ouvirmos os sussurros, o discurso das criaturas do Pescador, então poderemos fechar os olhos em paz pela última vez."

"E se nossos filhos tiverem que responder pelo que fizemos?", pergunta Italo. "Ou nossos netos?"

"Estaremos mortos", responde Rainer, "e não vamos poder fazer nada." Antes que Italo possa adicionar uma objeção à expressão contrariada que essa resposta provoca, Rainer toma a dianteira, iniciando o caminho de volta para o acampamento. Primeiro Andrea, depois Jacob e finalmente Italo o seguem.

XXVII

Nenhum deles volta à Casa Dort. Jacob, Rainer e Italo permanecem no acampamento, atentos a qualquer menção ao lugar. Só ouvirão alguma coisa vários meses, quase um ano depois, quando as equipes de limpeza do vale chegarem a Station. Até onde o público em geral sabe, a Casa Dort ainda é propriedade da figura conhecida como o Hóspede de Cornelius, ou o Hóspede. Ninguém consegue lembrar a última vez que o homem foi visto fora da casa, ou dentro dela, na verdade. Nenhuma luz foi vista nas janelas da mansão por um bom tempo, mais ou menos desde a última vez que alguém viu o Hóspede. Isso não impediu que vários homens com jeito de oficiais fossem vistos do lado de fora da casa, batendo com a argola de metal na madeira, esperando uma resposta, tentando de novo, esperando outra vez e indo embora. Às vezes, eles deixavam envelopes embaixo da porta. Os mais dedicados insistiam em bater na porta por aproximadamente meia hora, e um jovem particularmente empreendedor contornou a casa, atravessando com dificuldade a vegetação que havia crescido no quintal, procurando algum sinal de vida. O esforço rendeu um caso grave de intoxicação por erva venenosa e muitos espinhos em uma perna da calça.

Cada um desses visitantes estiveram em uma versão da mesma missão: informar o Hóspede de que seu tempo na casa havia chegado ao fim, que ele tinha até uma determinada data para sair da propriedade e levar com ele o que não queria que fosse destruído. Os homens tinham autonomia para assinar um cheque de valor considerável pela terra e pela área construída que seriam tiradas do Hóspede. Se ele morasse na maioria dos outros prédios no vale, o xerife teria sido chamado para despejá-lo há muito tempo. Mas alguma coisa na reputação do velho Cornelius Dort se mantém em sua antiga propriedade, e quando finalmente o xerife é convocado para tirar o morador da casa, ele faz a última de uma longa sequência de tentativas para removê-lo. Garoto da cidade, o xerife cresceu ouvindo os boatos relacionados ao Hóspede, o que pode explicar por que ele não aparece na Casa Dort até as equipes em Station estarem bem adiantadas com o trabalho. Mesmo assim, ele espera paciente depois de bater na porta, e quando fica claro que ninguém vai abri-la, ordena que os assistentes que o acompanham a arrombem. Eles cumprem a ordem, mas não sem algum esforço.

Lá dentro, a casa é uma confusão. O cenário com que o xerife e seus homens se deparam não é a desordem típica de uma casa abandonada, deixada para um andarilho, um animal em busca de abrigo mais seguro. Cada móvel naquela casa foi quebrado, destruído, como se tivesse sido jogado contra as paredes. O xerife não precisa andar muito além da porta para avaliar a extensão do dano, porque as paredes internas foram derrubadas, o teto desabou, deixando apenas uma grande concha onde antes era a Casa Dort. O negro do mofo cobre os destroços da mobília, sobe pelas paredes de pedra. O que parece ser a maior pilha de escombros está apoiada contra a parede à direita da porta. Embaixo da pilha, apenas parcialmente visível, há um membro, que o xerife registra como um antebraço e a mão. Ele dá um passo em direção ao membro antes que um de seus o detenha, recomendando que ele olhe melhor para o que paira no ar ali. Embora se livre da mão do assistente, o xerife segue seu conselho. Quando presta mais atenção à mão sob a pilha, ele vê a articulação sobressalente nos dedos, a membrana que os une, as pontas achatadas, as unhas curvas nas pontas.

Se o xerife fosse um tipo de homem diferente, poderia continuar andando e remover os destroços até expor o resto do que havia embaixo deles. Mas ele não era um defensor da investigação científica, nem mesmo um aventureiro incauto. Era um homem cauteloso cuja carreira consistia em evitar ações ousadas. Depois de ordenar que os assistentes saíssem da casa, ele os segue e fecha a porta arrombada como pode. O xerife tem o direito de declarar a Casa Dort como um perigo para a comunidade, o que faz, embora o procurador do estado possa questionar sua ordem seguinte de encharcar a estrutura com qualquer líquido inflamável disponível e atear fogo, e depois, quando a casa estivesse em chamas, jogar mais gasolina, óleo, qualquer coisa que prolongasse o incêndio. O fogo queima tão alto que, embora as paredes de pedra se mantenham em pé, demora um dia inteiro para que se possa tocá-las sem correr o risco de queimar a mão. Todo o conteúdo da casa é reduzido a cinzas, que o xerife manda recolher e levar para longe — para onde, exatamente, não fica claro: talvez um depósito de lixo em Wiltwyck, talvez as águas do Hudson. Depois que as paredes externas da casa são demolidas, um destino igualmente misterioso é dado às pedras que as compunham.

XXVIII

Resolvido o problema da Casa Dort, o xerife está satisfeito. Já declarou a propriedade como abandonada, já limpou o terreno para as equipes se instalarem e começarem a trabalhar no restante da propriedade. Mesmo com dúzias de homens se apresentando para o trabalho, a tarefa de remover da terra todos os vestígios da propriedade Dort é desencorajadora. Não há apenas várias construções externas, incluindo um celeiro enorme, para demolir, mas os acres da velha casa de Cornelius são repletos de árvores, desde pomares de macieiras cujas longas fileiras não recebem cuidados há muitos anos, até restos da floresta pela qual os primeiros colonos europeus abriram caminho. Há pedras grandes e maiores a serem desenterradas da terra e transportadas para longe. Cada planta, de arbusto a flor, de erva daninha a grama, deve ser arrancada, e o buraco que restar deve ser preenchido e nivelado. É durante essa fase do trabalho, quando o xerife se retirou e os comentários sobre o que ele e seus homens encontraram na Casa Dort chegam ao acampamento dos trabalhadores e percorrem as ruas, que uma das equipes desenterra outra estranheza que será associada a esse lugar.

Estava em um dos pomares. Depois de cortar as árvores, os homens queimam os tocos, acorrentam-nos a parelhas de mulas e os arrancam do chão. A essa altura, a equipe domina o processo como se fosse uma ciência, e tudo transcorre sem problemas até chegarem ao penúltimo toco que, apesar de ter sido queimado, resiste aos esforços da primeira e da segunda parelha de mulas às quais foi acorrentado. Esse toco requer três parelhas de mulas mais potentes para ser tirado do lugar, movendo-se ligeiramente para, de repente, sair da terra. Quando isso acontece, leva com ele boa parte de suas raízes, bem mais que o habitual. Mais tarde, em uma das tavernas locais, dois membros da equipe vão comparar o emaranhado de fios claros que sai do solo com os tentáculos de uma lula ou de um polvo. Mais grossas que qualquer galho onde a árvore sustentava seus frutos, as raízes maiores se enrolam em volta de uma pedra transparente do tamanho da cabeça de um homem. Azul-clara e rajada de branco, a pedra parece ser preciosa, mas nenhum dos trabalhadores consegue identificá-la. Quem conseguia introduzir os dedos em meio à madeira pálida sentia a pedra morna. O que a equipe consegue ver de sua superfície é facetada, como um quartzo. Um dos dois homens no bar afirma ter olhado para uma daquelas facetas e visto um olho distante e iluminado olhando para ele, mas ele já havia bebido demais quando fez essa declaração, e ninguém dá muita importância ao relato. Embora relutassem em deixar a descoberta exposta, a equipe não tem muita escolha. Eles a encontram no fim de um dia de trabalho, e por mais entusiasmados que fiquem com sua aparência, estão cansados e percebem que vai ser necessário uma operação cuidadosa para livrar a pedra das raízes. Sem mencionar que o supervisor, um homem que nunca perde uma chance de impressionar seus superiores, insistiu em notificá-los da descoberta e ordenou que os trabalhadores deixassem a árvore e a pedra onde estavam. Se um ou mais deles tivesse certeza da classificação da pedra, essas instruções poderiam ser alegremente ignoradas. Porém, como a pedra pode não ter mais valor do que a terra de que foi tirada, eles cumprem a ordem do supervisor. Por sua vez, ele garante aos subordinados que, se a pedra tiver algum valor, a companhia sem dúvida os recompensará, uma afirmação tão absurda que nenhum dos operários se dá ao trabalho de contestá-la.

Generosas ou gananciosas, as ações da empresa serão motivo de especulação e debate, já que quando seus representantes chegam ao pomar na manhã seguinte, a pedra sumiu. A árvore está onde foi deixada, as raízes que envolviam a pedra permanecem como eram. É claro que as suspeitas recaem sobre os trabalhadores da equipe, cujos protestos de inocência e álibis não impedem a empresa de chamar a polícia para investigar suas casas. (Não favorece em nada os trabalhadores o fato de serem negros, como a maioria dos operários das outras equipes, enquanto seus superiores são brancos.) A pedra não é encontrada, e a companhia passa a investigar o supervisor da equipe, cuja casa também recebe uma visita da polícia. Porém, os chefes já estão perdendo o interesse no que alguns deles começam a suspeitar que tenha sido um caso de erro de identificação. Quando um dos cientistas que trabalha para a empresa especula que o objeto desenterrado pela equipe pode ser um depósito de mineral que, como ele colocou, "sublimou espontaneamente", o restante da direção trata sua sugestão como um fato e abandona o assunto.

Boatos sobre a pedra desaparecida vão se espalhar e persistir por muito mais tempo e muito mais longe que as histórias sobre o interior da Casa Dort. A maioria trata o desaparecimento da pedra como roubo, cuja responsabilidade é atribuída àqueles que estão no poder: a companhia, normalmente, cujos homens supostamente entraram no pomar no meio da noite e levaram a pedra. Algumas histórias culpam os policiais. Outras responsabilizam personagens mais elaborados: agentes de Henry Ford, John D. Rockefeller, até o Kaiser.

Jacob Schmidt, que havia começado o longo namoro com Lottie Schmidt, ouve atentamente as descrições do interior da Casa Dort, da pedra azul com nervuras brancas. Se fecha os olhos, ele imagina a crista espumante de uma onda de água preta correndo pela casa, levantando cadeiras, mesas, armários, jogando tudo contra as paredes da casa. Por que a água não transborda daquelas paredes e inunda o vale antes do planejado é algo que perturba Jacob o suficiente para ele ir perguntar a Rainer, mas o futuro sogro responde apenas que a água foi até onde pôde ir. Rainer também não ajuda muito quando Jacob pergunta sobre a pedra enorme. "O Olho?", diz Rainer. E faz um gesto com a mão. "Outra pessoa vai se preocupar com isso."

XXIX

Jacob pede a opinião de Italo sobre os dois assuntos, mas em ambos os casos o homem dá de ombros e diz: "Como é que eu vou saber?". Jacob atribui a brevidade de Italo aos fardos de sua família aumentada. Desde que chegaram à casa de Italo e Regina, as filhas de Helen e George não foram mais embora. Elas não têm para onde ir, nenhum parente conhecido que possa se responsabilizar por elas, e Regina fica furiosa quando alguém menciona a palavra "orfanato". Falando em termos práticos, Italo e Regina adotaram aquelas crianças, e a casa deles, já apertada para a própria família, está arrebentando as costuras. Sem falar que alimentar todas aquelas bocas a mais sobrecarrega o orçamento apertado de Italo. Uma vez a cada três ou quatro semanas, Clara cozinha e manda uma refeição para eles — nada muito extravagante, uma carne de panela, digamos, que uma das filhas leva depois da escola —, e Lottie guarda tudo que sobra da padaria — onde ela voltou a trabalhar faz tempo — para eles, mas o gesto de caridade de Italo e Regina teve seu preço.

Também em segredo, Jacob imaginava quanto da rispidez de Italo com ele tem raízes na lembrança dos olhos vazios de Angelo, no ferimento mortal que o machado de Jacob abriu no pescoço dele. Há momentos em que Jacob quase não consegue acreditar que atacou Angelo. O gesto parece tão distante quanto a Áustria, uma cena de filme que ele viu há muito tempo. Outras vezes, porém, o choque do machado cortando a carne e os ossos ecoa em suas mãos e nos braços como se acabasse de acontecer. Talvez Italo sinta a mesma coisa, ele pensa.

Verdade seja dita, na maior parte do tempo, a presença de Jacob parece passar despercebida por Italo. Como diz o ditado, o homem tinha peixes maiores para fritar. E apesar do que tinham enfrentado um ano atrás, Jacob não consegue encontrar coragem para perguntar a ele o que tem na frigideira. E, na verdade, nem vai precisar perguntar. Dois meses depois de a Casa Dort e seu entorno terem sido reduzidos a uma fundação e terra nua, Regina não se levanta da cama em uma manhã. Italo manda o filho mais velho, Giovanni, ir buscar o médico, mas quando o homem chega, ela está dando os últimos suspiros. Câncer, aparentemente no útero, que provavelmente se espalhou para outras partes do corpo, o médico opina. Italo e os filhos ficam com ela enquanto Regina completa o que resta de sua jornada além desta vida. No fim, os olhos dela tremulam, os lábios se movem como se fossem dizer alguma coisa, uma última instrução ou um comentário sábio, mas tudo que ela consegue falar é: "A mulher". O resto a acompanha na morte.

Todos que os conhecem esperam que, depois da partida de Regina, Italo desmorone esmagado pelo peso da dor e da responsabilidade de uma família tão grande. Depois do trabalho, Clara passa na casa deles para ajudar como pode com a cozinha e a limpeza, assim como Lottie e suas irmãs, mas mãe e filhas constatam que é só uma questão de tempo até que as crianças de Helen e George concluam a adiada jornada para o orfanato, levando com elas a prole de Italo e Regina. Italo não buscou refúgio nas profundezas de uma garrafa de bebida, nem se mumificou em camadas de sofrimento, mas a fachada que exibe para a família, para o restante do acampamento, é riscada de fendas. Para surpresa de Clara e as meninas, porém, Maria, a mais velha das adotadas, toma a inciativa e assume o comando da situação. A expectativa geral é de que ela não está preparada para isso, que a missão vai acabar com ela e tirá-la dali em pedaços. Mas a menina persiste, crava os pés no chão e enrola as rédeas nos braços e ombros. Não é fácil nem suave, mas ao longo de meses ela restitui um novo tipo de normalidade àquela que se tornou sua família. Ninguém sai da escola, ninguém perde o emprego — exceto a própria Maria, que não volta à escola e se demite do trabalho de meio período na padaria. Há alguma desconfiança de que ela pretende se casar com Italo, e sobre isso as opiniões são mais divididas do que se pode esperar, mas aos poucos fica claro que Maria assumiu o papel da tia solteirona, e não o da moça esperando por um marido. Ela vai se manter nessa posição pelo restante da estadia da família no acampamento.

XXX

Três anos passam. O namoro lento de Jacob e Lottie progride para um noivado demorado, que leva a um casamento mais ou menos na época em que a bacia oeste do reservatório começa a encher. O verão anterior foi quente e seco, deixando o Esopus encolhido dentro das margens, e a água vai se acumulando lentamente na grande bacia, tão lentamente que existe o receio de que a construção do reservatório tenha sido grande demais, de que nunca vai ficar cheio. Esses medos são superados no outono seguinte, quando uma sucessão de tempestades despeja a chuva dentro do reservatório e eleva o nível da água até bem perto do ideal. Na primavera seguinte, em 19 de junho de 1914, para ser preciso, todos os apitos no acampamento vão soar por aproximadamente uma hora, anunciando a conclusão de grande parte do trabalho no reservatório. Mais dois anos passarão antes do encerramento oficial do projeto, mas o barulho dos apitos ecoando pelo vale do Esopus, pelas montanhas em torno dele, vai se sobrepor formando camadas de um som, uma geologia de som, que serve para anunciar aos que trabalham no acampamento que o fim se aproxima. Boa parte das equipes que limparam o vale já receberam os documentos da demissão. Alguns pedreiros também foram dispensados. O que vai ser deles é um assunto que Rainer e Clara, Jacob e Lottie já discutiram, mas depois daqueles apitos, um elemento de urgência passa a fazer parte dessas conversas.

Italo é o primeiro a deixar o acampamento. Seis meses depois de os apitos começarem a soar, ele consegue um emprego de pedreiro em Wiltwyck. No ano seguinte, Lottie e Jacob terão a primeira filha, Greta, e se instalarão em Woodstock, onde Jacob vai trabalhar com um homem que entalha lápides. Para continuar estudando e ajudar com a bebê, as irmãs de Lottie, Gretchen e Christina, os acompanham. Rainer e Clara são os que vão continuar no acampamento por mais tempo, enquanto as ruas se tornam vazias, as casas ficam vagas e a padaria e o comércio em geral fecham. No fim de 1916, quando o reservatório é formalmente declarado pronto, Rainer e Clara estarão entre os únicos residentes do acampamento que começa a ser desmontado. Pelo mesmo poder de persuasão que o levou com a família até aquele lugar, Rainer consegue um emprego na Companhia das Águas, estabelecida para supervisionar o funcionamento e a manutenção do reservatório e dos túneis que transportam sua água para as torneiras sedentas de Nova York. Esse é um tempo em que os Estados Unidos se encaminham para a Primeira Guerra Mundial, e não se pode esperar que um homem com sotaque alemão seja contratado para um cargo tão delicado. Ele convence quem tem de ser convencido de sua lealdade e confiabilidade, e durante os dez anos seguintes viaja para cima e para baixo por Ulster County inspecionando seu trecho do aqueduto de Catskill, o túnel que sai do reservatório em direção ao sul. Ele e Clara se mudam para Woodstock, para uma casa modesta a duas portas da casa de Lottie e Jacob, cuja família cresceu e agora inclui um filho, também Jacob, e outra filha, Clara. Christina, a filha caçula de Rainer e Clara, escandalizou a todos engravidando de um homem muito mais velho que tinha vindo de Beacon, no norte, para cuidar do irmão doente. Depois de um casamento apressado, Christina e Tom viajam Hudson abaixo para começar a vida. Gretchen, a irmã do meio, estuda para ser professora na faculdade em Huguenot e consegue um emprego para lecionar em Rhinebeck. Ela vai se casar posteriormente com um condutor ferroviário, com quem mantém um romance durante as viagens que faz a Manhattan para visitar os museus de lá.

A vida continua. É assim sempre, não é? Não que aquilo que os Schmidt e seus companheiros enfrentaram com o Pescador não tenha sido incrível, mas que o mundo pudesse continuar como sempre foi, de qualquer maneira, é impressionante. Uma ou duas vezes por ano, normalmente no auge do verão, Italo leva a família para visitá-los. Enquanto Clara e Lottie exclamam sobre como as crianças cresceram e ouvem seus relatos sobre o que têm feito, Rainer e Italo trocam comentários sobre o clima e as notícias do momento. Enquanto isso, Jacob ouve tudo quieto, assentindo de vez em quando para mostrar que está prestando atenção. Italo tem se saído muito bem, comprou a empreiteira que o contratou e levou o filho Giovanni para trabalhar com ele. Tem mais trabalho do que pode dar conta, diz, mas tem sorte por serem esses seus problemas. Clara diz que ele deveria encontrar uma boa mulher, mas Italo responde que não tem tempo para essas coisas. Ao longo de suas visitas, seu cabelo vai ficando mais branco e ralo, a pele se tinge de uma palidez cinzenta de que Clara diz não gostar. Italo ignora sua preocupação, mas quando chega de Wiltwyck a notícia de que ele sofreu um infarto e foi hospitalizado, os temores dela se concretizam. Ela e Rainer vão para o hospital, mas quando chegam lá o coração de Italo já parou completamente.

Um ano depois da morte do amigo, Rainer se aposenta, é forçado a se afastar do trabalho por um dramático declínio em suas faculdades, um quadro que havia exibido seus primeiros sintomas há mais tempo do que ele queria admitir. A memória recente está se desfazendo. Ele perde o fio da conversa no meio da frase. Esquece o nome da pessoa com quem está falando. Não consegue lembrar a data. Pior, começa a trocar o inglês pelo alemão sem perceber e fica irritado se o interlocutor não entende o que ele diz. Resiste a aceitar o que está acontecendo com ele, o que dá origem a várias discussões amargas com Clara. No fim, seu chefe dá o ultimato: ou Rainer se aposenta ou ele vai ter que demiti-lo. Protestando contra a injustiça de tudo aquilo, Rainer prefere se demitir. Depois que deixa o emprego, o quadro se agrava rapidamente, até ele se tornar pouco mais que um bebê superdesenvolvido. Há momentos, quando está levando uma colher de canja de galinha por entre os lábios trêmulos dele, em que Clara lembra da luz pálida que via iluminar o rosto de Rainer quando ele estava debruçado sobre seus livros, tentando entender a confusão com o Pescador. Ela lembra como aquela luz turvava os traços do marido, e como precisava lutar contra o medo que a dominava quando a via. Limpando o queixo dele com um guardanapo, ela pensa que é como se aquela luz apagada tivesse afundado dentro dele, apagando a parte que tocou. Quando Rainer dá seu último suspiro, Clara, de olhos secos, olha para Lottie e diz que perdeu o marido muito antes disso. Ela o perdeu para a luz da cor da lua cheia, da espuma na crista de uma onda, de uma mortalha fúnebre.

XXXI

Antes da aposentadoria e da morte, porém, tem mais um assunto com que Rainer Schmidt se preocupa, e é o riacho chamado de Dutchman's Creek. Se você voltar aos antigos mapas da área, vai ver trechos de córregos e riachos que parecem seguir parte da mesma rota, mas nada substancial o bastante para contar como uma equivalência. No começo, os pescadores que iam tentar a sorte em suas águas presumem que se trata de um daqueles outros riachos, e que o mapa que consultaram está desatualizado, ou que as lembranças que têm do lugar são equivocadas. Ao longo de dois anos, aqueles homens conversam entre eles, comparam anotações, e aos poucos vai ficando claro para todos que aquele é um novo riacho. Essas coisas acontecem, é claro: uma grande inundação pode levar parte da margem de um córrego, abrindo uma nova passagem nele. Um deslizamento de pedras pode desviar suas águas para outra direção. Esse riacho corre para o Hudson, flui entre margens íngremes e de densas florestas. Não são poucos os homens que trocam suas impressões sobre ele e concordam que o rio parece correr por ali há muitos anos. É como se a terra tivesse desdobrado um pouco mais de si mesma. Ninguém lembra de ter notado antes, mas também ninguém lembra de não ter notado.

O que leva Rainer até o riacho é a descoberta de que suas águas partem da Companhia das Águas. Alguns homens tentaram, mas nenhum conseguiu determinar a localização exata da nascente do riacho. Quando você traça seu curso ao contrário, ele parece sair diretamente do reservatório. Porém, a parte mais alta serpenteia em meio a florestas densas que confundem qualquer um que se aventure nelas. Dois homens ficaram perdidos por um dia e uma noite em meio a vegetação, e um velho passou três dias vagando pela área, enquanto os pinheiros e abetos davam lugar a árvores altas como ninguém jamais vira. Por entre os troncos, o homem afirma ter visto um corpo d'água distante que pensou ser o reservatório, mas a água era escura. Todos que escutam essa história a tratam como uma alucinação provocada pela combinação entre exposição e falta de alimentação adequada. Preocupados com um possível vazamento, responsáveis pela Companhia das Águas ordenaram uma inspeção do reservatório, represa, dique e leito. Não foi encontrado nenhum problema.

É então que Rainer chega. No começo ele não prestou muita atenção à conversa sobre o novo riacho. Dá para entender, ele não é muito de pescar. Com a continuação da conversa sobre o rio, porém, seu interesse é despertado. Quanto mais ouvia, menos Rainer gostava do que ouvia. Seria bem fácil ignorar as histórias sobre peixes enormes como nenhum pescador jamais tinha visto — e que rompiam de maneira conveniente qualquer linha que os tivesse fisgado quando estavam quase sendo puxados para a terra —, considerá-las como exageros comuns da parte de homens que aproveitavam a viagem à floresta para driblar a lei seca e beber. Se Rainer não tivesse vivido os eventos no acampamento, talvez desconsiderasse as outras histórias que ouve como mais evidências do consumo de bebidas fortes. Dois garotos que matavam aula acabam passando mais tempo fora do que pretendiam quando se perdem tentando seguir uma figura pálida que enxergam no bosque rio acima. Um velho volta ao mesmo lugar todos os dias durante duas semanas, não para pescar, mas para ouvir uma voz que ele jura ser do filho, morto na guerra. Um membro de um grupo de pescadores cai no riacho e provavelmente teria se afogado se os companheiros não fossem excelentes nadadores. O homem insiste em dizer que viu o irmão, morto anos atrás por uma pneumonia, olhando para ele sob a superfície da água. Quando Clara e Lottie perguntam o que está acontecendo, Rainer dá sua resposta habitual — ele não sabe —, mas dessa vez não espera as coisas piorarem antes de entrar em ação. Ele convence quem tem de ser convencido de que seu cargo de patrulheiro do aqueduto o torna perfeitamente adequado para chegar ao fundo dessa questão, então diz a Jacob que vai precisar dele no próximo domingo depois da missa.

Faz uma tarde quente e úmida quando Jacob estaciona o carro no acostamento da Tashtego Lane e parte com o genro na direção do riacho. Pode ter certeza de que ele está pensando na última excursão em que acompanhou Rainer. Eles não têm machados, não têm ferramentas, nada, o que Jacob espera ser um bom sinal. Andam algumas centenas de metros através de um prado até um cume baixo. Rainer e Jacob sobem a encosta, depois meio que escorregam pelo outro lado para o modesto vale formado com a próxima colina. A segunda subida é mais inclinada, mais alta, uma parede de terra e pedra, mas é coberta por vegetação abundante que os homens usam como apoio para subir. Logo além do topo da colina, ele olha para baixo por entre abetos e pinheiros e vê um riacho branco e espumante. Cravando os calcanhares no terreno, ziguezagueando de árvore em árvore, ele e Rainer descem a encosta até chegarem à plataforma de pedra estreita que faz limite com este lado do riacho. Uns doze metros além da água turbulenta, a outra margem é espelho desta, uma faixa estreita de terra ao pé de uma encosta coberta de árvores. À esquerda, o riacho desce formando quase uma cachoeira; adiante e à direita, corre plano por dez ou quinze metros antes de mergulhar em outra sequência de corredeiras. Jacob olha para Rainer, que está olhando para a superfície da água. Temendo que o sogro esteja em mais um de seus devaneios — o nome que a esposa e a sogra deram para esses momentos de ausência —, Jacob toca o ombro de Rainer e o homem se sobressalta, balança a cabeça e vira à esquerda. "Por aqui", ele diz, subindo a correnteza. E acrescenta por cima do ombro: "Você lembra de antes. Se ouvir alguma coisa, não ouça. Se vir alguma coisa, não olhe". Jacob quer perguntar como, exatamente, pode deixar de olhar para alguma coisa que está vendo, mas entende a essência da instrução de Rainer e corre para acompanhá-lo.

Eles não vão longe, e Jacob se sente grato por isso. Quando a margem em que estão andando começa a subir, a terra musgosa dá lugar à pedra que a água torna escorregadia. Jacob toma consciência de alguma coisa no rebuliço do riacho, mas está concentrado demais no ponto em que coloca o próximo passo para prestar muita atenção. (Mais tarde ele dirá a Lottie que teve a impressão de que a água estava cheia de corpos brancos. "Como peixes?", ela vai perguntar. Ele vai balançar a cabeça para dizer que não.) Porém, enquanto inclina o corpo para frente a fim de manter o equilíbrio, sempre atento a Rainer acima dele, girando os braços para não cair para trás, Jacob escuta uma voz falando com ele.

Com palavras que são um sussurro nos ouvidos de Jacob, Angelo, o homem que ele atingiu com seu machado, pergunta o que ele faz ali. Não tem uma esposa para beijar, filhos para abraçar? Não vive em uma boa casa, trabalha em um bom emprego? Por que então está ali, naquele lugar? Cansou da vida agradável? Quer saber o que Angelo sabe? Gostaria de erguer os olhos e ver o machado do companheiro vindo em sua direção? Gostaria de sentir a lâmina afiada cortando sua carne? Gostaria de conhecer o choque que paralisa o cérebro, de forma que tudo que pode fazer é olhar para o cabo de madeira da ferramenta que o matou, enquanto o sangue jorra? Não foi possível fazer suas preces, Angelo continua, não conseguiu fazer um último Ato de Contrição. Tudo que pôde fazer foi ficar ali enquanto os pensamentos desciam em espiral por um ralo escuro. Mesmo depois que seu coração parou de bater, ele não saiu daquele lugar. Ficou olhando, enquanto Jacob e os outros se reuniam em torno de seu corpo. Viu Jacob se desculpar por seu assassinato. Viu a tentativa pouco empenhada de um funeral, a fuga antes que o oceano negro subisse. Não conseguiu escapar da água que o encobriu, que pegou seu corpo e o levou para longe, muito longe, para as profundezas sem luz onde demônios brancos se moviam entre as voltas de seu grande e terrível mestre. Estava condenado, Angelo diz, *condenado*, e seria um prazer compartilhar sua sombria eternidade com Jacob: tudo que ele precisa fazer é se jogar na água à sua direita, e os novos companheiros de Angelo o levarão diretamente até ele.

Jacob Schmidt foi atormentado por um acontecimento durante os últimos anos, e esse acontecimento, é claro, é a morte de Angelo. Se foi um crime — e *como*, Jacob pensa, *pode ser outra coisa?* —, foi o crime mais perfeito que alguém já cometeu, porque aconteceu em um lugar onde, aparentemente, ninguém jamais terá oportunidade de acessar. Sem mencionar que o corpo de Angelo, como a voz dele afirma, deve ter sido levado para o mar por uma onda erguida pela contorção da grande besta. Mesmo sem nenhuma evidência, no entanto, Jacob continua a carregar o fardo que o ato representa. Por muito tempo, temendo a reação que ela poderia ter, escondeu tudo de Lottie. Durante todo o namoro, os primeiros anos do casamento, o nascimento dos filhos, Jacob guardou em segredo o golpe de machado que tirou a vida de outro homem, usando a gagueira como desculpa conveniente nas raras ocasiões em que o impulso de confessar o atormentou. Só quando a filha mais velha, Greta, ficou tão doente de escarlatina que o médico, normalmente alegre, ficou sério e quieto, Jacob revelou à esposa o feito do passado. Dominado pela preocupação, ele havia se convencido de que a filha seria tomada dele como um castigo pela vida que teve no passado. No começo, Lottie não entendeu sobre o que Jacob estava falando. Quando finalmente compreendeu o que ele dizia, ela perguntou: "Mas meu pai não condenou você?".

Jacob admitiu que não.

"Então, isso deve ser suficiente", Lottie declarou. "Agora venha me ajudar com nossa filha."

Greta sobreviveu à escarlatina, e embora Jacob pudesse ter tomado esse desfecho como um sinal de que os poderes supremos não estavam interessados em cobrá-lo por seu passado, não foi isso que aconteceu. Passou muito tempo lamentando o ato para conseguir superar tudo com tanta facilidade. A voz de Angelo ali, em sua ladainha de reprovações, faz perfeito sentido para Jacob. Não era a vida de sua filha que queriam: era a dele. Jacob é de um tempo em que ainda se acredita que acabar com a própria vida é uma via direta para a danação eterna, mas o que mais poderia esperar? Ele dá um passo na direção da água.

Quando dá o passo, ele tropeça em Rainer, que parou na sua frente. Os dois quase caem na correnteza forte, e de repente Jacob se dá conta de que essa não é uma boa ideia. Ele se afasta da margem levando o sogro. Espera uma censura de Rainer, um "Olhe por onde anda", mas os olhos do homem se enchem de lágrimas. Rainer passa a manga da blusa pelo rosto e retoma a subida da encosta. Jacob o segue.

Logo eles chegam ao topo da inclinação. Ali, a plataforma de pedra segue plana por cerca de cinquenta metros. A voz de Angelo voltou, mas não disse mais que meia dúzia de palavras quando, por cima do ombro, Rainer diz: "Não falamos muito sobre nossa vida no país de onde viemos, não é? Às vezes, tudo parece uma peça para a qual fui escalado com Clara e as meninas. Aconteceu — não dá para dizer que não foi real —, mas não teve nada a ver com o que nossa vida deveria ter sido. Ou não tem nada a ver com...". Incapaz de encontrar a palavra exata, Rainer dá de ombros. "Quando eu estava em Heidelberg, na universidade, tive um colega chamado Wilhelm Vanderwort. Ele também era filólogo. Eu o chamaria de amigo, mas não seria verdade. Tínhamos muito respeito um pelo outro, por nosso trabalho. Nossas conversas eram cordiais. Mas havia entre nós muita competição para sermos amigos de verdade. Nosso interesse era o mesmo: os idiomas que existiam antes daqueles que conhecíamos, as línguas anteriores ao começo. Wilhelm gostava de dizer que, uma vez concluído seu trabalho, ele poderia dizer que palavras Adão e Eva haviam dito no Jardim. Ele tinha o hábito de fazer pronunciamentos que impressionavam os estudantes, mas faziam os colegas balançarem a cabeça. Era brilhante. Em uma passagem difícil, era capaz de saltos de compreensão que esclareciam o texto de um jeito novo e surpreendente. Mas ele não era bom no trabalho mais lento, na análise cuidadosa que permitia seus insights e que os construía posteriormente. Esse era o meu ponto forte."

"Nossa relação poderia ter continuado como era, a lebre e a tartaruga, como eu pensava, mas encontrei um livro antigo quase por acidente. Era escrito basicamente em francês da Idade Média, no qual eu tinha pouco interesse, mas havia trechos espalhados pelo livro em um idioma que eu nunca tinha visto antes. Os trechos em francês diziam que aqueles eram exemplos justamente do que eu estava pesquisando, uma língua pré-histórica. Considerei a ideia ridícula, mas não consegui encontrar em minha pesquisa nenhum outro exemplo do uso daqueles caracteres específicos. Isoladamente, isso não provava nada. Podia ser um código particular. Mas havia..." Rainer gesticula com uma das mãos. "Havia coisas naquelas passagens que me faziam duvidar disso. Enfim, o que quero dizer é que mostrei aquilo a Wilhelm e pedi sua ajuda para traduzir os trechos."

"No início ele achou que eu estivesse brincando. Tive que mostrar o livro para provar que não era brincadeira. Ele também teve certeza de que os trechos não podiam ser o que o livro dizia que eram, mas ficou intrigado com o desafio que propunham. O livro apresentava o que dizia ser traduções fiéis da primeira metade de cada seleção, deixando o restante para quem estivesse interessado em continuar. Isso nos dava algo com que trabalhar, uma chave, embora faltassem nela alguns dentes e houvesse o risco de ficar presa na fechadura. Tratamos o assunto como um quebra-cabeça, mais ou menos uma brincadeira. Falamos em escrever um trabalho sobre um exemplo até então desconhecido de um código medieval secreto."

Dos dois lados de Jacob e Rainer, os cumes que desciam tão bruscamente para a beirada da água eram mais suaves. Adiante, o riacho se curva à direita. Rainer diz: "Tudo mudou quando consegui outro livro, esse mais raro que aquele com que estávamos trabalhando. Folheei o volume e me deparei com um novo exemplo da linguagem em que Wilhelm e eu estávamos trabalhando. Foi como se um raio me atingisse. Saí de casa correndo e encontrei Wilhelm em seu escritório na universidade, onde mostrei a ele minha descoberta. Aparentemente, estávamos lidando com alguma coisa importante.

"Não avaliamos o quão importante era até começarmos a tentar falar o que até então estava limitado ao papel. O segundo livro nos deu muitas dicas importantes sobre como isso poderia ser feito, além de avisos cifrados sobre a necessidade de tomar cuidado ao tentar. Desprezamos os avisos como floreios retóricos inseridos para dar ao texto um caráter mais sinistro. Estávamos errados. A primeira palavra que tentamos pronunciar foi 'escuro'. Estava entre as mais comuns que encontramos e estávamos confiantes de que nossa pronúncia era correta. Apesar de termos caçoado dos avisos no segundo livro, esperamos até um domingo, quando minha família dormia em segurança, para fazer nossa experiência. Fechamos as portas do meu estúdio e falamos a palavra.

"A sala foi dominada pela escuridão. Não entendi o que tinha acontecido. Pensei que havia algum problema com a iluminação. Isso não explicava por que a luz do corredor não era visível por baixo da porta, ou, aliás, o que tinha sido feito das luzes da cidade do lado de fora. A escuridão era tão completa que era como se estivéssemos em uma caverna profunda. Eu andei por ali tateando, procurando a lamparina, tropeçando na mesa e derrubando livros e papéis no chão. Uma espécie de pânico apertava meu pescoço. Eu tinha dificuldade para respirar naquela escuridão.

"Então Wilhelm Vanderwort falou outra palavra, e a luz, rica e maravilhosa, voltou ao estúdio. Dá para imaginar que palavra era 'luz'. Havíamos discordado sobre a colocação da tonicidade nela, mas a interpretação de Wilhelm parecia ser correta. Assim que o estúdio escureceu, ele entendeu o que eu não tinha entendido, que a palavra que tínhamos falado havia causado aquilo. Aquela não era uma linguagem como as que conhecíamos, em que uma palavra aponta na direção de seu objeto. Não, era uma língua entremeada em... em tudo", Rainer usa as mãos para mostrar tudo à sua volta, "de forma que nomear alguma coisa era invocar essa coisa."

"Para você, que participou da história com o Pescador, isso não vai parecer estranho. Para nós... bem, acho que dá para imaginar. Aquilo era mais, muito, muito mais do que uma dupla de professores universitários jamais havia esperado. Aspirávamos por uma fama limitada dentro da nossa comunidade, queríamos ser uma daquelas personagens que provocam a imaginação de seus subalternos, o respeito e a inveja dos pares. Mas..."

Eles chegaram ao lugar onde o riacho fazia a curva à direita. Rainer deixa a margem e se dirige à fileira de árvores diante deles. Ele e Jacob andam por entre as fileiras por uns bons quinze, vinte metros, até chegarem em uma mureta baixa comum naquela região, pedras planas de dimensões variadas tiradas da terra e dispostas em camadas. Rainer vira e senta em cima delas. Jacob continua em pé. Rainer diz: "Comecei a fazer investigações por intermédio do mercador que conseguiu os livros para mim. Depois de um tempo, Wilhelm e eu fomos postos em contato com um pequeno grupo de homens, gente que conhecia a linguagem que começamos a traduzir, e algumas outras além dela. Eles ficaram impressionados com o que havíamos conseguido sozinhos, o suficiente para nos aceitar como... aprendizes, podemos dizer. Havia muito o que aprender. Outras línguas mais antigas e ainda mais poderosas. Havia histórias de povos que usavam aquelas línguas, suas crenças, seus costumes, ascensão e queda. Havia mapas de lugares que ficam ao lado e abaixo de onde moramos. Havia relatos de seus habitantes.

"Em nossa nova paixão, Wilhelm e eu éramos tão competitivos quanto na anterior. Cada um de nós se esforçava para superar o outro. Incentivávamos um ao outro a progredir mais rápido, sempre mais rápido, até nos vermos diante de uma porta na parede de um porão nos fundos de um dos prédios mais novos de Heidelberg. Você teria reconhecido a criatura com a argola de metal na boca: vimos seu semelhante na porta da casa grande do Pescador. Um de nossos instrutores segurou a argola e empurrou a porta, abrindo-a. O porão ficava a uns seis metros de profundidade, mas quando olhamos para o outro lado da porta, vimos uma viela. Wilhelm atravessou o porão e andou por ela como se fosse a coisa mais natural a fazer. Tentando agir como se compartilhasse de sua calma, eu o segui. Havíamos chegado a...

"Há cidades construídas ao longo das praias do oceano negro. Essa era uma delas. Não era o maior nem o mais antigo desses lugares, mas tinha o tamanho e a idade suficientes para os propósitos de nossos instrutores. Eles nos haviam proposto uma tarefa, uma espécie de exame, para determinar se Wilhelm e eu estávamos prontos para seguir para o próximo estágio de aprendizado. Nossa missão era simples: tínhamos que encontrar o caminho para o outro lado da cidade, onde ficava sua necrópole. Lá deveríamos localizar um determinado túmulo e colher uma flor que encontraríamos plantada em sua terra. Não era fácil como pode estar pensando. Não só a flor era rara, como era protegida pela população da cidade como a alma do sacerdote enterrado embaixo dela. O ato de arrancar aquela planta era considerado uma mistura de heresia e assassinato. As ruas eram cheias de policiais, silhuetas altas vestidas com mantos negros e usando máscaras que lembravam os bicos curvos de aves de rapina. Eles portavam longas facas encurvadas, que usavam sem nenhuma hesitação em qualquer indivíduo que se envolvesse em uma atividade criminosa como a nossa. A geografia da cidade era estranha, contraditória. Ruas terminavam inesperadamente em paredes, ou subiam em pontes que paravam no ar; chegavam a pátios circulares dos quais uma dúzia de ruas estreitas partiam. Tínhamos que nos guiar pelas estrelas que brilhavam lá em cima. E elas não eram agrupadas nas constelações conhecidas. Ali, as imagens que formavam recebiam nomes novos, como Cavaleiro, Cajado e Guirlanda de Frutas.

"Conseguimos. Foi uma jornada difícil, que nos aproximou assustadoramente das figuras com as máscaras de pássaros, mas encontramos o lugar e a flor cor de lua que brotava da terra formando um arco fino. Eu a colhi, Wilhelm a escondeu embaixo do casaco e voltamos pela rua até o porão em Heidelberg. Estávamos exaustos, triunfantes, e passamos as poucas horas restantes daquela noite comemorando com nossos mentores. Um deles havia partido com a flor, mas os outros ficaram e beberam conosco. Quando o dia estava nascendo, voltamos cambaleando para casa, berrando velhas canções, inebriados de vaidade.

"Na tarde do dia seguinte, nosso triunfo havia se transformado em desastre. Wilhelm chegou na hora em sua aula de Grego Antigo, mas desde o começo os alunos notaram que havia algo de errado com ele. O professor não falava com a vontade habitual. A voz era comedida, quase pesarosa. Ele era conhecido por se movimentar enquanto falava, andando na frente da sala, gesticulando com as mãos de um jeito dramático. Naquele dia, ele não saiu de trás do atril. Um aluno disse que o homem parecia estar se apoiando no móvel. Estava pálido, com os olhos fundos e o cabelo em desalinho. É claro, tudo isso poderia ser atribuído às consequências da mistura de quantidades consideráveis de várias bebidas fortes. Os alunos sempre se surpreendem quando descobrem que seus professores podem cometer os mesmos erros de julgamento que eles cometem, e o resultado é que podem confundir uma tremenda ressaca com uma terrível enfermidade. Mas não havia como confundir as linhas negras que começavam a surgir nas faces e na testa de Wilhelm, como se um artista invisível as desenhasse. Nem o escurecimento da língua e dos dentes passou despercebido para os estudantes sentados mais próximos dele. Incapaz de continuar com a aula, Wilhelm começou a tossir, e alguns alunos mais perto dele tiveram a impressão de que, a cada espasmo dos pulmões, as linhas negras se espalhavam mais pelo rosto, até ele parecer uma máscara de porcelana cuja superfície era um emaranhado de rachaduras. A tosse continuava e ele se dobrava ao meio. Quando ele levantou a cabeça, faltavam pequenos pedaços em suas bochechas e na testa, como se a máscara de porcelana se desmanchasse. Onde antes havia pele, não havia músculo, nem osso, só escuridão. Diante dos olhos horrorizados de quase cem alunos, Wilhelm Vanderwort desabou em uma chuva de pó e escuridão, e tudo que restou dele foram as roupas e os sapatos.

"Foi isso que causou minha demissão da universidade. Muitas perguntas foram feitas, meu nome foi mencionado, conversas aconteceram, e pouco depois eu preparava minha família para partir para a América. Poderia ter enfrentado esse movimento que fizeram para me expulsar. Talvez tivesse vencido. Era benquisto e não dividia os colegas como Wilhelm fazia. Mas não protestei contra minha demissão. Sentia que era o mínimo que eu merecia pelo que tinha deixado acontecer com Wilhelm." Rainer olha para Jacob. "Eu sabia que a flor que nos mandaram buscar tinha que ser transportada da maneira apropriada, enrolada com três voltas de um tecido rasgado do pé de uma mortalha, ou as consequências para quem a carregasse seriam terríveis. Fui preparado para a tarefa, mas Wilhelm insistiu em ser o portador do objeto da missão que nossos instrutores nos deram. Perguntei se ele havia levado os materiais necessários. Ele riu. 'Está parecendo uma velha', ele disse. Eu quase dei a ele o tecido que tinha levado enrolado no bolso do meu paletó, mas aquela risada me fez mudar de ideia. Pensei: *Tudo bem. Pode fazer do seu jeito, se é isso que quer. E se alguma coisa tiver que acontecer, que seja com você.* E aconteceu. Mas eu também sofri as consequências e penso que foi justo. Depois do escândalo, nossos antigos instrutores não quiseram mais nenhum contato comigo. Eu me convenci de que foi melhor assim."

Rainer acena com a cabeça na direção do córrego. "Aqui, porém... Wilhelm me diz que eu o matei. Matei como teria matado se tivesse posto veneno em seu café, eu o assassinei. Pior, ele diz, não tive coragem de cometer o crime. Em vez disso, aplaquei minha consciência e joguei fora o resultado de todo nosso trabalho duro. Agora ele é poeira, poeira que lembra como era ser um homem e não pode fazer nada com esse conhecimento. Ele me amaldiçoa. E me condena por ser um covarde e uma fraude."

Com sua língua lutando contra ele mesmo, Jacob pergunta ao sogro onde, exatamente, eles estão.

Rainer levanta da mureta e responde: "Você está pensando que este lugar é familiar, talvez?". Ele passa por cima da mureta e caminha dez passos até uma árvore jovem. Põe a mão esquerda no tronco, abaixa a cabeça e fica ali por um momento. Depois levanta a cabeça, põe a mão no bolso dianteiro da calça e pega uma faca. É uma faca de prata como a que Rainer usou contra Helen há muitos anos; Jacob tem a intuição de que é a mesma faca. Com uma série de movimentos rápidos, Rainer corta a árvore. Deve ter afiado a lâmina, Jacob pensa, porque a lâmina abre sulcos profundos na casca. Quando termina, Rainer dá um passo para trás e avalia seu trabalho. Jacob olha para a árvore além dele, mas não consegue entender o significado das marcas nela, embora produzam uma forte sensação de calma. Ele perde a concentração. É difícil lembrar o que está fazendo ali com Rainer. Vira na direção de onde veio e está na metade do caminho para o córrego antes de se lembrar do sogro. Com as bochechas vermelhas, ele corre de volta para a mureta e passa por cima dela. Evitando olhar para a árvore, Jacob se aproxima de Rainer, cuja posição não mudou. Ele está olhando para a floresta além das árvores, como se conseguisse discernir alguma coisa dentro dela. Jacob arrisca olhar naquela direção, mas não consegue ver nada além de fileiras e mais fileiras de árvores. Ele ouve Rainer murmurar uma palavra que não reconhece. O som é parecido com *"Thalassa, thalassa"*. Quando Jacob se aproxima, Rainer se vira com uma careta no rosto e começa a andar em direção ao carro.

XXXII

Não há nenhum acontecimento digno de nota na caminhada de volta. Enquanto estão andando perto do riacho, a voz de Angelo retoma as acusações, mas o volume é mais baixo, a ponto de Jacob conseguir acreditar que está imaginando, que o barulho é o estrondo da água, como quando vemos um rosto nos círculos de um nó na madeira. Ele e Rainer não voltam a falar até subirem as colinas que escondem o rio e atravessarem o campo rumo ao carro. Lá, Jacob pergunta a Rainer se o problema foi solucionado.

"Tanto quanto possível", responde Rainer. "A marca na árvore vai afastar quase todos que se aproximarem dela. É o melhor que podemos fazer sem um sacrifício humano."

Jacob diz a si mesmo que o sogro está brincando, ainda que Rainer não esteja sorrindo.

XXXIII

Em algum momento da década de 1920, um ou dois anos depois de Jacob e Rainer terem ido visitá-lo, os locais começam a se referir ao novo riacho como *Deutschman's* Creek, que rapidamente se torna Dutchman's Creek. Quem dá origem ao nome, e por que, é algo que se perdeu na história, mas no começo da década de 1930 o nome e o rio já fazem parte dos mapas da área. Depois de ouvir de Jacob toda a história sobre o Pescador, Lottie vai reclamar do nome. Sempre rigorosa com os detalhes, ela diz que Riacho do Pescador seria mais fiel aos fatos. Jacob não discute, mas sugere que interpretem o nome como uma espécie de memorial ao pai dela. O que é ridículo, diz Lottie, porque quem deu nome ao riacho não podia saber nada sobre o pai dela. Jacob percebe, porém, que a ideia agrada a esposa. Ajuda Lottie a lembrar do pai como ele era antes da aflição que o levou. Em vez do homem frágil que uma vez ficou perdido por uma semana, quando saiu do trabalho e foi até um canteiro de obras em Orange County, ela consegue imaginá-lo entrando em sua pequena casa depois de um dia de trabalho com os colegas pedreiros, com um lenço amarrado no pescoço, a camisa e a calça cobertas com um pó fino. Jacob quase consegue compartilhar da visão, mas, quando a imagina, o rosto de Rainer é banhado por uma luz branca.

Há momentos, conforme o tempo passa e seus filhos crescem, como quando o chefe de Jacob o convida a ser sócio na empresa de construção de monumentos, quando o país mergulha na Grande Depressão, ou quando outra guerra com a Alemanha se aproxima, em que Jacob e Lottie nem conseguem acreditar nos eventos de que tomaram parte no acampamento. É como se tudo aquilo tivesse sido lido em um livro, assistido em um filme. Depois da morte de Jacob, provocada por câncer no pulmão no fim de 1951, essa sensação de irrealidade vai se apoderar de Lottie com mais frequência. Ela terá sonhos nítidos em que volta à casa em Heidelberg, com a pesada mesa de carvalho que pertenceu à família de sua mãe por quatro gerações, e o armário cheio de porcelanas Dresden, e as longas cortinas de renda que tia Gretchen fez para os pais dela como presente de casamento. Quando acorda na cama com o colchão empelotado e o cobertor velho, olha para a cômoda simples sobre a qual mantém fotos da família, para o closet aberto onde as roupas de Jacob ainda estão penduradas — embora ela sempre diga que vai separá-las e doar o que estiver em boas condições para a caridade —, Lottie é tomada pela certeza de que não se trata de um sonho. Essa vida na qual ela saiu de casa para ir viver em um país cujo idioma nunca coube muito bem em sua boca, onde uma vez esteve frente a frente como uma mulher que havia morrido, onde se casou e teve filhos com um austríaco tímido que se expressava com mais elegância pelo trabalho das mãos do que pelo discurso: tudo isso é invenção, produto de uma imaginação adolescente desesperada por experiências. Se conseguisse encontrar o caminho de volta para o espaço neutro que faz fronteira com os sonhos e ficar lá pelo tempo suficiente para navegar seu vazio cinzento, na próxima vez que abrisse os olhos Clara a estaria chamando para ir dar um beijo no pai que saía para a universidade.

 Ela nunca conseguiu se manter nesse espaço vazio, passar dele para sua antiga existência. Em vez disso, ela vai se levantar da cama e andar até a cômoda. Vai abrir a primeira gaveta e procurar embaixo das roupas íntimas empilhadas dentro dela até os dedos tocaram a beirada de uma caixinha. É o tipo de caixa de papelão reforçado que uma loja de departamentos usaria para embalar uma joia. Lottie vai pegar a caixinha e colocá-la sobre a cômoda. Vai abri-la e afastar o papel de seda dentro dela, expondo o metal escondido entre as dobras.

É um anzol. Tem cinco centímetros de comprimento e não é diferente de qualquer outro que você possa prender na ponta da sua linha. O metal está manchado, coberto por uma substância escura que Lottie vai dizer que é sangue do marido. Esse é o anzol que furou a face de Jacob, logo abaixo do olho, quando seu machado cortou a linha do Pescador e o poder nela contido transbordou em uma explosão, provocando uma chuva de anzóis que estavam pendurados nela e projetando-os em todas as direções. Jacob havia voltado daquela aventura tão perplexo e exausto que chegou em suas acomodações e acabou caindo na cama com o anzol ainda alojado no rosto. No dia seguinte, acordou com a bochecha inchada e dolorida. Um companheiro de alojamento tirou o anzol, rasgando a bolsa de pus e sangue e deixando em seu rosto uma pequena cicatriz branca. Jacob mantinha o anzol dentro de um lenço. Quando soube de sua existência, Lottie pediu o anzol, que Jacob deu a ela em uma caixa de joia. Ela vai segurá-lo entre o indicador e o polegar e analisá-lo contra a luz. Vai fazer a mesma coisa diante do reverendo Mapple quando estiver perto do fim de sua longa vida e no fim da história fantástica que terá contado a ele. O reverendo vai olhar com os olhos semicerrados para o pedaço curvo de metal entre os dedos dela, para a superfície manchada com o sangue de um homem morto há muito tempo, para a extremidade ainda afiada.

PARTE 3

NA PRAIA DO OCEANO PROFUNDO

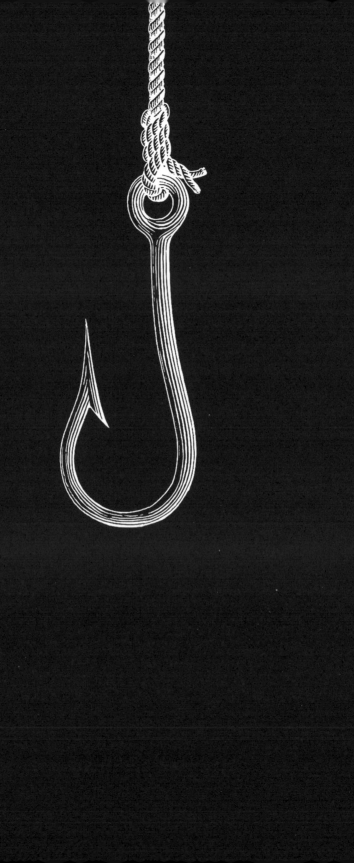

IV
PALAVRAS LIDAS NO SEMÁFORO

Terminada a história, Howard parecia aliviado, como se o peso que sentisse por trás de suas palavras no começo desse relato houvesse sido tirado de cima dele. Eu me sentia estranhamente desorientado, desconectado do metal e do vidro da lanchonete, como acontece quando você termina de ler um livro ou de assistir a um filme no qual estava absorvido e de onde ainda não saiu completamente. Dan e eu podíamos acreditar no que ele contou ou deixar para lá, Howard disse, mas ele recomendava que acreditássemos e que talvez pudéssemos pescar no lago Onteora, que ficava um pouco à frente pela estrada. Depois disso, voltou para a cozinha.

Do lado de fora da lanchonete, além das janelas, a chuva caía formando uma parede que dava a sensação de estarmos no fundo do mar. Eu quase esperava ver a sombra de um peixe enorme passando. Balancei a cabeça e peguei minha carteira. Dan e eu pagamos a conta, corremos para a minha caminhonete embaixo de chuva, e eu saí do estacionamento para a 28. Só então perguntei: "Que diabo foi aquilo?".

Dan balançou a cabeça. "Loucura."

"Loucura..." Era uma palavra para aquilo. Eu estava irritado, como você fica quando não tem certeza se alguém está brincando com você ou não. Eu sei: como Howard poderia estar fazendo qualquer outra coisa? Gente morta andando, magia negra, monstros, tudo isso era coisa de filme de terror, uma história de pescador muito exagerada. Eu tinha certeza de que Dan e eu tínhamos sido vítimas de uma pegadinha das grandes. Howard havia dito que queria ser escritor. Eu suspeitava que ele havia acabado de nos contar sua primeira história.

Mas... embora não pudesse acreditar nos estranhos eventos que ele relatou, muito menos nos mais fantásticos, em nenhum momento ao longo da história Howard havia me dado a impressão de que mentia. Sim, eu sabia, era a marca registrada de um bom mentiroso. Mas tinha alguma coisa em suas palavras, uma espécie de energia que sugeria uma dose de verdade nelas, e isso me irritava mais que tudo. Ele parecia infeliz com a história que nos contava, como se os detalhes não lhe agradassem da mesma forma que não esperava que nos agradassem também.

Mesmo assim, aqueles detalhes. Se, como diz o ditado, é aí que o Diabo mora, metade do Inferno parecia ter se espremido naquela história. Símbolos mágicos entalhados com facas de cozinha? Cordas trançadas com anzóis de pesca? Lâminas de machado mergulhadas no sangue de um homem morto? A chuva diminuía, o ar ficava mais claro e o sol tentava aparecer por entre as nuvens. E aquela história do pintor, Otto, cortando a própria garganta depois de ter visto a mulher de preto?

Apesar de tudo, pisei no freio. Que diabo era isso que eu estava lembrando? Howard não tinha falado nada sobre um pintor, tinha? De onde veio isso? Mudei de faixa para entrar à esquerda perto da churrascaria. Tentando manter a voz tranquila, falei: "Tem certeza de que quer ir pescar naquele lugar?".

"Sério?", Dan retrucou.

Não respondi. Em vez disso, virei à esquerda na 28A e continuei na direção oeste, rumo ao extremo sudeste do reservatório. Era um caminho que eu tinha percorrido muitas vezes, primeiro com Marie quando saímos para passear num domingo, depois sozinho quando saí para procurar lugares onde pescar, depois com Dan quando o levei a alguns desses lugares. Hoje a estrada parecia mais estreita, as curvas mais difíceis de percorrer com a caminhonete. Em cada inclinação, a água escorria e os pneus chiavam ao entrar em contato. Com os galhos pesados da chuva, as árvores que eram cada vez mais densas nas laterais da estrada pareciam querer nos tocar. Um ramo raspou o teto da cabine e o metal guinchou.

Para com isso, disse a mim mesmo. Afinal, a história de Howard não era a única que eu tinha escutado sobre as coisas que supostamente existem no fundo do reservatório. Creio que a primeira falava sobre as cidades que haviam sido abandonadas para abrir espaço para sua construção. Eu a ouvi quando ainda estava na faculdade, provavelmente na primeira visita que fiz ao local. Éramos um grupo de seis na caminhonete de alguém e fomos até lá para beber cerveja e olhar as estrelas. Eu havia sido incluído porque tinha um violão e sabia tocar algumas canções populares da época. Enquanto descansava depois de tocar algumas músicas ao lado da fogueira modesta que fizemos, uma das meninas do grupo sentou ao meu lado e perguntou se eu sabia sobre o reservatório. Não lembro o que eu falei, provavelmente disse que não. A menina contou que o reservatório tinha sido construído no lugar onde antes existia uma cidade. Os habitantes foram despejados, e suas casas foram inundadas. Supostamente, a menina continuou, se você remar para longe das margens quando o tempo está firme, e seu barco passar por cima de onde ficava a cidade, e você olhar para baixo, dá para ver a torre da igreja se erguendo das profundezas.

Para ser franco, por muito tempo acreditei naquela história, até a repeti algumas vezes, até outro amigo me corrigir anos mais tarde. É uma daquelas histórias que, percebi, sempre cerca os lugares onde a água cobre uma região que foi habitada por humanos. Tem algo de assombroso na imagem daquelas casas. Das lojas, igrejas, tudo submerso na escuridão, com cardumes de peixes nadando entre as construções, uma luminosidade brilhando distante lá em cima. É ver como o tempo funciona, ou alguma coisa assim.

Agora a estrada subia, escalava colinas de onde era possível ver a margem sul do reservatório. À nossa direita, o terreno descia, deixando as árvores com a metade de sua altura, depois descia mais, e nós olhávamos para as copas que pareciam brotar das nuvens baixas que pairavam na colina. A distância, o reservatório era uma área de água cinzenta emoldurada por névoa e montanha, um pedaço de papel em branco disponível para quem quisesse escrever nele. E se a história que você pusesse lá falasse sobre uma mulher cujo corpo destroçado deixava uma trilha de água para trás enquanto ela vagava por aí à procura das filhas, ou sobre uma linguagem que podia obrigar alguém a enxergar do outro lado do véu que separa este mundo de outro, onde o mais antigo entre todos os seres se encolhe no fundo do oceano, e daí?

"Então", falei, e minha voz soou inesperadamente alta, "o que achou da história do velho Howard?".

"Acho que nunca ouvi história mais absurda que aquela", Dan falou.

"Mesmo assim..."

"Mesmo assim o quê?"

Dei de ombros. "Não sei. Foi estranho, só isso."

Como resposta, Dan bufou.

A outra história que ouvi sobre aquele lugar tinha a ver com um encontro fantasmagórico. Pouco depois da primeira visita que fiz ao reservatório, um amigo — que era mais um conhecido, na verdade — disse que um cara que ele havia conhecido no Pete's tinha contado uma história insana para ele. De acordo com essa pessoa, ele ia de carro para casa pelo extremo leste do reservatório na semana anterior, quando viu uma garota parada no acostamento um pouco adiante. Estava descalça e com um longo vestido branco. O desconhecido parou ao lado dela e perguntou se precisava de carona. Sem responder, a moça abriu a porta do passageiro e entrou no carro. Ela foi guiando o motorista por estradas desconhecidas até chegarem em um portão meio recuado do asfalto. Ali a jovem saiu do carro, não sem antes beijar o rosto do motorista com lábios tão gelados que queimavam. No dia seguinte, quando o homem curioso voltou ao local onde havia deixado a garota na noite passada, ele descobriu que os portões por onde ela tinha passado eram de um cemitério. Como meu amigo contou, o que deu alguma credibilidade à história foi o lugar em seu rosto onde a moça o beijou. A pele estava vermelha, ferida, e o contorno dos lábios era claramente visível.

Eles chamam essa segunda história de "A carona fantasma", e você encontra versões dela por toda aquela região — pelo mundo todo, aposto. O fato de eu ter ouvido uma variação ligada ao reservatório foi puro acaso. Poderia ter sido ambientada em qualquer lugar sem nenhum efeito sobre sua integridade. A maioria das histórias estranhas e de fantasmas que ouvi são como essa, notas locais sobre um tema mais geral. Se você tentasse, suponho que poderia encontrar um significado para elas, alguma moral que as pessoas incorporam. No caso da carona, acho que teria a ver com ter de tomar cuidado com estranhos, e provavelmente tem um aviso sobre desejo também, não tem? Já a história de Howard, eu não conseguia entender que lição tirar dela, que mensagem poderia tentar transmitir. O que eu devia pensar sobre, digamos, a pedra que aqueles trabalhadores desenterraram na propriedade da Casa Dort? Pedra? Parei para pensar. Howard não havia falado nada sobre uma pedra. Mas o que seria aquilo? Eu sabia exatamente que pedra era, aquela grande e azul na qual um operário tinha visto um olho brilhante e distante. Diminuí a pressão do pé no acelerador.

 À nossa esquerda, uma extremidade do caminho seguia para uma casa grande cujas paredes de pedras, janelas altas e telhado denteado pareciam ter a intenção de sugerir um conto de fadas, uma sugestão que os edifícios próximos, não muito menores, captavam e reforçavam. No alto de um gramado bem cuidado perto dali, uma vila italiana se debruçava sobre um jardim cheio de arbustos esculpidos. Ao meu lado, Dan estava em silêncio, mergulhado nos próprios pensamentos. Descendo a colina, continuei pela 28A e passei por uma igreja, por dois trailers estacionados em uma área improvisada e por casas que aspiravam à classe média, até a estrada ficar plana. Virei à esquerda em direção a Stone Church Way, me afastando do reservatório, e segui até Ashokan Lane à direita. Tinha quase certeza de que Howard havia mencionado o xerife que cuidou da destruição da Casa Dort, mas tinha menos certeza de que ele havia descrito aquela inspeção do oficial no interior da propriedade. Ali, as casas aninhadas entre as árvores eram mais modestas que aquelas pelas quais passamos no alto da colina, ranchos, chalés, uma ou outra casa de fazenda. Os carros nas entradas não eram dos modelos mais novos. Adesivos nos para-choques proclamavam o orgulho de seus estudantes, a lealdade nas últimas eleições. Dois quilômetros à frente, mais ou menos, além de um denso aglomerado de árvores, uma placa para Tashtego Way marcava o começo de uma estrada estreita à esquerda. Segui por ela.

Árvores cresciam na beirada da estrada. Seus galhos, e em alguns casos os troncos, pesavam com a água da chuva e se debruçavam uns sobre os outros, formando um túnel de madeira e folhas. Temendo bater em um deles, diminuí a velocidade e me mantive no meio da faixa asfaltada. Acima, a chuva presa nos galhos formava grandes gotas que pendiam, depois caíam, atingindo o teto da caminhonete com um barulho alto. Dutchman's Creek devia estar em algum ponto dessa estrada, mas eu ainda não via nenhum lugar para estacionar, só árvores nos cercando dos dois lados. Por um instante, pensei se o riacho realmente existia, se não poderia ser algum tipo de lenda local, mas as árvores à direita se afastaram para revelar um trecho de várzea, uma campina que se afastava dela e uma elevação baixa amparando as duas. Depois de uns cinco metros, virei o volante levemente, testando o terreno com os pneus do lado direito. A caminhonete tinha tração nas quatro rodas, por isso eu poderia ter seguido pela grama com razoável confiança de que sairia de lá sem problemas, mas odiava revirar uma área de terra, se pudesse evitar. Sem mencionar que, se eu estivesse errado, seria caro levar um guincho até ali para corrigir meu erro. O terreno parecia bem sólido. Virei o volante um pouco mais, até a caminhonete estar completamente na campina, com uma boa margem de uns dois metros entre minha porta e a estrada. Desengatei a marcha, puxei o breque e desliguei o motor.

Como se girar a chave do carro a houvesse invocado, a chuva voltou a cair com força renovada, lavando a visibilidade das janelas. Dan suspirou e pegou seu chapéu, mas eu o segurei pelo braço. "Vamos esperar um minuto", falei. "Uma chuva dessas não vai durar muito."

"Tudo bem", ele respondeu.

"E posso aproveitar a chance para fazer uma pergunta."

"Hm?" Ele ergueu uma sobrancelha.

"É", confirmei. "Como soube deste lugar?"

Ele devia saber o que eu estava perguntando. Depois da história de Howard, o que mais eu podia querer saber? Mas jogou a cabeça para trás, se ajeitou no banco e disse: "Qual é? Já falei, foi no livro de Alf Evers".

"Conversa mole", disparei sem ser grosseiro.

"O que você..."

"Acho que se tivéssemos uma cópia desse livro, não acharíamos nenhuma referência a Dutchman's Creek nele." Levantei a mão para silenciar seu protesto. "O que está escondendo de mim?".

"Jesus, Abe", disse Dan. Ele pegou o chapéu, colocou-o na cabeça e abriu a porta com força suficiente para sacudir a caminhonete. Desceu na chuva e estendeu a mão para pegar nosso equipamento atrás do banco. Eu continuei onde estava enquanto ele pegava a vara, a caixa de pesca e a bolsa que continha nossa comida e bebida. Assim que pendurou a bolsa no ombro, ele olhou para mim com o rosto vermelho e disse: "E aí? Você não vem?".

Eu não podia deixar de ir. Abri a porta quando ele bateu a dele e começou a atravessar a campina. Peguei meu equipamento, tranquei a caminhonete e fui atrás dele. A chuva não parou como eu previa, e a grama e o solo estavam encharcados. A água escorria da aba do meu boné, e a lama pesava nas botas que eu estava feliz por ter calçado. Quando cheguei à base da encosta, o que, devo dizer, não demorou nada, a metade inferior do meu jeans estava molhada e pesada. O boné estava encharcado. A encosta era coberta por árvores de tamanho razoável que ofereciam algum abrigo. Fui andando entre elas. É engraçado: embora houvesse o barulho da chuva caindo e, mais perto, o ruído da minha respiração enquanto eu subia a inclinação, eu conseguia ouvir alguns pássaros nos galhos mais próximos cantando notas de uma canção que atravessava o ruído da água. Era um som muito alegre, e eu pensei: *Vou ter que descobrir que pássaro é esse.*

Não demoramos muito para chegar ao topo da encosta. Para ser honesto, era mais um calombo na terra do que uma colina propriamente dita. Do alto, vi Dan começando a descer do outro lado, dirigindo-se a um vale formado pela encosta baixa onde estávamos e pelo paredão de terra e pedras atrás dela. Não me importo de andar até um local bom para pescar, mas devo admitir que, com o passar dos anos, gostava cada vez menos de subir morros. Sentia o esforço nos joelhos, ponto fraco que devo ter herdado de meu pai, que era atormentado por problemas nos joelhos desde que eu conseguia lembrar. Acho que devia agradecer pelos meus terem resistido por tanto tempo. Bom, eu já estava ali de qualquer forma; suspirei e comecei a descer.

Um pouco além do pé da encosta, uma faixa de água atravessava o vale. Ninguém ficaria ofendido se você considerasse aquilo como uma poça, embora fosse água corrente, se movendo da esquerda para a direita no solo negro lamacento. Alguma coisa — uma ilusão provocada pela luz, acho, o efeito de todas aquelas árvores em volta, a terra embaixo — fazia a água parecer negra como tinta. A luz que havia ali não atravessava a superfície. Era como se flutuasse com ela, como se o riacho fosse mais profundo do que eu sabia que era. Pensei no oceano negro de Howard, e a lembrança me irritou. Senti vontade de enfiar a bota na água para provar que o rio não era mais que o transbordamento de um lago próximo, mas pensar no meu pé entrando em contato com a água preta fez minha boca ficar seca, o coração disparar. "Idiota", resmunguei e pulei por cima da água.

A subida da segunda colina não foi tão rápida. O terreno era mais inclinado, a superfície era cortada por pedras escorregadias na chuva. Cuidado era a ordem do dia. Acima de mim, Dan estava no alto da encosta. Se eu escorregasse, caísse e me machucasse, talvez ele nem me ouvisse pedindo socorro. Com a caixa e a vara de pescar na mão, a outra livre para eu me apoiar na próxima árvore, comecei a subir e inclinei o corpo para frente de forma a manter o equilíbrio. O solo era raso, riscado de raízes expostas. Eu caminhava com cautela, usada as raízes como degraus. Manchas de líquen verde-claro envolviam os troncos das árvores, desprendendo-se em minha mão quando eu os tocava. Sei que estava ruminando a história de Howard, mas sua narrativa havia sido desalojada do centro dos meus pensamentos por um vago desconforto que eu atribuía ao comportamento de Dan, sua mentira e sua explosão temperamental. Tinha visto suas dificuldades no trabalho; e as vi mais de perto em fevereiro, na noite em que ele foi jantar em casa. Disse a mim mesmo que pescar era um oásis para ele, um descanso para o deserto de seus dias. Agora, subindo aquela encosta inclinada, eu me perguntava se estava enganado, se a ruína de sua vida havia atingido seu refúgio, enterrado sua água doce sob areia escaldante. Eu não tinha medo de Dan, mas me preocupava com ele, e comigo, que o seguia por entre fileiras de cicuta e bordo.

Na minha frente, uma grande bétula havia caído atravessada na encosta. Passei por cima dela, e vi os restos de uma fogueira e uma pilha de latas de cerveja vazias. Restos de uma festa de adolescentes, sem dúvida. A sujeira me incomodou, como sempre havia me incomodado esse tipo de falta de cuidado, mas com o descontentamento eu senti também uma dose de, bem, não era alívio, exatamente, mas tranquilidade. O alumínio amassado, as toras queimadas, tudo significava que mais alguém havia estado ali, e não fazia muito tempo.

Quando me aproximei do topo da encosta, as cicutas cresciam mais próximas, mais altas, o que parecia ser uma boa coisa, já que, considerando o barulho, a chuva era mais forte que nunca. Sentindo-me como um rato em um labirinto, fui andando por entre os troncos até o solo ficar plano e eu perceber que estava no alto da colina. Por causa das árvores, não tinha muito para ver em nenhuma direção, mas ao longe, na minha frente, consegui identificar o contorno de outra colina que eu rezei para não ter de subir. A superfície da colina em que eu estava já começava a descer, e o ângulo era mais acentuado do que eu havia sentido ao subir, mas as árvores ainda eram densas o bastante para que eu as usasse como apoio, pisando em suas raízes como degraus. *É bom que tenha uma porcaria de peixe monstro nesse rio*, pensei ao pisar entre duas raízes. Estava suando, e a capa de chuva leve que eu me orgulhava de dizer que mantinha a umidade em seu interior era como uma sauna portátil.

Pelo que pareceu muito mais tempo do que realmente sei que se passou, desci a encosta com todo cuidado. Só quando cheguei à base da elevação e as árvores se tornaram mais escassas, foi que consegui ver a torrente de água abaixo de mim e percebi que o estrondo que ouvia não era chuva, mas Dutchman's Creek. Cheio com os temporais da última semana, o rio galopava naquele trecho de corredeiras formando uma correnteza branca. Alguma coisa na acústica do lugar — a proximidade da colina do outro lado do riacho — amplificava o barulho da água. Olhando de perto, o rio devia ter uns dez metros de largura, mais estreito que a maioria dos lugares onde eu tinha pescado mais embrenhado nas Catskills. Mas ouvindo, a impressão era de que Dutchman's Creek era um rio imenso.

Na base da colina, a terra dava lugar à pedra nua, que revestia este lado da corrente à esquerda e à direita. Olhei em volta e vi Dan à direita, rio abaixo. Suspirei. Estava me esforçando para ser paciente com ele. Havia concluído que ele devia ter escutado o nome do rio de uma mulher, alguém com quem ele teve algum tipo de envolvimento. O caso podia não ter durado mais que uma noite, mas a perda da família era recente o bastante para Dan sentir que os havia traído. Eu não queria culpá-lo pelo conforto que havia tirado da situação. As feridas que ele carregava doíam até os ossos — atravessavam os ossos, a medula — e qualquer alívio que se possa ter para esse tipo de dor, mesmo que temporário, é bem-vindo. O problema é suportar a culpa que pega você entre os dentes quebrados assim que o conforto acaba. O que se apresentava como irritação, disse a mim mesmo, era sintoma de uma aflição mais profunda, algo que eu conhecia muito bem. Por isso, apesar da vontade de virar à esquerda e buscar um lugar solitário para jogar minha linha, fui para o lado direito.

Mesmo sem a adição de sete dias de chuva, as corredeiras que eu via teriam sido fortes. Por uns cem metros, elas descem em quedas tão regulares que poderiam ser enormes degraus. Toda aquela porção do rio era cravejada de pedras, blocos cinzentos cujos contornos a água pouco tinha feito para suavizar. Era como se um lado da montanha tivesse se soltado e ido descansar ali. Há peixes que enfrentam essas condições turbulentas, e em circunstâncias menos extremas eu poderia tentar pegar alguns. Vi alguma coisa de bom tamanho nadando na espuma. Minha ambição, porém, é temperada pelo bom senso, e embora todo pescador entenda que vai ter que sacrificar sua cota de iscas para alimentar a paixão, não faz sentido jogar iscas fora, e era isso que eu faria se jogasse a linha naquela agitação branca. Além disso, com a chuva e a água que o rio espalhava, a margem estava perigosamente escorregadia. Continuei andando em direção ao Dan.

    Quando o alcancei, ele já havia jogado a linha na água. Estava em pé do outro lado de uma piscina larga na qual o riacho caía de uma cachoeira. Com uns trinta metros de largura, a piscina era uma taça de pedra cujas laterais desciam bruscamente para a água. Onde o riacho caía, a piscina espumava e se agitava, turva de sedimentos. Mais perto do meio, a água ficava transparente como vidro, e apesar dos pingos de chuva que penetravam a superfície, consegui ver o contorno de vários peixes grandes reunidos ali. Trutas, eu esperava, e abaixo delas a água escurecia, resultado da terra e de tudo que caía da cachoeira e se espalhava pelo fundo da piscina. Pelo que eu podia ver, Dan ainda não havia fisgado nada. Estava posicionado onde a água saía da piscina por um canal largo. A caixa de pesca estava aberta em cima da pedra ao lado dele, suas prateleiras erguidas e estendidas, o que tomei como indicação de que ele pretendia passar algum tempo ali. Eu não estava com pressa para conversar com Dan. Enquanto pudesse vê-lo, ficaria satisfeito. Mais ou menos na metade da circunferência da piscina, a beirada descia formando uma plataforma que entrava na água. Deixei meu equipamento no topo dessa descida, me abaixei para abrir a caixa de pesca e em pouco tempo estava levantando o braço para jogar a linha.

    Nossa, como eu amo esse primeiro lançamento. Você prende a linha na vara, abre a trava, levanta a vara acima da cabeça e quebra o pulso, soltando a linha. O movimento projeta a vara para cima, leva a isca rosa e verde no fim da linha para trás, depois para frente, para longe, longe, longe, a isca arrasta a linha como um jato à frente de seu rastro e então sobe até o ponto mais alto da parábola, cuja ponta mais distante vai levá-la para bem próximo aos peixes. O molinete vai soltando a linha, fazendo um barulho rápido conforme gira. Enquanto isso, a isca se aproxima do ápice de seu voo e começa a perder velocidade, fazendo a linha afrouxar atrás dela. Quando a isca cai em direção à água, demora mais do que aparentemente deveria, de forma que, por um momento, você se pergunta se ela já atingiu a superfície sem que você se desse conta, e está quase procurando o local por onde ela entrou na água quando o anzol giratório brilha, então você olha a tempo de ver a água subir com um ruído estridente. Daí você fecha a trava para prender a linha, contando "um-Mississippi, dois-Mississippi, três-Mississippi", tentando deixar aquele pequeno aglomerado de madeira e metal que você chama de isca alcançar o nível dos peixes, vendo a linha que havia afrouxado na água se esticar e submergir, e depois é quatro-Mississippi e você começa a puxar a linha, então o pescado do dia está a caminho.

    Tentei achar alguma coisa com que comparar a sensação, porém o mais próximo que consegui chegar foi aquele momento em que você desliza os dedos pelas cordas do violão e tira as notas de abertura de sua primeira música. Ou um segundo depois da bola de beisebol sair da sua mão e girar no ar a caminho da luva do receptor. É um sentimento de começar alguma coisa de cujo desfecho você não pode ter cem por cento de certeza — e às vezes a porcentagem é significativamente mais baixa —, mas a trajetória da isca não é acompanhada da mesma suavidade. É claro, você acha que sabe o que o espera embaixo da água, mas acredite: você nunca pode ter certeza do que o anzol vai fisgar.

    Imediatamente, o peixe que eu queria se interessa pela isca, e mais dois se afastam do cardume para ir atrás dele. Puxo a vara mais depressa, tentando atraí-los, mas eles hesitam até eu conseguir ver o anzol giratório cintilando na água, quando cada um deles se afasta em uma direção diferente. Não me preocupo. A isca está na água e eu já levanto o braço para uma segunda tentativa no local onde conseguia ver vários peixes. Dessa vez, deixo a isca descer na água por um-Mississippi a mais antes de começar a puxá-la. Outro peixe se afasta do cardume para ir atrás dela. Decido não apressar a puxada, mas continuo enrolando o molinete em um-dois, um-dois, um-dois. Embaixo do peixe, que parecia ser alguns centímetros maior que os dois anteriores, o lodo na água se agita. Vou puxando a linha, um-dois, um-dois. O peixe se aproxima da isca...

... e vai embora, afugentado pela coisa que se ergue do lodo embaixo dele, pega a isca e mergulha. Tenho a impressão de que é um corpo do tamanho de um pequeno tronco de árvore e coberto de escamas claras como a lua. Se não tivesse deixado a linha frouxa, o peixe a teria arrebentado. A vara se encurvava com a pressão exercida por aquela coisa. O peixe não nadava muito depressa — a linha se desenrolava do molinete em um ritmo quase preguiçoso —, mas ia longe. Afundou no lodo, no que eu calculava ser o fundo da piscina, antes de nadar em um círculo largo. Eu não tinha ideia do que havia mordido minha isca. Não era uma truta, certamente, nem um peixe-lua, nem qualquer peixe de frigideira. Pelo tamanho e a força, eu imaginava que podia ser uma carpa, que não era um peixe que eu esperava encontrar ali. Mas há momentos em que você tira da água uma coisa que não se pode mensurar, o único resquício de uma história cujos contornos são um mistério. Não sei de que maneira ela havia ido habitar aquela piscina, mas uma carpa tinha o poder de cortar minha linha com um movimento de cabeça. Se eu quisesse tirá-la da água, teria que mudar minha estratégia habitual. Testei a manopla, e a vara descia com a tensão crescente da linha. "Calma", murmurei, um pouco para mim, um pouco para o peixe. Podia senti-lo lá embaixo no escuro, sentir seu peso e sua força. Girei a manivela mais uma vez, parando quando o peixe começou a puxar mais linha, nadando em um círculo mais largo. Imaginei que ele estava testando aquela coisa cravada nele. Esperei para ver se manteria seu curso, ou se partiria em uma direção diferente. Quando ele se mostrou contente por continuar nadando em um círculo amplo, comecei a girar a manivela devagar, trazendo-o pouco a pouco para mais perto de mim.

Em algum ponto desse longo processo, Dan notou que eu tinha alguma coisa no fim da linha e que essa coisa não se comportava da maneira usual. Não posso dizer exatamente quanto tempo a curiosidade em relação ao que eu estava fazendo levou para superar a irritação por ter sido questionado por mim, mas quando puxei o peixe o suficiente para ver o lodo remexido por ele, Dan estava do meu lado direito. Ele perguntou: "O que tem aí?".

"Não sei", respondi. "Carpa, talvez."

"Carpa? Aqui?".

"É grande demais para ser truta ou peixe-lua."

"Talvez seja um lúcio."

"Pode ser. Mas não se comporta como um."

"Também não se comporta muito como uma carpa", Dan apontou.

"Não vou discordar."

Dan estava ao meu lado quando o peixe saiu do lodo e subiu até se tornar visível, e eu pude comparar minha reação com a dele, seu "Que porra é essa?" me fez ter certeza de que ele tinha visto o que eu vi. Como eu não larguei a vara, nem a puxei e quebrei a linha, não sei. O peixe era enorme, tinha um metro e vinte de comprimento, tranquilamente. Muito grande, eu teria dito, para sobreviver em um lugar daquele tamanho por muito tempo, a menos que a profundidade fosse muito, muito maior do que parecia. E o que vi de sua cabeça era diferente de tudo que já havia visto em qualquer lugar onde tenha jogado minha linha. Arredondada, com olhos grandes, escuros e salientes, uma boca cheia de dentes parecidos com facas de cortar carne, a parte dianteira da criatura era do tipo que esperamos encontrar nas profundezas do oceano.

"Parece que não é uma carpa, afinal", comentei.

"Que..." A voz de Dan falhou.

"Não sei." O peixe ficava mais lento, a tensão na linha diminuía. Girei a manivela mais depressa, esticando a linha e me preparando para o caso de o peixe mudar de direção. Se não mudasse, se completasse mais uma volta na piscina, quando passasse de novo por onde eu estava ele estaria perto o bastante para eu tentar trazê-lo para fora. Embora uma parte da minha mente tivesse registrado o "Que porra é essa?" de Dan e o repetisse como um mantra, e outra parte tentasse entender como um suposto morador de águas profundas tinha ido parar em um pequeno corpo d'água na região norte de Nova York, ainda me sobrava cérebro suficiente para calcular a melhor trajetória para guiar o peixe até a base de pedra que me sustentava. O peixe nadava na minha direção, emergindo na água na medida em que se aproximava. A barbatana dorsal, um leque claro estendido entre espinhas que tinham o comprimento do meu antebraço, surgiu no ar como as costas de um dragão. Eu disse: "Dan".

"Sim."

"Vou ver se consigo trazer esse cara para a pedra na minha frente. Entende o que estou dizendo?"

"Sim, mas..."

"Quando eu puxar o peixe para cima da pedra, vou dar a vara para você e tentar tirá-lo da água com as mãos."

"Mas..."

"Fica preparado para pegar a vara, só isso."

Quanto mais eu falava, melhor me sentia, mais confiante. Era como se, anunciando meu plano, eu garantisse sua concretização. O peixe ficava mais lento, as espinhas das costas relaxavam conforme ele se aproximava. Resisti ao impulso de girar a manivela o mais depressa possível. Ele podia estar cansado, ou podia estar se preparando para mergulhar. Estava perto, tão perto que consegui ver o rosto em toda sua horrenda glória. Dan se inclinou para mim e estendeu as mãos para a vara. "Quase lá", eu disse, "quase lá." A metade frontal do peixe escorregou para cima da plataforma de pedra. Quase não tinha mais linha para recolher, mas eu o puxei para cima da pedra, onde a água ficava rasa. Quando a cauda também apareceu sobre a plataforma, passei a vara para Dan e dei um passo na direção do peixe. Quando me mexi, ele levantou a cabeça e o pescoço acima da superfície da água, como se estivesse se preparando para mergulhar da pedra. Vi que os olhos eram poços vazios. Enquanto tentava decidir se devia segurar a linha ou o peixe, ele se acomodou embaixo d'água e ficou quieto.

Pisei na poça rasa e o agarrei com as duas mãos, mantendo-as bem longe da cabeça e dos dentes afiados da criatura. As guelras mal se moviam. Segurei as duas guelras frontais e recuei. Pronto para a briga, eu me movi depressa, puxando o peixe quase todo para fora da água antes de soltá-lo e cair sentado. Esperava que as extremidades das guelras fossem afiadas, e estava disposto a correr o risco de machucar as mãos para não perder o pescado, mas as abas de pele eram elásticas, quase macias. Quando ele caiu sobre a pedra e estremeceu, tive a impressão de que o corpo era mais gelatinoso que sólido. Estranho, sim, mas não mais do que a presença da criatura naquela piscina. Senti o sorriso distendendo meus lábios. Seria alvo de inveja de todo mundo que já havia passado algum tempo manejando uma vara de pesca: tinha minha história fantástica e uma prova dela. O que isso poderia significar para mim? Minha foto no jornal, um lugar de honra na parede do Howard's, pelo menos. Olhei para Dan, que ainda segurava a vara com força. "Tudo bem", falei e fiquei em pé, "já pegamos o peixe." Estendi a mão, e Dan me devolveu a vara. "Obrigado", eu disse. "Não teria conseguido sem você, parceiro."

"Abe."

"Não é uma carpa, com certeza", continuei. "Certeza absoluta." Estava tentando pensar na melhor maneira de levar meu pescado até a caminhonete. Se eu tirasse a capa de chuva, talvez pudéssemos improvisar uma rede usando dois galhos. Exigiria algum trabalho, mas..."

"Abe", Dan repetiu.

"Que foi?"

"Eu... isso não é um peixe."

"Como é que é?" Olhei para Dan.

Ele olhava para o peixe com os olhos arregalados. "Não é", ele disse. "Olhe para ele, Abe. *Olhe para ele.*"

"Tudo bem", respondi. "Tudo bem." Olhei para o peixe, e o que Dan tinha visto finalmente se tornou nítido para mim. "Jesus!", gritei, pulando para trás e trombando nele. "Que porra é essa?".

A cara do peixe, como eu disse, era redonda, e os olhos eram dois soquetes grandes voltados para frente. Sem dúvida, a semelhança com um crânio humano havia contribuído para meu espanto inicial com sua aparência. Mas eu estava preocupado demais em tirar a coisa da água e não percebi que sua cara não tinha o formato de um crânio, mas era moldada em torno de um crânio. Imagine um peixe grande, alguma coisa como um salmão, cuja cabeça foi cortada. No lugar dela, alguém pôs um crânio humano, esticando a pele do peixe sobre o osso para prendê-lo ali. Finalmente, o autor do transplante bizarro deu à nova criação uma boca, uma abertura na base do rosto com gengivas sem sangue e cravejadas de dentes, como uma gaveta de facas. Atrás das guelras, um par de grandes barbatanas peitorais se espalhava sobre a rocha, enquanto um jogo menor de barbatanas ventrais se abria mais perto da cauda, cujo lobo superior pendia para a esquerda. Aquela visão feria meus olhos só de olhar. Queria virar a cabeça. O café da manhã ameaçava voltar à boca. Talvez houvesse uma explicação natural para o que eu tinha tirado da água, mas, se havia, eu não queria ter nada a ver com a natureza capaz de criar uma criatura como aquela. Ao mesmo tempo, não conseguia parar de olhar para o peixe, que soprava o ar por entre a floresta de dentes em um grunhido cansado.

"Isso estava no diário de pesca do meu avô", disse Dan.

Eu não tinha resposta, não tinha ideia sobre o que ele estava falando.

"Ele também era pescador", Dan continuou. A voz tremia com o impacto que a imagem diante de nós causava. "Ele e meu pai costumavam ir pescar nos fins de semana. Às vezes, eles me levavam. Não era muito comum, mas de vez em quando eu ia. Ele mantinha um registro dos lugares onde havia pescado. Era só um caderno pautado, o tipo de coisa que a gente usa na escola. Bem simples. Sobre cada lugar, ele anotava a data da visita, o tempo que tinha passado lá, o clima, as condições da água, as iscas usadas e os peixes pescados. De vez em quando ele acrescentava um comentário embaixo da data: 'Sorte acima da represa', ou 'Fisguei um bagre enorme perto da ponte 32, mas perdi'. Quando voltava a um lugar, ele atualizava o registro com uma cor de tinta diferente. Eu nunca soube desse diário. Meu avô não era de falar muito. E nem teria sido muito importante se eu tivesse conhecimento do diário. Eu gostava de pescar, mas não me interessava por aquele tipo de anotação exaustiva.

"Então, em fevereiro passado, minha prima Martine foi me visitar com a família. Acho que falei sobre isso. No último instante, quando eles estavam colocando as coisas no carro para voltar a Cincinnati, ela enfia a mão dentro da mala e pega o diário do meu avô.

'Toma', ela diz. Eu não sabia o que era aquilo. Ela encapou o caderno em couro e gravou *Diário de Pesca* em letras douradas na capa. Pensei que fosse um diário em branco para eu escrever minhas experiências. Ela é professora de inglês no ensino médio, e havíamos conversado sobre isso. Bem, ela tinha falado sobre isso, sobre o que chamou de 'exercício terapêutico'.

"Mas não, era o diário do nosso avô com o registro de suas pescarias. A mãe dela ficou com o diário depois da morte dele e depois deu a Martine. Eu não conseguia imaginar que interesse tia Eileen podia ter naquele diário. Pelo que compreendi, ela sempre foi dedicada à religião, a ponto de ter pensado em se converter ao catolicismo para ser freira. Ninguém jamais mencionou que ela se interessava por pescaria. E não se interessava, Martine confirmou. A mãe dela odiava pescaria. Tinha ciúme do tempo e da atenção que meu avô dedicava ao passatempo, e do fato de dividir esses momentos com meu pai. Eu não sabia. Ninguém mais sabia. É surpreendente que ela não tenha queimado o diário, sabe, se vingado dessa maneira. Quando o filho mais velho de Martine, Robin, nasceu, a mãe deu o diário para ela, para o bebê. Robin também não tinha interesse por pesca, nem a irmã mais nova dele. Minha prima deixou o diário na gaveta da cômoda, disse que praticamente o esqueceu lá. Até que", a voz dele falhou, "até que aquilo tudo aconteceu com Sophie e as crianças, e você e eu começamos a pescar juntos. Martine lembrou do diário do nosso avô. Tirou-o debaixo das meias e roupas íntimas e decidiu que seria mais útil para mim do que havia sido para qualquer outra pessoa da família. Ela encontrou um lugar para fazer uma capa bonita no diário e pronto. 'Espero que encontre nessas páginas alguma coisa que possa ajudar você', ela disse.

"Demorou um pouco para eu abrir o caderno. Para ser bem honesto, Abe, eu não sabia se queria continuar pescando com você. Nada pessoal: eu não sabia se queria continuar pescando. Só isso. Você deve ter notado que as coisas pioraram um pouco para mim neste inverno. Sei que desabei naquela noite em que me convidou para jantar. Enquanto estávamos pescando, eu... não estava bem, nem com muito esforço da imaginação, mas conseguia viver um dia de cada vez. Depois que a temporada acabou, e eu guardei a vara de pescar e a caixa de pesca no quarto de hóspedes, tudo ficou mais difícil. Não foi da noite para o dia. Ainda teve o período das festas de fim de ano e as visitas da família para me distrair. Mas cada vez mais eu me sentia encurralado, preso em um turbilhão que me arrastou naquela manhã em que o caminhão... o caminhão..."

Dan balançou a cabeça com vigor, desviando o olhar da coisa na nossa frente. Olhando para mim, ele continuou: "Um redemoinho: é assim que chamam um turbilhão especialmente grande e forte, o tipo de funil que pode engolir um navio no oceano. Eu estava em um redemoinho, girando e girando em um cone de água preta, minha esposa e as crianças em algum lugar ali comigo, sem que eu conseguisse localizar seus gritos. Quanto mais tempo eu passava ali, mais difícil era acreditar que tinha havido alguma outra coisa, algum tempo à margem do Svartkil conversando sobre trabalho e esperando uma fisgada. Todas aquelas excursões, aqueles dias sentado na margem de um outro rio, tudo era um sonho, uma ilusão que eu havia criado para fugir do turbilhão incansável. Sabe... onde aconteceu o acidente, instalaram um semáforo no local."

"Sim", falei.

"Vou até lá na maioria das manhãs. Estou falando de três, quatro horas da manhã, quando ainda parece noite. Não consigo dormir muito. Saio da estrada, desligo o carro e fico ali sentado olhando para o farol."

"Eu sei."

"Sabe?"

"Você me contou. Na noite do jantar em casa."

"Contei?"

"Depois de muito vinho."

"Ah." Por um momento, o fio da narrativa de Dan parecia ter escapado por entre seus dedos. "Hm", ele disse. "Tudo bem. Então. Eu fico olhando para o farol e pensando em coisas. Provavelmente contei que tipo de coisas, não?".

"Sim."

"Noite após noite, ou manhã após manhã, dá na mesma. A luz cumpre os ciclos de comando e o redemoinho me arrasta mais para o fundo. Tenho consciência de que a situação na empresa é péssima, de que estou convidando a administração a juntar minha cabeça à pilha das que já foram cortadas, mas não consigo me preocupar o suficiente para fazer alguma coisa. Vejo o verde ser trocado pelo amarelo, o amarelo pelo vermelho e..."

"Sim."

"Então, em uma manhã, olho para o banco do passageiro e vejo o diário de pescaria do meu avô. Não me lembro de ter colocado o caderno ali, não consigo lembrar por que o teria colocado ali, mas tudo bem. Passo boa parte do meu dia no piloto automático, já notei. Talvez tenha pensado que era outra coisa. Não importa. Minha curiosidade tinha sido provocada. Pego o livro e começo a virar as páginas. Estão duras por causa da tinta seca. Enquanto leio, reconheço alguns nomes que ele escreveu. Esopus. Rondout. Svartkil. Paro em alguns registros, deslizo o dedo pelas palavras tentando decifrar a caligrafia do velho. Ele pegava qualquer coisa que o anzol fisgasse, mas parecia preferir os bagres. Conhecia uma área cheia deles onde o Rondout desaguava no Hudson. Ler suas anotações, recriar os dias que ele viveu, tudo era reconfortante de um jeito estranho. Folheio as páginas procurando lugares onde eu tinha ido. E vejo uma página dedicada ao Dutchman's Creek."

Não me importo de dizer que me sentia meio enrolado com tantas histórias. Primeiro foi aquela maluquice no Howard's, e agora a versão mais contida de Dan, e no meio de tudo um crânio humano embrulhado em pele transparente olhando para mim com uma boca cheia de dentes. "Então, foi assim que descobriu este lugar", eu disse. "Ótimo. Agora vamos..."

"'Eu vi Eva'", Dan me interrompeu. "Por isso estamos aqui. No meio de toda a informação habitual, ele escreveu essas três palavras. Eva era a esposa dele, minha avó. Ela morreu em 1945, no dia de Ano-Novo. Um derrame, acho. Meu pai tinha só sete anos e nunca conseguiu descobrir exatamente o que aconteceu. De qualquer maneira, o ponto é que o registro que meu avô fez para Dutchman's Creek era de julho de 1953. Minha avó tinha morrido fazia oito anos e meio, o que significa que não podia tê-lo acompanhado nessa viagem.

"Eu sei."

Dan levantou a mão com a palma voltada para fora, um policial calando o protesto prestes a sair de minha boca. "Abri o caderno na primeira página e verifiquei a data. Ele havia começado o diário em maio de 1948. Aquela não era uma página anterior que ele havia datado por engano. Olhei as outras páginas do diário, até a última delas. Não havia outras referências a encontros com minha avó. Não era uma espécie de código para se referir a um bom dia de pesca. Era... não sei o que era. Eu vi Eva."

"Ele voltou ao Dutchman's Creek alguma vez?", perguntei.

"Não. Pelo menos não registrou naquele caderno. Continuou pescando por muito tempo depois daquilo. E eu me pergunto por que ele não voltou. Quero dizer, foi o lugar onde ele viu a mulher que tinha perdido, assim do nada. Como podia ir a outros lugares? A menos... a menos que o que viu tivesse sido suficiente. Falamos sobre isso, não? 'Ah, se eu tivesse uma chance de dizer todas as coisas que devia ter dito a ela.' 'Se ao menos eu pudesse passar uma última hora com ela, ou meia hora, ou dez minutos.' E se ele disse o que queria que ter dito? E se teve esse tempo? Teria sido suficiente?

"E, sim, sei o que parece. Desde o começo, eu sabia o que parecia, um marido e pai de luto, preso em negação, incapaz de superar aquele momento. Eu não podia perguntar ao meu avô sobre aquele registro. Ele morreu em 1975. Fui visitar meu pai em uma casa de repouso, mas ele está meio senil. Pelo que pude perceber, ele não estava com o pai naquela visita ao Dutchman's Creek; e meu avô não conversou com ele sobre isso. Minha mãe morreu em 1988. Telefonei para meu irmão e minha irmã, meus tios, meus primos, mas ninguém lembrou de meu avô mencionando o Dutchman's Creek, muito menos um encontro com minha avó nesse lugar.

"É claro que verifiquei o mapa. Precisava saber se o lugar realmente existia. Tive que tentar algumas vezes, mas quando consegui encontrá-lo e acompanhar seu traçado até o Hudson, de alguma forma as palavras de meu avô se tornaram mais convincentes, sabe?"

O mais maluco era que sim, eu sabia. Pelo menos podia acompanhar a trilha de pensamento mágico que Dan havia seguido. E falei: "Foi quando você decidiu que tínhamos que vir aqui".

"Você está sempre procurando lugares novos para pescar", respondeu Dan. "Diz que não."

"Lugares para pescar, e não..." Acenei com a mão mostrando o peixe esquisito, a piscina turva de onde o havia tirado. "Isso."

"Eu vi Eva, Abe, eu vi Eva." Toda a tensão havia sumido da voz de Dan quando a besta na rocha se transformou de monstro assustador em indício de que sua esperança para Dutchman's Creek era justificada. "Ele a viu. Meu avô viu minha avó, esposa dele, que havia morrido anos antes. Eu... uma manhã após a outra, fiquei sentado dentro do meu carro naquele farol, com o diário de pescaria apoiado no volante, aberto naquela página, naquelas palavras. Quando a luz tingia a página de vermelho, as letras ficavam mais escuras, quase turvas. Quando a luz era verde, as palavras eram mais claras, mais difíceis de ver. Só na luz amarela as palavras voltavam ao normal. Eu vi Eva. Quais eram as chances? De conseguir ver Sophie, Jason, Jonas. De poder falar com eles, dizer a eles... tudo. Dizer a Sophie que ela foi a melhor coisa que já aconteceu comigo, que eu não teria chegado sequer perto de onde cheguei na vida sem ela, que lamentava ter deixado a maior parte dos cuidados com os meninos nas mãos dela. Dizer aos meninos quanto eles fizeram minha vida ficar melhor, nossa vida, pedir desculpas por não ter sido mais paciente com eles quando ainda eram tão pequenos. Dizer que os amava, amava, amava, e que viver sem eles estava me matando. Eu vi Eva... por que não: eu vi Sophie? Eu vi Jonas? Eu vi Jason? E você? Não gostaria de poder dizer 'Eu vi Marie'?".

"Pode deixar Marie fora disso", respondi. Ouvir o nome dela desfez qualquer poder que o peixe tivesse sobre mim. Virei a cabeça para o outro lado e fiquei em pé sobre pernas que haviam adormecido depois de tanto tempo sentado. Com uma careta de dor, falei: "Nem imagino que diabo é essa coisa. Mas é um peixe. Isso é um rio. E só".

Se esperava discutir com Dan, ele frustrou minha expectativa imediatamente. Apontando o peixe com um aceno de cabeça, ele disse: "Imagino que tenha vindo da parte mais alta do rio. Onde eu estava pescando, a água corre por um leito muito largo e raso para alguma coisa desse tamanho ter passado por lá". Ele recuou um passo. "Melhor irmos embora. Você vem comigo?"

"Dan."

Sem dizer mais nada, ele começou a subir o rio andando num ritmo acelerado.

"Dan!", chamei de novo. Ele não respondeu. "Que droga." Por um momento, fiquei dividido entre prioridades conflitantes. Quaisquer que fossem minhas dúvidas sobre seu atual estado mental — na verdade, por causa dessas reservas —, eu não ia deixar meu amigo vagando em uma busca insana. Ao mesmo tempo, eu havia tirado daquela piscina um peixe que não era igual a nenhum outro pescado naquela região, em nenhuma região, eu podia apostar. A coisa parecia estar imóvel, mas havia uma chance de se recuperar na água. Se ficasse ali, um predador ou predadores poderiam ser atraídos por seu cheiro e transformá-lo em refeição. Percebi quanto isso devia parecer cruel. Como eu ainda poderia pensar nas opções? Devia ser o perigo. O relato de Dan sobre sua verdadeira fonte de informação sobre o riacho — sem mencionar o motivo que ele teve para nos trazer até aqui — havia reacendido a irritação que senti desde sua explosão de raiva na caminhonete. Junto com essa emoção vinha outra, desconforto, que se encaminhava para o medo. Não tinha muito a ver com a sanidade de Dan. Eu estava preocupado com ele, sim, mas pensava ter entendido o que havia acontecido em sua cabeça. O que fazia minhas mãos suarem e meu coração disparar era o peixe na pedra diante de mim, o crânio enfiado em sua pele. Seria um crânio humano? As órbitas dos olhos parecem mais pronunciadas do que deveriam ser, têm um ângulo mais inclinado. Eu tinha dito a Dan que essa criatura era um peixe porque tinha que ser, não podia ser outra coisa. Mas não acreditava nessa afirmação. A coisa era impossível, mas estava ali. Se uma criatura tão fantástica podia morder minha isca, talvez o que o avô de Dan havia escrito em seu diário não fosse tão fora de propósito, afinal. O que significava que a história que Howard tinha nos contado podia não ser uma bobagem completa, afinal.

"Mas que droga", falei. Aparentemente, a loucura de Dan e Howard era contagiosa. Virei e ajoelhei ao lado da minha caixa de pesca. No fundo dela, embaixo de embalagens de minhocas de borracha e boias de anzol, tinha uma faca que comprei em um bazar de garagem alguns anos atrás. Parecia uma regra de madeira comum, mas tinha uma emenda na marca de quinze centímetros. Bastava segurar a régua dos dois lados dessa emenda e puxar, e uma lâmina de quinze centímetros deslizava para fora da régua entre os marcos de quinze e trinta centímetros. Eu estava pensando em puxar um pouco mais de linha do molinete, depois cortá-la com a faca. Podia prender a linha extra à pedra, e se houvesse alguma misericórdia no céu, quando eu voltasse depois de ir buscar Dan, o peixe ainda estaria ali.

Quando eu estava levantando, alguma coisa chamou minha atenção. Na fileira de árvores, a uns dez metros, uma figura branca e esguia descansava a mão no tronco de uma cicuta. Nua, com o cabelo e a pele ensopados, uma mulher jovem olhava para mim com olhos tão dourados quanto os de um peixe. Queria dizer que levei um momento para registrar os traços daquele rosto, mas não é verdade. Eu a reconheci imediatamente, como se tivesse acabado de ver seu peito arfar pela última vez.

Era Marie.

V

TER FICHA

Ela já entrava no bosque. Não consegui pensar em palavras para detê-la, não conseguia encontrar voz para pronunciá-las. Não tinha importância. Eu também me movia, andava com pernas ainda meio adormecidas. Com os braços estendidos, a boca se movendo descoordenada, os passos trôpegos, cambaleei atrás dela como uma criança imitando Frankenstein. Meu coração — eu não conseguia sentir meu coração, nem a emoção que o dominava. O que sentia era grande demais, era como se estivesse fora de mim, uma correnteza que me levava, me arrastava com ela. Tudo à minha volta, a rocha, as árvores, o riacho, a chuva, tudo parecia fazer parte desse sentimento, desse movimento. A única coisa separada era ela, Marie, cujos olhos dourados não piscavam enquanto os pés descalços a levavam para o fundo da floresta. Sua pele estava pálida, pálida como a pétala de um lírio, mas tão imaculada quanto na primeira vez que ela tirou o roupão na minha frente em um quarto de hotel em Burlington. Ela podia ter passado diretamente daquele momento para este, antes das cicatrizes no peito, dos hematomas nos braços, antes da calvície, das faces fundas, antes do corpo encolher até os ossos e o câncer consumi-la. A única diferença estava em seus olhos, cujo tom metálico parecia combinar com a estranheza de vê-la ali.

Você pode ter lido ou visto relatos de pessoas que achavam que um ente querido estava morto, vítima de um acidente ou catástrofe, e depois tinham essa notícia desmentida quando o suposto morto abria a porta de casa. Dá para imaginar como essas pessoas devem ter se sentido. Lá estavam eles, tentando se ajustar à mudança de status da pessoa querida, que havia saído do mundo dos vivos e entrado na categoria dos mortos. É claro que a mente resiste a uma mudança tão dramática, então, além da alegria que os toma de assalto diante da imagem da pessoa querida, uma vozinha dentro deles devia sussurrar: "Eu sabia". Não importa se sua esposa está deitada sem respirar na cama de hospital na sua frente, que as enfermeiras tenham desligado todas as máquinas que a monitoravam e desconectado os cabos que as ligavam ao corpo dela, você não consegue aceitar. Consegue entender, mas não consegue admitir o fato. Essa aceitação tem que ser negociada ao longo do tempo. Uma vez alcançada, porém, dá para imaginar como seria perturbador — profunda e fundamentalmente traumático — ver-se diante da pessoa que você aceitou que estava morta.

Meus passos eram mais confiantes, os dela, não tão rápidos. Eu poderia ter pensado que ela queria ser alcançada, mas não consegui ler nada naqueles olhos. Finalmente, ela parou de costas para um grande bordo. Eu estava tão concentrado em seu rosto que quase tropecei nela. Mais próximo dela do que pretendia, parei, e o ímpeto de segui-la fez as palavras passarem por meus lábios. "Marie", eu disse, e o nome era uma mistura de pergunta e afirmação. "Marie."

"Abe", ela respondeu com a voz que eu tinha me conformado em ouvir apenas na trilha sonora dos vídeos de nosso casamento. Não assim, aquele tom rico e meio rouco que fluía para o que ela estava dizendo, enchendo as palavras com seu calor e inteligência. Ao ouvir a voz dela, meus olhos se encheram de lágrimas.

Limpei os olhos, engoli em seco. "Como?"

Em resposta, ela levantou a mão direita e tocou meus lábios com os dedos. Dedos frios, a pele marcada pelo cheiro salgado do mar, mas um toque sólido, real como sempre havia sido. Segurei a mão dela entre as minhas. Ela tomou meu rosto com a outra mão.

Um soluço que nem percebi que se formava escapou de dentro de mim. Outro, e um terceiro, cada erupção de som uma convulsão que me fazia dobrar ao meio, arrancava lágrimas dos meus olhos. Com a mão de Marie nas minhas, caí de joelhos soluçando. Ela abaixou ao meu lado, a mão livre tocando meu rosto, minha orelha, empurrando o boné para deslizar os dedos pelo meu cabelo úmido. "Shhh", ela disse, "shhhh." Minhas lágrimas caíam nas folhas mortas embaixo de mim. Entremeado aos soluços, um gemido baixo e choroso escapou de minha boca. É claro que eu havia chorado por Marie antes disso. Havia chorado ao lado da cama onde ela estava. Havia chorado ao lado do túmulo. Havia chorado lágrimas com sabor de bebida muitas noites depois disso. O rio de lágrimas que corre por todas aquelas canções tristes havia lavado meu rosto. Mas o que eu sentia agora era de uma magnitude completamente diferente. E não era um rio; era um oceano forçando passagem por um canal. Levei a mão de Marie à boca e a beijei muitas, muitas vezes. Sua mão esquerda afastou meu boné e afagou meu cabelo. Ela se inclinou para mim. O cheiro salgado de sua pele invadiu minhas narinas.

 Ela pressionou os lábios contra minha testa. Depois sobre minhas sobrancelhas. Depois sobre as pálpebras. Quando chegou ao nariz, ela começou a fazer ruídos baixos, pequenos suspiros e gemidos, que em outras vidas assinalavam excitação crescente. Tirando a mão do meio das minhas, ela levantou meu queixo para que os lábios pudessem encontrar os dela. Sua boca era fria como todo o resto, mas ela me beijou como sempre havia beijado, uma pressão que diminuía e se transformava em carícia. Segurando minha cabeça entre as mãos, ela prolongou o beijo. Eu ainda soluçava, mas os soluços perderam força enquanto eu respondia a ela. Os gemidos que saíam de mim mudavam de tom, a dor dava lugar ao desejo. As mãos de Marie desciam por minha nuca, para a gola da camisa, para o zíper da capa de chuva, que ela segurou e desceu. Minhas mãos estavam unidas diante do corpo, como se eu rezasse, mas quando os dedos dela começaram a desabotoar minha camisa, eu as estendi e toquei seus seios. Eles encheram minhas mãos, os mamilos enrijecidos por meu toque, e ela gemeu em minha boca quando os agarrei. As mãos dela se moviam mais depressa, puxavam a camisa para fora do jeans, deslizavam por baixo da camiseta e pelo peito. Eu fervia de desejo por ela, e sua pele fria era um bálsamo sobre a minha. Suas mãos estavam no meu cinto. As minhas, em seu quadril.

Eu havia desejado mulheres antes: Marie, sim, e algumas antes dela, e algumas poucas depois. Conhecia a ansiedade da juventude que fazia a mão tremer e a antecipação mais madura que deixava a boca seca. Houve um tempo em que ultrapassei dois faróis vermelhos e o limite de velocidade em resposta a um telefonema sugestivo de Marie. Em outra ocasião, acordei de um sonho especialmente nítido de nós dois fazendo amor e encontrei Marie se movendo em cima de mim. A emoção que me invadia agora, porém... era como se a tristeza que me preenchia incendiasse, virasse uma fornalha. Havia desejo nela, mas o combustível era a dor, era ela que dava ao meu apetite uma urgência ardente. Quando Marie abriu minha calça, eu a deitei. As folhas farfalharam. Gravetos quebraram. Eu não conseguia ler a expressão em seus olhos, mas as mãos dela me guiaram para dentro de seu corpo. Ela era tão fria por dentro quanto por fora, mas eu estava quente por nós dois. "Oh, Abe", ela disse. Tentei responder, mas não consegui, toda minha atenção estava voltada para o que acontecia entre nós. As pernas dela se ergueram, envolveram meu quadril. Aumentei a pressão. Ela gemeu e virou a cabeça para a direita, fechando os olhos dourados. Beijei o canto de sua boca. Ela murmurou as obscenidades doces que no começo me chocaram, depois me excitaram. Eu gemi. Ela inclinou a cabeça para trás. Nós nos movíamos mais depressa. Ela passava as mãos pelo meu cabelo. Os movimentos ficaram mais lentos. Ela abriu os braços. Voltamos a nos mover mais depressa. Ela gritou várias vezes, e eu gritei quando a torrente que se formava dentro de mim encontrou alívio.

Com a cabeça girando, saí de cima de Marie e me deitei com as costas no chão. Houve um tempo em que eu poderia ter feito uma piada, ou pelo menos dito um "Te amo". Mas nada em que eu conseguia pensar parecia ser apropriado, adequado. A bem da verdade, não havia muita atividade organizada acontecendo entre minhas orelhas.

A conflagração que tinha me dominado havia se apagado, extinta pela conclusão do amor que fiz com Marie, deixando-me vazio, flagelado e marcado por sua ferocidade. Consciente da presença dela ao meu lado, olhei para as árvores que apontavam para o céu lá em cima, piscando para a chuva que passava pela rede de galhos. Achei as nuvens madrepérolas tão bonitas a ponto de ofuscar a visão. Com a mente agradavelmente vazia, virei para Marie.

O que dividia o chão da floresta comigo tinha os mesmos olhos dourados, mas o restante do rosto poderia ter saído de um pesadelo. O nariz era chato, as narinas eram fendas sobre uma boca larga cuja mandíbula inferior se projetava para a frente, expondo uma fileira de dentes afiados. O cabelo era todo emaranhado, uma crina de cordões. A mão que descansava em meu peito tinha nadadeiras, e cada dedo fino terminava em uma garra pesada. A boca aberta deixou escapar um suspiro de satisfação pós-coito.

Mais que tudo, o suspiro me fez recuar e me arrastar para longe tão depressa quanto meus braços e pernas permitiam. Se minha calça não estivesse enrolada nos tornozelos, eu teria ido mais longe. Mas, naquelas circunstâncias, as pernas se enroscaram uma na outra e me derrubaram sentado. Agarrei o cinto, tentando ficar em pé enquanto isso, mas a coisa que havia tomado o lugar de Marie, a coisa que era Marie, estava em pé e se aproximava de mim, as mãos de nadadeiras estendidas para a frente. "Abe", ela disse.

Apesar de tudo, falei: "Marie?".

Os traços da coisa tremularam, como se eu os visse através de uma camada de água sacudida por ondas mansas e sucessivas. Depois se firmaram, e eu estava olhando para Marie. "Abe", ela repetiu e deu um passo em minha direção.

"Fica onde está!" Fui andando de costas e vestindo a calça ao mesmo tempo. Meu tornozelo enroscou em uma raiz e eu caí sentado de novo. Dessa vez, quando levantei, encontrei a faca que havia guardado no bolso da capa de chuva e a tirei da bainha. Para ser bem franco, nunca tinha reparado como ela era pequena. Além do mais, eu não sabia como usá-la para outra coisa que não limpar um peixe.

"Abe", Marie — não sabia de que outro jeito me referir a ela — falou.
"O que você é?", perguntei.
Ela não respondeu.
"O que você é?!". A faca tremia na minha mão.
"Um reflexo", Marie disse.
"Do quê?"
Ela sorriu um sorriso pálido.
Eu não entendi. E falei: "Você não é minha esposa".
Ela não respondeu de novo.
"Onde estamos? Que lugar é este?"
"Dutchman's Creek."
"Aquilo... e o peixe? O que eu peguei lá atrás." Estendi o braço na direção da piscina.
"O que tem?"
"O que é aquilo?"
"Uma ninfa", disse Marie.
"Eu não... como assim?"
"Vai ter que subir o rio para descobrir."

Falar em subir o rio me fez lembrar do Dan, que havia desaparecido da minha cabeça no instante em que reconheci Marie. "Filho da puta", falei. Se eu tinha encontrado Marie — ou essa coisa que se passava por ela —, isso significava que ele havia encontrado o que procurava? Ou que pensava ter encontrado? "Vim com um amigo", contei.

"Sim", Marie respondeu. "Dan. Seu parceiro de pescaria."
"Acho... ele queria subir o rio. Esperava encontrar..."
"A família dele. Sophie e os meninos."
"Ele encontrou?"
"Quer que eu leve você até ele?"

Eu não conseguia aceitar de jeito nenhum que pudesse ser uma boa ideia acompanhar Marie para qualquer lugar que ela tivesse em mente. Mas o que mais eu podia fazer? Engoli em seco. "Acho melhor."

"Por aqui." Ela virou de costas para mim e começou a andar pela floresta em um caminho mais ou menos paralelo ao curso do riacho. Com a faca na mão, eu a segui, parando para pegar meu boné onde ele havia caído. Imaginei que subiríamos as colinas que eu tinha subido a caminho do riacho, mas nosso caminho seguia relativamente plano. Usei a mão livre para enfiar a camiseta dentro da calça, mas não conseguia abotoar a camisa só com uma das mãos. Resolvi o problema segurando a faca entre os dentes pelo tempo necessário para abotoar a camisa e colocá-la dentro da calça. Por mais que pareça ridículo, estava preocupado com Dan olhando para mim e deduzindo que eu tinha feito sexo com aquilo que Marie era. Era um jeito, acho, de eu evitar pensar no que fizemos em cima das folhas. Não conseguia acreditar que aquela forma caminhando entre galhos e ramos espalhados pelo chão não era minha esposa. Ela levantou a perna, o pé apontado para baixo como o de uma bailarina, e eu a vi entrando na banheira. As nádegas subiam e desciam, e eu estava deitado de lado na cama, apoiando sobre um cotovelo, vendo-a caminhar em direção à cômoda. O vislumbre que tive de seu rosto era tão real quanto o que estava na minha frente — ou não mais irreal, se é que isso faz sentido — e se imaginasse aquela Marie gemendo embaixo do meu corpo, a boca abrindo e fechando como a de um peixe-lua arfando no ar, tinha que lutar contra o impulso de correr na direção do riacho com toda a força das pernas. Mas olhar para a curva de sua coluna trazia à mente todas as vezes que pressionei os polegares contra os músculos dos dois lados dela, massageando a tensão do dia. Talvez fosse o momento depois do sexo, ou talvez, no fim das contas, eu não fosse muito diferente de Dan, desesperado por qualquer chance de recuperar o que tinha perdido, independentemente do que tivesse de passar por isso.

Lá na frente, Marie parou. Eu reduzi a velocidade, me aproximei dela, mas mantive o que esperava ser uma distância segura. Na nossa frente, uma pequena estrada atravessava o solo da floresta. Composta de pedras redondas afundadas no chão uma ao lado da outra, ela me lembrava das ruas de paralelepípedos que os operários em Wiltwyck às vezes descobriam quando estavam reparando uma via da cidade. Essas pedras, porém, eram muito maiores, com um metro de largura, e haviam sido achatadas pelo desgaste. Não sou geólogo: podiam ser mármore ou outra pedra esbranquiçada. Folhas de grama brotavam dos espaços entre as pedras, enquanto o chão dos dois lados delas, sem folhas, tinha uma coloração vermelha que eu não havia encontrado naquela região. Podia ser uma antiga estrada rural, trocada por vias mais novas e melhores, esquecida, mas não era a sensação que se tinha ali. Parecia antiga, como se suportasse os passos de homens e mulheres desde que eles existiam. O que era impossível para aquela área, eu sabia, onde os povos nativos não adotavam esse tipo de construção, e onde os colonos europeus que os haviam sucedido e que poderiam ter construído um caminho como aquele só haviam chegado há poucos séculos.

Minha impressão da idade daquela via, porém, foi reforçada pelo pedestal situado do outro lado da estrada, uns vinte metros à esquerda. Uma coluna simples, um metro e vinte de altura, mais ou menos, sustentava uma estátua esculpida daquele jeito idealizado que lembra Roma ou a Grécia clássica. De tamanho mais ou menos natural, a escultura trazia a forma de uma mulher com um vestido simples e sem mangas que tocava seus pés. A mulher estava grávida, enorme, grande como se estivesse prestes a ter o bebê. Ela segurava a barriga com as mãos, como as grávidas fazem às vezes. E não tinha cabeça, o pescoço era um toco liso. De onde eu estava, não dava para saber se a falta de cabeça da estátua era intencional ou um ato de vandalismo. O que parecia ser tinta vermelha, que há muito havia desbotado e tornado marrom, fora respingada em volta do pescoço da estátua, mas podia ser terra que alguém pegou na estrada e esfregou na pedra.

"A Mãe", disse Marie.

"Quê?"

"A estátua que está vendo. É da Mãe."

"Quem é essa?"

"Uma deusa muito antiga."

"Ah. E aquilo?" Apontei a estrada com minha faca.

"Leva para uma cidade."

"Uma cidade?"

"Uma cidade à beira-mar", ela disse. "Acho que não ia querer visitá-la."

"À beira-mar?"

"Aqui é diferente."

"Como assim?"

"Você vai ver", ela disse e atravessou a rua. Fui atrás dela, mas continuei olhando para a estátua da divindade que Marie havia chamado de Mãe até as árvores a encobrirem.

Do outro lado da estrada, o solo da floresta tinha menos folhas mortas e galhos caídos. À minha volta, as árvores pareciam estar dispostas em filas retas. Acho que podíamos estar passando por uma fazenda de cultivo, ou era só um caminho onde as árvores cresciam daquele jeito. A chuva tinha parado. Pensando bem, não chovia há algum tempo. Eu não sabia exatamente quanto, mas desde antes de chegarmos na estrada, pelo menos.

Uma das árvores à esquerda de Marie chamou minha atenção. Era diferente de qualquer outra que aprendi a reconhecer ao longo dos anos andando entre elas a caminho de um lugar para pescar. Parecia o desenho de uma criança pequena, um tronco reto coroado por uma grande bola de folhas. Mas, para levar a comparação um pouco mais adiante, era como se a criança que havia desenhado a árvore tivesse usado tinta a óleo, enquanto as outras crianças da creche usavam giz de cera. Era uma árvore tão nítida que nem parecia uma coisa real, viva, mas uma escultura de metal iluminada de dentro para fora. Se não visse outras árvores semelhantes além dela, teria considerado essa possibilidade. A casca áspera que envolvia o tronco retinha a luz que havia ali e brilhava com um tom fosco de bronze; as folhas na copa pareciam passar por diferentes tons de verde. Quando cheguei mais perto, senti um cheiro cítrico, como de laranjas, saturando o ar. Cada folha tinha o formato de uma ponta de lança, com o contorno serrilhado. Levantei a mão para tocar uma delas e hesitei ao ver as beiradas serrilhadas. Quando abaixei o braço, Marie, que havia parado lá na frente para me observar, disse: "Melhor assim. Se não tomar cuidado, essas folhas cortam até o osso".

"Certo." A ideia de encontrar mais árvores como aquela no caminho não me tranquilizava.

Descobri, porém, que embora as Árvores Vívidas — como eu pensava nelas — aos poucos suplantassem todas as outras que nos cercavam do outro lado dessa estranha estrada, elas não cresciam muito perto umas das outras, deixando um espaço razoável para passarmos com segurança. Também não prejudicavam o progresso da pessoa que eu via andando entre elas em nossa direção. A esperança momentânea que tive de ser Dan me procurando morreu quando vi que o homem usava um casaco grande e largo que cobria boa parte de suas pernas. Era escuro, mais pelo uso do que pela escolha do alfaiate. O peito do desconhecido era atravessado por uma rede de alças das bolsas que ele carregava, todas balançando a cada passo que dava. Ele usava um chapéu que parecia uma touca de dormir que alguém tinha esquecido de terminar. Era mais jovem que eu, porém mais velho que Dan, com uma barba rala da qual ele parecia ter desistido. Seus olhos eram castanhos e grandes, e ficaram ainda maiores quando ele viu Marie nua na sua frente. O homem fez um cumprimento que não consegui distinguir, levantando a mão direita no que parecia ser um aceno amistoso. Deduzi que era um viajante perdido naquele inferno desconhecido.

Marie tinha parado ao ver o homem. Quando ele se aproximou, foi como se ela saísse de foco, dominada pelo tremor que eu tinha visto antes. Quando o desconhecido chegou mais perto dela, a distorção desapareceu e ela se transformou. Ficou alguns centímetros mais alta, com o cabelo mais escuro e encaracolado, o corpo pálido coberto pelas mais horrendas feridas. Grandes cortes desprendiam pedaços de pele e carne de seus braços, das costelas, das pernas, deixando a carne pendurada em tiras. Ferimentos mais profundos abriram suas costas. Um corte dava uma volta quase completa no pescoço. Onde não havia cortes, a pele era coberta por grandes hematomas. Um som brotou de sua garganta cortada, um grito que era tanto fúria quanto agonia. Meus joelhos tremeram diante de tudo aquilo.

Com a expressão tomada pela perplexidade, o viajante gaguejou uma enxurrada de palavras que não consegui distinguir em meios aos gritos. Em resposta, Marie berrou com ele em um idioma que não reconheci. E não precisava entender para sentir o ódio que o permeava. Não sei o que ela disse, mas o homem se encolheu como se tivesse levado uma bofetada no rosto. A explosão continuou, e a mulher parecia ficar mais alta enquanto gritava, os cabelos flutuando sobre os ombros, os pés deixando o chão. O homem havia tirado o chapéu e o torcia entre as mãos, as lágrimas lavando seu rosto enquanto ele tentava responder, mas Marie não permitia. Ela cuspia frases, e os pontos de exclamação no fim de cada uma eram praticamente visíveis. No fim, o homem não suportou mais e fugiu, correu para à direita com suas bolsas, sumindo na direção da cidade que Marie disse ficar à beira-mar. Ela ainda gritou mais algumas palavras enquanto ele se retirava.

A ruína furiosa em que ela se havia transformado virou na minha direção. Eu segurava a faca apontada para a frente como uma espada encolhida, com um olhar de horror perplexo dominando meu rosto. Os traços de Marie estavam carregados de tamanha violência que, por um momento, tive medo de ser alvo dela. Então ela tremulou, voltou a pisar no chão e retomou sua aparência.

"Marie?"

"Sim", ela disse, considerando minha faca como se a notasse pela primeira vez.

"O que... o que foi isso?"

"Uma imagem."

"De quê?"

"De algo que aconteceu há muito tempo."

"Sabe quem é aquele homem?"

"Sim. Eu vou."

"Não entendo o que quer dizer."

"Não é importante. Ele precisava ir a algum lugar. Eu o ajudei."

Aparentemente satisfeita com a resposta, ela retomou a caminhada. Eu tremia de medo de continuar andando atrás dela, mas sentia um pavor absoluto de me afastar. Permitindo uma distância ainda maior entre nós — o que eu achava que de nada adiantaria se ela retomasse aquele aspecto —, eu a segui.

Minha mente não processava o que aconteceu nas últimas duas horas de nenhum jeito apreciável. Na verdade, não fazia muito mais que arquivá-los para uma análise posterior. Acho que era porque a manhã já tinha sido muito absurda, com um evento absurdo levando a outro ainda pior. Uma consciência subjacente dessa qualidade me permitiu não ceder completamente às emoções extremas que me atingiam. Mas eu estaria mentindo, pecando por omissão, se não admitisse que ver as panturrilhas de Marie em movimento pesava muito na minha decisão de continuar andando pelo bosque com aroma cítrico.

As árvores começavam a ficar mais próximas umas das outras, não o bastante para atrapalhar nossa passagem, mas o suficiente para eu prestar mais atenção a elas. Na nossa frente e à esquerda, elas se juntavam em um pequeno agrupamento. Pelos vãos entre os troncos, eu via o que pensava ser outras árvores, essas com troncos brancos e lisos. Quando nos aproximamos delas, ouvi o vento soprando mais forte e perdendo força de novo, embora as folhas das árvores ao nosso lado permanecessem imóveis. Agora eu via que as árvores brancas eram, na verdade, colunas organizadas em círculo, unidas no topo pelo telhado abobadado que sustentavam e que havia desabado parcialmente. Templo ou monumento, a estrutura dava a mesma impressão de idade incrível que a estrada que tínhamos atravessado. Eu me senti tentado a ir até lá, mas decidi que era melhor achar Dan primeiro.

Além do templo e seu agrupamento de árvores, o cheiro cítrico era interrompido por outro, o odor horrível de carne apodrecendo e o aroma metálico de sangue. O ruído do vento era sufocado pela vibração pesada de moscas. Em uma pequena clareira, encontramos a origem do cheiro e do barulho: a carcaça de um animal enorme, as pernas abertas para os dois lados, a cabeça decapitada, cortada do pescoço largo que havia derramado um lago de sangue no solo da floresta. Moscas gordas, pretas e verdes do tamanho de metade do meu polegar pairavam sobre a besta, pousavam na poça de sangue e bebiam dela. Pelo tamanho dos restos, presumi que o animal fosse um elefante, apesar do pelo dourado e avermelhado. As patas, porém, terminavam em cascos, cada um do tamanho do peito de um homem. Eu tinha parado para olhar os restos; Marie também parou e esperava por mim. Perguntei: "O que é isso?".

"Um dos Touros do Sol", ela respondeu.

"Nunca soube que existia gado desse tamanho."

"Esse é especial... sagrado, podemos dizer."

"Não deve ser muito se alguém fez isso com ele. Tem ideia do que aconteceu?"

"Ele foi usado como isca."

"Isca? Para quê?"

Marie disse uma palavra que eu não reconhecia; o som era parecido com "Apep".

"Não sei o que é isso", confessei.

"Não é o quê, mas quem."

"Tudo bem. Não sei quem é esse."

"Venha por aqui", disse Marie. "Estamos quase chegando."

Longe da carcaça do grande touro, o cheiro de podridão diminuía, e o movimento inconstante do vento voltava. Mas eu sabia que não era o ar que escutava, mas água, o barulho das ondas batendo em uma praia. Marie e eu chegamos ao limite do bosque que tínhamos atravessado. As Árvores Vívidas terminavam em uma fileira tão reta que podia ter sido plantada ali. Além delas, um trecho de terra avermelhada se erguia em uma pequena colina que Marie já estava subindo. Ela continuou até o topo e desceu pelo outro lado. Eu parei no cume.

Um oceano se estendia diante de mim, sua superfície ondulada negra como tinta. Longas ondas espumantes quebravam na praia de pedras. É difícil calcular distâncias através da água, mas pelo menos duzentos metros longe da praia uma extensão de pedra cinzenta se erguia da água e corria paralela à praia no meu lado direito, formando uma espécie de baía. Marie seguia naquela direção, andando com cuidado pelas pedras que cobriam a praia. Ondas maiores quebravam contra a parede rochosa, lançando jatos bem altos para o céu vazio das gaivotas que se podia esperar ver nele, grasnando umas para as outras. Também não parecia haver os detritos que normalmente são encontrados em uma praia, nada de algas marinhas secas e cobertas de pequenos crustáceos, nem destroços lavados e esculpidos em formas abstratas, nem fragmentos de caranguejos deixados por gaivotas desleixadas. Embora as ondas continuassem batendo na praia, não havia aquelas poças formadas pela maré que indicavam que a água havia estado mais alta. Não tinha cheiro de mar, aquele aroma salgado do oceano e sua essência. Uma névoa fina brilhava nas rochas mais próximas da água; no mais, a cena era curiosamente estática, como se eu observasse um cenário que não havia mudado em um milênio.

Marie já tinha mudado de lugar, afastando-se pela praia. Desci a colina. As pedras faziam barulho sob meus pés. À minha esquerda, as ondas chegavam à praia com um retumbar sibilante, enquanto mais longe o oceano castigava a parede rochosa com estrondos irregulares. À minha direita, no alto da elevação, as Árvores Vívidas mantinham sua formação. Um quilômetro e meio ao longo da praia, mais ou menos, a barreira de pedra se dirigia à praia, erguendo-se em um amontoado de pedras grandes e irregulares. Havia atividade lá embaixo, muita atividade. Silhuetas se moviam de um lado para o outro na praia e, aparentemente, entravam e saíam do oceano, mas eu estava longe demais para distinguir o que faziam.

Presumi que Dan estaria esperando por mim mais adiante. Como ele poderia ter encontrado o caminho até ali era algo que eu nem imaginava; porém, depois do que tinha acontecido comigo, acho que eu não me surpreenderia com isso. Parecia razoável imaginar que ele havia encontrado Sophie e os filhos, como eu encontrei Marie. O que tudo isso significava estava além da minha compreensão, o que eu sabia que não era boa coisa, mas cujo reconhecimento esperava adiar enquanto fosse possível.

Quando ainda estávamos na metade do caminho para lá, vi que a multidão de silhuetas na praia tinha a mesma palidez de barriga de peixe que eu via em Marie. Não tinha dúvidas de que os olhos de cada uma daquelas coisas eram dourados. Tinha menos certeza em relação aos seus traços e a que tipo de reação eu teria diante de um cardume das criaturas que eu tinha visto no lugar de Marie. O que as criaturas faziam, basicamente, era empilhar pedras afiadas que marcavam este lado da parece rochosa. Quando percorremos meio quilômetro, notei cordas compridas estendidas desde as pedras até a praia. Eram dúzias de cordas grossas, cada uma delas amarrada a um ponto diferente de uma formação rochosa mais substancial do que eu havia calculado, cada uma amparada por grupos de cinco a dez silhuetas brancas em pontos que iam desde o alto da praia até bem dentro da água. As cordas rangiam com um som que lembrava uma casa grande atingida por forte tempestade. As silhuetas que as seguravam grunhiam e arfavam com o esforço.

Até onde eu podia ver, só uma das cordas não era agarrada por dez ou vinte mãos. Ela saía de uma fenda horizontal na formação perto da beira d'água e ia até uma plataforma de tamanho considerável na praia, que a corda contornava três ou quatro vezes. Era para aquele lugar que Marie se dirigia. Fazendo o possível para não olhar diretamente para nenhuma das silhuetas pálidas entre as quais eu agora passava, segui em frente. Embora a faca em minha mão me desse a ilusão de segurança, eu não sabia se as coisas a interpretariam como uma provocação, por isso coloquei a mão no bolso da capa de chuva e a mantive ali.

A plataforma que tínhamos por destino era grande, do tamanho de uma casa pequena, uma pedra cúbica cujas arestas haviam sido arredondadas pelo tempo e o vento. Seguimos em direção à água para alcançar o lado da pedra que estava voltado para o oceano. Prestando atenção aos meus passos, estudei a pilha de pedras à qual nosso objetivo estava amarrado. Separada da praia por uma faixa de água estreita e revolta, a formação tinha várias centenas de metros de comprimento, e as laterais íngremes tinham metade dessa altura. A parte de cima era coberta por grandes fragmentos e lascas de pedra, restos aparentes de pedras ainda maiores que haviam sido partidas por algum enorme cataclismo. Toda a superfície da estrutura era coberta de fissuras e rachaduras. Algumas cordas que as silhuetas brancas seguravam eram ancoradas a essas brechas com o que pareciam ser ganchos gigantes enterrados nas fendas; outras cordas envolviam as pedras irregulares na crista da formação. Eu não conseguia imaginar para que empreitada todas aquelas cordas eram usadas. O arranjo era muito aleatório para corresponder a algum tipo de construção. Quase teria acreditado que a multidão de silhuetas brancas estava envolvida em botar abaixo o topo lascado, mas o método que utilizavam para isso era, no mínimo, pouco prático.

Por algum tempo, em meio aos outros sons do mar e ao esforço à minha volta, tive consciência de outro barulho, um tilintar metálico que parecia vir de todas as partes. Só quando estávamos na grande plataforma eu entendi o que ouvia: o ruído de centenas, milhares de anzóis trançados na corda que envolvia a pedra, pendurados nela, batendo uns contra os outros quando a corda mudava de posição. Havia ganchos, eu vi, pendurados em todas as cordas.

Pode ter certeza de que, durante a jornada para a qual Marie me conduziu, a história de Howard não esteve muito longe dos meus pensamentos. Como poderia ser diferente, não é? Mas a visão de todos aqueles pedaços curvos de metal, alguns trançados nas fibras da corda, outros pendurados pela argola, alguns de tamanho suficiente para serem apropriadamente pendurados na corda — mais que as Árvores Vívidas ou o oceano negro, mais que Marie, até —, esse foi o detalhe que me fez pensar: *Ai, meu Deus. Acho que o velho Howard estava dizendo a verdade. Ou quase.* Quando Marie me levou para o outro lado do que eu pensava ser a frente da plataforma, o homem que estava amarrado a ela surgiu em meu campo de visão, e qualquer dúvida que eu ainda pudesse ter desapareceu diante da corda que o atravessava do quadril direito ao ombro esquerdo, presa a ele pelos anzóis que perfuravam o avental de couro e as vestes gastas para penetrar sua pele. A corda contornava a pedra atrás dele algumas vezes, depois seguia pelas ondas negras até o fim da barreira.

O mais estranho era que eu reconhecia aquele homem. Eu o conheci no bosque a caminho daqui, falando uma linguagem que eu não conhecia, até que Marie o afugentou. O que tinha sido uma hora, até menos para mim, havia sido muito, muito mais para ele. À primeira vista, você poderia pensar que ele tinha minha idade, talvez um pouco mais, mas com um olhar mais atento, os anos que pesavam sobre ele ficavam evidentes. Esse homem havia visto tanto tempo passar que tinha se desmanchado em poeira várias vezes nesse período. Sua pele era mais como um pergaminho, e o rosto era cravejado de coisas que pareciam percevejos. Toda cor havia desbotado de seus olhos. Eles se voltaram em minha direção, e a luz do reconhecimento tremulou neles. Mas o homem não falou. Ele deixou a palavra para Dan.

Dan estava sentado de pernas cruzadas aos pés do homem, de costas para ele e para mim. À sua direita, uma mulher esguia e nua, com a pele pálida como pérola, estava sentada e apoiada nele. À esquerda, dois meninos pequenos, seus corpos nus igualmente brancos, subiam e desciam de seu colo engatinhando. O chapéu e a capa haviam desaparecido, o cabelo estava desgrenhado, as roupas, amarrotadas, como se ele tivesse dormido com elas. Quando virou para mim, a barba que cobria seu rosto, uma sombra mais escura do que se podia esperar para um dia, reforçou minha impressão de que ele já havia passado algum tempo neste lugar. "Abe", ele disse. "Estava me perguntando se você conseguiria."

"Estou aqui."

Marie se acomodou ao lado da mulher perto de Dan, Sophie. Dan se desvencilhou de Sophie, ajudou o menino que descia de seu colo a chegar ao chão e ficou em pé, a careta de dor atestando o tempo que ele devia ter passado naquela posição. Ele sorriu para Sophie. "Esta é minha esposa, Sophie." A mão apontou os meninos. "E aqueles rapazinhos são Jason e Jonas." Os três se viraram e olharam para mim com aqueles olhos dourados e inexpressivos.

"Dan, o que é isso?"

"Não é óbvio? Era sobre isso que seu amigo estava falando na lanchonete. Ele entendeu errado alguns detalhes, mas, no geral, não ficou muito longe da verdade."

"De modo geral... não sei o que isso significa." Inclinei a cabeça para o homem amarrado à pedra. "Aquele é o Pescador?"

Dan assentiu. "Ele não fala muito. Toda sua energia está voltada para..." Dan apontou o fim da barreira e sua rede de cordas.

"Que é o quê, exatamente?"

"Acho que você pode chamar de o bisavô de todas as histórias de pescador."

"O..." Minha voz morreu dentro da boca. Devo ter notado durante a caminhada até aquele local, observado as estranhas estrias na pedra de que a barreira era composta, até feito a comparação com as escamas de um réptil titânico. Devo ter visto como o fim da barreira se curvava para fora e em volta do corpo principal como a cabeça de uma cobra se projeta de seu pescoço. Talvez eu tenha relacionado as pedras quebradas que ornamentavam sua crista às saliências e chifres que decoravam os crânios de algumas serpentes; talvez tenha julgado a fenda na qual a corda do Pescador estava encaixada como a exata localização de um olho, se essa região fosse mesmo uma cabeça. O que quer que tenha imaginado, imaginei porque isso é o que fazemos quando vemos algo novo, especialmente algo grande: encontramos os padrões, enxergamos os perfis de gigantes nos contornos de montanhas, encontramos dragões voando nas nuvens lá em cima. É um jogo que a mente faz com território desconhecido, não um ato de reconhecimento, pelo amor de Deus. É claro que isso explicava para que serviam todas aquelas cordas, revelava as tarefas a que se dedicavam todas as coisas pálidas, mas era ridículo, era impossível, não pode existir uma criatura daquele tamanho, isso violava nem sei quantas leis da natureza.

A praia, Dan, a coisa na água, o foco perdido, tudo se afastou de mim. Senti a mão de Dan no meu braço. Ouvi sua voz me chamando: "Abe? Você está bem? Abe?".

Dei um passo para longe dele. "Bem", respondi com voz grossa. "Estou bem."

"É muita coisa para assimilar", ele comentou.

"Dan, onde eu..."

"Não se preocupe com isso. Está tudo bem. Tudo bem. Eu estava certo."

"Certo?"

"Olhe para eles", disse Dan, apontando Sophie e os gêmeos. "Eu estava certo. Estava mais do que certo, eu estava... Olhe para eles, Abe. Lá estão."

"Dan..."

"Aquela ao lado deles é Marie, não é?"

"Isso é..."

"É isso: eu estava certo."

Olhei para meus pés, me forcei a respirar profundamente. "Conta o que aconteceu com você."

"Não tem muito o que contar. Subi o riacho. Não muito longe... talvez meio quilômetro, ele faz uma curva para a direita. Sophie me esperava lá. Não consegui acreditar. Quero dizer, era isso que eu queria, mas tinha certeza de que estava alucinando. Você deve ter tido a mesma reação quando encontrou Marie."

"Quase isso."

"Quando percebi que era Sophie..." Dan corou. "Demonstrei... quanto estava feliz por vê-la. Depois ela me levou para o bosque. Acho que vi a árvore que Howard mencionou na história dele, a que o sujeito marcou. Tem uma rachadura no meio dela, parece que foi atingida por um raio. Sophie me trouxe aqui, onde encontrei Jonas e Jason, meus filhos."

"Você atravessou a estrada? Viu o templo?"

Dan balançou a cabeça. "Em um minuto estávamos cercados de árvores, no outro, estávamos na praia."

"Com o Pescador."

"Ele também perdeu a esposa, a família", disse Dan. "Na frente dele, em sua casa... ele viu soldados húngaros matarem sua esposa e os filhos, espancá-los até a morte com porretes, espadas, machados. Os soldados o esfaquearam primeiro, quando arrombaram a porta, por isso ele não pôde fazer nada para detê-los. Ele ouviu a esposa implorar pela vida dos filhos; ouviu os filhos gritando enquanto eram assassinados. Viu seus corpos destroçados, o sangue, as... entranhas, seus órgãos espalhados pelo chão. Tudo que era bom em sua vida foi tirado dele. Se pudesse, ele teria morrido ali com eles, na casa cujas paredes haviam sido pintadas com o sangue de sua família. Mas ele sobreviveu, e mais tarde, quando terminou de enterrar a família, partiu para encontrar meios de trazê-los de volta, resgatá-los dos machados e das espadas que os haviam cortado de sua vida.

"E o negócio, Abe, é que ele conseguiu. Ele descobriu como recuperá-los."

"Imagino que tenha alguma coisa a ver com o que ele pôs no anzol... nos anzóis, acho."

"Ele arrancou a máscara", disse Dan. "É como se o que nos cerca fosse só um disfarce para o que realmente é. Esse homem acabou com o disfarce, abriu um buraco na máscara e chegou aqui."

"Não é o que eu teria esperado", falei.

"Este lugar... você tem que entender, é como uma metáfora real, um mito verdadeiro."

"É muito confuso para mim."

"Não importa. O que importa é que, aqui, as condições são mais... flexíveis do que são onde nós vivemos. Se você conseguir dominar certas forças, pode fazer..." Dan moveu as mãos. "Tudo."

"É muita informação para uma ou duas horas."

"Uma hora?" Dan estreitou os olhos. "Abe, estou aqui há dias."

"Dias?"

"É difícil ter certeza pelo jeito como a luz brilha neste lugar, mas devo estar aqui há três dias, no mínimo."

"Três..." Depois de tudo de que já tomei parte, não fazia sentido protestar. "Está pensando em voltar para..."

"Para quê? Para o lugar onde tudo é uma lembrança daquilo que perdi?"

"Para sua casa."

"Como aquela pode ser minha casa?" Dan se aproximou de Sophie e dos meninos, que se reuniram em torno dele. "Onde minha família está... aí é minha casa." Ele falou com tanta convicção que quase consegui ver esse homem alto com seus cabelos vermelhos e rebeldes e as roupas amassadas abraçado por uma esposa e por filhos cujos olhos brilhavam dourados, cuja pele branca parecia úmida, como o retrato da família feliz.

"E o Pescador, ele concorda com sua permanência?"

"Ele não está muito bem", disse Dan e acenou com a cabeça na direção do homem. "Esgotou-se recuperando o controle de Apófis. É bem incrível, se parar e pensar um pouco. Ele pegou *aquilo*." E apontou para o que eu ainda não queria pensar como uma vasta cabeça. "Tinha a coisa bem presa quando os homens do acampamento apareceram e começaram a cortar as cordas. Ele levou décadas para consertar o estrago causado por eles. E ainda não acabou. Eu posso ajudá-lo."

"Não me leva a mal, mas não vejo como. Não está falando sobre tirar da água alguma coisa que já tenhamos pescado. Porra, nem sei se dá para chamar isso de pesca. Nem sei qual é o nome para isso."

"Ele precisa de força", disse Dan. "Eu posso dar isso a ele."

"Como?"

Dan desvia o olhar do meu. "Existem meios."

Pensei no marido de luto na história de Howard, vomitando água preta cheia de coisas que se retorciam e pareciam globos oculares com caudas. E falei: "Ele fica com sua força. Você fica...".

"Com minha família."

Eu me sentia estranho, quase rude por dizer isso com os três ali em volta dele, mas perguntei: "Tem certeza de que essa é sua família?".

"Como assim?". O tom de voz de Dan era indignado, mas ele tinha uma expressão surpresa, como se eu tivesse dado voz a uma dúvida que ele guardava em segredo. "Está dizendo que estão diferentes... mudados? Não é isso que sempre nos disseram que acontece depois da morte? Que a gente ganha uma nova forma?"

"Não tenho certeza de que era isso que os religiosos tinham em mente."

"Eles não previram nada disso, não é?"

Nisso ele tinha razão, embora eu suspeitasse estar ouvindo os argumentos que Dan havia usado para se convencer de que tinha encontrado o que procurava. "Acho que não", respondi.

"Marie se comportou de acordo com o que você lembra dela?"

"Sim."

"Então, de que mais precisa?"

Precisava não ter visto aquele outro rosto, aquele que não era humano, olhando para mim quando eu me virei para ela; não ter visto a transfiguração de Marie naquela criatura selvagem que gritou com a versão mais jovem do homem amarrado à pedra. Eu me preparava para dizer tudo isso, mas alguma coisa na expressão de Sophie e dos meninos, uma espécie de atenção, me tirou a coragem. E me contentei com: "Não sei".

"É difícil", disse Dan. "Eu entendo. Mas você pode ajudar."

"Ah, é?"

Dan se afastou da família e se aproximou de mim. "Pode ter Marie de volta o tempo todo. Pode compensar os anos perdidos."

"Poderia." Pensei nela, ainda sentada de costas para mim, de frente para o oceano negro e seu monstruoso residente. "Como, exatamente, eu poderia?"

"Como eu disse, o Pescador é fraco."

"E ele poderia usar minha força."

"Sim."

Pensei nisso. Estaria mentindo se dissesse que não. O que quer que fosse essa Marie, não era minha Marie, como eu tinha certeza de que aquela Sophie e os meninos não eram a Sophie e os meninos do Dan. Talvez isso não fosse importante; talvez fosse suficiente ficar com esse eco da minha falecida esposa enquanto o Pescador tirava de mim toda vitalidade. Talvez eu não me sentisse mais fraco, perdido na ilusão à qual havia cedido. Em outro momento da minha vida, quando minha dor era parecida com a de Dan, eu nem teria discutido a oferta.

Agora, porém, balancei a cabeça e disse: "Não, Dan. Receio que não".

"O quê? Por que não?"

"Eu... gostei o encontro com Marie. Mas é hora de acabar com isso."

"Você não pode estar falando sério. É sua esposa, ela pode ser sua de novo."

"Já entendi a proposta."

"Então, como pode recusá-la?"

"É que... acho que preciso encontrá-la quando chegar minha hora."

"Mas..."

"Você quer ficar aqui. Eu entendo."

"Você poderia ajudá-lo", Dan disse.

"Ele vai ter que continuar sem mim."

"Estaria me ajudando."

"Pensei que já tivesse tudo que queria."

"É o Pescador. O que estou dando a ele pode não ser o bastante. Ele pode precisar economizar energia. Nesse caso, eu poderia perder Sophie e os meninos. Não posso passar por isso, Abe, não outra vez. A primeira vez quase me matou. A segunda seria demais. Se você se juntar a nós..."

Olhei para o Pescador, bem preso ao nosso lado. Com a pele desbotada e gasta pela maresia, a barba desgrenhada coberta de piolhos-do-mar, as vestes coladas ao corpo pelos anzóis que o haviam penetrado, ele parecia mais uma formação natural. Os olhos brancos fitavam a forma colossal a que ele estava conectado com tanta intensidade que não era difícil acreditar que todo seu ser estava à disposição de sua luta com aquele ser. Era difícil acreditar que ele havia falado com Dan, mesmo que só para fornecer fragmentos de informações ao longo de dias. Mais fácil era imaginá-lo absorvido pela água preta que lavava os flancos da besta que ele havia capturado.

Aqueles olhos pálidos se voltaram para mim pela segunda vez, um olhar mais demorado, trazendo com eles o peso de toda atenção do Pescador. Acho que todo mundo já sentiu o olhar de alguém cuja experiência faz desse olhar uma coisa tangível. O que transbordava dos olhos do Pescador me fez recuar um passo, teria me forçado a ajoelhar, se ele não houvesse se voltado novamente para a cena diante dele. Era um olhar permeado por correntes de emoção tão poderosas a ponto de ser visíveis. Havia fúria, um homem baixo vestido com calça e túnica sujas empunhando sua espada com as duas mãos e apontando-a para as costas de uma mulher alta de longos cabelos castanhos que se debruçava sobre os corpos dos filhos. Havia dor, aquela mesma mulher e seus filhos mutilados em grandes poças de sangue. Havia esperança, uma passagem sugestiva no que podia ser grego sob uma escultura de madeira de uma complexa serpente marinha vista entre ondas estilizadas. Havia determinação, mais uma batida em outra porta para perguntar a mais uma mulher ou homem idoso se estava de posse de certos livros. As emoções fluíam para uma corrente que eu não conseguia nomear; se pressionado, eu diria alguma coisa como carência, um vão ou uma fenda na essência daquele homem. Era o que o havia sustentado quando ele foi arrastado para o oceano negro por uma das cordas que usou para capturar o que tinha visto em um livro. O que permitiu que ele lutasse contra a grande besta, que chegasse a estas profundezas e a um lugar ainda mais profundo, rebocando o que encontrou lá até poder começar a dominar novamente o monstro que havia escapado ao seu controle. Aquilo havia permitido que ele se amarrasse à rocha como lastro para prender a besta. Repentina e pungente, a impressão que me tomou era de que a figura que eu via era só parte do Pescador, e uma parte pequena, na verdade. A maior porção dele, eu sabia, não era visível, um gigante com pele de mármore e os olhos vazios de uma escultura clássica. A apreensão era aterrorizante, ainda mais pavorosa por conta das outras emoções que se impunham a mim: um humor ácido como limão e uma malícia afiada com a lâmina de uma navalha.

Alguém estava falando — era Dan insistindo em seu ponto de vista. Sem responder, virei e comecei a voltar pelo caminho que me levara até ali. Consegui dar meia dúzia de passos antes de Dan me segurar pelo ombro e me fazer virar. Seu rosto estava vermelho, a cicatriz que descia pela face direita era branca como um osso. Ele gritava, e a saliva voava de seus lábios. "Que porra, Abe? Que porra? Está indo embora? Vai me abandonar? E Sophie? E Jonas e Jason? Está pensando em nós? Está pensando em Marie? E Marie, Abe? E ela?" Atrás dele, Marie continuava atenta à besta.

"Dan, para", respondi. "Isso é demais. Ele..."

"Ele o quê?" Dan pontuou a pergunta com um empurrão de suas mãos grandes que tinham a força das pernas dele plantadas no chão. Cambaleei para trás, tropeçando nas pedras redondas. Meu pé escorregou e eu perdi o equilíbrio. Virei o corpo enquanto caía, tentando me equilibrar, mas tudo o que consegui foi cair sobre o lado direito do corpo. Meu braço, as costelas, o quadril, tudo se chocou contra as pedras. A dor expulsou o ar dos meus pulmões. Por um milagre, não bati a cabeça em uma pedra, e quando vi Dan se curvando sobre mim, a primeira coisa que pensei foi: *Ele vai me ajudar*. Mas ele não estava próximo o bastante para estender a mão e se levantou quase imediatamente. Só quando vi a grande pedra azulada que ele segurava, entendi o que estava fazendo. "Não quero fazer isso", ele disse. "Realmente não quero. É que... se tiver sua força, ele não vai precisar tirá-los de mim. Eu... se tivesse outro jeito, Abe. Honestamente, não quero fazer isso."

"Então não faça", consegui responder, já consciente de que ele nem me ouvia porque Dan estava levantando a pedra, o corpo tenso e preparado para atacar. Constatar que o homem que eu considerava meu amigo mais próximo estava prestes a me causar um dano grave, senão me matar a sangue-frio, era a coisa mais monstruosa que tinha acontecido nesse dia estranho e horrível. Uma onda de náusea brotou em mim. Enquanto o via mudar a posição da pedra, levando os dedos a uma das extremidades da arma improvisada para ter mais controle sobre ela, esperei que parasse, se abaixasse e deixasse a pedra cair da mão, que recuperasse o bom senso. Só quando Dan já investia contra mim balançando a pedra em minha direção, seus olhos arregalados e os lábios comprimidos, foi que uma descarga de adrenalina me fez sair rolando de seu alcance. Ele errou o arremesso, e a pedra se chocou contra a que estava embaixo da minha cabeça. Meus pés encontraram os dele, derrubando-o, mas me impedindo de levantar. Chutei furiosamente, rastejei para longe de onde ele continuava caído e atordoado. O tempo todo eu pensava na faca em meu bolso, e já a tinha na mão quando fiquei em pé.

"Uma faca?" Pelo tom de voz de Dan, era como se eu o ameaçasse. Ele tentou se apoiar em um dos braços, mas devia ter machucado o esquerdo. O membro cedeu, e por pouco ele não caiu de cara no chão. Dan olhou para mim. "Não tem importância."

Eu não sabia o que isso queria dizer. Meu coração batia acelerado, disparado dentro do peito como se eu tivesse finalizado uma corrida curta e rápida. À minha esquerda, uma pedra se moveu. Um olhar naquela direção me mostrou que um dos garotos — eu não sabia qual deles — engatinhava na minha direção. O irmão também se aproximava de mim pelo lado direito. Sophie esperava uns dez passos atrás de mim. Eu me preparava para falar com Dan, debochar dele por ter arrastado a esposa e os filhos para a sujeira que ele planejava, mas alguma coisa no gêmeo à minha esquerda me fez ficar quieto. O rosto gorducho, mais bebê que menino, tremulava, a boca se tornava mais larga, rasgava as faces quase até as orelhas, as gengivas brancas exibindo fileiras de dentes serrilhados que não ficariam fora de lugar na boca de um tubarão. O rosto do irmão havia sofrido transformação semelhante, e o de Sophie também.

Dan estava em pé, mas massageava o braço esquerdo. Devia ter visto a mudança em Sophie e nos meninos, mas nada nele dava sinais desse reconhecimento. Com uma careta de dor, ele se abaixou e pegou outra pedra com a mão direita. Quando se levantou, disse: "É uma pena, Abe. Sempre achei que você e Sophie teriam se dado muito bem, apreciado a companhia um do outro".

Lambi os lábios, que tinham ficado secos. Tentando não perder de vista as quatro silhuetas à minha volta, respondi: "Isso não é sua esposa, Dan. Você deve saber disso".

"Cala a boca", Dan disparou e atacou antes que eu pudesse reagir.

A última briga em que eu tinha me envolvido aconteceu três décadas atrás. Dan era mais jovem, mais forte e lutava pelo que havia se convencido que era sua família. Havia aprendido um pouco com a primeira tentativa contra mim: ele ameaçou jogar a pedra na minha cabeça, depois soltou a mão esquerda num gancho que teria sido perfeito se aquele braço não estivesse machucado. O soco acertou minha orelha com menos força do que ele pretendia, permitindo que eu desviasse a cabeça do caminho da pedra. Movi a faca da direita para a esquerda diante dele, senti a lâmina raspando em sua camisa. Ele sibilou e me atacou novamente com a pedra, dando um gancho com a direita que me acertou no peito. Eu grunhi e golpeei com a faca da esquerda para a direita, sentindo a lâmina cortar sua pele. Cobrindo com o braço esquerdo os cortes que fiz em sua camisa, Dan cambaleou para trás.

Meu peito arfava, minhas têmporas latejavam. "Dan", falei, "por favor." A ponta da faca dançava na minha frente, o sangue de Dan tingindo a lâmina de vermelho, mais sangue do que eu esperava ver.

Inclinado para a frente, respirando de um jeito entrecortado, Dan respondeu: "Você me cortou. Seu filho da puta".

Achei que aquele não era o momento apropriado para lembrá-lo de que eu só havia reagido a sua tentativa de esmagar meu crânio com a pedra que ele continuava segurando. Dos dois lados, os gêmeos tinham se aproximado mais de mim, os dedos gordinhos terminando em garras curvas. Atrás de mim, Sophie também estava mais próxima, igualmente transformada. Eu tinha cortado Dan mais fundo do que pretendia. A manga da camisa pressionada contra o ferimento estava molhada de sangue. Sem soltar a pedra, ele se abaixou e sentou. "Ai", disse. "Seu filho da puta. Você me cortou."

"Sinto muito", respondi, embora não fosse verdade, não exatamente. Uma mistura de alegria e repulsa se revolvia dentro de mim. Alegria por ter sobrevivido ao ataque de Dan, repulsa pelo sangue que encharcava a manga da camisa dele. Havia alguma possibilidade de conseguir atendimento médico para ele neste lugar?

Dan não respondeu. O sangue que pingava de sua camisa manchava as pedras embaixo dele. Os gêmeos, cujos dedos dos pés eram unidos por nadadeiras e terminavam em garras, estavam a menos de um metro de mim. Eu não me incomodava com a ideia de usar a faca contra um deles ou Sophie, não com a aparência dos três tão modificada, mas não sabia se isso me serviria de alguma coisa. Sim, eles pareciam sólidos, tanto quanto Marie havia parecido mais cedo na floresta, mas a facilidade com que mudavam de forma me fazia duvidar da eficácia de qualquer arma que eu pudesse usar contra eles. Quando os meninos pararam a manobra de aproximação, imaginei que fizeram isso para avaliar o melhor momento para atacar. Não acreditava que poderia escapar dos dois. Esperava me afastar do alcance de um e enfrentar o outro, mas suas bocas cheias de dentes me inquietavam mais que as pedras de Dan. Sem mencionar que, enquanto eu estivesse ocupado com um deles, a mãe teria a oportunidade de me atacar pelas costas.

Foi o gêmeo à minha direita que se moveu primeiro na direção de Dan. O irmão olhou para mim intrigado e foi atrás dele. Dan levantou a cabeça. Sua pele estava pálida e os olhos, vidrados. Choque, acho, resultado do ferimento que eu havia causado. Ele sorria perturbado para os monstros que iam ao seu encontro. "Meus meninos", disse. "Venham com o papai." Quanto mais as coisas se aproximavam dele, mais as silhuetas pálidas tremulavam, até que, quando pararam ao lado de Dan, tinham recuperado a forma de crianças pequenas, com exceção das bocas, que preservavam o sorriso de tubarão. Embaixo de Dan, as pedras estavam escorregadias e vermelhas. Com uma língua larga cor de fígado, o menino à direita de Dan lambeu os lábios. A boca se abriu como num bocejo, continuou se abrindo, abrindo cada vez mais, revelando um esôfago cravejado de mais dentes. Novamente atento ao sangue que escorria dele, Dan não notou a cabeça do menino girando em sua direção, se posicionando para a mordida em seu ombro. À esquerda dele, o outro gêmeo abria a boca, preparava o ataque. Eu queria falar, queria gritar um aviso, mas Sophie me empurrou e passou por mim. Sua boca também estava aberta, exibindo todos os dentes.

O que Dan deve ter pensado ao ver a criatura que ele havia chamado pelo nome da falecida esposa avançando em sua direção, com a porção inferior do rosto refutando veementemente a identidade que ele tentou conferir a ela? Alguma coisa acontecia com Sophie, com os meninos. Outra mudança os fazia tremular. A carne escureceu como se estivesse queimada, rachando e caindo, deixando à mostra músculos enegrecidos em algumas partes, ossos queimados em outras. O cheiro de carne assada pairava no ar. Uma expressão de tristeza inimaginável modificou os traços de Dan. Como se quisesse afastar aquilo em que Sophie se transformou, ele levantou a mão direita, e o menino à sua direita cravou os dentes em seu ombro. Quase ao mesmo tempo, o menino à esquerda abocanhou o peito de Dan. Ele jogou a cabeça para trás, os olhos assustados, os braços se movendo loucamente ao lado do corpo, as costas rígidas como se ele tivesse sido atingido por um raio. A boca se esforçava para emitir algum som, um grito ou uma praga, mas Sophie o engoliu com um beijo terrível.

Quando as mandíbulas se fecharam em torno do rosto dele, o que parecia ser um zumbido desesperado brotou do fundo de seu peito, enquanto as pernas sofriam espasmos como se ele tentasse ficar em pé. O trio o mantinha no lugar, segurando-o com os dentes. Sem soltá-lo, Sophie abaixou os braços de Dan.

 O ataque da família não pode ter durado mais que alguns segundos, mas era como se eu tivesse ficado ali durante horas assistindo à selvageria. Não muito útil, o metal ensanguentado, a faca continuava na minha mão. Em algum lugar no fundo da minha cabeça, uma voz gritava para eu fazer alguma coisa. Não foi tanto tempo. Mesmo ferido, Dan ainda podia ser salvo. Ainda que não, ninguém merecia morrer daquele jeito, devorado vivo. Meus olhos recaíram sobre a faca, depois sobre Sophie. Sua coluna era visível em alguns trechos embaixo da carne queimada. Se eu enfiasse a lâmina como um picador de gelo em sua nuca, ela teria que soltar Dan. Mudei a posição da mão no cabo da faca.

 O menino que mordia o ombro de Dan afastou a boca dele e virou os olhos metálicos para mim. Seu rosto era uma colcha de retalhos de cinzas e brasas apagadas, os lábios e o queixo estavam respingados de vermelho, os dentes tinham pedaços de carne. Dan estremeceu. Levantou o braço direito com a mão crispada e a aproximou do peito, como se me chamasse para perto. O menino olhava para mim com olhos em cujas profundezas eu via toda inteligência de uma truta ou de um lúcio.

 Antes de entender completamente o que estava fazendo, eu corri. Corri tanto quanto era possível sobre as pedras, fugi daquele lugar, fugi de Dan e da família que ele havia literalmente imaginado, de Marie que olhava para as ondas, do Pescador envolvido em sua cruzada titânica, da criatura inimaginável com a qual ele lutava, do oceano negro rugindo no horizonte. Não tentei refazer o caminho que me havia levado até ali. Em vez disso, segui em linha reta na direção das Árvores Vívidas na extremidade mais elevada da praia. Pedras soltas se chocavam e estalavam quando minhas botas pisavam nelas. Eu escorregava e derrapava para os lados como alguém que experimenta andar de patins pela primeira vez. Apontada para baixo, a faca continuava em minha mão. Pedras continuavam rolando, desprendidas pelas minhas botas. Além do barulho provocado por essa movimentação, eu não ouvia nada que não fosse ar entrando e saindo da minha boca e as ondas espumando na praia. Sophie, os gêmeos —Marie, cuja sede de sangue havia sido provocada — e todas as criaturas que estavam na praia podiam estar me seguindo, esperando um passo em falso para me dar o mesmo destino de Dan.

Na ponta da praia, com as panturrilhas e coxas queimando depois da corrida pela faixa arenosa, eu parei e me inclinei arfando. Olhei para trás e vi que ninguém me seguia, não de perto, pelo menos. Onde Dan estava havia várias formas menores, ilhas na piscina vermelha que os cercava. Eu conseguia distinguir Sophie e os gêmeos ao lado da carnificina, embora fosse difícil enxergar os detalhes de seus traços. Só os olhos eram claramente visíveis, brilhando ao longe, e isso porque olhavam para mim. Todas as coisas brancas olhavam para mim. Uma a uma, todas tinham virado em minha direção. Dúzias de olhos dourados me olhando. No meio do oceano agitado além delas, um tremor sacudiu a grande besta. A terra retumbou sob meus pés. O tremor concentrou-se na fissura sobre as ondas onde estava presa a corda do Pescador. A rachadura tremeu, se alargou, superfície e fundo recuando para revelar uma área dourada cujo centro era dividido ao meio por uma elipse preta. Um olho do tamanho de um estádio estava voltado para a cena diante dele.

Se o olhar do Pescador havia me atingido como um vento forte, a atenção daquela criatura me envolveu com a força de um furacão. Não havia emoção naquele olhar. O que transbordava do enorme olho era tão profundamente abaixo ou tão tremendamente acima de qualquer sentimento distinto para ser reconhecível como tal. Só havia ausência, um vazio tão grande quanto tudo. Não era branco nem preto. Não era nada. Perfeito em sua nulidade, havia sido violado, rendido de alguma forma, confinado à forma diante de mim.

Aprisionado, mas não apartado, ele era o oceano negro, e as criaturas brancas segurando as linhas que o aprisionavam, e o Pescador amarrado à sua rocha, e eu. Entender tudo isso, apreciar tudo isso, podia ser o princípio de uma espécie de sabedoria.

Não era uma sabedoria que eu desejasse ter. Com a consciência da grande besta saturando o ar, corri para o bosque. Ali as árvores eram mais próximas, as copas se aproximavam mais do chão, os galhos mais externos se emaranhavam um ao outro. Meus braços roçaram um galho especialmente baixo, e senti como se uma dúzia de navalhas cortassem as mangas da minha capa de chuva e da camisa, além da pele que as roupas cobriam, em muitos lugares. Respirei fundo, tropeçando quando a dor explodiu em meu braço, mas quando os dedos da outra mão retornaram sujos de sangue do exame desses ferimentos, não reduzi a velocidade. Pequenas fendas brancas começavam a se abrir à minha volta, as árvores, as folhas, o solo, tudo, como se eu corresse por uma pintura velha cuja superfície havia ressecado. Tentei não olhar para baixo, temendo descobrir que eu também estava rachando.

O horror impedia qualquer pensamento que não fosse *Corra*. Por isso, mesmo vendo o terreno à minha frente desaparecer, ouvindo o som de água corrente, continuei correndo sem parar até passar pelo cume da encosta e começar a escorregar e em direção à correnteza galopante lá embaixo.

A água morna me envolveu, me fazendo dar várias cambalhotas. Tive a impressão de passar muito tempo submerso em profundezas recortadas por correntes negras. Formas negras passavam por mim. Eu batia as pernas, movia os braços, tentava me equilibrar. Fendas brancas dividiam a água. Continuei movendo braços e pernas. Imediatamente, a correnteza me pegou e levou em frente. Com os pulmões quase explodindo, nadei para cima, para a superfície, e emergi. Cuspindo água enegrecida, enchi os pulmões de ar. As botas cheias de água me puxavam para baixo. Esfreguei as pernas uma contra a outra e consegui tirar a bota do pé direito. A outra estava presa, e mergulhei a cabeça nas ondas para tirá-la.

Com os pés livres, ficou mais fácil manter a cabeça fora d'água, o que era bom, porque a correnteza seguia para uma área de corredeiras. Pedras cinzentas se erguiam em meio à espuma revolta, assinalando o labirinto submerso por onde a correnteza seguia. Uma plataforma baixa surgiu em meu caminho. Passei por ela nadando, esbarrando em um aglomerando de rochas que feriu meus joelhos e as canelas. A correnteza me arrastou por entre duas metades de uma grande rocha e me jogou por uma pequena cachoeira que caía sobre uma pilha de pedras bem próximas da superfície. Alguma coisa estalou no meu peito. Eu me agarrei às pedras, mas elas eram muito escorregadias, e a correnteza era forte. Mais adiante, uma pedra que parecia o dedo de um gigante brotava da água. Eu coloquei meu braço sobre a cabeça. O impacto foi tremendo. A água me arrastou para além da pedra e me jogou em uma piscina larga. Lá embaixo, nuvens de sedimentos se agitavam nas profundezas. Era difícil me manter na superfície. As roupas estavam encharcadas, e meu corpo tinha mais hematomas, fraturas e cortes do que músculos para me levar à margem daquele trecho mais calmo. Eu estava exausto, mas as imagens daquele grande olho se libertando e do destino de Dan na praia eram incentivos suficientes para eu obrigar meus membros a se moverem e me levarem para perto da margem.

Não vi a figura que emergia do lodo lá embaixo, não a percebi até sua mão agarrar meu tornozelo e me puxar. No tempo que levei para entender o que tinha acontecido, fui arrastado até bem perto da nuvem de sedimentos. Eu sabia que devia ser uma das criaturas pálidas, talvez Sophie, terminando o que haviam começado na praia. Tinha perdido a faca em algum momento da fuga. Chutei a coisa com o pé livre, mas mesmo em pânico não me restava muita força. A criatura soltou meu pé, agarrou meu cinto e me puxou para baixo até estarmos flutuando frente a frente.

Com os cabelos flutuando na correnteza, Marie me olhava com seus olhos brilhantes. Minha surpresa foi seguida pela resignação. É claro, pensei. *Sophie cuida de Dan, e Marie cuida de mim.* Eu podia quase apreciar a simetria. Esperava que ela simplesmente me mantivesse ali até eu não ter opção além de inalar a correnteza. Depois do desconforto inicial, ouvi dizer, afogamento é um jeito tranquilo de morrer, diferente de ser destroçado por bocas cheias de dentes. Marie segurou meus ombros e me empurrou mais para o fundo, para a nuvem de sedimentos.

Imediatamente, eu a perdi de vista, não vi mais nada além do lodo à minha volta. Bolhas brotavam de meus lábios. A aceitação que imaginava ter alcançado desapareceu, suplantada por um desejo de escapar que me fazia lutar contra as mãos de Marie, socar seus braços. Imediatamente, as mãos dela sumiram, e eu nadei para a superfície com os pulmões queimando, braços e pernas pesado. Emergi perto de uma praia repleta de árvores que eu reconhecia, cicuta, bétula e bordo. Gritando com o esforço, fui nadando para o raso. Rastejei para fora da água e para a terra firme, onde caí, tossindo a água que tinha invadido meus pulmões. Exausto, tremendo, eu me rendi à escuridão que se erguia à minha volta como uma onda.

O PESCADOR
JOHN LANGAN

VI
INUNDAÇÃO DO SÉCULO

Dois colegiais que disseram estar fazendo uma trilha, mas deviam estar procurando um lugar isolado para experimentar algum tipo de substância ilícita, me encontraram na margem sul de Dutchman's Creek, quase no Hudson. Minhas roupas estavam em frangalhos, o corpo estava ferido, contundido e cortado, e eu tinha uma febre suficientemente alta para provocar alucinações, e foi assim que os médicos, enfermeiros e policiais que me atenderam explicaram meus relatos fantásticos. Os médicos e enfermeiros estavam presentes porque fui levado ao Hospital Wiltwyck, onde recebia tratamento para a infecção que elevava minha temperatura e resistia a antibióticos cada vez mais fortes. Os detetives entravam e saíam do meu quarto porque, delirando, eu havia falado sobre a morte de Dan. Não foi difícil rastrear meus movimentos: os policiais verificaram com Howard, que confirmou que eu havia tomado café com outro homem, um sujeito alto, ruivo, com uma cicatriz que atravessava todo o lado direito do rosto. Nós dois estávamos a caminho de Dutchman's Creek, Howard contou, embora ele nos tivesse aconselhado a desistir. (Não tenho certeza, mas duvido de que ele tenha contado a longa e estranha história de Lottie Schmidt aos policiais.) Depois de uma busca rápida, os policiais encontraram minha caixa de pesca em cima da plataforma rochosa onde pesquei o que Marie havia dito que era uma ninfa. É claro, o peixe e minha vara de pescar haviam desaparecido. Um pouco mais abaixo do local, os detetives encontraram o equipamento de Dan, aparentemente levado até ali pelo transbordamento do riacho. Não havia nenhum sinal de Dan, e isso, associado aos ferimentos em meu braço, que pareciam ter sido causados por faca ou arma semelhante, levantaram suspeitas sobre o que havia acontecido durante aquela pescaria.

Eu não colaborei muito quando balbuciei sobre como Dan tentou me acertar com uma pedra para poder usar minha essência a fim de alimentar um mago centenário, ou sobre sua morte provocada pelas mordidas da esposa e dos filhos. Parecia loucura, sim, mas com o desaparecimento de Dan e os cortes em mim, o cenário que eu narrava dava a impressão de que eu descrevia em substância, embora não em detalhes, um evento real. Eu era considerado suspeito. Amigos e colegas de trabalho entrevistados pelos detetives falaram bem de mim. Amigos e familiares de Dan não tinham restrições em relação às nossas pescarias. Se o corpo de Dan tivesse aparecido, não sei bem que efeito teria causado nos policiais. Quero dizer que eu teria sido inocentado sem sombra de dúvida, mas a mesma evidência pode levar a conclusões diametralmente opostas, dependendo de quem a analisa. Mas não havia nenhum sinal de Dan, embora tenham ampliado a área de busca e incluído o trecho do Hudson ao sul de onde o Dutchman's Creek deságua nele. No fim, Dan seria declarado oficialmente desaparecido, e alguns primos dele de Phoenicia cuidariam de seus bens, da venda da casa que havia sido dele e de Sophie.

Mas a polícia não desistiu de me interrogar assim tão fácil. Acho que era sorte deles eu estar preso a uma cama de hospital, dando um passo à frente e dois para trás na luta contra uma infecção cujo diagnóstico mudava em intervalos de poucos dias. Eu podia ter pedido um advogado, e era o que teria feito se estivesse mais lúcido desde o início. Quando pensei nisso, os detetives haviam quase perdido o interesse em mim, me encarando como mais uma vítima de uma pescaria desastrada que muito provavelmente tinha posto fim à vida do companheiro. Em algum momento quando a doença ainda me fazia ver as silhuetas de Dan, Sophie e dos gêmeos nas cortinas que cercavam minha cama, percebi que nenhum daqueles homens que insistiam em perguntar o que havia acontecido na manhã em que Dan e eu fomos pescar acreditaria — nem poderia acreditar — no que eu estava dizendo. Febril, eu resistia a esse pensamento, mas depois de um tempo comecei a criar uma história mais parecida com algo que eles aceitariam e poderiam aceitar. Às vezes me perguntava se eles tinham consciência da minha trama, mas se percebiam alguma coisa, não demonstravam. Talvez fossem gratos pelo que eu estava fazendo, inventando uma história que daria conta da maioria dos detalhes que eles tinham que solucionar.

Mantive inalterada a maior parte do meu relato sobre aquela manhã. Como meu pai costumava dizer, se você tem que inventar uma mentira, trate de acrescentar a ela toda verdade que puder. Contei à polícia que fui buscar Dan na casa dele antes do amanhecer, que paramos para tomar café no Herman's Diner, que ouvimos a história de Howard depois de termos comentado com ele sobre nosso destino. É claro que não acreditei na história de Howard, falei, mas ela deve ter exercido um efeito poderoso sobre Dan, porque, quando chegamos em Dutchman's Creek e começamos a pescar, ele admitiu que o motivo para ter escolhido aquele rio era uma informação que havia encontrado no diário de pesca do avô, uma sugestão de que ele poderia encontrar ali a esposa e os filhos mortos. Eu não achava isso tudo meio, bem, maluco?, um dos policiais perguntou. Respondi que sim, mas já estava no riacho. Tudo que podia fazer era tentar argumentar com Dan, e quando isso não deu certo e ele subiu a correnteza para ir procurar a família, eu o segui. O riacho estava cheio, a margem era escorregadia. Quase caí na água duas vezes. Dan se recusava a me esperar. Perdi o equilíbrio várias vezes e acabei caindo no rio. Bati a cabeça em uma pedra e daí para frente não lembro de mais nada. Francamente, estava surpreso por continuar entre os vivos. Eu tinha alguma ideia sobre o que podia ter acontecido com Dan? Respondi aos detetives que não. Havia caído no Dutchman's Creek, mas era alguns anos mais velho que Dan. Tudo que podia dizer era que, na última vez que o vi, ele subia o rio.

Por mais útil que fosse, nenhum dos detetives parecia especialmente feliz com minha versão dos fatos, ou porque sentiam que eu estava escondendo alguma coisa, ou porque seu trabalho os fazia desconfiar de tudo, não sei. Como eu explicava os cortes em meus braços?, eles queriam saber. Não explicava, falei. Estava na água com todo tipo de destroços. Quem podia saber em que eu havia batido? Eles perguntaram o que tinha acontecido com minha vara de pesca. Falei que também queria saber. Aquela vara era especial para mim. Os detetives nem acreditariam em alguns peixes que pesquei com ela. Eu achava que tinha sido levada pela correnteza, ou por algum outro pescador com bons conhecimentos e moral flexível. Os dois queriam muito saber o que eu sentia por Dan, ou ainda, se eu queria matá-lo, mas eu podia responder sem nenhuma dissimulação que Dan havia sido um dos melhores amigos que tive, e que a possibilidade de nunca mais vê-lo me enchia de tristeza.

E por muito tempo depois disso, chorei a morte de Dan. Meus hematomas e cortes cicatrizaram, a costela fraturada calcificou, e meu sistema imunológico venceu a infecção. Finalmente, tive alta do hospital. Enquanto me recuperava em casa, meu gerente apareceu várias vezes para me visitar, embora seu propósito tivesse mais a ver com trabalho do que com solidariedade. Tecnicamente, eu já devia ter decidido se aceitaria a aposentadoria prematura e o pagamento integral oferecido como incentivo, ou se preferia continuar trabalhando e correndo o risco de ser demitido. Por causa do acidente, meu chefe havia convencido seu chefe e os que estavam acima dele a me concederem uma extensão do prazo. Ele nunca disse isso abertamente, mas eu sabia que, se não me desligasse da empresa por conta própria, seria colocado para fora. É engraçado: depois de tudo que passei, era de se esperar que isso parecesse pouco importante. Mas eu estava furioso, tanto que me levantei da mesa da cozinha, pedi licença e fui até o jardim.

Devo reconhecer que ele não insistiu. Com a cabeça fervendo, andei pelo chalé que Marie e eu pretendíamos que fosse a casa do começo da nossa vida em comum. Acho que meus sentimentos não eram diferentes daqueles de tantas pessoas que já estiveram na mesma situação. *Isso não é correto. Dei anos, décadas da minha vida ao trabalho. Cumpri minha parte no sucesso da empresa. Senti um orgulho genuíno por estar entre seus funcionários. Porra, eu não teria conhecido minha esposa se não tivesse trabalhado lá. Não é justo.*

Tudo isso era verdade e nada disso fazia a menor diferença. Pensei em falar para o meu chefe que correria o risco, mas eu sabia que não havia nenhum risco. Nem fazia sentido continuar ali fora. Antes que eu pudesse mudar de ideia, entrei em casa, agradeci ao gerente por sua paciência e disse que aceitava o acordo. Ele pareceu aliviado.

E foi assim que fiquei desempregado, sem meu melhor amigo e sem a atividade que organizava a parte mais recente de minha vida e que eu esperava transformar no centro em torno do qual estruturaria minha aposentadoria. Pescar, certo? Tentei voltar no ano seguinte, depois de um inverno vendo televisão e olhando para o armário de bebidas. Comprei equipamento de qualidade, não de primeira, mas não muito pior que isso. No primeiro dia da temporada de truta, saí de casa com a lua se aconchegando no horizonte, e tomei a direção de um rio do outro lado da Frenchman's Mountain, onde sempre tive sorte. Fui o primeiro a chegar naquele que pensava ser o meu lugar. Um grupo de homens mais jovens estacionou um jipe com placas da Pensilvânia atrás do meu carro cinco minutos mais tarde. Trocamos cumprimentos rápidos quando eles passaram por mim sentado na cabine, bebendo café da minha caneca de viagem, e nos cumprimentamos de novo no meio da tarde, quando eles voltaram ao veículo. Eu continuava sentado ao volante, de onde só havia saído para esvaziar a bexiga. Durante os sessenta segundos que passei fora da caminhonete, ouvi a água correndo do outro lado de uma fileira de bordos e pensei que seria muito fácil ir até lá dar uma olhada. Depois voltei à caminhonete e travei a porta. A luz já desaparecia do céu antes de eu admitir a derrota e ligar o motor.

As tentativas seguintes não tiveram mais sucesso. A viagem de ida e volta para qualquer ponto escolhido no mapa não apresentava dificuldade. De certa forma, ficar sentado ao lado do rio escolhido também não era complicado. Qualquer esforço que eu fizesse para me aproximar da água com o propósito de pescar me mandava diretamente de volta para a caminhonete, não vá, não recolha duzentos dólares. Não havia nenhuma emoção associada a isso, nada de pânico ou terror. Meu corpo simplesmente se recusava a ouvir, muito menos obedecer, às ordens do cérebro.

O pânico e o terror eram reservados aos sonhos, que reprisariam e misturariam as imagens e ações daquele sábado por muitos anos. Com aquela vara de pescar perdida nas mãos, eu puxava o grande peixe que Marie havia chamado de ninfa, mas quando o tirava da água, no lugar do crânio encapsulado havia a cabeça de Dan sem os olhos, com a boca aberta num grito sangrento. Um semáforo pendia das árvores lá em cima, os pés de Marie pairavam sobre o solo da floresta, sua pele se desprendia em tiras e faixas, o cabelo flutuava em torno da cabeça como vegetação aquática. Com o rosto rígido de raiva, Dan pegava uma pedra que, por algum truque de perspectiva, também era a rocha à qual o Pescador estava amarrado, e batia com ela na minha cabeça. O grande olho da presa do Pescador se abria, e água preta vertia da grande fenda de sua pupila em uma inundação. Se dormisse durante o dia, à luz do sol, os sonhos não eram tão ruins, por isso eu passava a maior parte das noites zapeando os canais da televisão, folheando livros que pegava na biblioteca, tentando ficar acordado até o céu começar a clarear no leste, anunciando a chegada do sol.

Quando não estava preso em sonhos pavorosos com ele, eu lamentava a morte de Dan. Mas meu luto era uma coisa complicada, como você pode imaginar. Eu achava que entendia o desespero que havia levado Dan ao Dutchman's Creek, ao Pescador e ao acordo que ele havia feito com aquele ser. Conhecia a euforia de encontrar entes queridos que haviam partido — ou uma versão quase perfeita disso — esperando por você, e podia entender as motivações que Sophie e os meninos representavam para Dan. No estado em que eu o tinha visto no trabalho, preso no redemoinho, como ele mesmo havia confessado estar, ele devia ter sentido como se alguém atirasse uma boia, como se fosse arrancado daquele estado pelas mesmas pessoas cuja morte o havia jogado nele.

O problema era que deve ter havido um momento em que Dan viu Sophie e os meninos como realmente eram, vislumbrou os rostos verdadeiros mesmo que só por um segundo. Ele deve ter percebido que, embora fossem o que restava da esposa e dos filhos, aquelas criaturas haviam sido modificadas, transformadas pela passagem desta vida em outra coisa, algo fundamentalmente diferente dele. Ele devia saber que estava acreditando em um cenário que era, em algum nível, uma mentira, e que se dispunha a sacrificar a realidade da amizade, mesmo que mundana, por aquela mentira. Admito que não devia estar tão surpreso. O mundo está cheio de gente que fez a mesma coisa, ainda que não de forma tão dramática. Mas acontece que todas aquelas horas sentados lado a lado, vendo a água desse ou daquele rio passar, esperando um peixe morder a isca, falando sobre coisas amenas e, de vez em quando, sobre coisas importantes... fico pensando que tudo isso deve contar para alguma coisa, que a realidade disso tudo vai pesar em comparação à fantasia que tentou Dan.

Mas acho que não. Não o bastante, pelo menos. Sentia falta da companhia de Dan, e a lembrança de sua morte me enchia de horror, mas por mais bondosas e generosas que fossem minhas lembranças de Dan Drescher, uma certa amargura as temperava. Para ser franco, na semana em que os primos dele apareceram para cuidar de seus bens e se desfazer de tudo, tive receio de que quisessem falar comigo, o que eu não poderia recusar, mas não sabia como conseguiria enfrentar a situação, não de um jeito que não os deixasse confusos e chateados. Felizmente, o telefone não tocou.

Passei os anos depois de tudo isso tentando me ocupar. Antes, se você me perguntasse como eu me imaginava vivendo depois da aposentadoria, minha resposta teria como elemento central Marie e os filhos que eu imaginava que teríamos. Talvez fôssemos visitá-los em suas respectivas faculdades antes de viajar para um país distante, como a Índia, ou faríamos uma daquelas coisas típicas dos casais mais velhos, um cruzeiro para o Alasca, por exemplo. Depois que ela morreu, eu teria imaginado esse período pós-emprego ocupado pela pescaria e teria incluído Dan nesses planos depois que ele passou a me acompanhar. Sem Marie, sem Dan e sem a pesca, eu procurava coisas para fazer. Visitava familiares, encontrava ex-colegas do trabalho na IBM para tomar uma cerveja, comer um hambúrguer. Passei a encontrar mais Frank Block depois que a esposa o trocou pelo dentista da família, mas aqueles encontros eram mais sessões de terapia para ele do que conversas de verdade e logo chegaram ao fim, quando ele foi embora com uma das vizinhas. Fiz o possível para recuperar o interesse por música ao vivo, e ia de carro até Huguenot ou Woodstock para ouvir seja lá quem fosse tocar nas boates locais. A maior parte do que ouvia era bom, embora não muito interessante, mas de vez em quando uma cantora se debruçava sobre o microfone, dedilhava as cordas do violão, abria a boca, e eu me inclinava para frente na cadeira, atento. Não imaginava que a aposentadoria seria todo aquele tempo vazio para preencher. Talvez tivesse a ver com ter entrado nela uma década antes do previsto e gozando de boa saúde.

Quanto a tudo que vi, ouvi, toquei, tudo que aprendi ou pensei ter aprendido naquela última pescaria: na maior parte do tempo, não penso nisso. Estava lá, o grande peso de tudo aquilo estava lá, aonde quer que eu fosse, em qualquer coisa que fizesse, mas com exceção de voltar ao Dutchman's Creek para ver se conseguia achar o caminho de volta para o oceano negro, não havia muito que eu pudesse fazer em relação a isso. Às vezes pesquisava um pouco, abria a Bíblia da família e lia trechos do *Gênesis* e *Jó*, examinava livros de mitologia comparada que pegava na biblioteca, mas nada disso dava mais sentido às coisas. Quando a internet se tornou algo amplamente acessível, eu a coloquei a serviço da interpretação da minha experiência, mas o único site que parecia ter alguma utilidade caía toda vez que eu o acessava. O problema era que meu desejo de saber não era maior que a vontade de deixar o monstro adormecido desfrutar de seus sonhos. Se houvesse alguma esperança de que essas informações servissem a um propósito prático, como diminuir meus pesadelos, talvez eu me sentisse diferente. Mas era difícil conceber como as coisas que eu havia testemunhado poderiam ser salvas por qualquer coisa que eu aprendesse sobre elas, e assim, por fim, abandonei as investigações.

Algo semelhante, uma espécie de processo paralelo, me fez voltar a pescar. Mais ou menos três anos atrás, uma jovem família se mudou para a casa ao lado da minha. Pai, mãe e duas meninas, uma de quinze e outra de dez anos que fazia bem o tipo aventureiro. Um ou dois dias depois de chegarem, vi a menina mais nova, Sadie, correndo pelo quintal com uma vara de pescar em uma das mãos, uma caixa de pesca na outra. No fundo de nossos quintais, a mais ou menos meio quilômetro, tem um pequeno córrego que desce da Frenchman's Mountain e segue para o Svartkil. Acho que esse era o destino de Sadie, e embora eu não achasse muito seguro uma menina da idade dela ir sozinha para o bosque, sabia sem dúvida nenhuma qual impressão causaria se o vizinho, um homem mais velho, fosse atrás dela. Eu tinha um binóculo que Marie usava para observar os pássaros. Estava no estojo, dentro do armário do corredor. Peguei o binóculo e fiquei de olho em Sadie durante as duas horas que ela passou na beira do riacho.

Naquela noite, fiz questão de levar meu lixo para fora quando o pai de Sadie, Oliver, também tirava o dele. Eu já havia me apresentado à família, oferecendo toda ajuda de que eles pudessem precisar. Cumprimentei Oliver, perguntei o que ele e a família estavam achando da vizinhança. Tudo ótimo, ele respondeu, o que me deu a chance de comentar que eu pensava ter visto uma das filhas dele saindo com uma vara de pescar. Ele riu e disse que devia ter sido Sadie a caminho do riacho atrás da casa. Ah, e ele também pescava? Não mais como antes, Oliver respondeu, mas Sadie pescava pelos dois. A filha mais nova era obcecada por pescaria. É mesmo? Eu também costumava pescar, contei, de vez em quando. Se ele ou a filha quisessem saber que tipo de pescado podiam encontrar por ali, seria um prazer dividir o que eu sabia. Oliver agradeceu, mas o tom reservado sugeria que talvez eu tivesse exagerado um pouco.

No dia seguinte, porém, alguém bateu na porta de casa, e quando a abri me deparei com Sadie e Rhona, sua mãe. Rhona carregava um prato cheio de biscoitos de chocolate assados recentemente. Ela se desculpou por me incomodar, mas o pai de Sadie havia comentado com a menina que eu conhecia os peixes da região, e desde então ela insistia em vir até aqui falar comigo. Rhona teria telefonado, mas o telefone da família ainda não havia sido instalado, e eles não tinham meu número. Ela esperava trocar os biscoitos por algumas respostas para as perguntas da filha.

Além disso, você quer dar uma olhada no velho que mora na casa ao lado, pensei, mas não falei nada. Não me ressentia contra a prudência de Rhona, que considerava mais que razoável. Pedi desculpas pela bagunça da casa, que nem estava tão desarrumada, e as convidei a entrar. O pai de Sadie não havia exagerado ao falar da paixão da menina pela pesca. Durante mais de uma hora, ela fez perguntas detalhadas sobre as variedades de peixes que poderia pegar nas águas locais e contou sobre suas experiências com a vara e o molinete onde moravam antes, no Missouri. Rhona deixou a filha falar até termos comido metade dos biscoitos do prato, quando anunciou que elas tinham de ir embora porque ainda havia muito para desencaixotar. Sadie protestou, mas eu disse que ela devia obedecer à mãe. Eu não iria a lugar nenhum. Poderíamos conversar depois, quando ela e a família estivessem devidamente acomodados.

Foi uma visita agradável. Fiquei surpreso por ter gostado tanto da conversa. Trocar histórias com Sadie sobre o que já havíamos pescado, como e onde, foi como voltar àquela parte da minha vida que havia ficado fechada desde aquele sábado distante — fechada a discussão, pelo menos. Não sei se vai parecer estranho, mas foi quase como o que aconteceu comigo depois que Marie morreu. Durante muito tempo, falar sobre ela, pensar nela, era um exercício de agonia, porque eu não conseguia separar minha esposa do fato de sua morte. Então, aos poucos, isso mudou. Minha memória deixou de se apegar tanto à morte de Marie. Ou a morte de Marie deixou de se apegar a mim, talvez. A variedade de experiências que compunha o tempo que passamos juntos deixou de ser só gatilhos de sofrimento. Com a boca ainda cheia de biscoito, Sadie me perguntou que tipo de bagre nadava nas águas daquele lugar. Ela pretendia pescar um bagre em cada estado da união, se pudesse, e como agora morava em Nova York, supunha que devia começar a se informar sobre sua população de bagres. Respondi que meu peixe era a truta, mas havia pescado alguns tipos de bagre no Rondout e no Svartkil, e foi isso. Fim de linha. Estava andando sobre gelo fino que talvez não suportasse meu peso.

Se fui pego de surpresa pela facilidade com que voltei a falar sobre pescaria, fiquei perplexo com o quão simples foi voltar a pescar. Não vi Sadie nem os pais dela no dia seguinte, nem no outro, ou no outro, que era sexta-feira. Não esperava ver nenhum deles, não especificamente, mas acho que esperava descobrir qual havia sido o resultado da nossa conversa. Depois de falar sobre pescaria uma vez, descobri que queria falar de novo. Quando ouvi a campainha na manhã de sábado, confesso, meu coração disparou diante da perspectiva de outra conversa com Sadie e Rhona.

Mas era Oliver. Ele vestia jeans e blusa de moletom. Lamentava me incomodar tão cedo, mas havia prometido a Sadie que a levaria para pescar hoje, e ela sugeriu que eu fosse convidado. Ele já havia prevenido a menina de que talvez eu tivesse outros planos, por isso não haveria nenhum problema se eu recusasse o pedido de última hora.

Tenho certeza de que ele ficou assustado com a rapidez com que eu disse: "É claro... vai ser um prazer ir com vocês". Sei que eu me assustei e também senti uma espécie de vertigem. O equipamento que havia comprado para minhas tentativas anteriores ainda estava no armário do quarto de hóspedes, um pouco empoeirado, mas tão pronto para ser usado quanto há sete anos. Minhas roupas de fim de semana não eram muito diferentes das que eu usava durante a semana, jeans, camisa de flanela e botas. Só precisava de um chapéu para substituir o boné dos Yankees, outra perda da minha última pescaria. Quando me aposentei, Frank Block e mais dois colegas da empresa se juntaram para me dar um chapéu de caubói porque eu adorava música country, eles disseram. Era uma coisa ridícula, branco como pasta de dente, bem próprio para a cabeça de John Wayne em seus primeiros filmes. Mas eu não tinha nada à mão, por isso o peguei. Oliver fez o possível para não rir quando viu o chapéu, mas Sadie achou legal.

Naquela primeira pescaria, sugeri que fôssemos ao mesmo trecho do Svartkil onde comecei a pescar. Meus motivos eram mais práticos que sentimentais. O trecho fica logo abaixo da usina de tratamento de esgoto de Huguenot, e é lá que se reúnem os bagres em que Sadie está interessada. Avisei a ela para tomar cuidado com as árvores cujos galhos se estendem para a água, mas ela os viu e tratou de ficar longe deles, diferente do pai, que perdeu três anzóis e um bom pedaço de linha para os galhos. Fiz o que pude para ajudá-lo a soltar a linha das árvores e ficar de olho em Sadie, que, quando nos preparávamos para ir embora, pegou um bagre de tamanho bem razoável que eu a ajudei a recolher. Na pressa, quase caí na água escura. Não estava muito animado para pegar a vara, mas quando Sadie e Oliver ficavam quietos esperando alguma fisgada, eu me sentia mal por simplesmente ficar olhando. Sabia que muitos anos tinham passado desde a última vez que joguei uma isca, mas a vara de pescar ainda se encaixava confortavelmente em minhas mãos. Antes que pudesse pensar muito, fiz aquele movimento com o pulso. Não lancei a isca muito longe, preferi mantê-la na parte mais rasa. Minha isca não atraiu nada, mas tudo bem.

E foi assim que voltei a pescar. Nos dois anos seguintes, sempre que Sadie e Oliver saíam para ir procurar peixes, eu os acompanhava. As pescarias aconteciam nos fins de semana, por duas a três horas de cada vez, o que nunca eram suficientes para Sadie. Eu passava a maior parte desse tempo conversando com Oliver enquanto mantinha a linha na água. Ele também trabalhava na IBM, e passávamos horas comparando a companhia que havia existido com a companhia que se tornou. Eu fazia o possível para ampliar seus horizontes musicais, tocando Hank Sr. e Johnny Cash para eles, mas ambos tinham gostos lamentavelmente limitados. Depois de alguns segundos, Sadie anunciava que não gostava de música caipira. Oliver me contou que o pai costumava ouvir aqueles caras. Quando ia pescar com ele e Sadie, eu deixava a isca sempre mais perto da margem. Em mais de uma ocasião, Sadie me criticou por isso. "Devia jogar mais longe. É lá que estão os peixes grandes."

"Se eu pegar os grandes, não vai sobrar nada para você."

A bufada que ela deu mostrou o que pensava sobre essa probabilidade. À nossa volta, o século xx desaguava no xxi, um milênio fluindo para outro. Eu me mantinha informado. As notícias internacionais falavam do mesmo melodrama de genocídio, de Bósnia a Ruanda e Kosovo. Na frente nacional, a efervescência das empresas pontocom era cenário para a fúria ensandecida do bombardeio de Oklahoma City e a farsa do caso Monica Lewinsky. Esperei para ver 1999 virar 2000, razoavelmente confiante nas garantias de Oliver sobre a ameaça do bug do milênio. Onze meses mais tarde, o fracasso da eleição presidencial do ano 2000 tomou os noticiários, e eu me peguei pensando que o ano se despedia mais com um gemido do que com um estrondo.

No outono seguinte, isso mudou, a nova década mostrou sua verdadeira face em fogo e ruínas com a destruição das Torres Gêmeas, o ataque ao Pentágono, a tragédia do voo 93. Sadie tinha doze anos, idade suficiente para não ser possível protegê-la do luto daquela manhã. A mãe dela era professora de história do nono ano no Huguenot High, e eu imaginei que ela saberia como explicar a geopolítica por trás dos ataques. Os motivos eram um pouco complicados. Sadie me perguntou sobre isso no sábado seguinte, quando fomos ao riacho atrás de casa. A mãe, ela me contou, disse que os terroristas pensavam estar fazendo o trabalho de Deus e conquistando um lugar no Céu. O pai falou que eles eram maus, cheios de ódio. Sadie achava que eram malucos. E eu? Ela queria saber o que eu achava.

Falei que não sabia. Não sabia se entendia o suficiente de tudo que fazia parte daquilo para falar sobre o assunto com alguma autoridade. Mas pelo que sabia no momento, o melhor que eu podia dizer era que se os homens responsáveis pela carnificina tinham algum propósito maior, os meios haviam destruído os fins de maneira irreparável.

Esperava que Sadie perguntasse o que isso significava, mas ela não perguntou.

Os anos seguintes ao ataque, quando a violência do gesto parecia ecoar e aumentar, foram marcados por mudanças no clima. A própria atmosfera parecia mais turbulenta, propensa a tempestades que despejavam chuvas recordistas regularmente, enchendo o rio da nossa vizinhança e tirando-o do leito. Talvez o clima complicado fosse parte de um ciclo maior. Sendo esse o caso, tínhamos passado para uma nova fase dele, pois em intervalos regulares de alguns meses, aparentemente, os rios locais transbordavam. O Svartkil se espalhou pelos campos a oeste de Huguenot, formando um lago que obrigava quem estava do outro lado e precisava ir de carro a Huguenot a dar uma volta considerável, transformando uma viagem que antes levava dez ou quinze minutos em uma jornada de uma hora. Minha casa se situava bem acima da planície inundada, o suficiente para eu não ficar nervoso com a água que a cobria. A principal ameaça para mim vinha do riacho, que de vez em quando se espalhava pelo terreno que o separava da minha casa e me cercava com uns bons quinze centímetros de água. Foi assim que descobri que meu porão só era insulado parcialmente. Por sorte, não havia nada de valor lá embaixo, e Oliver tinha um aspirador de água para me emprestar. Sadie sugeriu que eu deixasse a água no porão e criasse peixes. Fingi que fiquei irritado com ela, mas a imagem embaixo do meu assoalho fez minhas mãos suarem.

O que os meteorologistas chamaram de inundação do século aconteceu três anos depois de eu ter voltado a pescar. Estávamos em meados de outubro, aquele ponto em que o calor que o verão empresta ao outono está chegando ao fim. A periferia do que havia se tornado um furacão de categoria 4 ao passar pelo Caribe, mas que recuou para tempestade tropical ao seguir para o norte pelas Carolinas e Virgínia, atravessava o céu, trazendo junto um dia e meio de chuva torrencial e ventos fortes que limpavam as folhas que ainda restavam nas árvores.

Sadie e a família estavam fora da cidade, percorrendo o meio oeste em uma turnê pelas faculdades que poderiam servir para a filha mais velha. Prometi a Oliver e Rhona que ficaria de olho na casa durante os oito dias que eles passariam fora, o que, considerando que eles não tinham animais de estimação, exceto um peixinho dourado cujo aquário Sadie havia deixado sobre a bancada da minha cozinha, era uma promessa fácil de cumprir. Recolhia a correspondência e estava por ali caso chegasse alguma encomenda cujo recibo tivesse de ser assinado (o que não aconteceu). Nas horas que antecederam a chegada da tempestade, dei uma volta pelo quintal deles recolhendo tudo que podia ser quebrado ou carregado e guardei na garagem. Já tinha feito a mesma coisa em minha casa, mas depois que terminei a limpeza do quintal deles, dei mais uma volta no meu antes de entrar.

Estava razoavelmente preparado para a inevitável falta de energia que a tempestade provocaria. Tinha velas em castiçais espalhados pela cozinha, na sala, no banheiro e no quarto, com uma caixa de fósforos ao lado de cada vela. Os armários estavam cheios de alimentos não perecíveis. Tinha uma pilha de livros da biblioteca ao lado do sofá da sala e outra ao lado da minha cama. O rádio estava com pilhas novas e eu tinha vários pacotes de pilhas fechados de reserva. Agora era só esperar.

Para minha surpresa, não fiquei sem energia elétrica durante a tempestade. Do fim da quarta-feira, durante toda a noite e até a tarde de quinta, ondas de nuvens cinzentas passavam pelo céu levadas pelo vento e despejavam chuva sobre a terra. O Svartkil transbordou e se espalhou pela terra agrícola a oeste de Huguenot, submergindo o trecho da 299 que atravessava a região, bem como a porção sudeste da Springvale Road. A água varreu as plantações ao longo da 299, arrancando as abóboras que seriam compradas para as lanternas de Halloween e levando-as na direção de Wiltwyck. Árvores que haviam sido levadas para dentro do Svartkil ficaram presas embaixo da ponte de Huguenot. Mais perto de casa, o riacho se transformou em um lago raso e amplo do qual minha casa e as dos vizinhos se erguiam como ilhas. Entre minha casa e a da família de Sadie, a água chegou a trinta centímetros de profundidade, exceto por um trecho mais fundo na entrada da garagem deles, onde afundei até as coxas quando fui ver se a casa tinha sido invadida pela água. Era uma água barrenta que fluía em torno das casas, levando folhas e galhos que giravam em grandes redemoinhos na superfície. De vez em quando, um objeto que eu não tinha visto antes — um galão de plástico branco, uma pipa-dragão vermelha e dourada enroscada em um galho, a carcaça de um veado com as patas rígidas voltadas para cima deixando à mostra a barriga branca e inchada — passava flutuando na frente da janela da sala, e eu via o objeto seguir flutuando em direção ao leste, onde o lago que se formou atrás da minha casa descia por uma longa encosta para se juntar ao Svartkil. Se Sadie estivesse presente, iria a minha porta com a vara e a caixa de pesca, pronta para jogar a isca da varanda dos fundos e ver que sorte a tempestade trazia para nós. Deixei minha vara guardada, preferindo assistir a uma maratona de filmes de faroeste no TCM. Vi John Wayne e Jimmy Stewart e Gary Cooper fazerem justiça em terras áridas. E fiz o possível para não pensar no que podia estar nadando nas águas lá fora.

Devo admitir que, quando a chuva diminuiu e o vento perdeu força, quando o sol apareceu e minhas luzes continuavam acesas, a televisão ainda ligada, suspirei aliviado. Sim, ainda demoraria dois ou três dias para a água baixar. Na verdade, era bem provável que subisse mais antes disso, quando a inundação da parte mais alta do rio passasse por aqui. Mas eu não precisava ir a lugar nenhum, e enquanto tivesse energia elétrica, poderia enfrentar o isolamento temporário com conforto.

Nem preciso dizer que o momento em que pensei nisso foi justamente aquele em que as luzes piscaram, perderam força, ficaram mais fortes e se apagaram. Suspirei de novo. Pelo menos ainda havia luz do dia suficiente para eu percorrer a casa acendendo as velas. Eu tinha o rádio de pilha e a estação universitária transmitia um programa regional agora. Era o sol se pondo, eu disse a mim mesmo, que fazia a água em volta da casa parecer mais escura em alguns trechos, negra.

Para me distrair, comecei a preparar o jantar. Na porta dos fundos, o fogão portátil de gás propano que eu havia comprado para pescar nas Adirondack, a expedição que nunca aconteceu, continuava encostado na parede. Eu o levei para a varanda e o abri sobre a mesa de piquenique. O ar da noite era tropical. Acoplei o botijão de gás novo que havia comprado dois dias atrás, abri as válvulas, apertei o botão acendedor e fui recompensado por uma chama azul. Deixei a porta dos fundos aberta, mas com a tela fechada, e voltei à cozinha para pegar a frigideira, a lata de spray culinário e os ovos que pretendia bater. A frigideira estava no fogão, onde eu tinha deixado. Eu a peguei e coloquei em cima da mesa da cozinha. Abri a porta da geladeira rapidamente, só para pegar quatro ovos, e a fechei em seguida. Pus os ovos na frigideira. Seria bom um pouco de queijo derretido em cima dos ovos mexidos, então abri de novo a geladeira para pegar duas fatias. A porta de tela tremeu. Devia ser o vento. As fatias de queijo se juntaram aos ovos. Só faltava o spray culinário, mas ele não estava no lugar de costume, ao lado do azeite e do óleo de canola. As velas acesas sobre a mesa criavam um clima quase turvo no interior da cozinha, como uma pintura de Rembrandt. Havia um grupo de cilindros reunidos sobre a bancada do outro lado da mesa, latas de tinta spray que eu tinha deixado lá para retocar a pintura da varanda, uma tarefa que eu ainda não havia conseguido cumprir. Atravessei a cozinha, e lá estava o spray culinário no meio das latas de tinta. Eu nem imaginava como tinha ido parar lá.

Meio segundo, talvez menos, antes de ouvir a voz, registrei a presença sob o arco que levava à porta dos fundos. Quando ele disse "Abe", eu soube que era Dan.

Ou alguma coisa que parecia muito com meu velho amigo. Alto, com traços marcantes, cabelo vermelho e enrolado, ele tinha até a cicatriz que marcava o lado direito do rosto de Dan, descendo pelo pescoço até o meio do peito. Mas sua pele nua tinha a palidez de um cadáver ao qual a vela não conferia nenhum calor, e os olhos brilhavam dourados e sem vida como os de um peixe. Em algum nível do meu cérebro, acho que esperava por isso, temia esse momento, mas o choque de ver Dan parado na porta da minha cozinha daquele jeito caiu sobre mim como uma parede de água gelada. Agarrando a lata de spray culinário contra o peito como se fosse uma relíquia, eu disse: "Dan?".

"O verdadeiro e único", ele respondeu com uma gentileza que beirava o sarcasmo.

"O que está fazendo aqui?"

"Achou que eu ia esquecer meu velho parceiro de pescaria? Meu velho companheiro", ele disse, exibindo os dentes que de repente pareciam afiados como os de um tubarão.

"Dan."

"Ah, não se preocupe, Abe. Sem ressentimentos. No começo, sim, havia *muito* ressentimento. Tenho que admitir. Não dá para passar pelo que eu passei e não sair meio contrariado. Você fez parte disso, vai me entender. Se eu pudesse ter procurado você naquela época...

"Mas isso é passado, certo? Sou o que me tornei, e você... você voltou a pescar, não é? Com aquela família da casa vizinha, aquela garotinha fofa. Não tem muito risco de ela tentar sacrificar sua vida por um mago imortal, tem?"

"O que você quer?", perguntei. "O que veio fazer aqui?"

"Estive perto de você antes. Você nem imagina. Mas tem razão, agora é diferente. A tempestade alargou a fenda que serve de passagem para este lugar. Com a situação fluida como está... desculpa, não resisti, vim fazer uma visita."

"Se eu soubesse que viria..."

"Teria feito um bolo?"

"Ia dizer que teria preparado um anzol."

Dan abaixa as sobrancelhas, retrai os lábios, mostra os dentes que desaparecem um momento depois. "Você fez isso comigo", ele disse quando a boca estava vazia. "O que eu sou é obra sua."

Uma inesperada onda de piedade ameaça me dominar. Eu a engulo. "Você é resultado dos seus atos", respondo. "Agora vai embora."

"Não é tão fácil", diz Dan. "Vim de muito longe para ver você, Abe, muito longe. Não pode me pedir para ir embora quando acabei de chegar."

"As regras da hospitalidade não se aplicam a monstros."

"Abe", o rosto de Dan tremula e outro menos humano surge em seu lugar, "você está começando a me magoar."

"Dan, vai embora."

Não sei o que ele começou a tentar dizer, mas tinha dificuldade para fazer as palavras passarem pelas presas em sua boca. O discurso se tornava gutural, um ruído ríspido e irritante que feria meus ouvidos. Minha visão ficou turva, e por um instante alguma coisa ameaçou aparecer, uma silhueta enorme que, de alguma forma, ocupava o mesmo lugar que Dan. Ele entrou na cozinha, levantou a mão cujos dedos terminavam em garras. Segurei a lata de spray culinário na minha frente e apertei o botão em cima dela. Um cone de óleo pulverizado atravessou a cozinha na direção dele. No caminho, respingou as chamas das velas sobre a mesa e explodiu em uma língua de fogo. Chamas amarelas e alaranjadas envolveram o tronco e a cabeça de Dan. Gritando, ele recuou cambaleando, enquanto eu esvaziava o resto do lança-chamas improvisado em cima dele. Luz e calor invadiram a cozinha. Levantei o braço para proteger o rosto, apalpando a superfície da bancada em busca de outras coisas que pudesse espirrar por cima das velas na direção dele.

Eu não precisava ter me incomodado. Balançando os braços, Dan sai correndo da casa, passa pela porta de tela e vai para a varanda, de onde pula para a água lá fora. Eu poderia jurar que não havia mais que trinta centímetros de água no quintal, mas ele desaparece, deixando para trás uma grande coluna de fumaça com cheiro de podre sobre o ponto onde mergulhou. Eu o segui com a lata de tinta que esperava ser inflamável. Quando ele não voltou à superfície, deixei a lata na varanda e, tonto a ponto de quase desmaiar, me apoiei à parede externa da casa. Fiquei ali por um bom tempo, com o coração disparado e a cabeça cheia de ruídos brancos.

Quando minha pulsação recuou para um trote, me afastei da parede. O queimador do fogão portátil ainda estava aceso. Eu estava faminto, o que era absurdo, mas atravessei a cozinha e desliguei o gás. Parei e olhei para a água escura atrás da casa em busca de algum sinal de Dan. Nada.

O que não significava que não havia nada na água. Pelo contrário, quando meus olhos se ajustaram à luz do entardecer, vi que havia muitos objetos na água, muitas formas cujos detalhes meus olhos estavam quase decifrando, até que decifraram, e o que reconheci me fez correr para dentro de casa e fechar a porta. Passei o resto da noite no quarto lá em cima, deixando a porta trancada com a cama e a cômoda atrás. Não dormi. Na manhã seguinte, quando os ajudantes do xerife chegaram de barco para ver se eu precisava de ajuda, embarquei com lágrimas nos olhos e deixei que eles atribuíssem minha emoção à idade. O que vi lá fora na água me fez voltar a pensar nesta história, em toda sua estranha e emaranhada extensão. Não sei o que me resta fazer com ela, exceto contar para você o que vi na água.

Pessoas — fileiras e fileiras de pessoas flutuavam ali, a maioria submersa até os ombros, algumas até o queixo, poucas até os olhos. Não consegui calcular quantas eram, porque elas se estendiam para a escuridão mais profunda. Tinham a pele úmida, branca, o cabelo escorrido, os olhos dourados. Não demorei muito para encontrar Marie entre elas, não tão perto quanto eu teria esperado. Seu rosto era inexpressivo, como o das crianças de ambos os lados dela. Um menino e uma menina, os traços sugerindo aquele estágio entre a infância e o começo da adolescência. As bocas estavam abertas, e nelas eu vi fileiras de dentes. Os olhos eram vazios de qualquer inteligência. Achei que elas tinham o nariz da minha mãe.

FIM

AGRADECIMENTOS

Quando comecei a escrever a história que se tornaria este livro, minha esposa esperava nosso filho. Ele agora tem doze anos, quase treze. Não preciso dizer que um longo tempo se passou do começo ao fim. Muita coisa aconteceu nesse período, muita coisa mudou, mas o amor e o apoio da minha esposa, Fiona, foram constantes. Mais que isso. Com o passar dos anos, era ela quem dizia de vez em quando: "Você precisa retomar *O Pescador*". Este livro não existiria sem ela. Obrigado, amor, por tudo.

Aquele menino de doze para treze anos se tornou um pescador nos últimos anos, praticamente sozinho. (Basicamente, sento ao lado dele com um livro e tento fazer comentários que não pareçam muito ignorantes.) O aconselhamento técnico de David Langan ajudou muito a tornar mais precisos os trechos do livro relacionados à pesca, enquanto seu amor e seu jeito incrível tornaram minha vida melhor.

Meu filho mais velho, Nick, minha nora, Mary, e seus três filhos fantásticos, meus netos brilhantes, Inara, Asher e Penelope the Bean, deram e continuam me dando mais alegria na vida do que eu provavelmente mereço.

Está se tornando um lugar-comum dizer que temos vivido atualmente um ressurgimento no campo da ficção sinistra/de horror/bizarra/tanto faz. Acho que é verdade, mas o que mais importa para mim é a amizade de muitos colegas escritores. Laird Barron e Paul Tremblay têm sido os irmãos que eu não sabia que tinha, e o trabalho deles me faz ranger os dentes e dizer a mim mesmo para melhorar. Sarah Langan, Brett Cox e Michael Cisco também são muito bons.

Nos últimos anos, fui continuamente beneficiado pela generosidade de escritores cujo trabalho me inspirou. Peter Straub e Jeffrey Ford foram sempre generosos com seu apoio e exemplo. Já que estou falando nisso, quero propor um brinde à memória do falecido, o grande Lucius Shepard, cujo incentivo, os elogios e a ficção eu guardo com carinho.

Minha incansável agente, Ginger Clark, tem defendido este livro desde que mandei para ela os três primeiros capítulos há muito, muito tempo. De vez em quando, Ginger mandava um e-mail me estimulando a terminar o romance, e quando finalmente o terminei, ninguém ficou mais feliz que ela. Agradeço por sua contínua confiança em mim e no meu trabalho.

Como aconteceu com meu livro anterior, *House of Windows*, *O Pescador* demorou um pouco para encontrar um lar. As editoras do gênero diziam que era muito literário, as editoras literárias diziam que era muito ligado ao gênero. Meu muito obrigado a Ross Lockhart e Word Horde por terem respondido tão imediata e entusiasticamente ao livro.

Embora este seja um trabalho de ficção, sua composição recebeu o auxílio de detalhes encontrados em *The Last of the Hand Made Dams: The Story of the Ashokan Reservoir* (1989), de Bob Steuding, e do documentário de 2002, *Deep Water: The True Story of the Ashokan Reservoir*, de Tobe Carey, Bobbie Dupree e Artie Traum. *The Catskills: From Wilderness to Woodstock* (1972), de Alf Evers, é um tesouro de informações sobre a região de Catskill.

E um último e emocionado muito obrigado a você, leitor, pelas graças do seu tempo e atenção. Você torna possível esta minha vida de escritor, e eu agradeço por isso.

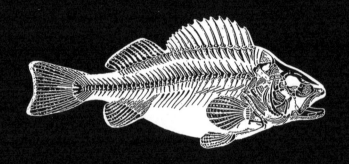

JOHN LANGAN é escritor e professor. *O Pescador* ganhou o Bram Stoker Award de Melhor Romance de Terror. É autor de outro romance, *House of Windows* (2009) e de quatro coleções de histórias: *Children of the Fang and Other Genealogies* (2020), *Sefira and Other Betrayals* (2016), *The Wide, Carnivorous Sky and Other Monstrous Geographies* (2013) e *Mr. Gaunt and Other Uneasy Encounters* (2008). Com Paul Tremblay, coeditou *Creatures: Thirty Years of Monsters* (2011). Um dos cofundadores do Shirley Jackson Awards, integrou o júri nos primeiros três anos. Ele mora no Vale do Hudson em Nova York com a esposa, o filho mais novo e vários animais. Saiba mais em johnpaullangan.wordpress.com.

DARKSIDE

"Poderás tirar com anzol o leviatã,
ou ligarás a sua língua com uma corda?;
Encherás a sua pele de ganchos,
ou a sua cabeça com arpões de pescadores?;
Quem abrirá as portas do seu rosto?
Pois ao redor dos seus dentes está o terror."
— Jó 41:1.7.14 —

DARKSIDEBOOKS.COM

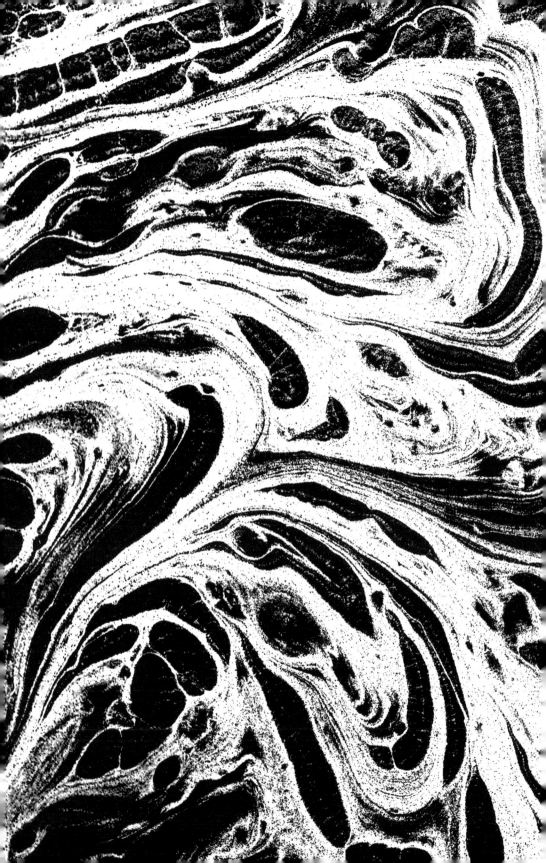